ZUM BUCH

Die pompöse Met-Gala ist eigentlich der gesellschaftliche Höhepunkt des Jahres in Manhattan. Doch dann stürzt die achtundsechzigjährige Virginia Wakeling, eine steinreiche Witwe und großzügige Mäzenin, vom Dach des Kunstmuseums. Schnell zeigt sich: Es war Mord. Und auch der Mörder steht in den Augen der Familie schon fest: Ivan, ein Fitnesstrainer, der seit einiger Zeit eine Liebesbeziehung mit Virginia unterhält, obwohl er über zwanzig Jahre jünger ist als sie. Allerdings findet die Polizei keinerlei Beweise gegen ihn und legt den Fall schließlich zu den Akten.

Drei Jahre später landet die Sache auf Laurie Morans Schreibtisch: Ihr unsympathischer Kollege Ryan, der Kunde in Ivans Fitnessstudio ist, will unbedingt dessen Namen reinwaschen. Widerwillig beginnt Laurie für ihre Sendung »Unter Verdacht« zu recherchieren. Und je näher sie das Umfeld der Ermordeten kennenlernt, desto klarer wird ihr, dass es eine Vielzahl weiterer Verdächtiger gibt: Virginias erwachsene Kinder und Verwandte ebenso wie ihre angeblich allerengsten Freunde. Und eine dieser Personen hat überhaupt kein Interesse daran, dass Laurie der Wahrheit näher kommt …

ZUM AUTOR

Mary Higgins Clark (1927–2020), geboren in New York, lebte und arbeitete in Saddle River, New Jersey. Sie zählte zu den erfolgreichsten Thrillerautorinnen weltweit. Mit ihren Büchern führte sie regelmäßig die internationalen Bestsellerlisten an und erhielt zahlreiche Auszeichnungen, u. a. den begehrten »Edgar Award«. Sie starb am 31. Januar 2020 im Kreis ihrer Familie.

Alafair Burke war lange als Deputy District Attorney tätig. Ihr Beruf inspirierte sie dazu, Kriminalromane zu schreiben, u. a. die New-York-Times-Bestsellerserie um Ellie Hatcher. Sie ist die Tochter von James Lee Burke und lebt in New York.

MARY HIGGINS CLARK

ALAFAIR BURKE

MIT DEINEM LETZTEN ATEMZUG

THRILLER

Aus dem Amerikanischen von Karl-Heinz Ebnet

WILHELM HEYNE VERLAG
MÜNCHEN

Die Originalausgabe EVERY BREATH YOU TAKE erschien erstmals 2017
bei Simon & Schuster, New York.

Verlagsgruppe Random House FSC® N001967

Deutsche Taschenbucherstausgabe 09/2020
Copyright © 2017 by Nora Durkin Enterprises, Inc.
All rights reserved. Published by arrangement
with the original publisher, Simon & Schuster Inc.
Copyright © 2019 der deutschsprachigen Ausgabe
by Wilhelm Heyne Verlag, München
Copyright © 2020 dieser Ausgabe
by Wilhelm Heyne Verlag, München,
in der Verlagsgruppe Random House GmbH,
Neumarkter Str. 28, 81673 München
Redaktion: Claudia Alt
Printed in Germany
Umschlaggestaltung: Nele Schütz Design,
nach einem Konzept von Martina Eisele,
unter Verwendung von shutterstock/Giuliano Del Moretto
Satz: Leingärtner, Nabburg
Druck und Bindung: GGP Media GmbH, Pößneck

ISBN: 978-3-453-44001-2
www.heyne.de

PROLOG

An einem ungewöhnlich kalten, winterlichen Montagabend schlenderte die achtundsechzigjährige Virginia Wakeling durch die Kostümsammlung des Metropolitan Museum of Art. Es war ein wundervoller Abend, der in einer Tragödie enden sollte – aber das wusste sie nicht.

Ebenso wenig wusste sie, dass sie nur noch wenige Stunden zu leben hatte.

Das Museum war für die Öffentlichkeit geschlossen. Die wichtigste Benefizveranstaltung des Jahres sollte in Kürze beginnen, und das Kuratorium war exklusiv zu einer Ausstellung der Kleider geladen, die die ehemaligen First Ladies beim Ball zur Amtseinführung getragen hatten.

Virginias eigenes Abendkleid war eine Kopie der Robe von Barbara Bush von 1989. Ein Entwurf von Oscar de la Renta, der aus einem langärmligen Oberteil aus Samt und einem langen, pfauenblauen Satinrock bestand. Es wirkte würdevoll und herrschaftlich und vermittelte damit genau den Eindruck, den auch sie vermitteln wollte.

Nur von ihrem Make-up war sie nicht ganz so überzeugt. Dina hatte es aufgetragen, aber Virginia hielt es für zu kräftig. Dina hatte protestiert. »Mrs. Wakeling, vertrauen Sie mir, es passt perfekt zu Ihren dunklen Haaren und Ihrer wunderbaren Haut. Die verlangt nach einem leuchtend roten Lippenstift.«

Vielleicht, dachte Virginia, vielleicht aber auch nicht. Überzeugt war sie nur von einem: Aufgrund des professionellen Make-ups sah sie gut zehn Jahre jünger aus. So ging sie von einem ausgestellten Ballkleid zum nächsten und war fasziniert von deren Vielfalt: Hier war Nancy Reagans einschultriges Etuikleid, dort Mamie Eisenhowers Gewand aus rosaroter, mit zweitausend Strasssteinen besetzter Seide, gleich daneben Lady Bird Johnsons maisgelbes Abendkleid mit Pelzbesatz; hier Laura Bushs langärmlige Robe in Silber, dort Michelle Obamas Kleid in Rubinrot. Alle diese Frauen, so unterschiedlich sie auch sein mochten, waren entschlossen gewesen, neben ihrem Mann, dem Präsidenten, so gut wie möglich auszusehen.

Wie schnell die Zeit doch vergangen ist, dachte Virginia. Ganz am Anfang hatten sie und Bob in einem kleinen Zweifamilienhaus in der damals alles andere als noblen Lower East Side von Manhattan gewohnt, aber das hatte sich bald geändert. Schon ein Jahr nach ihrer Hochzeit hatte Bob, gesegnet mit einem glücklichen Händchen für Immobilien, ein Darlehen aufgenommen und eine Anzahlung auf ein eigenes Haus geleistet. Die erste von vielen brillanten Entscheidungen auf dem Immobilienmarkt. Jetzt, fünfundvierzig Jahre später, gehörten ihnen ein Anwesen in Greenwich, Connecticut, eine Maisonettewohnung in der Park Avenue, ein Strandhaus in Palm Beach und eine Wohnung in Aspen für ihre Ski-Urlaube.

Aber vor fünf Jahren war Bob überraschend an einem Herzinfarkt gestorben. Wie sehr würde es ihn freuen, wenn er wüsste, wie umsichtig Anna seitdem das von ihm aufgebaute Unternehmen führte.

Ich habe ihn so sehr geliebt, dachte Virginia wehmütig, trotz seines aufbrausenden Temperaments, trotz seiner Dominanz. Aber das hat mich nie gestört.

Dann, zwei Jahre zuvor, war Ivan in ihr Leben getreten. Er war zwanzig Jahre jünger als sie und hatte sie während einer

Kunstausstellung in einem kleinen Atelier im Village angesprochen. Ein Zeitungsartikel über den Künstler hatte ihr Interesse geweckt, und sie hatte beschlossen, die Vernissage zu besuchen. Billiger Wein wurde serviert, den sie aus einem Plastikbecher trank, während sie die in die Gemälde vertieften Gäste beobachtete.

»Was halten Sie von ihnen?«, fragte er sie mit seiner angenehmen Stimme.

»Von den Leuten oder den Bildern?«, antwortete sie. Sie mussten beide lachen.

Die Vernissage war um neunzehn Uhr zu Ende. Ivan hatte ihr vorgeschlagen, mit zu einem kleinen Italiener ganz in der Nähe zu kommen, wo das Essen ganz ausgezeichnet sei – sofern sie nichts weiter vorhaben sollte. Das war der Beginn einer Beziehung, die bis jetzt anhielt.

Natürlich war es nicht zu vermeiden, dass ihre Familie nach etwa einem Monat wissen wollte, wohin sie so oft ausging und vor allem mit wem. Wie nicht anders zu erwarten, sorgte die Antwort für helles Entsetzen. Nach dem College-Abschluss hatte Ivan seine Leidenschaft und sein Talent für Sport zum Beruf gemacht. Im Moment arbeitete er als Personal Trainer, aber er hatte große Träume und bewies – wie er immer sagte – eine hohe Arbeitsmoral, wahrscheinlich die einzigen Eigenschaften, die er mit Bob gemeinsam hatte.

»Mom, besorg dir irgendeinen Witwer in deinem Alter«, hatte Anna sie bloß angeblafft.

»Ich will niemanden zum Heiraten«, hatte sie erwidert. »Ich genieße es aber, hin und wieder einen lustigen und interessanten Abend zu verbringen.« Nach einem Blick auf die Uhr wurde ihr klar, dass sie seit ein paar Minuten regungslos vor sich hin gestarrt hatte, und sie wusste auch, warum. Lag es daran, dass sie trotz der zwanzig Jahre Altersunterschied ernsthaft die Möglichkeit erwog, Ivan zu heiraten? Die Antwort lautete: Ja.

Sie schob den Gedanken beiseite und betrachtete wieder die Kleider der ehemaligen First Ladies. Hatte sich auch nur eine von ihnen jemals vorstellen können, dass sie einmal einen solchen Tag erleben würde?, fragte sie sich. Ich jedenfalls habe mir nie träumen lassen, wie sehr sich mein Leben noch ändern könnte. Hätte Bob länger gelebt und wäre er in die Politik gegangen, hätte er es vielleicht zum Bürgermeister oder zum Senator gebracht, möglicherweise auch zum Präsidenten. Aber er hat eine Firma gegründet und ein ganzes Stadtviertel aufgebaut und mir die Möglichkeit gegeben, Dinge zu unterstützen, an die ich glaube, wie zum Beispiel dieses Museum.

Zur Gala waren Prominente allerersten Ranges und die großzügigsten Spender der Stadt eingeladen. Als Mitglied des Kuratoriums würde Virginia an dem Abend im Rampenlicht stehen, und mithilfe von Bobs Geld hatte sie die Möglichkeit, sich für die Ehre erkenntlich zu zeigen.

Sie hörte Schritte hinter sich. Es war ihre sechsunddreißigjährige Tochter Anna. Deren Kleid war so schön wie das, das Virginia für sich selbst hatte anfertigen lassen. Anna hatte im Internet nach einem Abendkleid gesucht, das dem von Oscar de la Renta mit Goldspitze ähnelte, das Hillary Clinton zur Amtseinführung 1997 getragen hatte.

»Mom, die Presse ist am roten Teppich eingetroffen. Ivan hat dich gesucht, er scheint zu glauben, du möchtest dort sein.«

Virginia bemühte sich, nicht zu viel in die Worte ihrer Tochter hineinzuinterpretieren. Andererseits konnte man ihren reichlich spitzen Kommentar, »er scheint zu glauben, du möchtest dort sein«, auch so verstehen, als wüsste Anna stets besser, was ihre Mutter wollte. Aber immerhin hatte sich Anna anscheinend einvernehmlich mit Ivan unterhalten und sich auf seine Bitte hin auf die Suche nach ihr gemacht.

Oh, wie sehr wünsche ich mir, dass meine Familie meine Entscheidung akzeptiert, dachte sie leicht verärgert. Sie leben ihr Leben und haben alles, was sie jemals brauchen werden. Lasst mich in Ruhe und gestattet mir, auch mein Leben zu führen, wie ich es möchte.

Sie versuchte den Gedanken zu verscheuchen. »Anna«, sagte sie, »du siehst hinreißend aus. Ich bin ja so stolz auf dich.«

Zusammen verließen sie die Sammlung. Virginias blauer Taft raschelte neben Annas Goldspitze.

Später an diesem Abend wurden Virginias schwarze Haare und ihr farbenprächtiges Abendkleid von einem Jogger entdeckt, der im Central Park seine Runden drehte. Er blieb stehen, als er bemerkte, dass er mit dem Fuß gegen etwas gestoßen war, was aus dem Schnee herausragte. Die Frau, die vor ihm lag, war, wie er mit Entsetzen sah, nicht nur tot, sondern hatte die Augen geöffnet und starrte ihn mit angstverzerrter Miene an.

Virginia Wakeling war von der Dachterrasse des Museums gestürzt – oder gestoßen worden.

1

Laurie Moran konnte den zufriedenen Gesichtsausdruck ihres neunjährigen Sohnes nicht übersehen, als der Kellner ihnen das Frühstück servierte.

»Was ist los?«, fragte sie ihn.

»Nichts ist los«, erwiderte Timmy. »Ich dachte bloß, du siehst in deinem Kostüm richtig cool aus.«

»Na, danke sehr«, sagte Laurie erfreut, auch wenn sein Gebrauch des Wortes *cool* nur davon zeugte, wie schnell er älter wurde. Die Schule hatte wegen einer Bildungskonferenz geschlossen, also hatte sie beschlossen, später im Büro aufzutauchen und vorher mit Timmy und ihrem Vater noch frühstücken zu gehen. Timmy war schon mindestens zwanzigmal in Sarabeth's Restaurant beim Frühstücken gewesen, hatte sich aber nie mit den Eiern Benedict mit Lachs anfreunden können, die Laurie so gern bestellte.

»Man soll zum Frühstück keinen Fisch essen«, bemerkte Timmy selbstbewusst. »Richtig, Grandpa?«

Hätte sich Laurie einen Rivalen um die Gunst ihres Sohnes aussuchen müssen, hätte sie kein besseres Vorbild für Timmy als ihren Vater Leo Farley finden können. Während andere Kids in Timmys Alter irgendwelche Sportler, Schauspieler oder Musiker bewunderten, betrachtete Timmy seinen Großvater, den pensionierten Ersten Stellvertretenden Polizeichef des NYPD, noch immer als eine Art Superman.

»Ich sag es nur ungern, Junge«, antwortete Leo bestimmt, »aber du kannst dir nicht für den Rest deines Lebens Pfannkuchen mit Schokolade und Puderzucker reinstopfen. In dreißig Jahren wirst du verstehen, warum deine Mom Fisch isst, und ich tue so, als wäre dieser nach Papier schmeckende Putenschinken ganz köstlich.«

»Also, was habt ihr beide heute noch so vor?«, fragte Laurie lächelnd.

»Wir werden uns das Spiel der Knicks gegen die Pacers ansehen«, sagte Timmy. »Wir haben es letzten Abend aufgenommen. Ich werde nach Alex Ausschau halten auf seinen Sitzplätzen ganz nah am Court.«

Laurie legte die Gabel hin. Es war zwei Monate her, dass sie zum letzten Mal mit Alex Buckley gesprochen hatte – und wiederum zwei Monate vorher hatte Alex verkündet, als Moderator ihrer Fernsehsendung eine Pause einzulegen, um sich ganz auf seine Kanzlei konzentrieren zu können. Bevor Laurie richtig bewusst werden konnte, wie wichtig Alex in ihrem Leben war, war er auch schon wieder verschwunden.

Es hatte schon einen Grund, warum sie so oft zum Spaß sagte, eigentlich brauche sie einen Klon. Sie hatte immer wahnsinnig viel zu tun, sowohl in der Arbeit als auch als Mutter. Dennoch hatte sich nach Alex' Weggang in ihrem Leben eine Leere aufgetan. So zwang sie sich jetzt dazu, jeden Tag aufs Neue zu funktionieren, sie konzentrierte sich auf die Familie und die Arbeit, aber das half auch nicht recht weiter.

Nachdem Timmy Alex erwähnt hatte, erwartete sie insgeheim, dass ihr Vater den Faden aufgriff und ihr mit seinen Fragen kam: *Ach, übrigens, wie geht es Alex eigentlich?* Oder: *Wollte Alex nicht diese Woche zu uns zum Essen kommen?* Stattdessen nahm Leo nur einen weiteren Bissen von seinem anscheinend zu trockenen Putenschinken. Auch Timmy fragte sich vermutlich, warum sie Alex in letzter Zeit nicht mehr gesehen hatten. Wenn sie hätte raten müssen, hätte sie gesagt, er folgte dem Beispiel seines Großvaters und vermied ebenfalls, das Thema direkt anzusprechen. Deshalb also hatte er Alex und seinen Platz direkt am Spielfeldrand erwähnt.

»Du weißt«, begann sie und bemühte sich um einen neutralen Ton, »dass Alex die Plätze für wohltätige Zwecke zur Verfügung stellt. Auf seinen Plätzen sitzen manchmal ganz andere Leute.«

Ihr Sohn wirkte enttäuscht. Timmy war Zeuge des Mordes an seinem Vater geworden und hatte das alles einigermaßen gut überstanden. Aber es tat ihr im Herzen weh, wenn sie mit ansah, wie er seinen Vater durch Alex zu ersetzen versuchte.

Sie nahm einen letzten Schluck vom Kaffee. »Gut, es ist an der Zeit, ein bisschen Geld zu verdienen.«

Laurie war Produzentin von *Unter Verdacht*, einer Fernsehreihe, die auf wahren und ungelösten Kriminalfällen beruhte. Bereits der Titel gab zu verstehen, dass in der Sendung diejenigen im Mittelpunkt standen, die bei den polizeilichen Ermittlungen unter Verdacht geraten waren. Auch wenn sie nie offiziell angeklagt wurden, war ihr Leben seitdem trotzdem von Argwohn und Misstrauen überschattet. Es war nicht immer leicht, sich unter den infrage kommenden Fällen auf einen zu verständigen, für die neueste Sendung hatte sie die Optionen allerdings mittlerweile auf zwei eingegrenzt.

Sie gab Timmy einen Kuss auf die Stirn. »Ich bin rechtzeitig zum Abendessen wieder zu Hause«, versprach sie. »Sollen wir Hühnchen machen?« Sie hatte immer ein schlechtes Gewissen, dass sie ihrem Sohn nichts Gesünderes zubereitete.

»Mach dir mal keine Sorgen, Mom«, sagte Timmy. »Wenn du später kommst, holen wir uns eine Pizza.«

Leo schob den Stuhl zurück. »Ich muss heute Abend zur Taskforce. Ich breche auf, wenn du da bist, und zum Abendessen gegen acht bin ich zurück.« Einige Monate zuvor war ihr Vater in den Dienst zurückgekehrt und arbeitete nun für eine neue Taskforce des NYPD zur Terrorbekämpfung.

»Klingt gut«, beschied Laurie. Wie unfassbar glücklich sie sich doch schätzen durfte, dass ihre beiden Männer – ihr fünfundsechzigjähriger Vater und ihr neunjähriger Sohn – immer bemüht waren, ihr das Leben so leicht wie möglich zu machen.

Eine Viertelstunde später traf sie an ihrem Arbeitsplatz ein, und ein anderer Mann, der in ihrem Leben eine gewisse Rolle spielte, ging ihr augenblicklich auf die Nerven. »Ich hab mich schon gefragt, ob du heute überhaupt noch auftauchst«, kam es von Ryan Nichols aus seinem Büro, als sie an seiner Tür vorbeiging. Er war vor kaum drei Monaten als Moderator ihrer Sendung angeheuert worden, aber sie hatte keine Ahnung, was er vollzeit bei ihnen im Studio trieb. »Ich habe den perfekten Fall gefunden«, rief er ihr noch hinterher. Sie tat so, als hätte sie ihn nicht gehört.

2

Laurie ignorierte Ryan und sah zu, dass sie in ihr Büro kam, bevor sie sich mit ihm befassen musste. Ihre Sekretärin Grace Garcia spürte sofort, dass etwas nicht stimmte. »Na, was nervt dich? Ich dachte, du wärst mit deinem hübschen Bengel beim Frühstücken?« Manchmal hatte Laurie das Gefühl, Grace kümmere sich weniger um den eigenen Urlaub als darum, dass sich Laurie die so dringend benötigte Auszeit nahm.

»Woher willst du wissen, dass mich etwas nervt?«, fragte Laurie.

Willst du darauf wirklich eine Antwort?, schien Graces Blick zu sagen. Vor ihr hatte Laurie noch nie ihre Gefühle verheimlichen können.

Laurie ließ ihre Tasche auf den Schreibtisch fallen, keine Minute später kam Grace mit einer Tasse Tee nach. Grace trug heute eine leuchtend gelbe Bluse, einen unmöglich engen Bleistiftrock und dazu schwarze Slingpumps mit zehn Zentimeter hohen Absätzen. Wie sie es schaffte, damit auch nur eine Tasse Tee von A nach B zu bringen, ohne der Länge nach hinzuknallen, war Laurie ein Rätsel.

»Ryan hat mich aus dem Aufzug kommen sehen und einen dämlichen Kommentar über mein Zuspätkommen vom Stapel gelassen«, antwortete Laurie recht unwirsch.

»Der muss gerade reden«, entgegnete Grace. »Ist dir schon aufgefallen, dass er morgens nie im Büro auftaucht, wenn er am Vorabend mal wieder auf so einem Promi-Event war?«

Ehrlich gesagt fiel Laurie Ryans Abwesenheit nie auf. Wenn

es nach ihr ginge, hätte er vor dem Beginn der Dreharbeiten gar nicht hier sein müssen.

»Ach, wir reden über Ryans Doppelmoral in puncto Arbeitszeit?« Dieser Kommentar nun stammte von Lauries Produktionsassistenten Jerry Klein, der das Büro nebenan hatte und mittlerweile in der Tür aufgetaucht war. Laurie tat zwar immer so, als würde sie den ständigen Austausch von Klatschgeschichten zwischen ihren beiden Mitarbeitern missbilligen, musste sich aber eingestehen, dass die beiden damit nicht wenig zu ihrer Unterhaltung beitrugen. »Hat Grace dir schon erzählt, dass er hier war und sich nach dir erkundigt hat?«

Grace schüttelte den Kopf. »Ich wollte ihr doch nicht den Vormittag vermiesen. Sie wird ihn noch früh genug sehen. Hat ihm irgendjemand mal verklickert, dass Laurie seine Chefin ist? Er läuft doch immer rum wie ein Klon von Brett.«

Im Grunde hatte Grace damit nicht unrecht. Brett Young war der Leiter der Fisher Blake Studios. Er konnte auf eine lange, erfolgreiche TV-Karriere zurückblicken, war ein knallharter Boss und hatte seinen Laden immer fest im Griff.

Ryan Nichols wiederum war eine ganz andere Geschichte. Bevor er bei Fisher Blake aufgetaucht war, hatte er eine vielversprechende Laufbahn als Jurist vor sich. Jura-Abschluss mit magna cum laude in Harvard, gefolgt von einer Stelle am Obersten Gerichtshof. Nach nur wenigen Jahren als Bundesanwalt war er genau für die Fälle zuständig, über die die *New York Times* und das *Wall Street Journal* berichteten. Doch statt seine Juristenkarriere weiterzuverfolgen, verließ er die Bundesstaatsanwaltschaft und arbeitete als Moderator für Kabelsender, wo er sich mit rechtlichen Fragen beschäftigte und die Prozessberichterstattung begleitete. Heutzutage, dachte sich Laurie, will jeder berühmt sein.

Dann hatte sie erfahren, dass Brett ihn als neuen Moderator für ihre Sendung engagiert hatte, ohne vorher mit ihr darüber zu reden. Laurie hatte in Alex den perfekten Moderator gefunden und die Zusammenarbeit mit ihm sehr genossen. Alex war ein brillanter Anwalt, der immer respektiert hatte, dass Lauries untrüglicher Instinkt die Sendung so erfolgreich machte. Seine Erfahrung im Kreuzverhör machte ihn zum idealen Kandidaten für die Befragung der eingeladenen Gäste, die oftmals glaubten, sie könnten sich bei den Dreharbeiten aus der Affäre ziehen, indem sie die gleichen Lügen erzählten, die sie schon zuvor den Ermittlungsbehörden aufgetischt hatten.

Ryan war bislang nur in einer Sendung aufgetreten. Er besaß weder Alex' Erfahrung noch dessen Talent, sein Auftritt war aber auch nicht so katastrophal verlaufen, wie sie ursprünglich befürchtet hatte. Am meisten Kopfschmerzen bereitete Laurie nur, dass Ryan seine Rolle im Studio anders sah als Alex und ständig Mittel und Wege fand, um ihre Vorstellungen zu untergraben. Daneben fungierte er als juristischer Berater für andere Sendungen, die im Studio produziert wurden. Es gab sogar Gerüchte, wonach er eine eigene Sendung entwickeln wollte. Es war sicherlich kein Zufall, dass Ryans Onkel einer von Bretts besten Freunden war.

Um also auf Graces rhetorische Frage zurückzukommen: *Hat ihm irgendjemand mal verklickert, dass Laurie seine Chefin ist?* So langsam hatte Laurie da ihre Zweifel.

Sie ließ sich Zeit, bis sie sich an ihrem Schreibtisch niederließ, dann bat sie Grace, Ryan anzurufen und ihm mitzuteilen, dass sie jetzt bereit sei, ihn zu empfangen.

Vielleicht war es kleinlich, aber wenn er was von ihr wollte, sollte er gefälligst zu ihr kommen.

3

Ryan hatte die Hände in die Hüften gestemmt, als er in ihrem Büro erschien. Wenn sie ihn objektiv betrachtete, konnte sie eine der aktuellen Debatten unter den Fans ihrer Sendung durchaus nachvollziehen: »Wer ist der Schnuckligere von beiden? Alex oder Ryan?« Klar, sie gab einem der beiden offensichtlich den Vorzug, aber Ryan mit seinen blonden Haaren, den leuchtend grünen Augen und seinem perfekten Lächeln war eine gewisse Attraktivität keineswegs abzusprechen.

»Der Ausblick ist fantastisch, Laurie. Dein Stilempfinden, die Einrichtung ... einfach fantastisch.« Laurie befand sich im fünfzehnten Stock mit Blick auf die Eislaufbahn des Rockefeller Center. Sie hatte das Büro selbst mit modernen, freundlichen Möbeln eingerichtet. »Wäre es mein Büro, würde ich nie mehr weg wollen.«

Mit einem Anflug von Genugtuung vernahm sie den Neid in seiner Stimme, trotzdem konnte sie auf seinen Small Talk gut verzichten.

»Worum geht es?«, fragte sie.

»Brett scheint es kaum erwarten zu können, dass wir mit der nächsten Folge loslegen.«

»Ging es nach ihm, würden wir zwei Sendungen pro Woche ausstrahlen, solange nur die Einschaltquoten stimmen. Er vergisst gern, wie viel Arbeit da drinsteckt, einen Altfall von Grund auf neu zu untersuchen.«

»Schon verstanden. Wie auch immer, ich hab jedenfalls den perfekten Fall für unsere nächste Folge.«

Den Gebrauch des Wörtchens *unsere* konnte sie nicht ignorieren. Immerhin hatte sie Jahre damit verbracht, das Konzept der Sendung zu entwickeln.

So viele ungelöste Fälle es im Land auch gab, nur wenige entsprachen den ungeschriebenen Kriterien, die sie für *Unter Verdacht* infrage kommen ließen. Manche Fälle waren schlicht und einfach *zu* ungelöst – es gab eben keine Verdächtigen, sodass man aufs Geratewohl hätte raten müssen, wer der Täter sein könnte. Manche waren im Wesentlichen gelöst, und die Polizei wartete nur darauf, dass sich die einzelnen Indizien erhärteten und ineinanderfügten.

Die sehr schmale Kategorie dazwischen – ein ungelöstes Verbrechen, allerdings mit einer überschaubaren Menge an Verdächtigen – war Lauries Spezialität. Den Großteil ihrer Zeit verbrachte sie mit dem Überfliegen von Websites, die sich auf wahre Verbrechensfälle spezialisiert hatten, der Lektüre von Lokalnachrichten im ganzen Land und der Durchsicht der Hinweise, die online bei ihr eingingen. Immer war es ihr untrüglicher Instinkt, der ihr sagte, dass es sich lohnen würde, diesen oder jenen Fall weiter zu verfolgen. Jetzt aber stand Ryan vor ihr und war überzeugt, etwas zu haben, an dem *sie* arbeiten sollten.

Sie ging davon aus, dass sie mit jedem Fall, den Ryan erwähnen könnte, bereits vertraut war – von Anfang bis Ende. Aber sie wollte sich ihm gegenüber aufgeschlossen zeigen. »Dann lass mal hören.«

»Virginia Wakeling.«

Laurie kannte den Namen. Kein Todesfall vom anderen Ende des Landes, sondern einer, der sich nur wenige Meilen von hier ereignet hatte, am Metropolitan Museum of Art. Und von einem Altfall konnte man streng genommen auch nicht sprechen. Virginia Wakeling hatte dem Kuratorium des Museums angehört und war als eine der großzügigsten Spenderinnen bekannt. Am Abend der Met-Gala, der wichtigsten Fundraising-Veranstaltung des Museums, hatte man sie hinter dem Gebäude im Schnee gefunden. Sie war an den Folgen des Sturzes gestorben, nachdem sie von der Dachterrasse gesprungen – oder gestoßen worden – war.

Wakeling hatte eine so wichtige Stellung eingenommen, dass das Museum Gerüchten zufolge sogar daran gedacht hatte, die Gala im darauffolgenden Jahr ausfallen zu lassen, nachdem es bis dahin immer noch keine Erklärung für ihren Tod gab. Das Fest fand dann allerdings trotzdem statt, obwohl der Todesfall nach wie vor nicht geklärt war.

Laurie erinnerte sich an genügend Fakten, um eine erste Einschätzung zu äußern. »Es scheint doch vieles dafür zu sprechen, dass es ihr Freund war.«

»Der *unter Verdacht* steht«, antwortete Ryan und malte die Anführungszeichen in die Luft.

»Für mich scheint der Fall so gut wie gelöst. Wenn ich mich recht erinnere, war er beträchtlich jünger als Mrs. Wakeling. Die Polizei scheint überzeugt, dass er der Täter ist, auch wenn sie es nicht beweisen kann. War er nicht Model oder so was?«

»Nein. Personal Trainer. Er heißt Ivan Gray, und er ist unschuldig.«

Der Knoten in Lauries Magen zog sich weiter zusammen. Auch wenn sie immer eine recht dezidierte Meinung zu den von ihnen behandelten Fällen hatte, war sie nie von der Schuld oder Unschuld bestimmter Personen überzeugt gewesen. Der ganze Zweck der Sendung war es doch, sich unvoreingenommen einem ungelösten Fall anzunähern.

Sie war sich sicher, dass Ryan nicht einfach so über den Fall gestolpert war. »Du kennst Mr. Gray zufällig?«, fragte sie.

»Er ist mein Trainer.«

Klar, dachte sie. Das sieht ihm ähnlich. Als sich Grace und Jerry über Ryans willkürliche Arbeitszeiten austauschten, hätten sie sich auch gleich seine diversen sportlichen Hobbys vorknöpfen können: Golf auf der Driving Range des Chelsea Piers Golf Club, Indoor-Cycling bei SoulCycle, Zirkeltraining im Fitnessstudio gleich um die Ecke, und jetzt anscheinend irgendeine weitere Verrücktheit mit seinem neuen Kumpel Ivan Gray.

»Yoga?«, fragte sie.

Ryan verzog das Gesicht und gab damit unmissverständlich zu verstehen, was er von Yoga hielt. »Boxen. Gray gehört das PUNCH.«

Laurie war kein großer Fan von Fitnessstudios, aber selbst sie hatte schon von dem trendigen Schuppen gehört, der sich dem Boxen verschrieben hatte. Die auffällige Werbung in der U-Bahn und an den Bussen war kaum zu übersehen und zeigte perfekt aussehende New Yorker in modischer Sportkleidung und Boxhandschuhen. Laurie musste sich eingestehen, dass die Vorstellung, einem Objekt namens Ryan Nichols einen sauberen Haken zu verpassen, durchaus einen gewissen Reiz ausübte.

»Ich weiß deinen Vorschlag zu schätzen«, entgegnete sie kühl. »Aber ich glaube nicht, dass sich der Fall für die Sendung eignet. Es ist erst drei Jahre her. Die Polizei wird sicherlich noch ermitteln.«

»Ivans Leben ist im Grunde zerstört. Wir könnten ihm helfen.«

»Wenn ihm PUNCH gehört, ist es nicht ganz zerstört. Und falls er diese Frau umgebracht hat, bin ich nicht daran interessiert, ihm zu helfen. Er könnte uns benutzen, um kostenlose Publicity für sein Fitnessstudio zu bekommen.«

Unweigerlich musste Laurie an die Probleme denken, die Ryan ihr vor wenigen Monaten bereitet hatte. Er war noch gar nicht offiziell angestellt gewesen, hatte ihr aber unbedingt weismachen wollen, dass der von ihr ausgesuchte Fall – eine

Frau, die bereits wegen Mordes an ihrem Verlobten verurteilt worden war – für ihre Sendung nicht geeignet sei, bloß weil er von ihrer Schuld überzeugt war.

Ryan warf einen Blick auf sein iPhone.

»Mit Verlaub, Ryan, aber es handelt sich beileibe nicht um einen Altfall«, sagte sie abwiegelnd. Der Mord an ihrem Mann war fünf Jahre nicht gelöst worden. Es hatte keinerlei Verdächtige gegeben, trotzdem hatte das NYPD ihr die gesamte Zeit versichert, dass man »aktiv ermittle«. »Ich will auf keinen Fall unser Verhältnis zur Polizei gefährden, indem ich dazwischenpfusche.«

Ryan tippte auf seinem Handydisplay herum. Daraufhin steckte er das Gerät in die Tasche und sah zu ihr. »Na, dann hören wir uns doch mal an, was er zu sagen hat. Ivan ist gerade unten in der Lobby und kommt hoch.«

4

Laurie kam nur ein Wort in den Sinn, als Ivan Gray ihr Büro betrat: riesig. Der Typ war gewaltig. Er war mindestens eins neunzig, aber es war nicht die Größe allein. Er hatte kein Gramm überflüssiges Fett am Leib, sondern war fit und athletisch. Dazu hatte er braune, kurz geschnittene Haare und grün-braune Augen.

Sie fürchtete sich fast davor, ihm die Hand zu geben, aus Angst, er würde ihr die Finger zerquetschen. Überrascht stellte sie fest, dass er sie mit einem ganz normalen Handschlag begrüßte.

»Ich danke Ihnen sehr, dass Sie mich eingeladen haben, Laurie.« Weder hatte sie ihn eingeladen, noch hatte sie ihn gebeten, sie mit Vornamen anzusprechen.

»Na, Ryan hat eine hohe Meinung von Ihnen«, entgegnete sie schroff.

»Was auf Gegenseitigkeit beruht«, antwortete Ivan und verpasste Ryan einen freundschaftlichen Schlag auf den Arm. »Als er das erste Mal bei uns aufgetaucht ist, dachte ich mir, er wird nach zwanzig Minuten betteln, Schluss machen zu dürfen. Aber er trainiert hart. Wenn er so weitermacht, kann er sich vielleicht irgendwann sogar gegen meine besseren Schützlinge zur Wehr setzen – unter den Boxerinnen, meine ich.«

Ein typischer Insiderwitz, der die Außenseiterin – in diesem Fall Laurie – daran erinnerte, dass sie nicht dazugehörte. Sie wünschte sich, Ryan würde auch so viel Engagement aufbringen, um sich mit den Grundzügen des Journalismus vertraut zu machen. Sie mühte sich zu einem Lächeln.

Normalerweise beschäftigte sie sich stundenlang mit einem Fall, bevor sie den Haupttatverdächtigen befragte. Nun fiel es ihr schwer, vom Geplänkel über Ryans Trainingsbesessenheit zu einem Mord an einer Frau überzuleiten. Sie deutete Ivan an, Platz zu nehmen, und beschloss, unumwunden auf den Punkt zu kommen. »Ryan hat mir gesagt, Sie seien daran interessiert, dass wir uns den Tod von Virginia Wakeling vornehmen und neu ermitteln.«

»Sie können das, wenn Sie wollen, als Neuermittlung bezeichnen, aber wenn Sie mich fragen, hat das NYPD nie richtig ermittelt. Die Polizei hat bloß gehört, dass eine Achtundsechzigjährige etwas mit einem Siebenundvierzigjährigen hatte, und die Sache war für sie klar. Dass gegen mich keinerlei Beweise vorlagen, hat sie gar nicht mehr interessiert.«

Virginia war vor drei Jahren ums Leben gekommen, ging Laurie durch den Kopf, Ivan musste also mittlerweile fünfzig sein. Er sah eher wie vierzig aus, aber sie vermutete, dass er hier und dort nachgeholfen hatte. Er war gebräunt, obwohl es Januar war, und sein kurzer Haarschnitt kaschierte die beginnende Glatzenbildung.

Der Fall war erst vor Kurzem wieder in den Medien durchgehechelt worden, sodass Laurie die meisten Fakten parat hatte. Nach allem, was sie gehört hatte, stand Virginias Vermögen im Mittelpunkt der ursprünglichen Polizeiermittlungen. Ihr Mann war ein erfolgreicher Immobilienunternehmer gewesen, der sie als eine extrem wohlhabende Witwe zurückgelassen hatte. Laurie konnte sich lebhaft vorstellen, was sich Wakelings Familie und Freunde dachten, als sie eine Beziehung mit einem über zwanzig Jahre jüngeren Trainer anfing.

Aber sein Alter und Beruf waren – trotz seiner eigenen Aussagen – nicht die einzigen Gründe, warum er zum Haupttatverdächtigen wurde.

»Bei allem Respekt«, sagte Laurie, »aber wenn Sie sagen, es

hätten keinerlei Beweise vorgelegen, werden Sie den Ermittlungen nicht ganz gerecht. Auch das Motiv gilt als eine Art Indiz. Es gab, wenn ich mich recht erinnere, finanzielle Beweggründe.«

Nach Virginias Tod entdeckte die Polizei, dass mehrere Hunderttausend Dollar ihres Vermögens für diverse Verpflichtungen seitens Ivans aufgewendet worden waren. Ihre Kinder waren der Meinung, dass ihre Mutter diese Ausgaben nie und nimmer gebilligt hätte. Sie mutmaßten, ihre Mutter sei Ivan auf die Schliche gekommen und habe herausgefunden, dass er sie bestohlen hatte, möglicherweise hatte sie daraufhin vorgehabt, ihn anzuzeigen. Das hätte ihm einen triftigen Grund gegeben, sie ein für alle Mal zum Schweigen zu bringen.

»Daran war überhaupt nichts Unrechtmäßiges«, antwortete er nun. »Ja, sie hat mir bei einigen Rechnungen ausgeholfen. Der Porsche war ihr Geburtstagsgeschenk. Ich wollte ihn nicht annehmen, das war viel zu großzügig, aber sie hat darauf bestanden. Sie hat gesagt, es würde ihr gefallen, im Sommer darin mit offenem Verdeck herumkutschiert zu werden. Für sie war es mehr ein Geschenk, das sie sich selbst gemacht hat.«

Laurie konnte sich nicht erinnern, dass es auch um einen teuren Sportwagen ging, aber selbst mit einem Porsche kam man nicht auf die fraglichen Summen. »Meines Wissens ging es um mehr als um einen Wagen. Angeblich waren gewaltige Summen verschwunden.«

»Nichts war verschwunden.« Er schlug mit der rechten Faust in die linke Handfläche. Laurie zuckte zusammen. Es war nicht das erste Mal, dass sie sich wieder in Erinnerung rufen musste, möglicherweise mit einem Mörder zu sprechen. Das brachte ihre Arbeit unweigerlich mit sich. Plötzlich stand ihr sehr konkret vor Augen, wie er Virginia Wakeling hochgehoben und von der Dachterrasse geworfen hatte. Der Mörder – wer immer es gewesen sein mochte – musste jedenfalls über einige Kraft verfügt haben. Was auf ihn eindeutig zutraf.

Ganz ruhig fuhr Ivan fort. »Das Geld ist nicht verschwunden. Wie gesagt, sie ist für einige kleinere Rechnungen und für den Wagen aufgekommen. Der Rest des Geldes aber war gedacht als Investition in PUNCH. Mein Studio.«

Laurie nickte. Sie wusste, was er beruflich machte.

»Das war mein Traum, Virginia hat das gewusst. Sie war Kundin bei mir. Ich habe sie einige Boxübungen machen lassen – nichts Schweres, meistens Seilspringen oder Schattenboxen. Aber das sind tolle Fitnessübungen und ganz was anderes als die üblichen Sachen. Die Leute mögen das. Ich wusste, dass das Studio eine tolle Idee ist. Ich habe sie nie um Hilfe gebeten. Daher war ich richtig entsetzt, als sie mir gesagt hat, sie würde mir das Geld für die Anfangsinvestition geben. Ich hab eine alte Boxschule aufgetan und den Betreiber überreden können, sie mir zu verkaufen, damit ich sie zu einem coolen Fitnessstudio umbauen konnte. Im Grunde genommen ist er mein Partner, das Geschäft gehört aber mir. Virginia hat an mich geglaubt. Sie wusste, dass ich Erfolg haben würde. Und genau so ist es auch gekommen.«

Es war ihm anzusehen, wie stolz er auf das Erreichte war. Gründete das alles auf dem Mord an einer unschuldigen Frau? »Wie viel Geld hat sie investiert?«

»Fünfhunderttausend Dollar.«

Laurie sah ihn überrascht an. Es waren schon Menschen für sehr viel weniger umgebracht worden.

»Das verstehe ich nicht, Ivan. Sie hat in Ihre Geschäftsidee investiert, warum haben Sie dann keine schriftliche Vereinbarungen oder andere Dokumente, aus denen ihre Absichten eindeutig hervorgehen? Soweit ich die damalige Berichterstattung im Kopf habe, waren Virginias Kinder felsenfest davon überzeugt, dass ihre Mutter Ihnen niemals so viel Geld gegeben hätte.«

»Weil Virginia ihnen nie etwas anderes gesagt hat. Ihre

Kinder sind Geizkragen. Ihnen ist alles in den Schoß gefallen, und es war ihnen nie genug. Sie haben nur einen Blick auf mich geworfen und für sich beschlossen, dass ich lediglich hinter ihrem Geld her wäre. Also hat Virginia ihnen versichert, dass sie mir nichts gibt, nur damit sie ihre Ruhe vor ihnen hat. Ich sollte ihnen noch nicht mal sagen, dass sie den Porsche bezahlt hat. Wahrscheinlich haben sie geahnt, dass Virginia ihnen einiges verheimlicht. Ich kann als Personal Trainer ganz gut leben, aber ich hätte nie so viel Geld für ein Auto ausgegeben. Nach Virginias Tod haben sie mich dann gegenüber der Polizei als Dieb hingestellt.«

»Geld für Luxusgüter wie einen Sportwagen auszugeben ist eine Sache. Aber meinen Sie nicht auch, dass eine Mutter ihren Kindern erzählen würde, wenn sie eine beträchtliche Summe in ein Geschäft investiert?«

Er schüttelte den Kopf. »Ich weiß, dass·sie es nicht getan hat. Verstehen Sie mich nicht falsch: Virginia hat ihre Kinder geliebt, sie hat ihnen sehr nahe gestanden. Aber sie haben ihre Mutter eigentlich gar nicht gekannt. Virginia hat in der Zeit tiefgreifende Veränderungen durchgemacht. Bob – ihr Mann – war damals fünf Jahre tot. Endlich hatte sie angefangen, ihr eigenes Leben zu leben, sie war nicht einfach nur mehr Ehefrau und Mutter. Sie war völlig unabhängig, und es hat ihr unheimlich gefallen, anderen Menschen Gutes tun zu können. Sie hat einige Dinge aufgegeben, die Bob wichtig gewesen waren, und sich dafür anderen gewidmet, hinter denen sie stand. Dazu hat der Sitz im Kuratorium des Metropolitan Museum gehört.«

Seine Stimme, bemerkte Laurie, bekam etwas sehr viel Sanfteres, wenn er von Virginia sprach. »Und wie passt Ihr Fitnessstudio in diese Geschichte?«

»Ich behaupte ... nein, ich weiß, dass sie glücklich war über diese Veränderungen – wirklich glücklich. Aber ihre Kinder haben alles nur kritisiert. Sie wollten, dass sie in einer Art Zeitkapsel lebt. Es hat ihnen nicht gefallen, dass sie sich verändert hat, und zu diesen Veränderungen habe nun mal auch ich gehört. Wir haben ernsthaft davon gesprochen zu heiraten. Ich hatte ihr sogar schon einen Ring gekauft, aber sie war noch nicht bereit, es ihrer Familie zu sagen. Virginia meinte, wenn mein Studio erst mal richtig läuft, würden ihre Kinder mich eher akzeptieren. Deshalb hat sie mir geholfen, und deshalb hat sie niemandem etwas davon erzählt.«

»Aber es muss doch von ihr unterzeichnete Schecks geben, irgendetwas, das bestätigt, dass sie die Zahlungen abgesegnet hat.«

»Sie hat alles online überwiesen. Virginia war zwar älter, aber mit dem Internet kannte sie sich besser aus als ich. Mit ein paar Mausklicks konnte sie hunderttausend Dollar an eine Wohltätigkeitsorganisation überweisen.«

Oder, dachte Laurie, du kanntest ihre Passwörter und dachtest dir, bei ihrem Vermögen würde es nicht auffallen, wenn der eine oder andere Betrag fehlt.

»Die Hälfte des Geldes hat sie direkt an meinen Partner für den Kauf des Studios überwiesen. Die andere Hälfte ging für die Renovierung der Räumlichkeiten, für die Einrichtung und die Geräte drauf – das sind die Anfangskosten, wenn man so etwas aufzieht. Aber das Geld war nicht weg. Es steckt im Geschäft, an das hat sie geglaubt, und aus dem sollte zumindest ein Teil unseres Einkommens stammen, wenn wir verheiratet wären.«

Ryan hatte bis zu diesem Punkt geschwiegen, konnte es aber nunmehr kaum erwarten dazwischenzugehen. »Wie ich gesagt habe, Laurie. Ivan wurde von Anfang an mit Vorurteilen konfrontiert, aber er hatte kein finanzielles Motiv, um Virginia irgendetwas anzutun. Zum einen gibt es nicht den geringsten Beweis, dass das in PUNCH gesteckte Geld gestohlen wurde. Selbst wenn Ivan es gestohlen hätte ...«

»Was ich nicht getan habe ...«

Ryan hob die Hand, um Ivan zu unterbrechen. »Natürlich nicht. Aber nehmen wir es einfach mal an, dann hätte Virginias Wort gegen seines gestanden, wenn sie ihn beschuldigt hätte, das Geld ohne ihre Zustimmung genommen zu haben. Sie hatten eine Liebesbeziehung. Sie waren offiziell noch nicht verlobt, aber sie hatten sich zweifellos darüber unterhalten und von der Ehe gesprochen, was der bei Harry Winston gekaufte Ring bezeugt. Offensichtlich hatte sie Ivan freiwillig weitere Vermögenswerte überantwortet, unter anderem einen Porsche. Als ehemaliger Staatsanwalt sage ich, kein Kläger kann aufgrund dieser Beweislage Ivan ohne begründeten Zweifel einen Diebstahl nachweisen. Im schlimmsten Fall würde man sich auf eine Art Vergleich einlassen, wobei er ihr – wie einer ganz normalen Investorin – die fragliche Summe aus dem Firmenguthaben zurückzahlt.«

Laurie konnte sich Ryans Argumenten nicht verschließen. Im Zweifelsfall bedeutete Virginias Ermordung lediglich, dass Ivan nicht in ihr Vermögen einheiraten konnte. Außerdem rückte ihr Tod das Augenmerk auf ihre finanziellen Verhältnisse, wodurch Ivan umso mehr zum Hauptverdächtigen wurde. Diese beiden Argumente waren nicht von der Hand zu weisen. Das kurze Treffen hatte gereicht, um ihre ursprüngliche Meinung über Ivan ins Gegenteil zu verkehren. Seine Behauptung, er habe durch die Ermordung Virginias nichts zu gewinnen, aber eine Menge zu verlieren gehabt, klang aus dieser neuen Perspektive äußerst schlüssig.

Ivan musste spüren, dass sie sich mehr und mehr auf seine Seite der Geschichte einließ. »Ich schwöre, Laurie, ich war es nicht. Ich habe Ginny geliebt. So habe ich sie genannt. Das war ihr Kosename, als sie klein war, aber als sich ihr Mann einen gewissen Bekanntheitsgrad erarbeitet hatte, wollte er, dass man sie mit Virginia anredete. Wäre sie nicht gestorben, hätten wir wenige Monate später geheiratet, und wir wären sehr glücklich gewesen.«

»Laurie«, schaltete sich Ryan wieder ein, »ich weiß, du magst es nicht, wenn ich dir dazwischenrede, aber ich sage dir: Dieser Fall wird der Hit. Er ist für *Unter Verdacht* wie geschaffen. Darüber hinaus helfen wir jemandem, der es wirklich verdient hat.«

Wenn sie in solchen Vorbereitungsgesprächen die wichtigste Frage stellte, hatte sie sich normalerweise zuvor mit allen öffentlich zugänglichen Fakten des Falls eingehend vertraut gemacht. Das hatte sie hier beileibe nicht, trotzdem – und auch auf die Gefahr hin, voreilig zu sein – fragte sie ihn jetzt, weil sie es einfach wissen wollte: »Wenn Sie Mrs. Wakeling nicht getötet haben, wer war es dann?«

Als Ivan, statt ihr zu antworten, zu Ryan sah, glaubte sie, anfangs doch richtig gelegen zu haben. Als das Schweigen immer länger andauerte, erhob sie sich. »Okay, ich kann mir ja noch mal alles durch den Kopf gehen lassen ...«

»Nein, warten Sie«, rief Ivan. »Es ist ja nicht so, dass ich mir nicht meine Gedanken gemacht hätte. Glauben Sie, ich habe durchaus Theorien, die von Tatsachen gestützt werden. Aber ich habe in fünfzehn Minuten eine Trainingsstunde mit einem sehr bekannten Schauspieler, und ich habe nicht erwartet, dass Sie von mir gleich die ganze Geschichte hören wollen. Ich weiß nicht, ob ich Namen nennen soll, solange ich nicht weiß, ob Sie sich wirklich für Virginias Fall entscheiden. Ich habe mich nicht unterkriegen lassen, obwohl mich viele für einen Mörder halten. Wenn ich das alles wieder aufführe, dann nur, wenn es einen guten Grund dafür gibt.«

Sie wusste nicht recht, was sie davon halten sollte. Einerseits sollte man annehmen, dass jemand, der unschuldig war, alles daransetzen würde, seinen Namen reinzuwaschen. Andererseits konnte sie sich vorstellen, dass Ryan Ivan zum Besuch im

Fernsehstudio überredet hatte, und in diesem Fall müsste Ivan sehr darauf achten, nicht zu viel zu sagen.

»Gut«, sagte sie. »Geben wir uns einen Tag, um darüber nachzudenken. Wir können uns morgen noch mal treffen, wenn wir beide der Meinung sind, der Fall wäre es wert.«

Ivan nickte. »Ich danke Ihnen sehr, Laurie, für Ihre Zeit und für Ihre Unvoreingenommenheit. Es bedeutet mir sehr viel.« Als er sich diesmal verabschiedete, war sein Handschlag so fest, dass ihr danach die Finger brannten.

5

Kaum hatte Ryan Ivan aus ihrem Büro begleitet, kamen auch schon Grace und Jerry hereingestürzt.

»*Deshalb* ist Ryan also den ganzen Morgen so herumgetigert«, platzte Jerry heraus. »Ivan Gray? Ich gehe davon aus, dass er nicht hier war, weil du Boxunterricht nehmen willst.«

»Es überrascht mich, dass du ihn kennst«, erwiderte Laurie. »Ich hätte jedenfalls nicht gewusst, wer er ist.«

»Ich war damals sehr fasziniert vom Wakeling-Fall und habe jedes Wort darüber gelesen«, entgegnete Jerry.

»Dann klär mich auf.«

»Nach ihrem Tod haben sich die Medien auf seine Rolle in ihrem Leben eingeschossen – erst als ihr Trainer in einem sehr exklusiven Fitnessklub in der Nähe des Plaza Hotel, dann als ihr unvermuteter Liebhaber. Er war am Abend ihres Todes mit auf der Gala. Aber im Lauf der Zeit ist dann immer weniger über ihn berichtet worden. Irgendwie muss es Ivan gelungen sein, seinen Namen und sein Gesicht aus der Presse herauszuhalten.«

»Du hast den Fall wirklich verfolgt, Jerry?«

»Na ja, Virginia Wakeling ist die Einzige, die bei einer Met-Gala jemals ums Leben gekommen ist.«

»Bleiben wir bei Ivan«, sagte Laurie. Sie prägte sich ein, dass die Zuschauer daran interessiert sein könnten, wie er es geschafft hatte, in den folgenden Jahren seine Privatsphäre zu wahren.

»Als ich gesehen habe, dass Ryan Ivan Gray in dein Büro

brachte, wusste ich, was Ryan für unseren nächsten Fall vorgesehen hat«, sagte Jerry.

»Ryan mag es, wenn ihm alles in den Schoß fällt«, mischte sich Grace ein. »In letzter Zeit hat er nur noch von seinem Boxstudio gesprochen. Wenn ich es mir recht überlege, Ivan Gray wäre für unsere Sendung doch gar nicht so schlecht. Er ist völlig anders als unsere bisherigen Verdächtigen, er könnte richtiges Interesse wecken.«

»Laurie, wie schätzt du ihn ein?«, fragte Jerry. »Was hältst du von ihm?«

Sie zuckte mit den Schultern. »Ich hab ihn ja nur kurz gesehen, mein Bauchgefühl sagt mir aber, der Fall passt nicht. Dazu ist er noch viel zu jung. Ich gehe davon aus, dass die Polizei noch ermittelt. Außerdem, vielleicht bin ich ungerecht wegen des Altersunterschieds und der fraglichen Geldsumme, aber ich hatte den Eindruck, dass Ivan nicht ehrlich ist. Ihr kennt mich – ich würde nie jemanden als Mörder bezeichnen, wenn nicht eindeutige Beweise vorliegen, aber ich kann verstehen, warum Virginias Familie seinen Absichten mit Argwohn begegnet.«

»Du hältst ihn also für einen Heiratsschwindler?«, schlussfolgerte Grace.

»Das hast jetzt du gesagt, nicht ich.«

»Aber das Setting wäre faszinierend«, warf Jerry ein. »Ich meine – das Metropolitan Museum of Art!«

Grace, der schwante, dass nun eine längere Diskussion anstand, verkündete, dass sie sich wieder an ihren Schreibtisch verziehen würde und Laurie nach ihr rufen solle, wenn sie etwas brauchte. Nachdem sie fort war, führte Jerry seinen Punkt weiter aus.

»Laurie, einen fabelhafteren, berühmteren Schauplatz können wir uns doch gar nicht wünschen. Die jährliche Kostümausstellung gehört zu den berühmtesten der Welt. Der Abend, an dem Virginia ums Leben gekommen ist, stand unter dem Thema ›Mode der First Ladies‹ mit Exponaten von Präsidentengattinnen aus vielen verschiedenen Jahrzehnten. Ich will ja nicht zynisch sein, aber selbst wenn wir nur das wiederverwerten, was wir an Material aus den Nachrichtensendungen haben, können die Zuschauer nicht widerstehen.«

»Glaub mir, Jerry, das weiß ich. Aber wir können nicht davon ausgehen, dass wir vom Museum eine Drehgenehmigung bekommen ...«

»Dann lass es mich herausfinden. Ich kann ein bisschen herumtelefonieren.«

Laurie unterbrach Jerry nur selten, jetzt hob sie allerdings die Hand. Die Met-Gala, wie sie nur allzu gut wusste, war für das Museum die wichtigste Fundraising-Veranstaltung des Jahres und zog Stars und die großzügigsten Spender der ganzen Stadt an. Zuschauer veranstalteten zu Hause Fernsehpartys, bei denen sie die modischen Highlights und Geschmacksverirrungen auf dem roten Teppich kommentierten. Als Angehörige des Kuratoriums stand Virginia natürlich immer im Mittelpunkt. Jerry musste Laurie nicht die Gründe aufzählen, warum der Fall eine tolle Sendung abgeben würde.

»Laurie«, fuhr Jerry unbeirrt fort, »ich sage dir nicht, wie du deine Sendung zu machen hast. Aber normalerweise unternimmst du wenigstens ein paar Recherchen, bevor du eine Entscheidung triffst. Ich weiß, mit der letzten Sendung haben wir nachgewiesen, dass jemand zu Unrecht beschuldigt wurde. Das wird nicht immer der Fall sein. Manchmal sind die Verdächtigen eben auch die Täter. Wenn Ivan schuldig ist, wird unsere Sendung dazu beitragen, das auch zu beweisen.«

»Natürlich, theoretisch. Aber Ryan ist ganz offensichtlich voreingenommen. Sein neuer Trainer ist im Moment auch sein bester Kumpel. Wenn wir Alex noch hätten, dann vielleicht.«

»Dieser Zug ist abgefahren.«

Laurie versetzte es einen Stich bei diesen Worten, aber daran war nicht Jerry schuld. Er brachte nur zum Ausdruck, dass Alex nicht mehr an der Sendung teilnahm, er konnte nicht wissen, dass sich Alex vielleicht ganz aus ihrem Leben verabschiedet hatte.

»Ryan lässt sich doch besser an, als wir gedacht haben«, fuhr Jerry fort. Die Einschaltquoten der letzten Sendung waren genau so hoch wie die davor, als Alex noch mitgewirkt hatte.

»Mag schon sein«, räumte sie ein. »Aber Ryan ist nicht objektiv. Bei der letzten Produktion musste ich mich mit Händen und Füßen gegen ihn wehren, weil er meinte, er wüsste alles besser – obwohl er offensichtlich falschlag. Bei Ivan wird es genauso sein, ich sehe es schon vor mir, nur wird es diesmal noch schlimmer werden. Ryan wäre dann die vertrauensvolle Kontaktperson des Hauptverdächtigen.«

Jerry nickte, er hatte verstanden. Das alles wäre dann ein weiterer Schritt, um die Kontrolle über die eigene Sendung an einen anderen abzugeben.

»Also gut. Keine Virginia-Wakeling-Recherchen. Wir finden etwas anderes.«

Er wollte ihr Büro schon verlassen, als sie ihn aufhielt. »Stelle fest, ob es möglich wäre, im Metropolitan Museum zu filmen.«

Erstaunt sah er sie an, als wäre er fest davon ausgegangen, dass das Thema abgehakt sei.

»Na, ich predige doch ständig davon, dass wir unvoreingenommen sein sollen«, sagte Laurie. »Dann sollte ich das auch beherzigen.«

6

Als sie allein war, nahm sie an ihrem Schreibtisch Platz und betrachtete das gerahmte Foto dort. Es zeigte Greg mit Timmy und ihr am Strandhaus von Freunden in den Hamptons. Nur drei Monate später war jemand auf Greg zugetreten, als er mit Timmy auf einem Spielplatz war, und hatte ihn mit einem Schuss in die Stirn getötet.

Nach Gregs Tod durchlebte sie eine schwierige Zeit. Sie konnte sich kaum zur Arbeit aufraffen und musste im Studio eine Reihe von Fehlschlägen hinnehmen, bis ihr bewusst wurde, dass sie ihre beste Idee bislang unter Verschluss gehalten hatte – eine Sendung, in der Altfälle aus Sicht der beteiligten Personen behandelt würden. Da bis zu diesem Zeitpunkt nach wie vor nicht geklärt war, wer der Mörder ihres Mannes war, hatte sie befürchtet, als trauernde Witwe zu gelten, die sich zwanghaft mit ungelösten Morden beschäftigte.

Aber die Sendung entpuppte sich als riesiger Erfolg. Noch mehr überraschte sie, dass die Polizei im Lauf dieser Sendung den von Timmy nur als »Mann mit den blauen Augen« bezeichneten Mörder ihres Mannes identifizieren konnte. Seitdem war *Unter Verdacht* für sie mehr als ein Job. Die Sendung ermöglichte es ihr, anderen Menschen zu helfen.

Jetzt, als sie Greg auf dem Foto betrachtete, wurde ihr klar, was sie am Virginia-Wakeling-Fall so störte. Es ging gar nicht um Ryans Beteiligung, sondern darum, wie ihr der Fall präsentiert worden war – durch das Treffen mit Ivan Gray. Ja, Ivan hatte gesagt, er habe Virginia geliebt und sie heiraten wollen.

Dabei hatte er aber wie jemand geklungen, der nur darauf aus war, seinen Namen reinzuwaschen, jedenfalls nicht wie ein Mann, der die Frau verloren hatte, mit der er sein Leben verbringen wollte.

Sie bekam den Fall noch nicht richtig zu fassen, weil sie zu keinem, der von Virginia Wakelings Tod persönlich betroffen war, eine Beziehung aufgebaut hatte.

Aber Ivan Gray war nicht der einzige Mensch in Wakelings Leben gewesen.

Sie öffnete ihren Browser und googelte nach *Virginia Wakeling Nachruf.* Es fand sich ein ausführlicher Artikel in der *New York Times.* Überraschenderweise begann er nicht mit Virginias Verdiensten, sondern mit einer Zusammenfassung der Leistungen ihres Mannes Bob. Der Immobilienunternehmer hatte ein Vermögen verdient durch die Umwandlung eines verwahrlosten Industriegebiets in Long Island City zu einem lebendigen Viertel mit Luxus-Apartmenthochhäusern und In-Restaurants, die alle nur wenige Minuten von Manhattan entfernt lagen.

Erst dann wurde Virginias philanthropische Arbeit gewürdigt, nachdem sie fünf Jahre zuvor Witwe geworden war. Sie hatte eine Stiftung gegründet, die sich für die Leseförderung von Kindern einsetzte und Kinder in der Innenstadt mit neuen Büchern versorgte. Zudem war sie kurz zuvor von Dress for Success geehrt worden, einer Wohltätigkeitseinrichtung, die Frauen, die sich wirtschaftlich unabhängig machen wollten, mit Businesskleidung ausstattete. Es folgte eine lange Liste der von ihr unterstützten Kunst- und Kultureinrichtungen. *Mrs. Wakeling hinterlässt eine Tochter, Anna Wakeling, und deren Mann Peter Browning, sowie einen Sohn, Carter, dazu die Enkelkinder Robert III. und Vanessa.*

Es war noch zu früh, um sagen zu können, ob man Ivan Gray trauen konnte, eines aber nahm sie ihm ab: Virginia hatte jahrzehntelang das Dasein einer Ehefrau und Mutter geführt, bevor sie eine bemerkenswerte neue Phase in ihrem Leben begonnen hatte. Es musste Menschen geben, die sie geliebt hatten, nicht nur Ivan, auch andere. Sie hatte zwei Kinder, die ihren Vater und nur fünf Jahre später auch ihre Mutter verloren hatten. Wie Laurie und Timmy viele Jahre lang mussten sie jeden Abend zu Bett gehen, ohne zu wissen, wer ihre Mutter getötet hatte – falls sie wirklich getötet worden war – und warum.

Wenn Laurie den Fall aus deren und nicht aus Ivans Perspektive betrachtete, spürte sie, wie die Geschichte sie berührte. Sie hatte versprochen, unvoreingenommen an die Sache heranzugehen, und das würde sie jetzt tun.

7

Leo Farley sprang in den Wagen, der vor dem Gebäude auf Randall's Island auf ihn wartete, und fühlte sich zwanzig Jahre jünger.

Er war fünfundsechzig. Hätte ihn jemand zehn Jahre zuvor gebeten, einen Blick in die Kristallkugel zu werfen, hätte er sein gegenwärtiges Leben nie vorhergesehen. Seine Frau Eileen war viel zu jung gestorben. Dann wurde Greg ermordet, der Mann seiner Tochter, unter Umständen, die ebenfalls keiner von ihnen hätte vorhersehen können. Leo hatte nie große Pläne geschmiedet, aber er hatte immer stillschweigend angenommen, er würde seinen Job machen, bis es so weit war und die Pensionierung anstand.

Stattdessen, entgegen jeder Erwartung, hatte er sich sechs Jahre zuvor, im Alter von neunundfünfzig, pensionieren lassen, um seiner Tochter Laurie mit ihrem Sohn Timmy zu helfen. Auf Einsatzbesprechungen und vertrauliche Unterredungen folgten übergangslos Haferbreifrühstücke, der Schulweg zur St. David's und Abendessen mit Hühnchen in der Wohnung seiner Tochter.

Von heute auf morgen fand er sich in einer völlig neuen Rolle wieder. Aus dem Ersten Stellvertretenden Polizeipräsidenten des NYPD wurde ein Rentner, der mithalf, seinen Enkelsohn großzuziehen. Dann aber, drei Monate zuvor, war er gefragt worden, ob er nicht der Anti-Terror-Taskforce des NYPD beitreten wolle, deren Zentrale gleich gegenüber der Upper East Side lag, auf der anderen Seite der Triborough Bridge. Dort fand er sich mehrere Abende im Monat ein, so wie heute, den Großteil seiner Arbeit aber konnte er von zu Hause aus erledigen, sodass ihm noch genügend Zeit für Timmy und Laurie blieb.

Bis er nach Manhattan zurückkehrte, hatte Laurie bereits das Essen auf dem Tisch.

»Wenn ich es nicht besser wüsste«, sagte er, als er ihre Wohnung betrat, »würde ich denken, meine Tochter hat das Kochen gelernt.«

Laurie hatte viele Talente, mit der Küche allerdings hatten diese wenig zu tun. »Ich bin versucht, dir zu sagen, dass ich ein neues Rezept entdeckt habe«, sagte sie.

»Ich liebe dich, mein Schatz, trotzdem bin ich von ganzem Herzen Polizist und weiß daher, wenn du die Wahrheit ... na ja, verdrehst.«

»Es ist ein neuer Lieferdienst, nennt sich Caviar. Ich kann noch nicht mal behaupten, ich hätte ihn entdeckt. Timmy hat die Bestellung aufgegeben.«

Leo nahm in Augenschein, was der Tisch so bereithielt: Bürgermeisterstück, Kartoffelbrei, gekochte Karotten und grüner Salat.

»Tut mir leid, dass ich damit dein Quantum an rotem Fleisch pro Woche aufbrauche, Dad«, sagte Laurie. »Aber das Lokal soll fantastisch sein.« Ein Jahr zuvor hatte Leo Probleme mit dem Herzen gehabt, worauf ihm im Mount Sinai Hospital zwei Stents eingesetzt wurden. Es wäre ihm lieber gewesen, Laurie hätte davon nie erfahren, seitdem war sie nämlich fest entschlossen, aus ihm einen beklagenswerten Veganer zu machen, der sich noch dazu glutenfrei ernähren sollte.

Leo tunkte sein letztes Fleischstück in die Sauce béarnaise auf seinem Teller, als Laurie das Thema wechselte, nicht mehr von der Auktion an Timmys Schule erzählte, sondern von dem

Fall, den sie möglicherweise in ihrer nächsten Sendung behandeln wollte.

»Kannst du dich noch an den Fall Virginia Wakeling erinnern? Das Kuratoriumsmitglied, das am Abend der jährlichen Gala von der Dachterrasse des Metropolitan Museum in den Tod gestürzt ist.«

Leo war zu diesem Zeitpunkt bereits pensioniert gewesen, der Fall aber hatte mindestens zwei Wochen lang die Schlagzeilen bestimmt. »Der Tatort war fürchterlich, eine schreckliche Art zu sterben. Offiziell ist der Fall noch ungelöst, inoffiziell aber hat man sich darauf verständigt, dass es ihr Liebhaber war. Er war auf ihr Geld aus.«

»Nur dass dieser Liebhaber behauptet, dass sie ihm das Geld aus freien Stücken gegeben hat«, sagte Laurie. Sie berichtete ihrem Vater, was sie am Vormittag von Ivan Gray erfahren hatte. »Nach ihrem Tod konnte er ihr auch kein Geld mehr aus der Tasche ziehen.«

»Das ist der Fall, den du in Betracht ziehst?«, fragte Leo. »Dann solltest du mehrere Perspektiven in petto haben.«

Sie zuckte mit den Schultern.

»Das sieht dir überhaupt nicht ähnlich, Laurie. Was ist los?«

»Ryan hat den Fall angeschleppt.«

Leo legte die Gabel neben seinen Teller. Er war Ryan Nichols erst zweimal begegnet, hielt ihn aber für jemanden, dem das eigene Ego immer in die Quere kam. »Kannte er Mrs. Wakeling?«

»Nein, schlimmer. Ihr Liebhaber Ivan Gray ist ein Bekannter von ihm. Er ist fest davon überzeugt, dass der Mann unschuldig ist und von der Polizei ungerechtfertigt in die typische Schublade gesteckt wurde.«

»He, Mom?« Timmy biss in drei Pommes gleichzeitig.

»Ja?«

»Ich will dich ja nicht kritisieren oder so, aber andere Mütter reden am Esstisch nicht von irgendwelchen Morden.«

Laurie verpasste ihrem Sohn einen Stups in die Seite. »Wie willst du der beste Polizist von ganz Nordamerika werden, wenn wir dein Gehirn nicht schon in jungen Jahren damit verderben?«

»Der Sicherheitschef des Museums gehört ebenfalls der Anti-Terror-Taskforce an. Wir haben uns vor Kurzem wegen der potenziellen Gefahrenlage von stark frequentierten Einrichtungen getroffen. Der Polizeichef des Central-Park-Distrikts gehört ebenfalls dazu. Soll ich mich bei ihm mal nach dem aktuellen Stand der laufenden Ermittlungen erkundigen?«, fragte Leo.

Laurie schenkte ihm ein strahlendes Lächeln, während sie begann, das Geschirr abzuräumen. »Gibt es irgendjemanden in dieser Stadt, Dad, den du nicht kennst?«

Er führte zwei Telefonate – eins mit dem Sicherheitschef des Metropolitan Museum, das andere mit einem Bekannten bei der Mordkommission. Von keinem bekam er detaillierte Auskünfte, beide aber kamen zur selben Schlussfolgerung.

Er fand Laurie in der Küche, wo sie den Geschirrspüler füllte. »Tut mir leid, meine Liebe, ich bin zwar kein Fan von Ryan, aber dieser Fall dürfte für dich gerade richtig sein.«

»Wieso?«

»Der Fall ist so kalt, dass die Polizei keine Spuren mehr verfolgt. Es gibt aber anscheinend einige Gesichtspunkte, mit denen man sich näher beschäftigen könnte. Ein Wachmann hat sie nach oben gehen sehen, die Kameras waren allerdings ausgeschaltet. Keiner weiß, wer mit ihr auf der Dachterrasse gewesen sein könnte. Anscheinend ging es um eine Menge Geld, eine ganze Reihe von Leuten hatte durch ihren Tod einiges zu gewinnen.«

Laurie wrang den Spülschwamm aus und lehnte ihn gegen das Trockengestell. »Alles sehr interessant, aber, offen gestanden, habe ich gehofft, du würdest mir sagen, dass der Fall nichts für mich wäre.«

»Nein. Nach allem, was ich weiß, könntest du dich sogar richtig verdient machen, wenn du dich seiner annimmst. Die Polizei braucht neue Spuren, oder der Fall wird endgültig zu den Akten gelegt.«

»Ich weiß nicht. Bislang war ich immer die wichtigste Ansprechpartnerin für die Person – in Anführungszeichen – unter Verdacht. Wenn wir diesen Fall behandeln, gebe ich Ryan gegenüber zumindest teilweise das Zepter aus der Hand.«

»Na ja, der Sicherheitschef des Metropolitan Museum meint jedenfalls, er wäre jederzeit bereit, sich mit dir zu treffen. Er war an dem fraglichen Abend, als Wakeling starb, da. Ich will dir nicht sagen, was du tun sollst, aber lehne einen guten Fall nicht ab, nur weil er von Ryan kommt. Selbst eine kaputte Uhr zeigt zweimal am Tag die richtige Zeit an.«

Leo hatte keine hohe Meinung von Ryan, aber er spürte, dass Laurie aus ganz eigenen Gründen etwas gegen den jungen Anwalt hatte. Und bei diesen Gründen ging es vor allem um Alex Buckley, nicht um Ryan. Sie machte einen unglücklichen Eindruck. Natürlich fehlt er ihr, dachte er. Wie kann es anders sein? Timmy und mir fehlt er auch.

8

Alex Buckley sah aus den großen Fenstern seines Wohnzimmers zu den Lichtern, die sich auf dem East River spiegelten. Das Telefonat war beendet, aber er hielt das Gerät noch in der Hand und hatte die Worte noch im Ohr, die er soeben gehört hatte.

Seit Wochen wusste er, dass sein Name im Gespräch war, er hatte aber immer das Gefühl gehabt, das Verfahren würde sich noch Jahre hinziehen. Heute Abend allerdings hatte er einen Anruf des dienstälteren Senators im Bundesstaat New York erhalten, der kurz zuvor persönlich mit dem Präsidenten der Vereinigten Staaten gesprochen hatte. Es würde wirklich wahr werden.

»Ja!«, rief er triumphierend und reckte die Faust.

Er hörte seinen Butler Ramon sich räuspern, als dieser ins Zimmer trat. »Noch kein Schnee, Ramon?«, fragte er.

Der Wetterbericht hatte den ersten Schnee des Winters angekündigt. Silvester hatten sie ohne eine einzige Flocke hinter sich gebracht. Aber Ramon ging anderes durch den Kopf. »War das der Anruf, auf den Sie so sehnlich gewartet haben?«, fragte er.

»Ja, in der Tat. Ich werde nächste Woche nach Washington fliegen und mich den Fragen stellen, das ist notwendig für die Zustimmung des Senats. Man hat mich gewarnt, es wird schrecklich.«

»Wenn das jemand problemlos übersteht, dann Sie, Mr. Alex. Ich bin sehr froh, dabei gewesen zu sein, als der Anruf kam. Mir ist, als wäre ich damit zu einem kleinen Teil der Geschichte geworden.«

Ramon hatte sich, was selten genug vorkam, eine Woche freigenommen, um seine Tochter Lydia in Syracuse zu besuchen. Mit seinen einundsechzig Jahren war er Großvater eines kleinen Mädchens namens Ramona geworden. Jetzt, kaum einen Tag wieder in der Stadt, hatte er Alex schon mindestens fünfzig Fotos des Babys gezeigt. Ramon kriegte sich gar nicht mehr ein, dass seine wunderbare kleine Enkelin, fast dreißig Jahre nachdem er selbst die Philippinen verlassen und sich in die USA aufgemacht hatte, als amerikanische Staatsbürgerin zur Welt gekommen war.

»Danke, Ramon.«

»Ich weiß, es ist schon spät, aber eine kleine Feier scheint mir für den Anlass doch angemessen zu sein. Wie wär's mit einem Schluck?«

Ramon bestand darauf, sich selbst als Butler zu bezeichnen, er war aber auch Alex' persönlicher Assistent, Küchenchef, Freund und Ehrenonkel. Alex hatte seine Eltern vor mehr als fünfzehn Jahren verloren und war daraufhin zum Vormund seines jüngeren Bruders Andrew bestimmt worden. Andrew hatte ihre aus nunmehr zwei Männern bestehende Familie durch die Heirat mit Marcy erweitert und war mittlerweile Vater von drei bezaubernden Kindern, aber Alex betrachtete Ramon ebenfalls als Mitglied des Buckley-Clans.

Dieses Gefühl beruhte auf Gegenseitigkeit, wie Alex jetzt sah. Ramon mit seinem runden Gesicht strahlte über beide Ohren, als hätte jemand aus seiner eigenen Familie diesen Anruf erhalten. »Ein Port wäre ganz nett, wenn du mir Gesellschaft leisten möchtest.«

»Ein Port klingt perfekt, Sir.«

Der Senator hatte angerufen, um Alex darüber in Kenntnis zu setzen, dass der Präsident ihn zum Richter am Bundesbezirksgericht des Southern District von New York nominiert habe. Es handelte sich dabei um einen der renommiertesten Posten an einem erstinstanzlichen Gericht des Landes. Gleich am folgenden Morgen würde eine Pressemitteilung herausgehen.

Ramon kehrte mit einem kleinen Silbertablett zurück, auf dem zwei Portweingläser standen. »Perfektes Timing«, sagte er und sah zum Fenster. Es begann gerade zu schneien.

Während Alex und Ramon die Gläser zum Toast erhoben, wurde ihm bewusst, dass er zwar kurz davor stand, seinen Traumjob zu bekommen, es ihm insgeheim aber sehr viel lieber gewesen wäre, jemand anderes hätte angerufen.

An diesem Abend dachte er, als er ins Bett ging, nicht an seine Karriere als Richter, sondern an Laurie Moran. Vor etwas mehr als zwei Monaten hatte er ihre Beziehung aufs Spiel gesetzt, als er ihr sagte, er brauche etwas Abstand von ihr, bis sie wirklich bereit sei, ihn in ihr Leben zu lassen.

Er sah zum Fenster und wünschte sich, er könnte zusammen mit Laurie die tanzenden Schneeflocken beobachten. Würde sie jemals anrufen?

9

Lauries Beziehung zu New York City konnte als Hassliebe bezeichnet werden. An manchen Tagen sah sie hinauf zu den Wolkenkratzern, genoss die Anonymität der dicht bevölkerten Gehwege und glaubte sich glücklich zu schätzen, in der aufregendsten Stadt der Welt zu leben. An anderen Tagen nahm sie nur das laute Hupen, die Sirenen und den Gestank der Autoabgase und des Mülls wahr.

Dieser Morgen begann mit einer Liebeserklärung an New York. Als sie zu Hause aufbrach, säumten saubere weiße Schneekissen die frisch geräumten Bürgersteige. Ihr Lieblingskaffeeverkäufer grüßte sie hinter seinem Wagen, und als sie den Bahnsteig der endlich fertiggestellten Second-Avenue-U-Bahn erreichte, fuhr gerade ein Zug ein, in dem es noch genügend freie Sitzplätze gab.

Dann aber kam der Zug abrupt zwischen zwei Haltestellen zum Stehen. Der Fahrer verkündete etwas über Lautsprecher, seine verzerrten Worte waren jedoch nicht zu verstehen. Die Beleuchtung flackerte unentwegt. Eine verängstigte Frau begann sinnlos gegen die Glasscheibe der Tür zu schlagen. Der Mann neben ihr sagte, sie solle das sein lassen. Weitere Passagiere mischten sich in die darauffolgende, ebenso sinnlose Debatte. Laurie schloss die Augen und zählte stumm vor sich hin, bis sie sich endlich wieder in Bewegung setzten.

Als sie wieder an die Oberfläche kam, war der Schnee entlang der Sixth Avenue schwarz vor Dreck, auf den Bürgersteigen lag dick der graue Matsch. Für die drei Kilometer lange Strecke hatte sie fast eine Stunde gebraucht.

So viel zu ihrer Liebe zu dieser Stadt.

Im Büro hatte Grace ihr bereits ein großes Glas Latte und ein Minicroissant der Bouchon Bakery auf den Schreibtisch gestellt.

»Du bist ein Engel«, begrüßte Laurie sie und schälte sich aus ihrem jadegrünen Schal. Der Kaffee war tatsächlich noch heiß.

»Als du um zwanzig nach neun noch nicht da warst, war mir klar, dass du dir eine kleine Aufmerksamkeit verdient hast.«

»Ich saß in der U-Bahn fest. Die Hölle.«

»Ich wünschte, ich hätte bessere Neuigkeiten für dich, aber Brett ist vor fünf Minuten hier gewesen. Er will dich sehen. Umgehend.«

Klar, dachte sie sich. Es war genau der Tag dafür.

Brett Youngs Sekretärin Dana winkte Laurie in das innere Heiligtum ihres Chefs.

»Wie schlimm ist es?«, fragte Laurie.

Dana vollführte eine So-lala-Geste – ihr Boss hatte vielleicht einen seiner Anfälle, aber sie hatten beide schon Schlimmeres erlebt.

Als sie eintrat, telefonierte Brett noch. Er hob einen Finger, teilte gleichzeitig der Person am anderen Ende der Leitung mit, dass er zurückrufen werde, und bedeutete ihr, Platz zu nehmen, dann legte er auf. Wie immer erwartete Brett, dass sich die Welt fünfmal so schnell drehte.

»Warum willst du den Virginia-Wakeling-Fall nicht?«

»Wer sagt, dass ich ihn nicht will?«

»Dann machst du ihn also? Warum erzählst du mir dann nichts davon?«

»Der Fall ist gestern erst zur Sprache gekommen, Brett. Wir überlegen noch.«

»Was gibt es da zu überlegen? Er ist perfekt. Besser als alles, was wir bislang hatten.«

Das tat weh. »Was soll das, Brett? Ich dachte, ich hätte mir mittlerweile etwas mehr Vertrauen verdient.« Sie hatten bislang vier *Unter Verdacht*-Sendungen produziert, die allesamt ein Hit waren. Die Folgen hatten großes virales Echo in den sozialen Medien, auf Twitter und Facebook ausgelöst und damit genau das junge trendige Publikum angesprochen, auf das Werbetreibende so erpicht waren.

Brett winkte nur ab, als wollte er ihr sagen, dass sie sich nicht so haben solle. »Ich zahle die Rechnungen hier, das heißt also, dass ich mich einmische, wenn ich das Gefühl habe, dass du den Anschluss verpasst. Aber das ist doch nicht der Fall, oder?«

»Brett, ich bin ehrlich verwirrt, warum du mich das fragst.«

»Ich habe so was zwitschern hören – du sollst einen Groll schieben gegen den muskulösen Liebhaber. Wie heißt er gleich wieder? Igor?«

»Ivan. Ivan Gray.«

»Perfekter Name für einen Mörder. Gefällt mir.«

»Ich schiebe keinen Groll, Brett. Vielleicht ist er wirklich der Mörder, vielleicht aber auch nicht. Deshalb mache ich mich kundig, bevor ich irgendwelche Schlussfolgerungen ziehe.«

»Vier Wörter, Laurie: *Das ... ist ... mir ... schnurzegal.*«

Sie wollte protestieren, aber er ließ sie gar nicht zu Wort kommen. »Es interessiert mich nicht, ob Ivan oder Igor schuldig oder unschuldig ist. Wir haben eine reiche Lady im Abendkleid, die beim exklusivsten Ereignis des Jahres von der Dachterrasse des Metropolitan Museum in den Tod stürzt. Schwarze Haare, blasse Haut und rotes Blut vor dem Hintergrund des verschneiten Central Park. Stars in tollen Kleidern. Da muss man nicht weiter nachdenken.«

»Ich habe nicht Nein gesagt, Brett.«

»Aber du hast anscheinend auch nicht Ja gesagt.«

»Wir wissen noch gar nicht, ob die Familie mitspielt. Wir wissen nicht, ob uns das Museum filmen lässt. Es steht Arbeit an.«

»Dann leg los. Folgender Deal: Wenn du mir nicht einen verdammt guten Grund nennen kannst, heißt dein nächster Fall Virginia Wakeling.«

»Ist angekommen.«

Sie war schon auf dem Weg zur Tür, als er sie noch mal zurückrief. »Verklag mich nicht, wenn ich politisch nicht korrekt bin, Laurie, aber manchmal frage ich mich, warum du dich so auf Ryan einschießt. Ihr seid wie zwei kleine Kinder, die sich auf dem Spielplatz gegenseitig herumschubsen. Ich gebe zu, es macht Spaß, euch beiden dabei zuzusehen. Außerdem vergiss nicht, er ist Single – ein guter Fang, wenn du mich fragst.«

Laurie schaffte es gerade so, ihren halb getrunkenen Latte bei sich zu behalten.

Sie war gerade wieder in ihrem Büro und wollte Ryan anrufen, als auf ihrem Handy ein Nachrichtensignal der *New York Times* ertönte: »Weißes Haus ernennt Staranwalt zum Richter am Bundesbezirksgericht.«

Sie klickte auf die Nachricht, ein Foto von Alex erschien. Es gehörte zu ihren Lieblingsfotos: das im Studio aufgenommene Porträt, als er als Moderator ihrer Sendung angefangen hatte. Unverkennbar waren seine blaugrünen Augen und sein eindringlicher Blick, trotz der Brille mit ihrem breiten schwarzen Rahmen. Der Latte rührte sich wieder.

Sie wusste, dass Alex immer davon geträumt hatte, als Bundesrichter zu arbeiten. Aber er hatte immer angenommen, dass seine Tätigkeit als Strafverteidiger dem im Weg stehen würde. Jetzt hatte er also endlich seinen Traumjob bekommen.

Sie sah ihn vor sich, wie er den Anruf entgegennahm, vielleicht von einem Senator, vielleicht sogar aus dem Weißen Haus selbst. Dann fragte sie sich, ob er daran gedacht hatte, ihr von den Neuigkeiten zu erzählen, oder ob sie für ihn keine Rolle mehr spielte.

Ihre Gedanken wurden unterbrochen, als es laut an der Tür klopfte. Es war Ryan.

Sie machte sich nicht die Mühe, ihren Unmut zu verbergen. »Ryan, wir haben uns darauf verständigt, uns einen Tag Zeit zu nehmen und darüber nachzudenken. Du hättest nicht mit Brett reden müssen, schon gar nicht hinter meinem Rücken.«

»Das tut mir leid, Laurie.« Er klang nicht unbedingt so, als würde es ihm leidtun. »Ich habe doch gesehen, wie du gestern Ivan gemustert hast. Du glaubst ihm nicht.«

»Du kennst mich bei Weitem nicht gut genug, um beurteilen zu können, was ich mir denke oder nicht denke, Ryan. Jedenfalls habe ich letzten Abend noch etwas Recherche betrieben, weil ich befürchtet habe, der Fall könnte noch zu jung sein.« Sie sah keine Notwendigkeit, ihm zu sagen, dass die relevanten Telefonate allesamt von ihrem Vater geführt worden waren. »Ich hätte so oder so weitere Nachforschungen angestellt. Jedenfalls macht man sich hier keine Freunde, wenn man vorschnell zu irgendwelchen Schlussfolgerungen kommt und Machtspielchen beim Boss abzieht.«

»Bei allem Respekt, Laurie, es gehört nicht zu meinen Prioritäten, mir Freunde zu machen. Ivan wird in einer Viertelstunde hier sein und uns von den anderen Verdächtigen erzählen.«

10

Ivan vereinnahmte ein gutes Drittel des langen und tiefen weißen Ledersofas, das vor ihren Bürofenstern stand. Er saß da wie alle sogenannten »Alphamännchen«: Beine gespreizt, Füße fest auf dem Boden und dabei so viel Platz wie möglich einnehmend.

Er erzählte ihnen von seiner letzten Begegnung mit Virginia Wakeling. »Sie hat so toll ausgesehen an diesem Abend. Für mich war sie so schön, dass ich unseren großen Altersunterschied überhaupt nicht mehr wahrgenommen habe. Das Dinner war gerade beendet, und die Bühne wurde für die musikalischen Aufführungen vorbereitet. Ich schätze, es war so gegen halb zehn. Wir haben uns durch den Raum geschoben – es war alles um den Tempel herum aufgebaut.« Damit meinte er den Tempel von Dendur, das ägyptische Bauwerk, das im Museum wiedererrichtet worden war. »Alle wollten mit Ginny reden. Ich habe bloß immer nur genickt und die anderen Gäste begrüßt. Irgendwann hat sich der Museumsdirektor mit Ginny unterhalten, und seine Frau hat mit mir eine Unterhaltung angefangen – sie wollte alles Mögliche wissen, was besser wäre, Pilates oder Yoga, freie Gewichte oder Cross-Training. Als ich mich endlich von ihr loseisen konnte, war von Ginny nichts mehr zu sehen.«

»Wo waren Sie, als Sie von ihrem Tod erfuhren?«

»In der Großen Halle. Dahin habe ich mich vorgearbeitet, nachdem ich sie im Tempel nicht mehr finden konnte. Ich habe mich nach ihr umgesehen, und plötzlich hörte ich, wie sich andere entsetzt etwas zuriefen, jemand kreischte etwas von einer Frau in einem blauen Kleid. Instinktiv wusste ich, dass Ginny etwas zugestoßen war. Ein Wachmann sagte später, sie habe darum gebeten, auf die Dachterrasse gehen zu dürfen, um frische Luft zu schnappen. Jemand muss ihr gefolgt sein und sie hinuntergestoßen haben.«

»Sie sagten, Sie haben Vermutungen, wer es gewesen sein könnte?«, sagte Laurie.

»Das haben Sie mich gestern schon gefragt: Falls ich Ginny nicht umgebracht habe, wer dann?«

»Diese Frage stelle ich immer, wenn wir mit der Arbeit an einem neuen Fall beginnen.«

»Als Erstes sollten Sie sich dieses *falls* sparen. Ich bin unschuldig.«

Erneut hatte Laurie den Eindruck, dass es ihm weniger darum ging, Ginnys Mörder zu finden, als seine eigene Unschuld klarzustellen.

»Das wissen wir«, sagte nun Ryan.

Laurie ignorierte Ryans Kommentar und sprach wieder direkt Ivan an. »Sie sagten: ›als Erstes‹. Welche anderen Bedenken haben Sie?«

»Sie müssen eines wissen: Es macht mir keinen Spaß, mit dem Finger auf andere zu zeigen. Keiner von diesen Leuten ist mir gleichgültig, ganz egal, welche Gefühle sie mir entgegenbringen.«

»Dagegen ist nichts einzuwenden«, antwortete sie.

Ivan atmete tief durch, als wollte er sich wappnen für das, was er zu sagen hatte. »Drei Jahre lang habe ich mir genau dieselbe Frage gestellt. Und für mich gibt es nur eine Erklärung für Ginnys Tod: Es muss jemand aus der Familie gewesen sein.

Sie haben mich alle gehasst«, fuhr Ivan voller Zorn fort. »Sie haben mich verachtet. Verabscheut. Sie haben mich angesehen, als wäre ich kein Mensch. Dabei habe ich mich so bemüht, um von ihnen akzeptiert zu werden. Jeder Kommentar von mir – *was für ein schönes Kleid, was für ein herrlicher Tag* – wurde von ihnen nur mit Spott, im besten Fall mit Augenrollen aufgenommen.«

»Von welchen Familienmitgliedern reden wir denn?«

»Von Carter, Anna und Peter. Die drei waren sich in ihrer Geringschätzung einig.« Laurie kannte die Namen von den Nachrufen auf Virginia. Carter, ihr Sohn, war zum Zeitpunkt ihres Todes achtunddreißig und anscheinend unverheiratet. Anna, die Tochter, war zwei Jahre jünger als ihr Bruder. Und Peter war Annas Mann. Sie notierte sich die Namen auf einem Block in ihrem Schoß.

Ivans Stimme wurde versöhnlicher. »Na, wenigstens die Enkelkinder, Robbie und Vanessa, haben mich gemocht. Aber die waren noch klein, ich musste sie nur hochheben und herumwirbeln, dann war ich schon ihr bester Kumpel.«

Er lächelte traurig bei der Erinnerung an die Kinder, die, wenn sich alles anders entwickelt hätte, seine Stiefenkel geworden wären.

»Warum mochte die Familie Sie nicht?«, fragte Laurie.

»Wenn Sie sie fragen, werden sie sagen, dass ich viel zu jung und viel zu arm und nur aus einem Grund hinter ihrer Mutter her gewesen sei. Aber ehrlich gesagt, ich glaube nicht, dass ihre Gefühle irgendwas mit mir persönlich zu tun hatten. Sie hätten immer einen Grund gefunden, um jeden zu missbilligen, den Ginny in ihr Leben ließ.«

»Ihr Mann war fünf Jahre zuvor gestorben. Die Familie wollte nicht, dass Virginia mit einem anderen wieder glücklich wurde?«

Laurie musste an eines ihrer letzten Gespräche mit Alex denken. *Ich weiß, Laurie, das klingt gefühllos, aber es ist jetzt sechs Jahre her.* Sechs Jahre, seitdem Greg ermordet worden war, und dennoch hatte sie Alex so oft von sich gestoßen, dass er keine Lust mehr hatte, noch länger zu warten.

»Sie wollten nicht, dass sie sich ändert. Ginny hat ihren Mann geliebt, aber verstehen Sie mich nicht falsch, in der Zeit, in der ich sie kannte, habe ich miterlebt, wie sie sich aus seinem Schatten befreit hat. Sie wurde aufgeweckter, witziger, lebendiger. Ich würde gern sagen, das alles wäre meinetwegen geschehen, aber so war es nicht. Nur ihre Kinder haben es anders gesehen. Sie wollten, dass sie die Frau blieb, die sie davor gewesen war, Mrs. Robert Wakeling.«

»Es mag ja Gründe geben, warum die Kinder Sie nicht gemocht haben«, sagte Laurie, »trotzdem verstehe ich nicht, warum Sie annehmen, sie würden die eigene Mutter getötet haben.«

»Sie hatten panische Angst, ich würde Zugang zum Familienvermögen bekommen. Als Ginny und ich über unsere Heirat sprachen, haben wir auch über Zukunftspläne geredet. Sie besaß ein Vermögen von zweihundert Millionen Dollar plus die Hälfte der Aktien von Wakeling Development.«

Fast hätte Laurie einen lauten Pfiff ausgestoßen. Sie schrieb »$ 200 M« auf ihren Block und unterstrich die Notiz dreimal.

»Ganz klar also, ich sollte einen Ehevertrag unterschreiben, wofür ich auch voll und ganz Verständnis hatte. Aber sie meinte auch, ihre Kinder sollten auf ihren eigenen Beinen stehen.«

»Sie wollte ihnen das Vermögen vorenthalten?«, fragte Ryan.

»Nicht ganz. Nach Bobs Tod haben Anna und Carter die Leitung der Firma übernommen, jeder von ihnen war im Besitz von einem Viertel der Aktienanteile. Sie hätte ihnen nie das Unternehmen weggenommen. Ihr Plan sah vor, ihnen bei ihrem Tod ihre Anteile zu vererben. Aber sie war der Ansicht, dass Menschen wachsen, wenn sie es aus eigener Kraft schaffen.«

»Wie es ihr Mann Bob getan hat«, sagte Laurie.

»Genau. Sie hatte kein Problem damit, jemandem den Anfang zu erleichtern – ihre Kinder erbten zum Beispiel von Bob eine erfolgreiche Immobilienfirma, oder sie gab mir das Geld für das Studio. Aber sie wollte, dass sie für ihren Lebensunterhalt arbeiteten, und, offen gesagt, ich hatte immer den Eindruck, dass die Kinder das anders sahen. Bobs großes Projekt in Long Island City war abgeschlossen. Sie wollte ihnen einen Anreiz geben, genauso hart zu arbeiten wie er. Daher hatte sie vor, ihr Testament zu ändern und den Großteil ihres Vermögens, mit Ausnahme der Unternehmensanteile, Wohltätigkeitsorganisationen zu vermachen.«

Einige der reichsten Milliardäre des Landes hatten, wie Laurie wusste, den größten Teil ihres Geldes wohltätigen Organisationen übertragen. War Virginia von solchen Geschichten beeinflusst worden?

»Hat sie ihren Kindern gesagt, dass sie ihr Testament ändern möchte?« Die Familie hätte kein Mordmotiv, solange sie von einer möglichen Testamentsänderung nichts wusste.

»Das genau ist der Haken. Ich glaube schon, kann es aber nicht beweisen. Annas Mann, Peter Browning, ist Immobilienanwalt. Für Ginny war er wie ein eigener Sohn, so sehr hat sie ihm vertraut. Zugleich war er ihr Testamentsvollstrecker. Meine Theorie lautet folgendermaßen: Sie hat mit Peter über ihre Pläne gesprochen. Das habe ich auch der Polizei gesagt, aber ich habe keine Ahnung, ob jemals in diese Richtung ermittelt wurde.«

Laurie kritzelte »Peter/Testamentsvollstrecker/$$« auf ihren Block.

»Und wer von den Kindern hat es Ihrer Meinung nach getan?«, fragte Laurie.

»Keine Ahnung.«

11

In den nächsten Minuten lieferte Ivan ihnen eine Kurzbeschreibung von Ginnys Familienmitgliedern. Laut seiner Aussage war Anna dasjenige der beiden Kinder, das sich sehr viel stärker im Unternehmen engagierte. »Sosehr Anna mich auch verachtet hat, sie hat mir immer irgendwie leidgetan. Meinem Eindruck nach scheint Bob immer davon ausgegangen zu sein, dass Carter irgendwann einmal das Unternehmen führen wird, nur weil er ein Junge und der Erstgeborene ist. Aber Carter ist der Faulste von allen. Anna bemüht sich zumindest. Ginny hat natürlich gesehen, dass Anna ein Händchen fürs Geschäft hat, aber sie hatte von Anfang an diesen Makel, und den ist sie nie losgeworden.«

»Ginnys Mörder«, bemerkte Laurie und versuchte nicht anklagend zu klingen, »muss über einiges an Körperkraft verfügt haben. Nach den Fotos, die ich kenne, war sie nicht unbedingt eine gebrechliche Frau. Könnte ihre Tochter sie wirklich vom Dach gestoßen haben?«

Er schüttelte den Kopf. »Glauben Sie mir, Ginny war stark, schließlich habe ich sie trainiert. Nein, wenn Anna beteiligt war, dann hatte sie Hilfe.«

»Zum Beispiel von ihrem Mann Peter«, sagte Ryan.

Ivan nickte. »Und/oder von ihrem Bruder Carter.«

»Erzählen Sie mir von ihm«, bat Laurie.

Er zuckte mit den Schultern. »Er hätte schon einiges drauf, ihm fehlt aber die Ernsthaftigkeit seiner Schwester. Außerdem ist er verzogen. Er hat ein bisschen was von einem Playboy. Mit

Anfang dreißig war er kurz verheiratet, die Ehe hielt aber nur zwei Jahre. Ginny hat er erzählt, er glaubt, dass er nie mehr heiraten würde. Sie hat immer gehofft, er würde es sich noch anders überlegen, aber er schien entschlossen, sich nicht mehr zu binden.«

»Fallen Ihnen weitere mögliche Verdächtige ein?«, fragte Laurie.

Er schwieg und schien mit sich zu ringen, ob er etwas sagen sollte.

»Wir versuchen, bei unseren Ermittlungen so gründlich wie möglich zu sein, Ivan. Vorschnelle Schlussfolgerungen wollen wir vermeiden.«

»Sie sollten sich vielleicht mal mit Penny unterhalten, Ginnys Assistentin. Penny Rawling.«

»Sie war an dem Abend auch im Museum?«

Ivan nickte. »Penny war ganz versessen darauf, mit dabei zu sein, obwohl Ginny sie eigentlich gar nicht einladen wollte. Die meisten nehmen zu solchen Ereignissen nicht ihre Assistenten mit. Ginny war Penny gegenüber äußerst großzügig. Viel zu großzügig, wenn Sie mich fragen. Pennys Mutter war Bobs langjährige Sekretärin im Unternehmen. Als sie starb, hatte Penny gerade die Highschool abgeschlossen, also stellte Bob sie bei sich an – rein aus Loyalität. Nach Bobs Tod übernahm Ginny sie dann als ihre persönliche Assistentin.«

»Warum sollte Penny jemanden umbringen, der sie so großzügig behandelt?«

»Ich sage nicht, dass sie es getan hat. Wie gesagt, ich denke, es waren die Kinder. Aber Penny kann nachtragend sein. Sie hatte gehofft, sich bei Wakeling Development zu einer besseren Stelle hochzuarbeiten, aber es war ziemlich klar, dass die Familie sie lediglich als Assistentin sah, und als eine nicht besonders gute noch dazu. Meiner Meinung nach war sie unzuverlässig und mit dem Kopf immer woanders. Sie ging oft früh und kam spät. Ginny sah aus Loyalität über ihre Unzulänglichkeiten hinweg, aber ich sehe es nicht gern, wenn Gutmütigkeit ausgenutzt wird. Ich habe ihr einige Mal klarmachen wollen, dass sie eine höhere Arbeitsmoral an den Tag legen müsste.«

Das war schon das zweite Mal, dass Ivan die Wichtigkeit der »Arbeitsmoral« betonte. Sollte Ivan die Wahrheit erzählen, hatte er möglicherweise größeren Einfluss auf Ginny und ihre Entscheidung gehabt, das Testament zu ändern, als er zugeben wollte oder ihm vielleicht selbst sogar bewusst war.

»Wenn Penny ihr etwas angetan hat, dann, weil sie vielleicht gefürchtet hat, ich würde sie feuern, sobald wir verheiratet wären. Damit wäre sie auch die kleine Erbschaft losgewesen, auf die sie hoffte. Es war nicht viel – fünfundsiebzigtausend Dollar –, aber für Penny war es eine ganze Menge.«

»Wäre Penny stark genug, um Ginny von der Terrasse zu werfen?«

Er schüttelte den Kopf. »Sie ist noch schwächer als Anna. Die Frau ist ein Hungerhaken. Und, wie gesagt, immer mit dem Kopf woanders – ständig hing sie am Telefon und unterhielt sich mit irgendeinem mysteriösen Freund, und es war ihr wahnsinnig wichtig, wie sie auf der Gala aussah. Ich hatte den Eindruck, dass sie ihren unbekannten Verehrer mitbringen würde. Aber dann erschien sie mit einer älteren Kuratorin, deren Mann verhindert war.« Seine Stimme wurde rauer. »Mann, ich hoffe bloß, dass es nicht Penny war. Ich will nicht, dass ich indirekt für Ginnys Tod verantwortlich bin, weil ich ihr hin und wieder auf die Hacken getreten bin.«

»Na ja, es klingt nun nicht gerade so, als würden Sie denken, dass Penny was damit zu tun hatte.«

»Nein, das glaube ich auch nicht, bloß eine Sache sollte ich noch erwähnen. Wenn jemand Ginny und mich zusammen erlebt hat, dann Penny. Sie hätte mitbekommen müssen, dass es uns ernst war. Trotz aller Unterschiede, die zwischen uns bestanden, haben wir uns geliebt. Wir haben uns gekannt. Richtig und wahrhaftig gekannt.« Kurz schweifte sein Blick ab. Zum ersten Mal nahm Laurie ihm jetzt ab, dass er um Virginia Wakeling aufrichtig trauerte.

Er blinzelte einige Male, bevor er fortfuhr. »Als die Boulevardpresse mich als das Ungeheuer hinstellte, das es nur auf die Kohle abgesehen hat, ist Penny mir nie zur Seite gesprungen. Im Gegenteil, sie hat mich noch weiter reingeritten und erzählt, ich hätte Ginny gebeten, mir den Porsche zu kaufen … was ich nie getan habe. Dafür habe ich nie eine Erklärung gefunden. Es kommt mir fast so vor, als wollte sie mir die Schuld zuschieben – nur, der Grund dafür ist mir immer schleierhaft geblieben.«

Eilig notierte sich Laurie alles. Als sie wieder aufsah, bemerkte sie, wie Ryan sie anstarrte. *Hab ich es dir nicht gesagt*, schien seine Miene auszudrücken.

Er hatte recht gehabt: Der Fall war perfekt.

»Was kommt als Nächstes?«, fragte Ryan, nachdem sie Ivan zum Aufzug begleitet hatten.

»Ich versuche die Familie an Bord zu holen und werde mit den Leuten am Metropolitan Museum reden. Die müssen mitmachen, damit die Sache funktioniert.«

Sie erwartete eigentlich, dass er bei beiden Gesprächen mit dabei sein wollte, aber er nickte nur. Sie war die Produzentin. Er der Moderator. Er hatte keine offizielle Funktion, bevor sie nicht mit den Dreharbeiten begannen.

Als er sich in Richtung seines Büros aufmachte, sagte sie: »Ryan, es ist ein guter Fall.«

»Danke. Übrigens, du hast recht gehabt: Es war dämlich, zu Brett zu gehen.«

Wie nett, zu wissen, dass sie sich wenigstens in einigen Dingen einig waren.

Zwei Telefonate später hatte sie eine Terminliste, die sogar das Gefallen von Brett Young gefunden hätte. Der Sicherheitschef des Museums wollte sich mit ihr nach dem Mittagessen treffen. Und zu ihrer Überraschung hatte Anna Wakelings Assistentin ihr ein Treffen am folgenden Morgen in Aussicht gestellt.

12

An diesem Nachmittag, als Laurie das Metropolitan Museum of Art betrat, genoss sie wieder das Leben in New York City. Sie erinnerte sich an ihren ersten Besuch mit ihren Eltern. Sie war schon in der ersten Klasse gewesen, weil ihre Eltern sichergehen wollten, dass sie auch verstand, was für ein besonderer Ort dieses Museum war.

Als sie sich einer Mumie in ihrem Sarkophag näherten, hatte ihre Mutter sie an der Hand gehalten und ihr versichert, es würde nichts Schlimmes passieren. Bewundernd hatte sie die Rüstungen und Pferdemodelle in der Abteilung für Waffen und Rüstungen betrachtet. Sie und ihr Vater hatten es dann genauso gemacht, als Timmy im gleichen Alter war. Sie waren am Becken im Tempel von Dendur stehen geblieben, hatten eine Münze hineingeworfen und sich gewünscht, dass Lauries Mum noch hier wäre. Für Laurie war das Museum einer der schönsten Orte der Welt.

An der Rezeption erkundigte sie sich beim Wachmann nach Sean Duncan, dem Sicherheitschef, im gleichen Moment trat ein dunkelhaariger Mann in einem Nadelstreifenanzug auf sie zu. »Das werde wohl ich sein. Und Sie sind, nehme ich an, Ms. Moran. Pünktlich auf die Minute.«

»Nennen Sie mich Laurie.« Er begrüßte sie mit einem freundlichen Handschlag, legte ansonsten aber ein sehr formelles Verhalten an den Tag. Ihr fiel nur auf, dass der uniformierte Wachmann in seiner Gegenwart eine strammere Haltung annahm. Duncan, nahm sie an, kam wohl vom Militär.

Er führte sie durch den Eingangsbereich zur Halle mit den mittelalterlichen Skulpturen. »Meine Frau ist ein großer Fan Ihrer Sendung. Sie mag alles, wenn es nur mit Verbrechen zu tun hat. Darf ich ihr erzählen, dass wir uns getroffen haben, oder ist der Besuch topsecret?«

»Natürlich dürfen Sie davon erzählen. Aber wir haben noch keine Entscheidung getroffen. Im Moment betreibe ich lediglich Recherchen.«

»Verstanden.« Als sie sich dem Aufzug näherten, nahm ein weiterer Wachmann strammere Haltung an. »Ich dachte mir, wir beginnen mit dem Tatort.«

Laurie kannte die Dachterrasse, die im Sommer während der üblichen Öffnungszeiten für die Museumsgäste zugänglich war. Heute war sie für das Publikum geschlossen. Sie war völlig leer und bot einen einzigartigen Blick über den stillen, schneebedeckten Central Park und die umliegende Sykline.

»Wow, warum wohnen Sie nicht einfach hier oben?«

»Es hat schon einen Grund, warum mein Büro gleich dort drüben liegt«, sagte er und zeigte auf ein angrenzendes Fenster.

Er ging voran zur Westkante der Terrasse und deutete auf eine Stelle unten im Schnee. »Genau dort unten hat man sie gefunden. Damals hat auch Schnee gelegen.«

Hinter dem hüfthohen Geländer war der umlaufende Betonsims mit einer breiten, dichten Hecke bepflanzt. Nie und nimmer hätte man versehentlich hinunterfallen können. Man hätte entweder darüberspringen müssen, oder jemand musste einen unter hohem Kraftaufwand darüberwerfen.

»Sie waren damals Sicherheitschef?«

»Stellvertreter. Letztes Jahr wurde ich befördert.«

»Herzlichen Glückwunsch. Haben Sie Mrs. Wakeling persönlich gekannt?«

»Wir haben uns nur kurz begrüßt, wenn sie hier war. Sie war wohl eine nette Dame. Der Direktor hat sie sehr bewundert.«

»Es gibt keinerlei Videoaufzeichnungen vom Sturz?«

Er schüttelte den Kopf. »Wir führen immer am Abend der Gala die jährliche Wartung der Kameras durch. Dazu schalten wir sie zu Test- und Reparaturzwecken ab. Die Ausstellungsräume, die Terrasse und andere, nicht für die Gala genutzten Räume sind in dieser Zeit für die Öffentlichkeit ja geschlossen.«

»Wie kam Mrs. Wakeling dann auf die Terrasse, wenn sie für die Öffentlichkeit geschlossen war?«

»Sie hat dem Museumskuratorium angehört. Kuratoriumsmitglieder haben überall Zutritt, jederzeit.«

Sie spürte, dass Duncan damit nicht so recht einverstanden war. »Wissen Sie, um wie viel Uhr sie heraufkam?«, fragte sie ihn.

»Unseren VIPs ist für den Zeitraum der Gala jeweils ein Wachmann zugeordnet, der sich um alles kümmert. Bei Mrs. Wakeling war das Marco Nelson. Seiner Aussage zufolge hat er sie kurz nach halb zehn in den Aufzug begleitet, das war nach dem Dinner und vor dem Beginn des Musikprogramms.« Das entsprach der von Ivan beschriebenen zeitlichen Abfolge. »Mrs. Wakeling soll gesagt haben, dass sie frische Luft schnappen, aber nicht vor den Eingang gehen wollte. Der Treppenaufgang zum Museum ist während der Gala das reinste Irrenhaus, voller Paparazzi und Leuten, die die Stars sehen wollen. Sie hat darum gebeten, hier hochzukommen, und Wert darauf gelegt, allein zu sein.«

»Hat sie einen Grund genannt?«

»Nein, aber Marco hat gesagt, ihre Miene wirkte sehr angespannt und sie habe sich mehrmals zu den anderen umgedreht, als würde sie irgendwas dort beunruhigen. Marco hatte den Eindruck, dass sie sich mit jemandem gestritten oder einen anderen Grund für ihre Unzufriedenheit gehabt hätte.«

»Ist er mit hochgekommen?«

Wieder schüttelte er den Kopf. »Laut Marco hat er Mrs. Wakeling zum letzten Mal lebend gesehen, als sie in den Aufzug trat. Etwa zehn Minuten später stieß ein Jogger auf die Leiche im Schnee. Können Sie sich vorstellen, dass sich Gäste beschwert haben, weil wir daraufhin das Konzert abgebrochen haben?«

Leider konnte sie sich das nur allzu gut vorstellen. Als Journalistin hatte sie die besten und schlimmsten Seiten der Menschen kennengelernt.

»Arbeitet Marco heute? Es wäre sehr hilfreich, wenn wir uns mit ihm unterhalten könnten.«

»Marco hat vor zwei Jahren gekündigt, er arbeitet jetzt für eine Sicherheitsfirma. Wahrscheinlich verdient er dort dreimal so viel wie ich als sein Chef hier, dafür kann er seine Zeit aber auch nicht im Museum verbringen.«

»Das Metropolitan Museum ist einer meiner liebsten Orte auf der Welt«, sagte Laurie.

»Meine Frau sagt immer, das schönste Geschenk, das sie von mir bekommen hat, wäre unser drittes Date gewesen. Ich habe sie nämlich durch das Museum geführt, als es schon geschlossen hatte. Sie ist sich wie Claudia Kincaid in *Die heimlichen Museumsgäste* vorgekommen.«

Das Buch, das die Geschichte zweier Geschwister erzählt, die von zu Hause fortgelaufen sind und heimlich in einem Museum wohnen, gehörte zu Lauries liebsten Kinderbüchern. Das allein sagte ihr bereits, wie sehr diesem Mann das Museum ans Herz gewachsen sein musste.

»Laut Marco hatte Mrs. Wakeling bei der Gala also eine Auseinandersetzung. Hat jemand gesehen, dass sie sich an dem Abend mit jemandem gestritten hat?«

»Nicht dass ich wüsste.«

»Ist irgendetwas anderes Ungewöhnliches an dem Abend vorgefallen?«

»Wir sind sehr darauf bedacht, dass es nicht zu Überraschungen kommt. Aber es gab da was. Kurz bevor Mrs. Wakeling tot im Park gefunden wurde, ist im Ausstellungsbereich des Kostüminstituts, den wir für die Galagäste bereits geschlossen hatten, der Alarm angegangen. Die Wachleute, die sich darum gekümmert haben, fanden aber nichts. Erst nachdem Mrs. Wakeling entdeckt wurde, meinte die Polizei, der Täter könnte den Alarm ausgelöst haben, um uns abzulenken. Während wir dem falschen Alarm nachgegangen sind, hätte sich jemand unbemerkt auf die Treppe schleichen und Mrs. Wakeling zur Dachterrasse folgen können.«

»Wie haben die Gäste reagiert, als sie den Alarm gehört haben?«, fragte Laurie.

»Die Gäste haben gar nichts mitbekommen. Es war ein stiller Alarm, der von einem Bewegungssensor ausgelöst wurde. Den hat nur das Sicherheitspersonal registriert, das zu dieser Zeit Dienst hatte.«

»Konnten Sie feststellen, wo sich Mrs. Wakelings Freunde und Familienmitglieder aufgehalten haben, als sie auf die Terrasse gegangen ist?«

»Mit *Freunde* meinen Sie wohl vor allem Ivan Gray, oder?«

Laurie lächelte. »Ich meine jeden, der von Bedeutung sein könnte. Wir sind offen für alles.«

»Ich wünschte, ich könnte das auch von den anderen sagen. Ihre Familie hat Mrs. Wakelings Freund schon beschuldigt, noch bevor die Polizei eingetroffen war. Was für ein Auftritt. Aber wenn Sie wissen wollen, ob irgendjemand von denen ein wasserdichtes Alibi hat, müssen Sie andere fragen. Unsere Priorität bestand darin, unter den Gästen für Ruhe zu sorgen und die Zu- und Abgänge zu kontrollieren. Die Polizei war für die eigentlichen Ermittlungen zuständig. Der leitende Beamte war Johnny Hon, falls Ihnen das weiterhilft.«

»Das hilft weiter, danke. Ich werde ihn anrufen. Außerdem

werden wir mit den Kindern und dem Schwiegersohn der Toten reden sowie mit ihrer Assistentin. Sie alle waren ja an dem Abend anwesend.«

»Vergessen Sie den Neffen nicht.«

»Welchen Neffen?«

»Na, wie hieß er noch? John? Nein, Tom. Tom Wakeling. Er hat auf seinen Namen gepocht, um noch zwei Karten zu ergattern. Das passiert ständig. Leute tauchen auf und geben sich als ein Kennedy oder ein Vanderbilt aus, dabei sind sie bloß über drei Ecken mit denen verwandt. Jedenfalls hatte ich den Eindruck, als wäre er so was wie das schwarze Schaf der Familie. Mrs. Wakeling erhob keine Einwände, betonte aber, dass ihr Tisch voll sei, weil der Museumsdirektor und dessen Frau neben ihr platziert waren. Es war offenkundig, dass sie einigen Abstand zwischen sich und ihren Neffen haben wollte.«

»Gehörte er zum Verdächtigenkreis?«

»Das bezweifle ich. Aber wie gesagt, ich weiß es nicht. Ich habe ihn nur erwähnt, weil Sie die Familienangehörigen aufgezählt haben.«

Es war das erste Mal, dass Laurie von Virginias Neffen hörte. Entweder wusste Ivan nicht, dass der Neffe bei der Gala anwesend war, oder er betrachtete ihn nicht als einen Verdächtigen.

Wie immer wurde die Liste der Personen, die sie zu befragen hatten, nicht kleiner, sondern stetig größer. Sie notierte sich also zwei weitere Namen auf ihrem Block: Detective Johnny Hon und Tom Wakeling.

13

In der Brasserie Ruhlmann war so wenig los wie selten, als Laurie pünktlich um halb sechs dort eintraf. Das Restaurant, benannt nach dem französischen Innenarchitekten und Möbeldesigner Jacques-Émile Ruhlmann, bemühte sich mit seinen hohen Decken, seinen Stühlen mit rotem Samtbezug und den steifen weißen Tischdecken um die Anmutung einer erlesenen Pariser Brasserie. Außerdem lag es in unmittelbarer Nähe zu den Fisher Blake Studios, sodass es zu Lauries Stammlokalen gehörte.

Sie zog ihren Mantel aus, reichte ihn der Angestellten und entdeckte bereits Charlotte, die ihr von einem Ecktisch hinten neben der Bar zuwinkte. Sie begrüßten sich mit Küsschen auf die Wangen, bevor Laurie ihr gegenüber Platz nahm.

Charlotte hatte schon einen Martini vor sich auf dem Tisch stehen.

»Du bist früher gekommen?«, bemerkte Laurie.

»Bei Ladyform war nicht viel los. Letzten Abend hab ich noch eine E-Mail rausgeschickt und alle Mitarbeiter wissen lassen, dass es wegen der angekündigten Schneefälle in ihrem Ermessen liege, ob sie heute kommen wollen. Wie immer hat es dann keine zwanzig, sondern bloß fünf Zentimeter geschneit, trotzdem ist die halbe Belegschaft zu Hause geblieben.« Lauries Freundin Charlotte leitete die New Yorker Filiale des Familienunternehmens. Unter ihrer Führung hatte sich Ladyform von einem Hersteller von »Damenwäsche« zu einem Unternehmen für trendige, hochfunktionale Sportbekleidung entwickelt.

Laurie und sie hatten sich bei den Dreharbeiten für eine Folge von *Unter Verdacht* kennengelernt, bei der das Verschwinden von Charlottes jüngerer Schwester behandelt worden war. Nach dem Ende der Produktion hatte Charlotte Laurie zum Essen eingeladen, und die beiden waren daraufhin schnell Freundinnen geworden.

Statt eines Martinis bestellte sich Laurie einen Weißwein und hörte dem Lamento ihrer Freundin über einen Lieferanten zu, der ihr einen Stoff mit einem fünf Prozent höheren Lycra-Anteil geschickt hatte, ohne sie darüber in Kenntnis zu setzen. »Davon habe ich jetzt zehntausend Ballen. Ich habe ein Probeoutfit herstellen lassen, nur um zu sehen, ob es funktioniert. Die Pants sehen aus wie die von Olivia Newton-John in der Abschlussszene von *Grease*.«

Laurie sah die charakteristischen hautengen, glänzend schwarzen Leggings vor sich. »Vielleicht kreierst du damit ja einen neuen Trend.«

»Klar, wenn Disco plötzlich ein Comeback feiern sollte.« Sie winkte ab und gab sich gelassener, als sie sich vermutlich fühlte. »Wir brauchen ein anderes Material. Aber das ist im Grunde Kleinkram, mehr nicht. Ach ja, damit ich es nicht vergesse.«

Sie zog ein schweres Buch aus der Handtasche und reichte es Laurie. *Mode der First Ladies* stand in glänzender Schrift vorn auf dem Umschlag.

»Ich hatte ganz vergessen, dass ich es habe, bis wir miteinander telefoniert haben.«

Als Charlotte angerufen und Laurie vorgeschlagen hatte, sich spontan auf einen Drink zu treffen, hatte diese gerade das Museum verlassen und dabei erwähnt, dass sie sich mit dem Virginia-Wakeling-Fall beschäftigte. Überrascht hörte sie, dass Charlotte an jenem Abend auf der Gala gewesen war. Ladyform erwarb jedes Jahr einen Tisch, die Firma unterstützte damit das Kostüminstitut des Museums und versuchte den eigenen Markennamen als Modelabel bekannt zu machen.

Laurie blätterte durch den dicken Bildband, den Katalog zur Ausstellung, die am Abend von Virginia Wakelings Tod so festlich begangen worden war. »Das Buch war natürlich schon davor gedruckt«, sagte Charlotte. »Wakelings Tod findet also keine Erwähnung. Aber ich dachte, es könnte dir trotzdem nützlich sein.«

Sean Duncan hatte ihr zugesagt, dass sie im Museum filmen könnten, aber natürlich würden sie die Modeausstellung nicht mehr nachstellen können. Jerry allerdings konnte Wunder wirken, wenn sie im Besitz von Stills waren. Wahrscheinlich konnten sie sogar die hochaufgelösten Versionen jener Bilder beschaffen, die sie verwenden wollten. Das Buch enthielt Hunderte davon. »Das ist großartig, Charlotte. Danke.«

»Ich wollte, ich könnte dir mehr über den Fall erzählen.« Charlotte hatte ihr bereits erklärt, sie habe sich auf der Toilette aufgehalten, als sie von anderen Gästen erfuhr, dass eine Frau von der Dachterrasse gestürzt sei. Ihr Tisch lag auch weit von Wakelings prestigeträchtigen Platz entfernt. Kurz gesagt, sie hatte keinerlei persönliche Erlebnisse, die zum Fall beitragen könnten. »Ansonsten wäre ich vielleicht die Erste gewesen, die mehr als einmal in deiner Sendung auftritt. Alex natürlich mal ausgenommen. Apropos, ich habe ihn vorgestern Abend auf der Benefizveranstaltung der Bronx Academy of Letters gesehen.«

Charlotte hatte Laurie zu der Veranstaltung eingeladen, bei dem Gelder für eine staatliche Schule im ärmsten District des Landes gesammelt worden waren. Leider hatte sie zu dieser Zeit Timmy zum Jazz ins Lincoln Center bringen müssen. Laurie hätte also wieder mal einen Klon gebraucht.

»Was hat er auf dich für einen Eindruck gemacht?«, fragte Laurie, wollte aber nicht zu neugierig klingen.

»Einen ganz guten, denke ich.« Es war deutlich zu sehen, dass Charlotte mit etwas zurückhielt.

»Hat er irgendwas über mich gesagt? Nein, streich das sofort wieder aus dem Protokoll. Ich klinge ja wie eine Zwölfjährige.«

»So weit ist es gar nicht gekommen. Wir haben uns nur begrüßt, dann hat er mich als jemanden vorgestellt, den er bei *Unter Verdacht* kennengelernt hat.« Sie verzog das Gesicht, als ihr bewusst wurde, dass ihr damit etwas herausgerutscht war.

»Er hat dich ... wem vorgestellt?«

»Kerry Lyndon.«

Laurie kannte den Namen. Sie war die Nachrichtenmoderatorin des örtlichen CBS-Ablegers. Lange blonde Haare, große blauen Augen, vor der Kamera immer erlesen gekleidet. Plötzlich sah sie Kerry Lyndon neben Alex stehen – die beiden gaben das perfekte Paar ab.

»Aber sie sind nicht zusammen. Dem Programm konnte ich entnehmen, dass sie beide dem Auktionskomitee angehört haben. Ich denke, sie haben einfach nur zusammen die Gäste begrüßt.«

Oder Kerry war Alex' Begleitung für den Abend gewesen. Bevor er sich für Laurie interessierte, war Alex in schöner Regelmäßigkeit auf den Gesellschaftsseiten der Zeitungen aufgetaucht, immer von einer hinreißenden Frau begleitet, die sich zu Recht einen gewissen Bekanntheitsgrad erworben hatte.

»Hast du schon gehört?«, fragte Laurie, um nicht mehr über Alex' Begleitung reden zu müssen. »Er ist ans Bundesbezirksgericht berufen worden.«

»Wow. Der ehrenwerte Richter Alex Buckley. Klingt nett. Er freut sich riesig, nehme ich an?«

Laurie schüttelte den Kopf. »Ich habe keine Ahnung. Ich habe es heute Morgen im Nachrichtenticker der *New York Times* gelesen.«

Charlotte tätschelte ihr die Hand. »Meine Liebe, das tut mir sehr leid. Ich habe angenommen, du hättest es von ihm selbst erfahren. Mir war schon klar, dass ihr euch eine Auszeit genommen habt, aber ich dachte, so was Wichtiges ...« Sie beendete den Satz nicht. Thanksgiving, Weihnachten und Neujahr waren vorübergegangen ohne ein persönliches Wort zwischen ihnen, nur Postkarten waren ausgetauscht worden, und für Timmy war an Weihnachten ein neues Videospiel eingetroffen. Warum hätte er sie also anrufen sollen, um ihr mitzuteilen, dass er jetzt seinen Traumjob hatte?

Charlotte betrachtete sie mit einem Blick, der an Mitleid grenzte. »Ich hätte gar nicht erwähnen sollen, dass ich ihm begegnet bin.«

Laurie rang sich ein Lächeln ab. »Charlotte, es gibt nichts, wofür du dich entschuldigen musst. Alex kann seine Zeit mit anderen Frauen verbringen, ganz so, wie es ihm beliebt. Wir sind nicht zusammen.«

Charlotte spürte, dass Laurie eine tapfere Miene aufsetzte, wechselte dann aber das Thema und sprach von einem Modebeitrag, den sie für die *Today*-Show in der kommenden Woche geplant hatte.

Damit hatte Laurie ihre Gefühle wieder im Griff, aber insgeheim überkam sie eine tiefe Traurigkeit.

14

Grace saß bereits an ihrem Schreibtisch, obwohl es noch weit vor neun war, als Laurie am folgenden Morgen ins Büro kam. Graces Make-up war wie immer makellos, allerdings hatte sie diesmal ihre langen, glänzend schwarzen Haare zu einem strengen Knoten gebunden, und statt ihrer üblichen hautengen Kleidung trug sie eine leuchtend grüne Seidenbluse zu einer breit geschnittenen schwarzen Hose.

»Du siehst aus, als wolltest du zu einem Bewerbungsgespräch. Du wirst mich doch nicht im Stich lassen, oder?«, fragte Laurie. Sie hätte keine Ahnung, was sie ohne Grace machen würde.

»Ich verpasse mir zur Abwechslung mal ein etwas weniger auffälliges Erscheinungsbild. Meine Schwester meint, man würde mich sonst ja nicht ernst nehmen. Mal sehen.«

Laurie verspürte Gewissensbisse. Sie wäre nie auf die Idee gekommen, dass sich Grace – eine der selbstbewusstesten Frauen, die sie kannte – den Kopf darüber zerbrechen könnte, wie andere sie wahrnahmen.

Noch bevor sie etwas erwidern konnte, erschien auch schon Jerry zu ihrer anberaumten Konferenz, bei der sie über die nächste Folge der Sendung sprechen wollten. »Sind wir so weit?«, fragte er.

»Fangen wir an«, antwortete Laurie.

Jerry begann mit den Punkten, die sie bereits von ihrer To-do-Liste streichen konnten. Er befand sich im Gespräch mit der Rechtsabteilung des Museums, um eine Drehgenehmigung zu bekommen. »Wenn man sich deren Klauseln ansieht, könnte man meinen, wir filmen im Vatikan. Aber es ist machbar. Mehr Sorgen bereitet mir die Frage, ob wir die Familie Wakeling zur Teilnahme überreden können. Was springt für sie schon dabei heraus?«

»Die Frage treibt mich ebenfalls um«, entgegnete Laurie. »Das alles ist erst wenige Jahre her, und Ivan ist offensichtlich nach wie vor der Haupttatverdächtige. Wenn sie von der persönlichen Beziehung zwischen Ivan und Ryan erfahren, werden sie uns zu Recht nicht trauen.« Erneut wünschte sich Laurie, dass Alex ihr Team nicht verlassen hätte. »Aber Brett hat klargemacht, dass wir drehen, solange wir mindestens ein Familienmitglied zur Teilnahme bewegen können. Ich ertrage die Vorstellung nicht, dass ich ihm eine Niederlage eingestehen muss.«

»Dann werden wir das nicht zulassen«, sagte Jerry selbstsicher. Sein Handy summte auf dem Beistelltisch, er warf einen Blick auf das Display. »Perfektes Timing. Der Wagen ist da.«

In zwanzig Minuten stand das Treffen mit Virginias Tochter Anna Wakeling an. Laurie bemerkte, wie sich Graces Miene verfinsterte, als sie zurück an ihren Schreibtisch eilte. Sie musste daran denken, was Ivan Gray über Virginias Assistentin Penny gesagt hatte: Trotz aller Loyalität hatte sie sich nicht wertgeschätzt gefühlt.

Jerry, ging Laurie durch den Kopf, war vom kaffeeholenden Praktikanten zu einem wichtigen Mitarbeiter im Produktionsteam aufgestiegen, während Grace nach wie vor dieselbe Stelle bekleidete.

»Grace«, fragte Laurie, »wäre es vielleicht möglich, dass du mitkommst? Du hast doch immer so ein gutes Gespür für die Menschen.«

Graces Gesicht leuchtete auf. »Klar, sehr gern.«

15

Die Büroräume von Wakeling Development nahmen zwei Stockwerke in einem umgebauten Lagerhaus in Long Island City mit Blick auf den East River ein. Sie warteten im Rezeptionsbereich, wo Laurie feststellen musste, dass sie von hier aus Alex' Wohnung auf der anderen Flussseite sehen konnte. Ob er zu Hause war oder in seiner Kanzlei? Vielleicht war er auch am Gericht oder in einer Besprechung. Früher, wenn sie keine Zeit fanden, sich zu treffen, telefonierten sie jeden Abend und konnten sich stundenlang über Alltäglichkeiten unterhalten.

Eine junge Frau, die durch die Doppeltür auf sie zukam, riss sie aus ihren Gedanken. »Sie werden im Konferenzraum empfangen.« Weder stellte sie sich vor, noch gab sie ihnen die Hand, sondern führte sie nur durch einen langen Gang.

»Sie sind nicht zufällig Penny Rawling?« Laurie wusste nicht, wo Virginias persönliche Assistentin nach deren Tod untergekommen war. Jerry, der bei ihnen für die Recherchen in den sozialen Medien zuständig war, hatte das Facebook-Profil einer Penny Rawling in Astoria ausfindig gemacht, ihre Seite aber hatte die höchstmöglichen Privatsphäre-Einstellungen. So hatte er keinen Zugriff auf Fotos, auf Posts oder andere Hintergrundinformationen, solange er nicht mit ihr befreundet war.

Die Frau schien von der Frage verwirrt und erklärte, nein, sie heiße Kate. Sie führte sie in ein luxuriöses Konferenzzimmer mit einem Marmortisch und weißen Lederstühlen. Drei

Leute standen aufgereiht an einer Tischseite, in ihrer Mitte eine Frau.

Aufgrund der ihr bekannten Pressefotos erkannte Laurie sie sofort als Virginias Tochter Anna. Sie hatte schulterlange honigblonde Haare und trug ein maßgeschneidertes marineblaues Etuikleid, dazu zehn Zentimeter hohe High Heels. Auf ihrer einen Seite stand ihr Mann Peter Browning, in den Medien als brillanter, aber stiller Anwalt beschrieben, der bei den Wakelings nach der Heirat mit der geliebten Tochter Anna schnell zu einem wertgeschätzten Familienmitglied geworden war. Auf der anderen Seite war ihr älterer Bruder Carter. Nach Lauries Berechnung musste er jetzt einundvierzig Jahre alt sein, hatte aber ein jungenhaftes Aussehen. Er hatte zerzauste blonde Haare, seine Sonnenbräune war noch zu erkennen, obwohl es mittlerweile Januar war, und laut den Klatschseiten war er nach wie vor ein umtriebiger Junggeselle.

»Ich bin Anna Wakeling.« Sie benutzt noch ihren Mädchennamen, ging es Laurie durch den Kopf, und sie macht sich auch nicht die Mühe, die neben ihr anwesenden Männer am Tisch vorzustellen. »Ich weiß es zu schätzen, dass Sie nach Long Island City rausgekommen sind. Viele in Manhattan weigern sich strikt, die Brücke oder den Tunnel zu benutzen.«

Laurie äußerte sich bewundernd über den Ausblick. »Ich weiß noch, als diese Gegend Industriegelände war. Ich kann nachvollziehen, warum Ihr Vater so stolz war auf das, was er hier geschaffen hat.«

»Genau aus diesem Grund ist unser Unternehmen immer noch hier angesiedelt. Daddy hätte nie gewollt, dass wir weggehen.«

Vom vorangegangenen Telefonat wusste Laurie, dass Anna mit *Unter Verdacht* vertraut war. Darüber hinaus hatte Laurie ihr Interesse dargelegt, erneut über die Umstände zu recherchieren, die zum Tod ihrer Mutter geführt hatten.

Nachdem alle Platz genommen hatten, lenkte Laurie das Gespräch auf den vermeintlichen Haupttatverdächtigen. »Unseres Wissens nach hat Ihre Familie eine eindeutige Meinung zu Ivan Gray.«

Annas Antwort kam prompt. »Er hat unsere Mutter ermordet. Punkt.«

»Trotzdem hat die Polizei ihn bislang nicht verhaftet«, entgegnete Laurie. »Hätte eine Heirat mit Ihrer Mutter ihm nicht mehr genützt als ihr Tod?«

Anna wischte das Argument zur Seite. »Bitte, sie hat immer gesagt, sie würde ihn heiraten, ›wenn der richtige Zeitpunkt gekommen‹ wäre, nur, meine Mutter hätte ihn aber nie geheiratet. Er war eine flüchtige Bekanntschaft, jemand, der für Zerstreuung sorgte.« Sowohl Carter als auch Peter, fiel Laurie auf, überließen ihr widerspruchslos das Wort. »Ich sage es ja nur ungern, aber es war uns peinlich, wenn sie mit ihrem Gespielen durch die Stadt gelaufen ist. Sie hätte doch seine Mutter sein können.«

»Nach unserem Wissen hätte die Verlobung bald angestanden. Es gab sogar einen Ring.«

»Den meine Mutter bezahlt hat, davon bin ich überzeugt«, entgegnete Anna. »Und den sie nicht getragen hat, zumindest nicht in der Öffentlichkeit. Sie hat es sicherlich genossen, sich mit ihm in der Öffentlichkeit sehen zu lassen, aber es war nur eine Liebelei, und Ivan hat das gewusst. Deshalb hat er das Geld geklaut, um sein lächerliches Studio aufzubauen. Wenn ich daran denke, was mein Vater dazu gesagt hätte. Das habe ich ihr auch an den Kopf geworfen. ›Daddy hat für dieses Geld hart gearbeitet. Er würde sich im Grab umdrehen, wenn er sehen könnte, wie du es ausgibst.‹« Anna schüttelte den Kopf. »Das war am Tag vor ihrem Tod.«

Ihr Mann Peter legte ihr tröstend die Hand auf den Arm.

»Mr. Browning«, begann Laurie.

»Nennen Sie mich Peter.«

»Okay, und ich bin Laurie. Soweit ich weiß, hat Ihre Schwiegermutter Ihnen in finanziellen Dingen vertraut. Hat sie mit Ihnen über ihre Pläne bezüglich Ivan gesprochen?«

»Als Mitglied der Familie kann ich Ihnen sagen, dass sie uns allen versichert hat, sie würde ihn keinesfalls finanziell unterstützen. Ihr zufolge hat Ivan ›sein eigenes Geld‹ verdient, darüber hinaus habe sie ihm lediglich ›auf bescheidene Weise‹ unter die Arme gegriffen. Sie würde es nie zulassen, dass ein anderer Mann Zugriff auf das Familienvermögen habe. Daher waren wir nicht wenig entsetzt, als wir von der großen Summe erfahren haben, die in sein Studio geflossen ist.«

Annas Bruder Carter nickte dazu, schien dem Gespräch allerdings nicht allzu aufmerksam zu folgen.

»Peter, Sie sagten selbst, Sie würden als Mitglied der Familie sprechen. Waren Sie nicht auch der Testamentsvollstrecker? Sie musste mit Ihnen doch, falls sie wirklich erneut heiraten wollte, über ihre Pläne gesprochen haben. Wollte sie ihr Testament ändern?« Laut Ivan hatte Virginia angeblich vorgehabt, den Erbteil der Familie drastisch einzuschränken.

»Diese Frage betrifft mich nicht als Familienmitglied, sondern als ihr Anwalt. Daher fällt das unter die anwaltliche Schweigepflicht, die über Virginias Tod hinausgeht.«

»Gegenüber Anna und Carter sind Sie Ihrer Schweigepflicht jedoch entbunden?«

Beide zuckten mit den Schultern, schienen aber einen wissenden Blick auszutauschen.

»Ich sage Ihnen eins, Ms. Moran«, schaltete sich Anna wieder ein. »Ivan Gray hat unsere Mutter um einige Hunderttausend Dollar erleichtert und sie dann umgebracht, als er gemerkt hat, dass sie ihm auf die Schliche gekommen ist. Der Wachmann, der sie aufs Dach gelassen hat, sagte, sie sei aufgebracht gewesen. Sie hatte offensichtlich vorher mit jemandem eine Auseinandersetzung. Es ist nur eine Frage der Zeit, bis Ivan irgendwann etwas herausrutscht, und dann wird die Polizei ihn verhaften.«

»Haben Sie selbst oder irgendjemand anderes gesehen, dass sich Ihre Mutter an dem Abend mit Ivan gestritten hat?«

Wieder sahen beide Männer zu Anna, als wollten sie von ihr wissen, was sie antworten sollten. Laurie wäre es lieber gewesen, sie hätten sie einzeln befragt. Anders als die Polizei konnte sie jedoch nicht beeinflussen, unter welchen Umständen ihre Augenzeugen sich mit ihr treffen wollten.

Anna schüttelte den Kopf. »Wir haben es nicht nötig, irgendwelche Beweise zu erfinden, aber ich zweifle nicht im Geringsten daran, dass Ivan der Täter ist. Jedes Mal, wenn ich Werbung für sein Boxstudio sehe, verspüre ich die Neigung, selbst etwas kurz und klein zu schlagen.«

»Was ist mit Penny Rawling?«, fragte Laurie. »Als Assistentin Ihrer Mutter muss sie doch mitbekommen haben, wie sie und Ivan tagtäglich miteinander umgegangen sind.«

Ein verlegenes Schweigen senkte sich über den Tisch. Diesmal antwortete Carter als Erster.

»Nach Moms Tod haben wir für sie eine Stelle als Fakturistin geschaffen, aber das hat nicht geklappt. Ich habe gehört, sie hätte am Hunter College Wirtschaft studiert, aber sie hat keinen Kontakt mehr zur Familie.«

»Und was ist mit Ihrem Cousin Tom?«, fragte Laurie. »Uns wurde gesagt, er sei ebenfalls auf der Gala gewesen und habe damals wohl als das schwarze Schaf der Familie gegolten.«

Carter lachte laut auf. »O Junge, das war er. Neben ihm wirkte ich glatt wie ein Rhodes-Stipendiat in Oxford.«

»Die Zeiten sind vorbei«, mischte sich Anna ein. »Tom hat sich sehr gewandelt, er ist sehr viel reifer geworden. Mittlerweile arbeitet er bei uns im Unternehmen und ist für die Vermietung von Gewerbeimmobilien zuständig.«

Trotz des ernsten Tons seiner Schwester musste Carter plötzlich glucksen. »Weißt du noch, wie sauer Mom war, als Tom den Namen Wakeling ins Spiel brachte, damit er noch Karten für die Gala ergattern konnte? Sie hat damals gesagt: ›Gott sei Dank konnte ich ihm in aller Ehrlichkeit mitteilen, dass unser Tisch schon besetzt ist.‹«

»Und Tiffany erst, seine peinliche Freundin«, fügte Anna an.

Carter brach in schallendes Lachen aus. »Die beiden sind aufgefallen wie bunte Hunde. Alle haben gehört, wie Tiffany in voller Lautstärke von ihrer debilen Großmutter erzählt hat, einer ehemaligen Kabaretttänzerin. Sie hat geschworen, dass gleich mehrere US-Präsidenten in sie verliebt gewesen seien. Aber John Kennedy sei ihr Lieblingspräsident gewesen. Wenigstens da hat sie Geschmack bewiesen.«

Das Lachen wurde lauter und verebbte, als Anna fortfuhr, ernster, aber nicht mehr so angespannt wie vorher. »Wie auch immer, Tom hat sich jedenfalls geändert. Er ist jetzt ein geschätztes Familienmitglied und ein ebenso geschätzter Kollege.« Dabei sah sie direkt zu Carter.

Das war eine Botschaft an ihren Bruder, dachte sich Laurie. Cousin Tom, ein geschätztes Familienmitglied – aber warum war er dann nicht zu diesem Treffen eingeladen?

Plötzlich erhob sich Anna, deren Aufmerksamkeit schon vorher auf das Handy in ihrer Hand gerichtet war. »Ich weiß Ihr Kommen zu schätzen, Laurie, aber leider ist bei uns ein weiteres Meeting anberaumt.«

Laurie fühlte sich völlig überrumpelt. »Ich habe gedacht, wir könnten über Ihre Teilnahme an *Unter Verdacht* sprechen.«

»Ich bin davon überzeugt, dass wir zunächst abwarten sollten, bis die Polizei ihre Ermittlungen abschließt, bevor eine Fernsehsendung in dieser Sache herumschnüffelt.«

Laurie war mit dem Anspruch gekommen, zumindest ein Familienmitglied zur Teilnahme zu überreden, damit sie mit den Dreharbeiten beginnen konnten. Aber es war klar, dass Anna für sie alle sprach und noch vor dem Beginn dieses Treffens eine Entscheidung getroffen hatte.

»Ob Sie nun teilnehmen oder nicht, wir werden trotzdem ›in dieser Sache herumschnüffeln‹, wie Sie es genannt haben.« Es gefiel ihr nicht, ohne sie weiterzumachen, aber sie hatte das Gefühl, dass Brett Young ihr keine andere Wahl ließ.

Aber dann überraschte Grace sie. Plötzlich nahm sie einen Ordner aus ihrer riesigen Handtasche und übergab ihn Peter, bevor er sich dagegen wehren konnte. »Wir lassen einfach den Papierkram bei Ihnen, den können Sie sich ja mal ansehen und es sich noch überlegen. Wir wollen nichts verheimlichen, daher sollten Sie wissen, dass Ivan Gray eine sehr dezidierte Meinung zu Ihrer Familie hat, und ich muss sagen: Eigentlich sind Sie drei viel netter, als man es aufgrund seiner Beschreibung erwarten könnte.«

Jerry sah Grace an, als hätte er sie am liebsten aus den Raum gezerrt, aber Grace war noch nicht fertig.

»Ich bin bloß die Sekretärin, aber ich an Ihrer Stelle würde es nicht wollen, dass so einer über mich im Fernsehen herzieht, ohne dass ich meine Version der Geschichte darlegen kann.«

Als die Assistentin Kate eintraf, um sie zurück in die Lobby zu begleiten, war Anna Wakeling kreidebleich geworden.

16

Kaum im Aufzug, begannen sie auch schon damit, die letzten Minuten des Treffens zu erörtern.

»Grace«, sagte Jerry erstaunt, »da hast du bei Anna ja einen Volltreffer gelandet. Ich hab schon gedacht, die Frau würde in Ohnmacht fallen. Sie war blass wie die Wand.«

Grace fächelte sich Luft ins hochrote Gesicht. »Tut mir leid, es ist einfach so über mich gekommen. Es hat doch so ausgesehen, als würden sie abspringen.«

Laurie legte ihr die Hand auf den Unterarm. »Es war absolut richtig, was du gesagt hast. Es muss in ihrem Interesse sein, ihre Sicht der Dinge zu schildern.«

»Nichts für ungut, Laurie«, sagte Jerry, »aber wenn es von der Chefin gekommen wäre, hätte es vielleicht einschüchternd geklungen. So aber war es ganz großartig, Grace, vor allem, als du gesagt hast: ›Ach, ich bin bloß die Sekretärin.‹« Er drückte sich einen Finger in die Wange und erzeugte damit ein kindliches Grübchen. »Und dann, bumm, hast du den Hammer geschwungen: ›Ich an Ihrer Stelle würde es nicht wollen, dass so einer über mich im Fernsehen herzieht.‹ Damit hast du sie ganz schön geschockt.«

Der Aufzug kam zum Halt, die Türen öffneten sich.

»Drückt die Daumen«, sagte Grace und machte die entsprechende Geste. Ihr sanftes, herzförmiges Gesicht strahlte vor Stolz.

Laurie fiel auf, dass zwei Männer vor ihnen in der Lobby ihr Gespräch unterbrachen und Grace interessiert beäugten. Einer der beiden, mit einer Imbisstüte in der Hand, eilte daraufhin in ihre Richtung, um noch den Aufzug zu erwischen, bevor sich die Türen schlossen.

Sein Freund winkte ihm nach. »Bis später, Tom.«

Laurie streckte den Arm aus und hielt dem anderen die Aufzugstüren auf. »Sind Sie zufällig Tom Wakeling?«

»Ja«, antwortete er, betrachtete sie blinzelnd und überlegte offensichtlich, ob er sie kennen müsste.

Er hatte dunkle gewellte Haare, einen Dreitagebart und wies kaum Ähnlichkeiten mit seinem blonden Cousin und der ebenfalls blonden Cousine auf, hatte aber Annas hohe Wangenknochen und Carters lange Nase.

Ohne den Blickkontakt mit Tom abzubrechen, sagte Laurie leise zu Grace: »Wenn du noch eine Teilnahmeerklärung hast, dann gib sie mir.«

Grace reichte ihr umgehend einen weiteren Packen Papiere.

Der Aufzug begann zu summen, und Laurie stieg kurzerhand wieder ein.

»Wir treffen uns draußen«, rief sie Jerry und Grace in der Lobby zu. »Tom, ich bin Laurie Moran.«

17

Laurie war dankbar, dass die anderen Wakelings in dem Meeting waren, das sie entweder bloß erfunden oder tatsächlich so gelegt hatten, damit sie das Gespräch mit ihr so kurz wie möglich halten konnten. Sie waren jetzt nirgendwo zu sehen.

Sie folgte Tom zu einem kleinen, mit Aktenordnern und Papieren vollgestellten Büro mit einem einzigen Fenster. Aufgrund des flüchtigen Eindrucks, der sich aus dem Konferenzraum ergeben hatte, stellte sie sich vor, dass die anderen Familienmitglieder in einem sehr viel luxuriöseren Arbeitsambiente residierten.

Laurie brauchte nicht lange, um den Grund ihres Hierseins zu erläutern. Nachdem *Unter Verdacht* eine erfolgreiche und bekannte Sendung war, musste sie ihm auch nicht das Konzept erklären. Sie schummelte ein bisschen mit der Wahrheit, als sie sagte, sie habe sich soeben mit Carter und Anna getroffen, »um die Einzelheiten ihrer Teilnahme an der nächsten Folge zu besprechen«.

»Ich gehe davon aus, dass Sie ebenfalls bei uns mit dabei sein wollen?«

Er zuckte mit den Schultern. »Ja, kein Problem.«

So nonchalant wie möglich reichte sie ihm ein Exemplar ihrer Standard-Teilnahmeerklärung.

Während er das Dokument überflog, fragte sie ihn, wie lange er schon im Unternehmen beschäftigt sei.

»Zwei Jahre seit letztem Halloween«, antwortete er, unterzeichnete schwungvoll und gab das ausgefüllte Formular zurück.

Demnach hatte er knapp ein Jahr nach Virginia Wakelings Tod hier angefangen.

Im *New York Times*-Nachruf auf Robert Wakeling hatte Laurie nur gelesen, dass dieser das Unternehmen zusammen mit seinem Bruder Kenneth gegründet, aber die alleinige Geschäftsführung übernommen hatte, als die fraglichen Gewerbeflächen und Parkplätze in Long Island City in Luxusapartmentblocks umgewandelt wurden. Daher sprach sie jetzt Tom auf die Familiengeschichte an.

»Gott segne Dad und Onkel Bob, aber wenn man aus diesem Kapitel der Wakeling-Story etwas lernen kann, dann dass die Familie immer Vorrang haben sollte. Die beiden haben es zugelassen, dass das Geschäft einen Keil zwischen sie trieb.« Wehmütig beschrieb er, wie die beiden Brüder als junge Männer davon träumten, einen gewerblich genutzten Abschnitt gleich gegenüber von Manhattan zu einem geschäftigen, modernen Viertel zu entwickeln. Als nach fünf Jahren Arbeit ihr Traum immer noch bloß ein Traum war, wurde Toms Vater Ken ungeduldig. Bobs Stärken waren das Baugewerbe. Ken war der Architekt der Familie. »Mein Vater war im Grunde seines Herzens ein Künstler, Bob dagegen der geborene Geschäftsmann. Dads künstlerische Ader wollte – nein, brauchte Betätigung. Also hat Onkel Bob Dad aus dem Unternehmen herausgekauft, genau genommen hat er ihm das gezahlt, was die Grundstücke wert waren. Dad war froh, dass er das investierte Geld wiederhatte und er sich anderen Arbeiten als Architekt zuwenden konnte, während sein Bruder weiterhin dem großen Traum nachhing. Eine Weile lang war alles wunderbar. Dann, mit einem Mal, fügte sich beim Long-Island-City-Projekt eins zum anderen.«

Damit konnte der Plan umgesetzt werden, der schließlich zu Robert Wakelings Zweihundert-Millionen-Dollar-Vermögen führte. »Ihr Onkel hat nicht eingesehen, warum er einen Teil davon an Ihren Vater abgeben sollte?«, fragte Laurie.

»Nein. Er war der Meinung, dass Dad seine Entscheidung getroffen hatte. Er ist ausgestiegen, Onkel Bob nicht. Wie gesagt, es ist ihm immer nur ums Geschäft gegangen.«

»Das hat Ihr Vater wohl nur schwer akzeptieren können«, sagte Laurie.

Er schüttelte den Kopf. »In meinem letzten Highschool-Jahr hat mein Vater unsere Wohnung an der Upper East Side verkauft, und wir sind an die West Side gezogen, weil er den Anblick von Long Island City auf der anderen Flussseite nicht mehr ertragen konnte.«

»Trotzdem arbeiten Sie jetzt bei Wakeling Development.«

»Mein Vater ist ein Jahr vor Onkel Bob gestorben, ebenfalls an einem Herzinfarkt. Ich schwöre, sie wären beide noch am Leben, wenn sie Frieden miteinander geschlossen hätten. Ich persönlich habe immer die beiden Seiten ihrer Auseinandersetzung sehen können. Dad meinte, Onkel Bob habe ihn um ein Vermögen gebracht, während Onkel Bob meinte, Dad habe ihren gemeinsamen Traum verraten und dürfe dafür nicht auch noch belohnt werden.«

»Aber Sie waren nicht der unbeteiligte Dritte«, sagte Laurie. »Einer der beiden war Ihr Vater. Ganz davon zu schweigen, dass Sie miterlebt haben, wie Ihre Tante, Ihr Onkel, Ihr Cousin und Ihre Cousine extrem wohlhabend wurden. Carter und Anna sind sofort ins Familienunternehmen eingestiegen, als sie mit dem College fertig waren. Sie erst einige Jahre später.«

»Ehrlich gesagt, ich habe es ihnen nie übel genommen. Zu der Zeit habe ich in Nachtklubs hinter der Bar gearbeitet, das ganze Leben war für mich eine einzige große Party. Ich habe mir gesagt, lass es dir gut gehen und hab deinen Spaß.«

»Und das ist jetzt anders?«

»Klar.« Er deutete auf die Dokumentenstapel in seinem

Büro. »Wenn es einen Moment gab, an dem mir das alles klar wurde, dann wohl an dem Abend der Met-Gala.«

»Weil Ihre Tante gestorben ist?«

»Nein. Auch wenn das natürlich schrecklich war. Nein, ich war im Museum, ich war umgeben von den Reichen und den Berühmten und habe gesehen, wie meine Tante und mein Cousin und meine Cousine behandelt wurden, fast wie Mitglieder eines Königshauses. Sie haben freundschaftlich mit Stars und den Kuratoriumsmitgliedern verkehrt, und ich bin durch die Gemäldesammlung geschlichen wie ein Junge, der mit einer lächerlichen Frau im Schlepp Verstecken spielt. Wir waren total fehl am Platz.«

»Ihr Cousin und Ihre Cousine sagen, Sie hatten an dem Abend eine recht schillernde Begleitung.«

»Ach, Tiffany Simon«, sagte er mit einem Lächeln. »Sie war absolut großartig, schräg und witzig und völlig durchgeknallt. Es war unser zweites Date, wenn ich mich recht erinnere. Wir haben uns danach noch ein paarmal gesehen, bis mir klar wurde, dass sie aus allem ein Riesendrama macht. Jeder Augenblick in ihrem Leben war wie eine Szene aus einem Theaterstück, das sie in diesem Moment aufführt. Zum Beispiel hat sie sich völlig Fremden als Prinzessin einer von ihr gerade erfundenen Insel vorgestellt, weil sie das spaßig fand. Was auch ermüdend sein konnte. Auf dieser Gala jedenfalls, bei der sie viel zu viel getrunken und verrückte Geschichten über ihre männermordende Großmutter erzählt hat, habe ich mich in ihrer Begleitung jedenfalls geschämt. Daher habe ich noch an Ort und Stelle beschlossen, mit meiner Tante und ihren Kindern zu reden. Ich wollte ihren Rat, um mein Leben in andere Bahnen zu lenken.«

»Aber dann ist Ihre Tante ums Leben gekommen.«

»Ja, es war völlig surreal. Das hat mir die Augen geöffnet. Mir ist klar geworden, wie kurz das Leben ist. Auf einmal waren wir die nächste Generation der Wakelings. Ich habe mehrere Monate gewartet, bevor ich mich bei Anna und Carter um einen Job beworben habe. Sie haben mich mit offenen Armen aufgenommen.«

»Darf ich Sie fragen, wo Ihre Mutter in dieser Geschichte ist?«

»In Florida. Nach Dads Tod ist es ihr schwergefallen, die Lebenshaltungskosten in New York zu stemmen. Sie hat das Apartment verkauft und eine Eigentumswohnung in Naples erworben. Sie kommt mindestens zweimal im Jahr zu Besuch. Ich glaube, es freut sie, dass wir die Familie wieder zusammengebracht haben, auch wenn das Dad und Bob nicht mehr erleben konnten.«

Ein Happy End der Familiengeschichte der Wakelings, irgendetwas daran aber klang in Lauries Ohren falsch. Tom musste es seiner Cousine und seinem Cousin übel genommen haben, dass nach dem Tod ihres Vaters das Vermögen von Wakeling Development ihnen zugefallen war. Carter und Anna hatten das Unternehmen ebenso wenig aufgebaut wie Tom, dennoch wurden sie »wie Mitglieder eines Königshauses« behandelt, wie er gesagt hatte, während er »total fehl am Platz« war. Vielleicht hatte er wirklich »an Ort und Stelle« beschlossen, seinem Leben eine andere Richtung zu geben. Vielleicht hatte er dazu noch nicht mal das Ende der Gala abgewartet. Schon sah sie Tom vor sich, wie er seine Tante zur Seite nahm. Virginia dürfte abgelenkt, sie dürfte ganz auf die Gala und die Gespräche mit den Wohltätern des Museums konzentriert gewesen sein. Vielleicht hatte sie ihm gesagt, dass dies ein schlechter Zeitpunkt sei, vielleicht hatte sie ihn auch offen abgewiesen.

Laurie meinte fast, Virginia Wakelings Worte zu hören: *Du bemühst dich ja noch weniger als dein Vater und hast noch nicht mal dessen Talent. Das ist zu wenig, und es kommt zu spät.* Vielleicht hatte Tom weiter auf sie eingeredet. Oder ihr vielleicht

Schlimmeres an den Kopf geworfen: *Du hast keinen einzigen Tag in deinem Leben gearbeitet, Tante Virginia, und jetzt wirfst du dein Geld für einen Heiratsschwindler zum Fenster hinaus.*

Virginia war vielleicht empört. Vielleicht hatte sie sich an ihren Wachmann, an Marco, gewandt und darum gebeten, auf die Dachterrasse gehen zu dürfen.

Laurie stellte sich vor, wie Tom seine Tante in den Aufzug treten sah. Sie sah vor sich, wie er den Alarm in der Ausstellung auslöste und ins Treppenhaus schlüpfte, während die Wachleute abgelenkt waren. Schlag dir das schleunigst wieder aus dem Kopf, ermahnte sie sich. Du hast schon in Ivan den Mörder gesehen, bevor du ihn überhaupt gekannt hast. Jetzt kommst du Tom mit Vorurteilen, weil alles, was er erzählt, in deinen Augen einfach zu gut klingt. Sei nicht so voreilig.

»Ich danke Ihnen sehr, dass Sie sich Zeit genommen haben, Tom«, sagte sie und zwang sich zu einem warmen Lächeln. »Ich werde mich melden, wenn wir mit den Dreharbeiten beginnen.«

»Ich mache gern alles, was meine Familie von mir verlangt.«

Jerry und Grace warteten im Fond des schwarzen SUV, der sie nach Manhattan zurückbringen würde.

»Es gibt gute Neuigkeiten«, sagte Jerry mit Blick auf Grace, als Laurie einstieg. »Sag du es ihr! Dir ist es ja schließlich zu verdanken.«

Grace grinste. »Vor fünf Minuten hat Annas Assistentin bei Jerry angerufen. Anna, Peter und Carter sind alle bereit, an der Sendung teilzunehmen.«

»Insbesondere hat sie erwähnt«, fuhr Jerry fort, »dass sie es nicht zulassen wollen, dass ein Lügner wie Ivan Gray im Fernsehen ausschließlich seine Sicht der Dinge vortragen kann – womit sie fast wortwörtlich Grace zitiert hat.«

»Gute Arbeit, Grace«, sagte Laurie und klatschte sich mit ihr

ab. »Und wir können Toms Einverständniserklärung zur Sammlung hinzufügen.«

Sie gab Grace das von Tom unterzeichnete Dokument.

»Wie lief es denn so?«, fragte Jerry. »Irgendeine schmutzige
Sache aufgetan?«

»Vielleicht. Wenn man ihm zuhört, herrscht nur Friede,
Freude, Eierkuchen zwischen ihm und den anderen aus der
Familie. Aber ich bin mir da nicht so sicher.«

Laurie war sich nur einer Sache sicher: Die Liste mit den
weiteren Tatverdächtigen war gerade um eine Person länger
geworden.

18

Nach ihrer Rückkehr ins Studio lud Laurie Grace zum Lunch bei sich im Büro ein, um sie für ihre Arbeit am Vormittag zu belohnen. Grace bot an zu bleiben, falls sie wirklich gebraucht würde, ansonsten würde sie aber Ivan Grays Angebot einer kostenlosen Trainingssitzung bei PUNCH annehmen.

Einerseits wusste Laurie nicht recht, was sie davon halten sollte, dass sich Grace außerhalb der Arbeit mit Ivan traf. Andererseits hatten sie den Fall nur, weil Ryan persönlich mit Ivan bekannt war. Laurie wäre sich daher wie eine Heuchlerin vorgekommen, wenn sie jetzt Grace die Trainingsstunde untersagt hätte. Allerdings gab es da noch ihre Fürsorgepflicht, immerhin war Ivan nach wie vor der wahrscheinlichste Täter im Mordfall Virginia Wakeling.

Laurie überlegte, wie sie es am besten formulieren sollte, doch Jerry kam ihr zuvor: »Bist du verrückt, Grace? Der ist vielleicht ein Mörder.«

»Laurie glaubt, es war der Neffe, Tom.«

»Das glaube ich nicht, Grace.«

»Ich weiß«, antwortete sie. »Ich bin nur ungeduldig. Jedes Mal am Anfang einer neuen Folge will ich unbedingt wissen, wer es war. Wenn man Tag für Tag mit ihnen umgehen muss, ohne zu wissen, wer gefährlich ist ...« Sie schauderte. »Da läuft es einem kalt über den Rücken.«

Sie stopfte eine Wasserflasche in eine Fitnesstasche, die sie unter ihrem Schreibtisch verstaut hatte. »Keine Bange, ich werde nicht mit Ivan trainieren. Ich hab ihm schon gesagt, dass ich einen anderen Trainer brauche, um jeden Interessenkonflikt zu vermeiden. Tanya, eine nette Frau, erwartet mich in zehn Minuten. Man hat mir erzählt, sie hat letztes Jahr einen Hundertzwanzig-Kilo-Typen k. o. geschlagen, der ihr in der Linie F die Handtasche klauen wollte. Ich glaube, wir werden ganz schnell beste Freundinnen.«

Die Kartons ihres Lunchs waren geleert – Laurie hatte ein Ei-Salat-Sandwich verdrückt, Jerry eins mit gegrilltem Lachs und Spargel, da er sich im Moment durch eine dreißigtägige »Reinigungsdiät« quälte, die aus nichts anderem als Gemüse und fettarmen Proteinen bestand. Sie saßen an ihrem Bürokonferenztisch und gingen den Bildband über die *Mode der First Ladies* durch, den Charlotte Laurie mitgebracht hatte. Sie hatten bereits mindestens fünfzig Aufnahmen mit Post-its gekennzeichnet und streng darauf geachtet, zu gleichen Teilen demokratische und republikanische First Ladies auszuwählen.

»Wir werden den Glamour einer Met-Gala nicht allein durch Fotos nachstellen können«, bemerkte Laurie. »Aber natürlich kann die damalige Ausstellung nicht mehr neu arrangiert werden.«

Das Museum hatte sich einverstanden erklärt, sie auf der Dachterrasse, in der Großen Halle im Eingangsbereich und im Tempelraum filmen zu lassen, wo die Tische für das Dinner aufgebaut gewesen waren. Ansonsten war der Zugang zum Museum ziemlich beschränkt, völlig unzugänglich waren die damaligen Leihgaben aus den Nachlässen und Bibliotheken diverser Präsidenten, die in der Ausstellung zu sehen gewesen waren.

»Machst du Witze?«, protestierte Jerry. »Die Fotos sind fantastisch, ich bin überzeugt, dass der Verlag die Bilder noch in hoher Auflösung hat. Außerdem können wir uns Vorführrechte der Videoaufnahmen vom roten Teppich sichern. Ich habe bereits zwei tolle Clips, auf denen Mrs. Wakeling Barbra Streisand umarmt und Küsschen mit Beyoncé austauscht. Da war sie noch so glücklich, wenige Stunden später war sie tot. Ich weiß, wir sollen uns nicht von Emotionen leiten lassen, aber das geht mir wirklich unter die Haut. Wenn ich Virginia sehe, muss ich an meine eigene Mom denken, die, als die Kinder außer Haus waren, endlich das tun konnte, was sie immer schon wollte. Als hätte sie wie in einem Kokon nur darauf gewartet, sich endlich frei zu entfalten.«

Jerry hatte nicht unrecht. Sie hatten schon Fälle mit sehr viel jüngeren Opfern als Virginia Wakeling gehabt, aber selbst bei ihr konnte man sagen, dass ihr Leben zu kurz gewesen war. Sie hatte doch gerade wieder ganz von vorn angefangen.

Es klopfte an der Bürotür, Laurie drehte sich um. Brett Young stand vor ihnen.

»Brett, ich hätte dich kaum erkannt, so außerhalb deines natürlichen Habitats.« Brett gehörte zu denen, die andere ausnahmslos zu sich zitierten und sich ansonsten so gut wie nie in den Gängen sehen ließen.

Er warf einen kurzen Blick auf sein rechtes Handgelenk. »Julie hat mich an dieses Ding geschnallt. Wenn ich nicht zehntausend Schritte am Tag schaffe, liegt sie mir damit ständig in den Ohren.«

Wenn jemand Brett Young und sein Verhalten ändern konnte, dann seine Frau Julie.

»Wie kommen wir mit der nächsten Sendung voran?«, fragte er.

Endlich einmal konnte Laurie mit einer Antwort aufwarten, die sogar ihren schwierigen Boss zufriedenstellen sollte. »Alles in trockenen Tüchern. Die gesamte Wakeling-Familie ist mit an Bord. Jerry ist gerade dabei, die Bedingungen für die Dreharbeiten im Museum auszuarbeiten, aber es wird alles klappen. Nachher werde ich mich noch mit dem Detective treffen, der die Mordermittlungen in dem Fall leitet. Außerdem kommt Ivan am Nachmittag vorbei, um seine Teilnahmeerklärung zu unterschreiben.«

Brett rieb sich die Hände. »Na, davon rede ich doch die ganze Zeit. Ich sage es ja nur ungern, Laurie, aber die kleine Rivalität mit Ryan scheint dich regelrecht zu beflügeln. Ich hätte schon vor Jahren jemanden anheuern sollen, der dir auf die Nerven fällt.«

»Brett, es besteht *absolut* keine Notwendigkeit, dafür noch jemanden anzuheuern«, entgegnete sie.

»Gut, Ms. Moran, schon verstanden. Dann mach dich mal daran, einen Zeitplan auszuarbeiten.«

Nachdem Brett außer Hörweite war, äffte Jerry Bretts undurchdringlichen, finsteren Blick nach. »Ich kann dir gar nicht sagen, wie sehr mich das alles freut, Laurie. Ich hoffe nur, dass du dich diesmal auch an deinen Zeitplan hältst.«

»Sei vorsichtig, es würde mich nicht wundern, wenn er in allen Räumen versteckte Kameras hätte. Mal sehen, wie lange wir es noch schaffen, ihn bei Laune zu halten. Du hast bemerkt, dass ich Penny Rawling nicht erwähnt habe.« Sie hatten nach wie vor keine Kontaktdaten von Virginias ehemaliger Assistentin. »Ich hab ihm nur die guten Neuigkeiten präsentiert.«

»Carter hat erwähnt, dass sie sich im Hunter College eingeschrieben hat. Ich werde einen Freund anrufen, der dort in der Computerabteilung sitzt.«

»Es ist illegal, Informationen aus akademischen Aufzeichnungen herauszugeben.«

»Gut, dann vergiss alles, was ich gesagt habe«, erwiderte Jerry ganz unschuldig und blätterte im Bildband eine Seite weiter. »Ist dieses Bild nicht fantastisch? Wahrscheinlich wird es nie mehr eine First Lady geben, die so elegant ist wie Jacqueline Kennedy.«

In dem Ausstellungsband zu sehen war eine cremeweiße

Robe mit Chiffonoberteil und glattem Rock. Drapiert war sie auf einer Ankleidepuppe, die dazu noch mit einer einfachen Perlenkette, einem silbernen Armband mit Glücksanhängern und flachen Schuhen versehen war.

»Das Kleid ist unglaublich schlicht«, sagte Laurie. »So was findet man heutzutage in keinem Laden mehr.«

»Genau. Es ist klassisch geschnitten. Sieh dir an, wie sie darin ausgesehen hat. Sie war so schön.« Hinter der Ankleidepuppe war eine lebensgroße Schwarz-Weiß-Fotografie vom Präsidenten mit Mrs. Kennedy auf der Veranda angebracht. Der Präsident hatte die kleine Caroline auf dem Schoß, die eine Stofftiergiraffe in der Hand hält. Laut der Bildunterschrift wurde das Foto im Sommer 1960 auf dem Kennedy-Anwesen in Hyannis Port, Massachusetts, aufgenommen, nachdem das Paar Jacquelines Schwangerschaft mit John Junior bekannt gegeben hatte. »Ein geradezu ikonisches Foto. Können wir das in der Sendung verwenden? Meine Großmutter hatte Fotos von JFK und Jackie in ihrem Arbeitszimmer hängen, sie hat immer gesagt, wie anders die Geschichte doch hätte verlaufen können. Für mich wäre es eine kleine Huldigung für sie.«

»Natürlich, Jerry. Das ist eine wunderbare Idee.«

Lächelnd markierte er das bereits eingeheftete Post-it mit einem Stern. »Weißt du, was noch eine gute Idee wäre?«

»Hmm?«

»Wenn du zu deinem Treffen mit Detective Hon aufbrechen würdest. Du und dein Vater solltet in einer halben Stunde in Harlem sein.«

19

Leo sah im Fond des Taxis auf die Uhr. Es war 14.32 Uhr. Er war mit Laurie um drei Uhr bei der Mordkommission von Manhattan North verabredet. Früher hätte er seinem Zivilwagen ein Blinklicht aufgesetzt und es locker zur Upper West Side geschafft. Doch trotz seiner Stellung bei der Anti-Terror-Taskforce war er in New Yorks Straßenverkehr ein ganz gewöhnlicher Zivilist, was hieß, dass er die Wohnung eine halbe Stunde früher verlassen musste.

Er hatte gern eingewilligt, als Laurie ihn am Vortag gefragt hatte, ob er sie zum Treffen mit dem Leiter der Mordermittlungen im Fall Virginia Wakeling begleiten wolle. Leo kannte Johnny Hon nicht persönlich, der Detective aber, den Leo anrief, als Laurie den Fall zum ersten Mal erwähnt hatte, hatte sich in den höchsten Tönen über ihn geäußert. Leo freute sich immer, wenn Lauries Tätigkeit ihm erlaubte, mal wieder in seine alte Arbeit hineinzuschnuppern. Ursprünglich hatte er sich Sorgen gemacht, andere könnten denken, sie würde sich zu sehr auf ihren »Daddy« verlassen. Aber es war immer von Vorteil, einen Polizisten an seiner Seite zu haben, wenn man mit anderen Polizisten sprach, und Laurie war viel zu sehr Profi, um sich von solchen ebenso kleinlichen wie unzutreffenden Bedenken von ihrer Arbeit abhalten zu lassen.

Leo checkte seine E-Mails auf dem Handy. Seine halbe Berufslaufbahn lang hatte er Polizeiberichte auf einer Schreibmaschine verfasst. Er hätte sich nie träumen lassen, dass irgendwann jeder mit einem leistungsstarken Computer in der Hosentasche herumlaufen würde.

Eine neue Nachricht von Alex Buckley war eingetroffen. Die Betreffzeile nahm noch Bezug zur Mail, die Leo ihm am vergangenen Abend geschickt hatte: »re: Glückwunsch zur Nominierung«.

Leo hatte Alex durch Lauries Sendung kennengelernt, seitdem trafen sie sich regelmäßig, oft mit Laurie, aber auch ohne sie, meistens, um sich über Sport auszutauschen. Leo hatte früh gespürt, dass Alex Laurie nicht nur berufliches Interesse entgegenbrachte, und hatte beobachten dürfen, welch große Zuneigung Alex nicht nur für Laurie empfand, sondern auch für ihren Sohn Timmy. Ebenso hatte er gesehen, wie sich Lauries Gefühle veränderten. Sosehr sie auch vermeiden wollte, Berufliches und Privates zu vermengen, so konnte sie doch nicht ignorieren, dass es zwischen ihnen eine natürliche Verbundenheit gab.

Bei den Dreharbeiten zu einer Folge im berühmten Grand Victoria Hotel in Palm Beach hatte Leo von seinem Balkon aus zufällig Laurie und Alex beobachtet, als sie zu einem letzten Drink in Liegestühlen noch am Pool saßen, während alle übrigen Gäste bereits aufgebrochen waren. Lauries gelegentlich aufflackerndes Lachen übertönte die Meeresbrandung. Leo hatte seine Tochter seit Gregs Tod nicht mehr so glücklich erlebt. Als Alex nach dem Ende der Dreharbeiten als Moderator zurücktrat, begründete er das zwar damit, dass er sich mehr um seine Kanzlei kümmern müsse, Leo war aber überzeugt, dass er damit nur den Weg frei machen wollte für eine feste Beziehung zu Laurie, frei von den Komplikationen, die sich aus ihrer Zusammenarbeit im Studio ergeben würden.

Aber dann tauchte bei den Recherchen zu einer neuen Folge der Name eines ehemaligen Mandanten von Alex auf. Leo wusste immer noch nicht, welche Worte im Einzelnen gefallen waren, im Lauf der folgenden Dreharbeiten beschuldigte Laurie jedenfalls Alex, sie über seinen Mandanten im Unklaren gelassen zu haben, während Alex zu der Überzeugung kam, dass sie ihm kein Vertrauen entgegenbringe. Im Grunde war es die Auseinandersetzung zwischen einem Anwalt und einer Journalistin, nur war durch die äußeren Umstände mehr daraus geworden. Als er eines Abends, nachdem Timmy schon im Bett lag, mitbekam, wie sie weinte, sagte sie nur, dass Alex fort sei.

Aus Respekt Laurie gegenüber hatte auch Leo vorerst Abstand zu Alex gehalten. Nachdem er dann aber in den Nachrichten mitbekam, dass Alex für das Amt eines Richters am Bundesbezirksgericht nominiert worden war, griff er zum Telefonhörer. Alex war auch sein Freund. Er konnte so etwas nicht unkommentiert lassen. Doch dann überlegte er, wie sein Anruf aufgenommen würde. Er würde ihm seine Glückwünsche mitteilen, Alex würde sich bedanken. Und dann? Unweigerlich würde er auf Laurie zu sprechen kommen. Aber er wollte nicht, dass seine Tochter das Gefühl hatte, er würde sich einmischen.

Statt anzurufen, hatte er also eine kurze Nachricht von seinem kleinen Gerät geschickt. *Lieber Alex, oder soll ich jetzt Richter Buckley sagen? Ich hätte nie gedacht, dass ich mitfiebern würde, wenn ein Strafverteidiger auf die Richterbank aufrückt, aber du gehörst zu den wunderbarsten Menschen, die ich jemals kennengelernt habe. Dem Recht wird sehr gedient sein. Voller Stolz, Leo Farley.* Kurz und bündig.

Alex' Antwort fiel ebenso höflich aus. *Leo, schön, von dir zu hören. Danke für die lieben Worte. Deine Unterstützung ist mir äußerst wichtig. Jetzt muss nur noch der Senat zustimmen. Herzliche Grüße an die ganze Familie, Alex.*

Leo las die letzte Zeile und stellte sich dazu Alex vor, der immer so präzise mit der Sprache umging. Laurie war überzeugt, dass Alex sie abgeschrieben hatte, Leo aber glaubte, Alex würde immer noch darauf warten, dass Laurie sich für ihn entschied.

20

Als sich Laurie der Ecke 133rd Street und Broadway näherte, stand ihr Vater bereits vor dem unscheinbaren, durch nichts gekennzeichneten Gebäude, in dem die Mordkommission für Manhattan North untergebracht war. Mit ihm in ein Gespräch vertieft war ein gut gekleideter Mann asiatischer Herkunft mit schwarzen, glatt zurückgekämmten Haaren und einer Nickelbrille. Leo winkte ihr zu, als er sie entdeckte. Der andere Mann streckte ihr die Hand entgegen. Beide hatten die Mantelkragen gegen die Kälte hochgeklappt.

»Sie müssen Laurie sein. Ich bin Detective Johnny Hon.«

»Nochmals vielen Dank, dass Sie sich Zeit nehmen für mich, Detective. Tut mir leid, dass ich Sie in der Kälte habe warten lassen.«

»Kein Problem. Ich bin noch auf eine Zigarette runtergekommen. Aber sagen Sie das ja nicht meiner Frau. Ich soll nämlich aufhören.« Sie bemerkte einen etwa zehn Zentimeter dicken Ordner, den er sich unter den linken Arm geklemmt hatte. »Ich hoffe, Sie haben nichts dagegen, aber ich dachte mir, ich bringe Ihnen die Arbeit mit runter. Polizeichef Farley hat Besseres verdient als ein staubiges Konferenzzimmer, das unbedingt mal wieder gestrichen gehört.«

Ihr Vater runzelte überrascht die Stirn – der Titel war nämlich richtig. »Ich sagte doch, Sie sollen mich Leo nennen, und Sie sind hier der Boss. Wohin Sie auch gehen, wir folgen Ihnen.«

»Der Vorteil von Harlem ist das Essen. Ich hatte noch kein Mittagessen, eine Anhörung vor Gericht hat länger als vorhergesehen gedauert. Mir knurrt schon der Magen. Es gibt hier um die Ecke ein Lokal, das Chinelos, da gibt es ganz fantastische Tacos für nur drei Dollar das Stück. Ist das okay für Sie?«

Laurie streckte den Daumen hoch. Sie nahm gern einen zweiten Lunch zu sich, wenn Detective Hon ihr half, den Mörder von Virginia Wakeling ausfindig zu machen.

Hons Lokal war eine schmale, lang gestreckte Höhle mit Neonröhren und Fußbodenkacheln, eher ein Imbiss als ein Restaurant. Es gab eine Theke, wo man die Bestellung aufgab, und hinten ein paar Tische. Zumindest waren sie zu dieser Zeit am Nachmittag für sich allein, es war ruhig, und es gab, wie von Hon versprochen, köstliches mexikanisches Essen.

Hon gab großzügig extrascharfe Sauce über seine Tacos, während er sich nach Lauries Treffen mit der Wakeling-Familie erkundigte. »Es überrascht mich, dass sie überhaupt mit Ihnen gesprochen haben.«

»Nicht nur das. Sie werden sogar in unserer Sendung auftreten.«

Er pfiff anerkennend. »Das hätte ich nicht erwartet. Ich hab Ihre Sendung gesehen. Alex Buckley hat die Verdächtigen ja so richtig in die Mangel genommen. Ich freue mich schon darauf, wenn sich die Wakelings unter seinen Fragen winden.«

»Wir haben einen neuen Moderator«, korrigierte Laurie ihn und versuchte so neutral wie möglich zu klingen. »Aber, ja, wir bemühen uns, bei unseren Befragungen so gründlich wie möglich vorzugehen.«

Leo beugte sich zu Hon vor. »Bei Ihnen klingt es so, als hätten sie sich Ihnen gegenüber nicht so entgegenkommend gezeigt.«

Hon schüttelte den Kopf. »Nicht unbedingt so, dass man es als verdächtig einstufen müsste, nein. Aber allen drei – Sohn, Tochter, Schwiegersohn – ging es nur darum, Ivan Gray hinter Gitter zu sehen. Wenn man ihnen irgendeine Frage gestellt hat, die nichts mit Ivan Grays Schuld zu tun hatte, wurden sie ungeduldig, als würde man sich in ihre Angelegenheiten einmischen.«

Laurie musste daran denken, wie überzeugt Anna geklungen hatte, als sie wiederholt Ivan als den Mörder ihrer Mutter bezeichnet hatte.

»Ivan ist der Ansicht, dass ein oder mehrere Familienangehörige Mrs. Wakeling umgebracht haben, weil sie vorhatte, ihr Testament zu ändern. Laut Ivan hat sie sich mit dem Gedanken getragen, fast ihr gesamtes Vermögen mehreren Wohltätigkeitseinrichtungen zu hinterlassen. Den Kindern wäre bloß das Unternehmen geblieben, sie hätten sich also selbst wieder ein Vermögen aufbauen müssen.«

Johnny Hon nickte, offensichtlich war er mit dieser Theorie vertraut. »Das Problem ist nur, solange wir die Tote nicht befragen können, werden wir nie erfahren, was sie vorhatte. Wir haben nur das Testament, das nach ihrem Tod vollstreckt wurde. Ivan behauptet, sie habe es ändern wollen, aber das hat keiner bestätigt. Ich habe mit dem Anwalt gesprochen, der das Testament aufgesetzt hat. Er sagte mir, er habe mit Mrs. Wakeling im gesamten letzten Jahr vor ihrem Tod nicht mehr gesprochen.«

»Annas Mann, Peter, war der Testamentsvollstrecker und, soweit man hört, ihr vertrauter Berater«, sagte Laurie. »Als ich ihn fragte, ob Virginia jemals von einer Testamentsänderung gesprochen hat, da hat er ...«

»... auf seine anwaltliche Schweigepflicht verwiesen.« Sie vervollständigten den Satz gemeinsam.

»Ich kann nachvollziehen, warum es Virginia Wakeling etwas peinlich war, mit ihrem Anwalt darüber zu reden«, bemerkte Leo. »Der Testamentsvollstrecker war ihr Schwiegersohn. Damit hätte sie ihm mitgeteilt, dass das Geld nicht an die Familie fällt, sondern an wohltätige Einrichtungen.«

»Vielleicht ist es deshalb nie zu der Änderung gekommen«, sagte Hon.

»Oder sie wurde vielleicht daran gehindert«, warf Laurie ein.

Alle drei schwiegen kurz, bevor Laurie fortfuhr. »Sie scheinen davon überzeugt, dass ich auch nichts anderes mache als Sie vor drei Jahren.«

»In solchen Fällen geht es mir nicht um mein Ego, Laurie. Ich will Antworten, und dabei ist es mir nicht wichtig, ob sie von mir kommen oder von einer Fernsehsendung wie Ihrer. Es ist aber tatsächlich irgendwie komisch, wenn ich höre, dass Sie die gleichen Schritte unternehmen wie ich damals.« Er sah zu Leo. »Sie waren Ihr Leben lang bei der Polizei. Sie wissen, wie es bei manchen Fällen nun mal ist.«

»Mein neunjähriger Sohn kann es kaum erwarten, zur Polizei zu gehen«, sagte Laurie mit einem Lächeln. »Er hat uns erzählt, er will sich die Akten aller ungelösten Fälle vornehmen und sie dann der Reihe nach aufklären.«

»Dann wird der Name Farley weitergeführt«, sagte Hon. »Wie auch immer, der Schwiegersohn, Peter, hat jedenfalls eine Pokermiene aufgesetzt, als ich ihn auf eine mögliche Änderung des Testaments angesprochen habe.«

»Und das ist Ihnen nicht verdächtig vorgekommen?«

Hon zuckte mit den Schultern. »Jeder, der wegen des Geldes bereit ist, seine Mutter – oder Schwiegermutter – zu töten, würde doch sofort lügen und behaupten, dass sie ihr Testament nie ändern wollte. Anna und Peter geht es meiner Ansicht nach vor allem darum, den Namen Wakeling zu schützen. Wenn Mrs. Wakeling wirklich vorgehabt hatte, das Testament zu ändern, dann wollten sie vielleicht, dass diese Tatsache nicht an die Öffentlichkeit gelangt. Sonst würde es ja so aussehen, als wären sie sozusagen unrechtmäßig an ihr Vermögen gekommen. Solange es für den Mord nicht relevant ist, werden sie daher bemüht sein, nicht darüber zu reden. Das habe ich mit dem Kommentar gemeint, dass es interessant sein dürfte zu sehen, wenn sie ins Kreuzverhör genommen werden.«

»Aber sie sind für Sie keine Tatverdächtigen?«, fragte Leo.

»Technisch gesehen ist jeder ein Tatverdächtiger, solange der Mord nicht aufgeklärt ist.«

»Sie haben kein Alibi, oder?«, fragte Laurie.

»Nein. Mehrere Zeugen wollen sie in der Großen Halle gesehen haben, als die Nachricht die Runde machte, dass es einen Todesfall gegeben habe. Aber jeder hätte in der Zeit von der Dachterrasse wieder nach unten kommen können. Anna hat ausgesagt, sie sei auf der Toilette gewesen, während sich Peter und Carter durch die Menge geschoben und Gäste begrüßt haben. Es war unmöglich, ihren exakten Aufenthaltsort zum Tatzeitpunkt zu bestimmen. Hat Ihnen schon jemand gesagt, dass an dem Abend die Überwachungskameras zu Wartungszwecken ausgeschaltet waren?«

Laurie nickte. »Ich habe mich gestern mit dem Sicherheitschef des Museums getroffen, mit Sean Duncan.«

»Ein guter Mann. Er sorgt da für Ordnung. Leider hatte er an dem Galaabend mit den Wakelings nicht viel zu tun. Der Wachmann, der für Virginia Wakeling abgestellt war, arbeitet dort nicht mehr. Sein Name lautet Marco Nelson.«

»Ich nehme an, Sie haben ihn ebenfalls befragt«, sagte Laurie.

»Na klar. Er war der Letzte, der Mrs. Wakeling lebend gesehen hat, den Täter mal ausgenommen. Es hat mich überrascht, dass das Museum ihn entlassen hat.«

»Er wurde gefeuert?«, fragte Laurie. »Bei Sean hat es sich angehört, als wäre er zu einem privaten Sicherheitsdienst gegangen, weil er dort mehr verdienen kann.«

»Oh, das bezweifle ich nicht. Aber ihm wurde nahegelegt, sich woanders umzusehen. Bob Brundel – das war Seans Vorgänger als Sicherheitschef – hat mir erzählt, Marco stehe im Verdacht, teure Merchandising-Waren aus dem Museumsladen gestohlen zu haben. Anscheinend hatte er was mit einer vom Verkaufspersonal, er soll sich gern dafür gemeldet haben, die Taschen zu überprüfen. Angeblich soll sie, wenn er Dienst hatte, teure Waren rausgeschafft haben. Einer wie Sean hätte sie möglicherweise verdeckt observieren lassen und den Fall zur Anzeige gebracht. Der alte Boss hat ihnen bloß eine Warnung zukommen lassen und ihnen geraten, sich was anderes zu suchen. Das hat man mir jedenfalls erzählt.« Hon zuckte mit den Schultern. Ihm war durchaus bewusst, dass er damit nur Gerüchte weitergab, die er im Dienst aufgeschnappt hatte.

»Sie sagten, Marco sei der Letzte gewesen, der Mrs. Wakeling lebend gesehen hat, mit Ausnahme ihres Mörders«, sagte Leo. »Gibt es einen Grund, warum Sie vom Mörder im Singular sprechen? Könnte es nicht sein, dass mehr als eine Person an der Tat beteiligt war?«

»Ich hätte ›der oder die Mörder‹ sagen sollen. Sie haben recht.« Hon sah zu Laurie. »Sie haben eine Theorie?«

»Wie Sie schon sagten, jeder ist verdächtig. Aber ich habe die Dachterrasse gesehen. Meines Erachtens ist es höchst unwahrscheinlich, dass eine Frau die Kraft hat, Mrs. Wakeling über die breite Kante zu stoßen. Und ›stoßen‹ ist nicht das richtige Wort für das, wie es abgelaufen sein muss. Das Geländer ist über einen Meter hoch, dahinter sind außerdem Sträucher gepflanzt. Der Täter muss sie also über das Geländer gehievt und dann über die gut ein Meter breite Bepflanzung geschoben haben. Oder sie wurde hochgehoben und hinuntergeworfen. Wenn also Anna oder Virginias Assistentin Penny beteiligt waren, hatten sie möglicherweise Hilfe durch einen männlichen Komplizen.«

»Sie werfen Ihr Netz weit aus. Die persönliche Assistentin?«, fragte Hon.

»Ivan meint, Penny hatte Angst, entlassen zu werden, wenn Virginia und er geheiratet hätten. Anscheinend war er mit ihrer Arbeitsleistung beziehungsweise dem Fehlen einer solchen alles andere als zufrieden. Und soweit ich weiß, wurde sie im Testament bedacht. Er verstand nicht, warum sich Penny gegenüber der Polizei nicht für ihn eingesetzt hat. Laut seiner Aussage hätte sie wissen müssen, was für ein glückliches Paar sie waren und dass er sich nicht wegen des Geldes für Virginia interessiert hat.«

»In einem hat er zumindest recht: Diesen Eindruck hat Penny sicherlich *nicht* vermittelt. Ihre Aussage hat mit dem übereingestimmt, was die anderen Familienmitglieder gesagt haben. Ivan habe es kaum erwarten können, Mrs. Wakeling zu heiraten, und auch für sie war es offensichtlich, dass seine Beweggründe rein finanzieller Natur waren. Selbst mit Ehevertrag hätte er sich als ein Mr. Virginia Wakeling in einer sehr viel komfortableren Position befunden als vorher als ihr Personal Trainer.«

»Vielleicht hat sie sich nur auf die Seite der Familienmitglieder gestellt, weil sie ihre Anstellung nicht verlieren wollte«, schlug Leo vor.

»Vielleicht gibt es eine noch einfachere Theorie: Vielleicht erzählen sie alle einfach nur die Wahrheit über Ivan. Er hat die Frau wegen des Geldes ausgenutzt, und als sie herausfand, dass er sie bestohlen hat, wollte sie ihn auffliegen lassen«, erwiderte Hon.

Mehr als bisher war Laurie davon überzeugt, dass sie mit Mrs. Wakelings ehemaliger Assistentin sprechen mussten. »Wir haben Penny bislang nicht ausfindig machen können. Können Sie uns zufällig dabei helfen?«

»Als ich das letzte Mal mit ihr gesprochen habe, war sie noch bei Wakeling Development angestellt.«

»Da ist sie nicht mehr.«

»Dann kann ich Ihnen leider nicht weiterhelfen.«

Detective Hon tat ihrem Vater allein schon durch dieses

Treffen einen großen Gefallen. Sie konnte nicht erwarten, dass er ihnen die Adresse einer Privatperson ermittelte. »Was ist mit dem Neffen, Tom Wakeling? Haben Sie sich auch mit ihm beschäftigt?«

Hon wischte sich die Hände an der Papierserviette ab, nachdem er den letzten Bissen gegessen hatte. »Ja, natürlich. Egal, wie sehr er es verbergen wollte, mir war von Anfang an klar, dass er den reichen Teil der Familie nicht sonderlich mag. Angeblich war er auf der Gala, weil er seine Freundin beeindrucken wollte, es würde mich aber nicht wundern, wenn er nur seine tolle Tante, seinen Cousin und seine Cousine in eine peinliche Situation bringen wollte, indem er mit einer Frau aufkreuzte, die dort nun wirklich überhaupt nichts verloren hatte. Aber seine Abneigung beruhte wohl auf Gegenseitigkeit. Wenn ich mich recht erinnere, hat er von seiner Tante bloß fünfzigtausend Dollar geerbt. Das ist nicht unbedingt eine Kleinigkeit, aber doch eher ein Taschengeld, wenn man bedenkt, um welche Summen es insgesamt ging.«

»Heute Morgen hat er uns erzählt, sie wären jetzt eine große glückliche Familie«, sagte Laurie.

Hon rollte mit den Augen. »Betrachten Sie es so: Ihr Onkel macht ein Vermögen mit einer Idee, die auch Ihrem Vater gehört, und Sie bekommen nichts davon ab? Ob er es nun offen zeigt oder nicht, er hat es jedenfalls nie richtig verwunden.«

»Trotzdem habe ich nie von ihm gehört, erst als wir mit unseren Recherchen begonnen haben. Warum war Ivan tatverdächtig, aber nicht Tom?«, fragte Laurie.

»Weil Tom das einzige Familienmitglied ist, das ein bestätigtes Alibi hat. Anders als sein Cousin und seine Cousine hat er sich nicht unter die Menge gemischt. Er war die ganze Zeit mit seiner Begleitung zusammen.«

»Dieser Tiffany Simon?«, fragte Leo.

Hon nickte. »Genau. Sie hat ein detailliertes Alibi für die

Mordzeit geliefert. Anscheinend ist die Fete für ihren Geschmack etwas zu steif verlaufen, deshalb haben sie sich in den ersten Stock geschlichen und die Galerien dort durchstöbert. Was sie gemacht haben, war eigentlich ziemlich witzig: Sie haben sich nämlich die alten Porträts angesehen und die gestelzten Posen und unnatürlichen Mienen nachgestellt. Ich muss zugeben, als ich das nächste Mal mit meinen Teenagern dort war, haben wir es ausprobiert. Es ist sehr unterhaltsam, wenn man es mit der Kunst nicht so hat.«

»Könnte es nicht sein, dass Tom sie gebeten hat, für ihn zu lügen, damit er keine Schwierigkeiten bekommt?«, fragte Leo stirnrunzelnd.

»Nur dass ihre beiden Aussagen völlig übereinstimmen«, erwiderte Hon. »Es war da irgendein alter General, der wie Brad Pitt aussieht, dazu eine italienische Thronfolgerin, die wie Cher aussieht. Höchst unwahrscheinlich, dass sie sich das alles bloß ausgedacht haben. Außerdem war es erst ihr zweites Date. Schwer vorstellbar, dass sie gegenüber einer Mordkommission ihm zuliebe lügt, wenn sie noch nicht mal eine ernsthafte Beziehung hatten. Alles Gute mit Ihrer Sendung, Laurie, aber ich biete Ihnen eine Wette an. Kommen Sie wieder, wenn alles gelaufen ist, und dann werden Sie mir zustimmen, dass nur einer Virginia Wakeling auf dem Gewissen haben kann.«

»Ivan Gray?«

»Exakt. Eine Runde Tacos, wenn ich mich irren sollte.«

Laurie bemerkte, dass Hon auf die Uhr sah. Sie spürte, dass er zum Ende kommen wollte.

»Ich würde es bitter bereuen, wenn ich Sie nicht auf diese Unterlagen anspreche, Detective. Sind das zufällig die Akten des Wakeling-Falls?«

»Nicht nur zufällig.« Er schob ihr den Ordner hin. »Ich musste ein paar Namen und Telefonnummern rausstreichen, weil sie unter die Datenschutzbestimmungen fallen, sonst aber ist das alles, was ich habe. Meine Ermittlungen stehen Ihnen zur Verfügung.«

Sie blätterte durch die Seiten. Virginia Wakelings Testament. Fotos vom Tatort. Polizeiberichte. »Ich weiß nicht, wie ich Ihnen danken soll.«

»*De nada.* Es gibt keinen Polizisten im aktiven Dienst, der nicht zu Ihrem Vater aufblickt, Laurie. Vielleicht können Sie und Ihre Sendung ja diesmal was lostreten. Wäre nett, Ivan Gray doch noch hinter Gitter zu sehen.«

»*Falls* er schuldig ist.«

»Oh, er ist schuldig, keine Frage. Es braucht schon eine besondere Form von Grausamkeit, die Frau zu töten, die einen liebt. Für mich steht außer Zweifel, dass er auch völlig Fremde wie Sie aus dem Weg räumt, wenn er meint, Sie kommen ihm zu nah. Seien Sie also vorsichtig, Laurie.«

21

Die einunddreißigjährige Penny Rawling drehte noch eine letzte Kontrollrunde durch die Wohnung. Die Immobilienanzeige beschrieb eine stilvoll renovierte, schlüsselfertige Dreizimmerwohnung mit zwei Badezimmern im Herzen des West Village mit spektakulärem Sonnenuntergangsblick über den Hudson. In Wahrheit war das dritte »Zimmer« im besten Fall eine Abstellkammer, die der gegenwärtige Besitzer als winziges Büro nutzte. Bei der »stilvollen« Renovierung wurde billiger, aber modischer Schnickschnack verbaut, den unerfahrene Käufer gern mit hochwertiger Ausstattung verwechselten. Außerdem ergab sich der »Sonnenuntergangsblick« auch nur von einem Wohnzimmerfenster aus, und auch dann nur, wenn man sich ein wenig hinauslehnte, damit man an dem nebenstehenden Gebäude vorbeiblicken konnte.

Angesichts dessen aber hielt Penny die Wohnung für durchaus präsentabel. So wie sie wusste, was sie in eine Anzeige setzen musste, um ihren Arbeitgeber zufriedenzustellen, so verstand sie es, eine Wohnung für die potenziellen Käufer herzurichten. Mit dem Einverständnis des Verkäufers hatte sie sämtlichen persönlichen Krimskrams in transparente Plastikbehälter verpackt, die man ordentlich unter dem Bett im Schlafzimmer verstauen konnte. Frische Blumen – Lilien und Rosen waren das Beste, was man im Deli-Laden ums Eck bekommen konnte – waren in einer Kristallvase auf dem Esstisch angeordnet. Jedes Zimmer sah aus wie frisch aus einem modernen Möbelkatalog.

Sie holte die Flyer mit den Informationen über die Wohnung heraus, die sie ausgedruckt hatte, und stapelte sie ordentlich neben der Blumenvase.

Sie blieb stehen, sah zur unteren rechten Ecke des Ausdrucks und musste ihren Groll in Zaum halten. Die dort abgebildete Frau war Hannah Perkins, Mitglied im elitären »Titanium Club« des Unternehmens, dem nur Makler angehörten, die im Vorjahr Wohnungen im Gesamtwert von mindestens hundert Millionen Dollar verkauft hatten.

Und das alles auf dem Rücken von Untergebenen wie mir, dachte Penny verbittert.

Penny hatte gut die Hälfte der fünfundsiebzig Unterrichtsstunden absolviert, die sie benötigte, um das Examen für eine Maklerlizenz des Staates New York abzulegen. Bis dahin verdiente sie als Assistentin zwanzig Dollar die Stunde, beantwortete die Anrufe für Hannah, druckte Vertragsdokumente aus, stellte Flyer zusammen, vereinbarte Termine, arrangierte Gutachten, kümmerte sich um die nötigen Unterlagen der Käuferseite und, ja, putzte auch manchmal die verdreckte Wohnung eines nachlässigen Verkäufers – machte im Grunde die gesamte Arbeit, nur handelte sie nicht den Verkaufspreis aus und sackte auch nicht die dicke Provision nach Vertragsunterzeichnung ein.

»Irgendwann bin ich der Star der Agentur«, schwor sie sich und sah in den Spiegel. Lächelnd betrachtete sie ihren neuen Haarschnitt. Sie war vor Kurzem dem Rat einer Freundin gefolgt und hatte sich ihre schwarzen Haare zu einem kinnlangen Bob schneiden lassen, der ihre leuchtend blauen Augen betonte. Die neue teure, allerdings reduziert erstandene Escada-Hose mit der dazugehörigen Jacke passte jetzt hervorragend, nachdem sie fünf Kilo abgenommen hatte. Ich sehe aus wie eine Titanium-Maklerin, dachte sie stolz und schloss die Wohnungstür hinter sich.

Sie trat in die Gebäudelobby, als ihr Handy in der Handtasche klingelte. Aufgrund Hannahs Ratschlag benutzte sie nicht mehr die fröhlichen Popsong-Klingeltöne, die sie doch so gern mochte. »Sei mir nicht böse, Penny, aber keiner nimmt eine Frau ernst, deren Telefon klingt, als würde es einer Teenagerin gehören.«

Penny sah aufs Display und erwartete, Hannahs Namen zu sehen, die ja immer alles bis aufs Kleinste kontrollieren musste. Aber dann blieb ihr fast das Herz stehen, als sie die Nummer sah. Nach fast drei Jahren kannte sie sie immer noch auswendig.

Ihr Finger schwebte über dem Display, sie wusste, sie sollte den Anruf nicht annehmen. Es würde nichts Gutes dabei herauskommen. Aber so wie die Nummer ihr im Gedächtnis haften geblieben war, so hatte auch die Person am anderen Ende der Leitung anscheinend immer noch eine gewisse Macht über sie.

»Hallo?«

»Du hast deine Nummer nicht geändert?«

»Nein. Ich hab alles andere geändert, aber die Nummer nicht.«

»Alles in Ordnung?«

»Ich bin jetzt Immobilienmaklerin«, sagte sie, bevor ihr klar wurde, wie dumm es war, zu lügen. Er würde es nachprüfen können, wenn ihm danach war. Vor allem er. »Na ja, fast. Ich muss noch das Examen ablegen.« Also nur eine kleine Ausschmückung der Realität und damit nicht so leicht zu widerlegen.

»Herzlichen Glückwunsch. Ich bin stolz auf dich.«

Sie schluckte. Sie wollte nicht, dass er mitbekam, wie wichtig ihr seine Meinung immer noch war. *Hätte ich dem Titanium Club angehört, wäre ich dann gut genug gewesen für dich und deine tolle Familie?*, fragte sie sich. *Wahrscheinlich nicht.*

»Warum rufst du an?« Sie klang kühl, auch wenn ihre Haut in Flammen stand.

»Bist du von der Fernsehsendung *Unter Verdacht* kontaktiert worden? Die Produzentin heißt Laurie Moran.«

»Ich kenne die Sendung. Aber nein, niemand hat mich kontaktiert. Warum sollten sie ... Ach«, sagte sie dann bloß.

»Ja, ich hab geahnt, dass es nur eine Frage der Zeit ist, bis der Medienzirkus wieder losgeht. Wahrscheinlich werden sie sich in nächster Zeit bei dir melden.«

»Warum? Ich war doch bloß die Assistentin.«

»Du warst mehr als das. Immer. Außerdem warst du an dem Abend anwesend. Und du kanntest Ivan, wahrscheinlich besser als wir alle zusammen.«

Ivan. Wie oft war sie versucht gewesen, seinem Studio einen Besuch abzustatten, wenn sie mal wieder daran vorbeikam. Aber er hatte sich anderen Dingen zugewandt, genau wie sie. Vielleicht würde sie sich mal wieder mit ihm treffen, wenn sie ihre Lizenz hatte, um ihm zu zeigen, dass sie jetzt über die »Arbeitsmoral« verfügte, über die er ihr immer so gern Vorträge gehalten hatte.

»Ist das der einzige Grund, warum du anrufst?«, fragte sie. »Gut. Danke für den Hinweis.«

»Was wirst du ihnen erzählen?«

»Was meinst du?«

»Wenn sich die Fernsehleute melden. Ich meine, du musst mit ihnen nicht reden. Das weißt du, oder? Du kannst sie einfach ignorieren.«

»Und wie würde das aussehen?«

»Als würdest du Wert auf deine Privatsphäre legen. Du kannst dir jede beliebige Ausrede einfallen lassen.«

Er dachte wieder einmal nur an sich selbst. Sie war ihm immer egal gewesen, damals schon und jetzt wieder.

»Nochmals danke für den Anruf.« Sie beendete das Gespräch, bevor er sich von ihr verabschieden konnte.

Auf dem Weg zur U-Bahn-Station in der West 4th Street überlegte sie, wie lange es dauerte, bis eine Sendung wie *Unter Verdacht* ausgestrahlt werden würde. Wenn es günstig lief, könnte sie zu diesem Zeitpunkt schon eine selbstständige Maklerin sein. Wenn ihr Name landesweit auf dem Fernsehbildschirm auftauchte, wäre das doch ein ganz guter Start für eine Karriere als New Yorker Immobilienmaklerin, damit sie es den Wakelings mal so richtig zeigen konnte.

»Titanium Club, ich komme.«

22

Bei der Rückkehr ins Büro war Laurie überrascht, Ivan Gray vor Graces Schreibtisch zu sehen. Gray hätte doch erst kurz vor Büroschluss zur Unterzeichnung der Teilnahmeerklärung kommen sollen. Er hatte es sich hoffentlich doch nicht anders überlegt, dachte sie. Sie eilte durch den Gang, um ihn noch abzufangen, falls er aufbrechen wollte, aber dann sah sie, dass er Grace einige Papiere übergab. Als er fragte, »brauchen Sie noch was von mir?«, stieß sie einen Seufzer der Erleichterung aus.

»Das kann *ich* Ihnen beantworten«, sagte Laurie, als sie sich ihm näherte. »Vorerst ist das alles, was wir von Ihnen benötigen. Wir bleiben in Verbindung, bis wir mit den Dreharbeiten beginnen.«

»Können Sie mir sagen, wann es so weit sein wird?«, fragte Ivan. »Ich muss gestehen, ich kann es kaum erwarten, meine Geschichte loszuwerden.«

»Ich wollte, ich könnte in diesem Punkt etwas genauer sein. Aber das hängt immer von einer ganzen Reihe von Faktoren ab. Ich kann Ihnen allerdings versichern, dass wir es ebenfalls kaum erwarten können, die Wahrheit herauszufinden. Trotzdem wollen wir gründlich und fair gegenüber allen Seiten sein. Nur noch eine weitere Frage. Wir würden gern mit Mrs. Wakelings Assistentin, mit Penny Rawling reden.«

Jerry mischte sich ein. »Laut der Wakeling-Familie soll sie, nachdem sie das Familienunternehmen verlassen hat, am Hunter College Wirtschaft studiert haben. Das hat sich jedoch als Sackgasse erwiesen. Ich habe es nachgeprüft. Laut meinem Freund dort gab es keine Studentin dieses Namens.«

»Wir haben keinen Kontakt mehr«, erwiderte Ivan. »Wenn ich ihr Ratschläge zu ihrer Arbeit gab, meinte sie immer, ich würde sie kritisieren. Das ist für mich die einzige Erklärung, warum sie mich der Polizei gegenüber nicht verteidigt hat.«

»Und ihre Beziehung zu Mrs. Wakelings Familie?«

Er zuckte mit den Schultern. »Für sie war Penny bloß die Sekretärin, mehr nicht.«

Grace räusperte sich.

»Tut mir leid«, sagte Ivan. »So war das nicht gemeint. Sie hatten zu Penny keine Beziehung, außer dass sie eben die Angestellte ihrer Mutter war. Da waren Penny und ich uns noch näher. Ihre beiden Eltern sind gestorben, als sie noch klein war. Ich wollte sie unter meine Fittiche nehmen.«

Ivans Blick schweifte ab, dann winkte er jemandem in Lauries Rücken zu. Sie drehte sich um. Ryan Nichols hatte beide Fäuste zu einer spielerischen Schlagkombination erhoben.

O welche Freude, dachte sie.

»Laurie hat mich gerade nach Ginnys Assistentin Penny gefragt«, erklärte Ivan, und Laurie bemerkte, wie überdrüssig sie es war, dass die beiden in ihrer Gegenwart von ihr immer in der dritten Person sprachen. »Wir waren zwar nicht unbedingt befreundet«, fuhr Ivan fort, »aber es war doch eine Verbindung da. Nur, nach Ginnys Tod hat sie sich gegen mich gewandt. Nach Lauries Miene zu schließen, scheint sie wohl etwas anderes erzählt zu haben.«

»Wenn Sie nichts dagegen haben, *Laurie* ist direkt hier«, unterbrach Laurie und deutete auf sich. »Meines Wissens war Penny der Meinung, dass Sie es kaum erwarten konnten, Virginia zu heiraten.«

Er schüttelte entschieden den Kopf. »Absolut nicht. Ganz im Gegenteil. Ich weiß mit Bestimmtheit, Penny muss gehört haben, als ich sagte, ich würde wenn nötig warten, bis wir hundert Jahre alt sind. Ginny hat daraufhin nur gelacht und gesagt: ›Und was soll ich dann mit so einem alten Knacker wie dir? Außerdem‹, hat sie angefügt, ›bin ich bis dahin längst zu Staub zerfallen.‹« Ivan lächelte wehmütig.

Zweifelnd sah Ryan auf seine Brogue-Schuhe.

»Was?«, fragte Ivan.

»Hören Sie, irgendwann werde ich Ihnen diese Frage vor der Kamera stellen müssen, also kann ich auch jetzt gleich fragen. Sie sagten, Sie hätten einen Ehevertrag unterzeichnet. Sie haben einen Ring ausgesucht, dennoch hat sie Ihren Heiratsantrag nicht angenommen. Sie hat über ihre Absichten ihre Kinder belogen. Warum haben Sie sie nicht verlassen, wenn Sie so massiv zurückgewiesen wurden? Die meisten Männer wären gegangen.«

Laurie hatte Zweifel gehabt an Ryans Unvoreingenommenheit, hier aber konfrontierte er seinen neuen Freund mit einer knallharten Frage. Sie war neugierig auf Ivans Antwort.

»Ich habe es nie als Zurückweisung aufgefasst. Sie war Witwe. Sie hat ihren Mann geliebt. Sie hat Zeit gebraucht, um sich klar zu werden, wie ihr Leben aussehen soll – jetzt, da er nicht mehr da war, und dann, wenn ein Neuer auf der Bildfläche auftaucht. Ich war etwas ganz Neues, eine gewaltige Veränderung in ihrem Leben. Als ich ihr den Ring überreichen wollte, hat sie gesagt, es sei noch viel zu früh, um ihn anzunehmen. Sie würde Zeit brauchen, und ich war bereit zu warten, egal, wie lange es dauern würde. Vergessen Sie den Altersunterschied. Ich habe Ginny geliebt. Warum ist das so schwer zu verstehen?«

23

Alex Buckley verließ das Delta-Shuttle-Terminal auf dem Flughafen La Guardia und stieg in den schwarzen Wagen, in dem Ramon am Steuer wartete.

»Alles glattgelaufen, Mister Alex?«

»Es hat geregnet in Washington, es gab einige Demonstrationen, aber hier bin ich, mit nur zehn Minuten Verspätung.«

»Konnten Sie Andrew und die Kinder sehen?«, fragte Ramon.

Ramon wusste, wie nah sich Alex und sein jüngerer Bruder Andrew standen, der als Unternehmensanwalt in Washington arbeitete. »Ich habe zwar gestern im Ritz eingecheckt, dann aber die Nacht bei ihm verbracht. Johnny ist ein bisschen verwirrt, er meint, Onkel Alex wird jetzt Präsident, aber ich möchte doch behaupten, sie haben sich gefreut, mich zu sehen.«

Andrews Sohn Johnny besuchte die erste Klasse und war mit staatlichen Einrichtungen und Stellen gerade so weit vertraut, dass er die Nominierung zu einer untergeordneten Richterstelle schon mal mit der Ernennung zum US-Präsidenten durcheinanderbringen konnte. Für seine dreijährigen Zwillingsschwestern war Onkel Alex immer noch derjenige, der ihnen Kinderlieder und Abzählreime beibrachte. Sobald sie ihn sahen, legten sie die Fingerspitzen aneinander und fingen mit dem Abzählen an.

»Na, wer weiß«, sagte Ramon. »Vielleicht sieht Johnny ja in die Zukunft. Würde mich jedenfalls nicht wundern, wenn Sie tatsächlich mal Präsident werden.«

Als sie über den Brooklyn-Queens Expressway fuhren und

dann die Triborough Bridge überquerten, ging Alex die Formulare durch, die er vom Justizausschuss des Senats für die Anhörung erhalten hatte. Der Tag war vollgepackt gewesen mit Dingen, die er sich nie hätte träumen lassen, und hatte im Oval Office geendet, wo er und andere Nominierte vom Präsidenten persönlich empfangen worden waren. Alex wünschte sich bloß, dass seine Eltern das noch miterlebt hätten. Der Präsident hatte sie alle mit einer launigen Bemerkung willkommen geheißen: »Sie werden diese Ehre noch bitterlich bereuen, wenn Ihnen klar wird, was auf Sie zukommt.«

Es war kein Scherz gewesen. Er würde Tage brauchen, um die Fragen in den Dokumenten zu beantworten – sie berührten alles, von seinen Mitbewohnern auf dem College bis zu den seiner Meinung nach einflussreichsten Entscheidungen des Obersten Gerichtshofs.

Er hatte alle Fragen zweimal gelesen, bevor er zur zweiten Seite zurückblätterte. Hier wurden relativ einfache biografische Informationen abgefragt, ein Abschnitt aber ließ Alex innehalten. Ganz oben auf der Seite wurde er gebeten, die Kontaktinformationen aller Personen aufzuführen, mit denen er gegenwärtig zusammenlebte. Danach galt es, Ehepartner, ehemalige Ehepartner, Kinder, Eltern und Geschwister einzutragen.

Das alles war für Alex nicht allzu schwer. Er war Junggeselle, der schon in jungen Jahren beide Eltern verloren hatte. Er hatte einen Angestellten, der bei ihm wohnte, Ramon, und einen erwachsenen Bruder mit seiner Familie.

Der dritte Punkt auf der Seite aber war sehr viel weiter gefasst: »Biografische Informationen zu allen Personen, die eine vergleichbare Rolle einnehmen wie der unter den Punkten (a) und (b) aufgeführte Personenkreis, ohne Berücksichtigung von rechtlichen Verwandtschaftsverhältnissen (wie Geschlechtspartner, zeitweilige Mitbewohner, finanziell abhängige Personen [adoptiert oder nicht-adoptiert] etc.).«

Wie würde ich mir wünschen, ich könnte hier eintragen: »Zukünftige Ehefrau: Laurie Moran Buckley, zukünftiger Stiefsohn: Timothy Moran.« Allein der Gedanke daran versetzte ihm einen Stich. Wieder einmal fragte er sich, ob er Laurie verloren hatte, weil er sie in eine feste Beziehung hatte drängen wollen, bevor sie dazu bereit war.

Es ist meine Schuld, dachte er. Ich habe Laurie gesagt, ich würde so lange warten, wie es nötig wäre, aber dann habe ich sie weggestoßen und sie in eine »Freiheit« von mir gezwungen, die sie nie verlangt hat.

Er schob die Papiere in seine Aktentasche und hoffte, es würde sich einiges ändern, bevor er seine Antworten vorlegen musste.

24

Es war ein langer Tag gewesen. Anna Wakeling atmete tief durch, bevor sie die Tür zu ihrer Wohnung in der Park Avenue öffnete.

Von drinnen, aus dem Wohnzimmer, hörte sie die Stimmen ihrer beiden Kinder, des siebenjährigen Robbie und der fünfjährigen Vanessa. Der Duft von Brathuhn erinnerte sie wieder daran, dass sie das Mittagessen im Büro hatte ausfallen lassen. Sie dankte Gott für Kara, die eine wunderbare Köchin war.

Im Wohnzimmer waren Vanessa und Robbie mit ihrem langjährigen Kindermädchen Marie mit Wortspielen beschäftigt. Beide sprangen auf, als sie sie sahen, und umarmten sie.

Ein Junge und ein Mädchen, der Sohn zwei Jahre älter als die Tochter, genau wie bei Carter und mir, dachte sie. Aber das Leben ihrer Kinder hatte nichts mit ihrer eigenen Kindheit gemein. Carter und ich haben staatliche Schulen in Queens besucht, dachte sie, und die Anzahl der Tage, an denen unsere Mutter einen Babysitter bestellt hat, konnte man an einer Hand abzählen. Robbie und Vanessa dagegen haben ein Kindermädchen, und nächstes Jahr würde Vanessa wie Robbie auf eine der exklusivsten Privatschulen an der Upper East Side gehen.

Dad hat uns anfangs unterschiedlich behandelt, dachte Anna. Er hat Carter zu den Baustellen mitgenommen und ihm die Pläne für neue Projekte gezeigt. Aber ich war die Klügere von uns beiden. Ich wollte alles lernen, wovon Dad redete. Ich bettelte darum, auch mitgenommen zu werden. Es dauerte dann nicht lange, bis ihm klar wurde, dass ich Carter in so ziemlich allem überlegen war.

Anders als ihre Eltern versuchte Anna ihre Kinder gleich zu behandeln, nicht als »den Jungen« und als »das Mädchen«, Stereotype, wie sie so häufig auf sie und Carter angewandt worden waren. Nie sollte Robbie sich überlegen fühlen, nur weil er ein Junge war, und nie sollte Vanessa sich eingeschränkt fühlen, weil sie ein Mädchen war.

25

Das Essen ist in einer Viertelstunde fertig, Mrs. Browning«, rief Kara aus der Tür.

Anna drückte ihren beiden Kindern einen Kuss auf die Stirn. »Gut, ich will nur was Bequemes anziehen. Ich bin gleich wieder da«, versprach sie. Sie ging nach oben in ihr Ankleidezimmer und schlüpfte in Jeans und Sweater und band ihre langen Haare zu einem lockeren Pferdeschwanz.

Peter hatte nachmittags zu Hause gearbeitet. Sie sah bei ihm vorbei und teilte ihm mit, dass sie da sei. Er erhob sich und gab ihr einen schnellen Kuss. »Ich mag dich in Jeans«, fügte er noch an.

»Ich fühle mich wohl in ihnen. Aber ich mach mir Sorgen, Peter. Meinst du wirklich, dass wir heute die richtige Entscheidung getroffen haben? Dass wir an dieser Sendung teilnehmen?«

»Uns bleibt doch kaum was anderes übrig«, antwortete Peter nachdenklich. »Wenn wir nicht die Möglichkeit wahrnehmen, auch unsere Sicht der Dinge darzustellen, kann Ivan alles Mögliche erzählen, und wir können erst nach der Ausstrahlung darauf reagieren. So können wir jedenfalls schon während der Dreharbeiten gegensteuern.«

Anna nickte. Die gleichen Überlegungen hatten sie bereits am Vormittag angestellt, nach ihrem Treffen mit der Produzentin und deren Assistenten. »Was, wenn meine Mutter wirklich vorhatte, uns aus ihrem Testament zu nehmen?«

»Hätte sie das mir als ihrem Testamentsvollstrecker dann nicht gesagt?«, stellte Peter die Gegenfrage. »Schließlich ist sie mit mir nach dem Tod deines Vaters das Testament erneut durchgegangen.«

Peter hatte sich aufgrund seiner anwaltlichen Schweigepflicht geweigert, mit der Polizei über die Pläne seiner Schwiegermutter hinsichtlich des Testaments zu sprechen. Er und Anna jedoch hatten keine Geheimnisse voreinander. »Wenn Virginia wirklich vorgehabt hätte, ihr Testament zu ändern, hätte sie es mir gegenüber sicherlich erwähnt. Andererseits hat sie mir versichert, dass sie auf jeden Fall auf einen Ehevertrag besteht, falls sie jemals beschließen sollte, Ivan zu heiraten.«

»Aber hat sie irgendwann davon gesprochen, das Geld irgendwelchen Wohltätigkeitseinrichtungen zu hinterlassen?«

Peter umfasste ihre Hände. »Warum machst du dir deswegen solche Sorgen, Liebling?«

»Angenommen, sie hat Freunden erzählt, dass sie ihr Geld Institutionen vermachen möchte, die ihr wichtig sind. Wie sieht es dann aus, wenn herauskommt, dass wir das ganze Geld geerbt haben, obwohl es anderen hätte zugutekommen sollen? Dann stehen wir da als ... ich weiß nicht ...« Sie verstummte.

»Annie«, kam es tröstend von Peter. »Du arbeitest hart. Du hast dir das alles verdient.«

Sie schüttelte den Kopf. »Ich habe nichts geleistet, was auch nur annähernd an die Arbeit von Dad herankommt. Wir leben von dem, was er geschaffen hat, nicht von dem, was wir selbst geschaffen haben.«

»Wir leben von dem Unternehmen, das er aufgebaut hat. Du hast es bewahrt und vergrößert«, sagte Peter vehement. »Du musst dich nicht dafür schämen, dass dein Vater dir ein wunderbares Erbe hinterlassen hat.«

Anna nickte, ihre Miene aber verriet ihre wahren Gefühle. Peter zögerte, dann sagte er leise: »Es geht um Carter, oder?«

»Erinnere dich an den Tag vor Mutters Tod. Da hat Carter uns gesagt, er fürchtet, sie würde das Testament ändern. Er hat uns ganz offen gefragt, ob wir irgendetwas wüssten. Wir haben ihn für paranoid gehalten, vor allem, wenn man die Situation mit Ivan berücksichtigt.« Annas Stimme zitterte. »Nach dem Mord, als die Polizei Fragen zu Mutters Testament gestellt hat, war keiner so aufgelöst wie Carter. Keiner von uns hat der Polizei von dem vorangegangenen Gespräch mit Carter erzählt. Aber wenn Mutter uns aus dem Testament herausgenommen und Carter es erfahren hätte ...« Anna brachte es nicht über sich, den Gedanken zu vollenden.

»Das ist nicht geschehen, Anna. Du redest von deinem eigenen Bruder.«

»Der bis auf den heutigen Tag lieber Frauen nachläuft und seinen Spaß haben will, als für seinen Lebensunterhalt zu arbeiten. Vielleicht war er betrunken ...«

»Wir haben ihn an dem Abend gesehen, gleich nachdem uns klar geworden ist, dass es deine Mutter war, die von der Dachterrasse gestürzt ist. Er war nicht betrunken. Er stand unter Schock.«

»Gut, vielleicht war es ein Unfall. Vielleicht haben sie sich auf der Terrasse gestritten, und sie hat einen Schritt nach hinten gemacht ...«

Peter legte die Arme um sie, um sie zu beruhigen. »Das ist *nicht* geschehen«, sagte er mit fester Stimme. »Ivan Gray hat deine Mutter umgebracht. Diese Sendung wird das vielleicht endlich beweisen.«

»Ich möchte es so gern glauben. Trotzdem hat Carter am Tag vor dem Mord nach Moms Testament gefragt.«

»Wir sind die Einzigen, die davon wissen, und wir werden es niemandem erzählen, niemals. So, lass uns jetzt zum Essen runtergehen.«

26

In der Wohnung war es totenstill, als Laurie an diesem Abend ins Bett ging. Es war einer der seltenen Momente, in denen in New York City vollkommene Stille herrschte: Noch nicht einmal ein Wagen hupte, keine Sirene war in der Ferne zu hören.

Sie schaltete den Fernseher an, drehte die Lautstärke runter. Dann ging sie die Sender durch, bis sie die Wiederholung einer Folge von *Law & Order* fand. Sie mochte die Hintergrundgeräusche, die Vertrautheit, das Flackern des fahlen Lichts in der Dunkelheit.

Sie beugte sich zum Nachttisch und nahm die kleine Samtschatulle aus der Schublade, die sie dort aufbewahrte. Sie holte ihren Ehering aus Platin heraus und schob ihn über den linken Ringfinger, wie sie es oft tat, wenn ihr Greg fehlte und sie nicht schlafen konnte.

Sie musste an Ivan Gray denken und seine Antwort am Nachmittag im Büro auf Ryans Frage, warum er bei Virginia geblieben sei, obwohl sie seinen Heiratsantrag offenkundig abgelehnt hatte. *Sie würde Zeit brauchen, und ich war bereit zu warten, egal, wie lang es dauern würde. Vergessen Sie den Altersunterschied. Ich habe Ginny geliebt. Warum ist das so schwer zu verstehen?*

Sie selbst, erinnerte sie sich, war überzeugt gewesen, dass es Alex ihr gegenüber ebenso ergangen war. Aber dann war ein von ihm vertretener Rechtsfall ihren Recherchen in die Quere gekommen, und sie hatte ihm an den Kopf geworfen, sie in die Irre geführt zu haben. Im Grunde hatte sie ihn damit auf die

Probe gestellt, wie ernst es ihm mit ihr war. Im Nachhinein verstand sie, dass er nur seinen Mandanten geschützt hatte, wie das Gesetz es von ihm verlangte. Aber der Schaden war schon angerichtet. Alex war gewillt gewesen, zu warten, als er dachte, sie brauche mehr Zeit, bis sie für eine neue Beziehung bereit war. Nach ihrem Streit aber war er überzeugt, dass sie sich seiner nicht sicher wäre. Da irrst du dich, dachte sie. Der einzige Mensch, der mir jemals einen Grund gegeben hat, weiterzumachen, warst du, Alex.

Letzten Abend hatte sie nonchalant darüber hinwegzugehen versucht, als Charlotte erwähnte, Alex mit einer anderen Frau gesehen zu haben. Es tat immer noch weh, wenn sie daran dachte. Aber war es fair von mir, ihn zum Warten aufzufordern, wenn ich noch immer jeden Abend an Greg denke und mir ausmale, wie das Leben mit ihm wäre?

Sie drehte den Ehering am Finger hin und her. Wenn sie diesen Ring trug, hatte sie das Gefühl, Greg wäre immer noch bei ihr. Dann glaubte sie, sie könnte ihn in ihren Träumen sehen und spüren – nur für ein paar Minuten während des Schlafs –, und es war, als hätte sie ihn nie verloren. »Ich habe nie gedacht, dass ich ohne dich alt werden müsste«, sagte sie laut.

Mit dem Ehering am Finger weinte sie sich an diesem Abend in den Schlaf.

27

Drei Tage später, am Montagmorgen, trat Laurie in den Fisher Blake Studios aus dem Aufzug und war bereit, den Virginia-Wakeling-Fall mit ganz neuen Augen zu sehen. Alles hatte sich so schnell entwickelt, seitdem Ryan Nichols vorgeschlagen – oder eher angeordnet – hatte, in dem Mordfall zu recherchieren. Wahrscheinlich sollte sie ihm deshalb dankbar sein. Entgegen ihrer anfänglichen Sorge, Ryan würde nicht in ihre Sendung passen, hatte er damit zweifellos einen guten Fall aufgetan. Selbst bei der Produktion hatten sich die Probleme bislang allesamt erfolgreich lösen lassen.

Laurie musste an Greg denken, der sich oft über die Krankenhausverwaltung beklagt hatte, »die nie über ihren Schatten springen kann«. Statt sich auf die einfache, aber praktikable Lösung einzulassen, musste alles bis ins Letzte analysiert und durchdacht werden, bis schließlich überhaupt keine Entscheidung mehr getroffen werden konnte. Tat sie das jetzt auch?

Grace stand in der Tür zu Jerrys Büro. Laurie genoss immer, wenn sich die beiden am Montagmorgen über ihre Wochenenden austauschten. Da sie selbst die Zeit ja immer mit Timmy verbrachte, erlebte sie auf diese Weise sozusagen stellvertretend durch Grace und Jerry sorglose Abenteuer. Schon beim Näherkommen sah sie, dass Grace wieder einmal von einem katastrophalen ersten Date erzählte.

»Ah, perfektes Timing«, sagte Grace und sah auf. »Ich komme gerade zum besten Teil.« Sie trat in Jerrys Büro, Laurie folgte ihr.

Erneut fiel ihr auf, dass Grace völlig untypisch gekleidet war. Sie trug einen Plisseerock, der zehn Zentimeter unter ihrem Knie endete, und einen weißen Pullover mit rundem Halsausschnitt. Ihr Outfit glich eher einer Schuluniform, aber nicht dem, was sie sonst anhatte.

Jerry dagegen sah in seiner Tweedweste mit kariertem Hemd und perfekt darauf abgestimmter Fliege äußerst schick aus. »Ich weiß nicht, wie die Geschichte überhaupt noch besser werden kann«, sagte er. »Wir sind noch nicht mal beim Hauptgang, und ihr Typ hat ihr schon unverblümt zu verstehen gegeben, dass sie aussieht wie die schönste Frau, die er kennt – die übrigens seine Mutter ist. Außerdem hat er sie gebeten, beim nächsten Mal doch bitte schön flache Absätze zu tragen, damit sie nicht größer ist als er, weil er auf seinem Online-Profil bei der Größe um zehn Zentimeter geschummelt hat. Außerdem hat er, bevor sie ihr Steak bestellt hat, klargemacht, dass sie sich die Rechnung teilen.«

Laurie schüttelte nur den Kopf und lachte. »Ich weiß nicht, wie du das nur schaffst, Grace. Solche Dates kommen mir heutzutage wie Straßenkampf vor.«

»Man muss auch mal eine Kröte küssen, so sehe ich das«, antwortete Grace. »Außerdem kommen immer tolle Geschichten dabei heraus. Als er also aufsteht und den Tisch verlässt, weil er telefonieren muss, sage ich dem Kellner, dass er sofort die Rechnung bringen soll, sobald wir mit dem Essen fertig sind. Kein Kaffee und kein Dessert für uns.«

»Kluge Frau«, sagte Laurie.

»Wir bezahlen die Rechnung halbe-halbe, klar. Dann, nehme ich an, will er genau wie ich so schnell wie möglich weg, aber beim Rausgehen sagt er, es sei noch so früh, die Geschäfte im Time Warner Center hätten noch auf. Er fragt mich, ob ich ihm nicht helfen könnte, einen Hugo-Boss-Anzug für ihn auszusuchen.«

»Das klingt jetzt aber nicht so ungewöhnlich«, sagte Jerry.

»Einen Anzug für sein *Date* am nächsten Abend. Er sagt: *Sie sieht dir nämlich sehr ähnlich, vielleicht hat sie daher auch den gleichen Geschmack.*«

Nachdem sie sich nach ihrem Gelächter wieder eingekriegt hatten, wurde Grace mit einem Mal sehr ernst. »Tut mir leid, wir verquatschen uns hier. Es ist an der Zeit, dass wir uns an die Arbeit machen. Laurie, was steht an?«

Erst ihre komplett veränderte Garderobe. Jetzt eine Entschuldigung für ein bisschen Tratsch um neun Uhr morgens?

Laurie beschloss, sie später auf das ungewohnte Outfit anzusprechen.

»Ich will mit euch beiden über den Fall sprechen, in zwanzig Minuten in meinem Büro.«

»Klingt gut«, erwiderte Grace. »Soll ich Ryan Bescheid geben?«

Laurie überlegte. Einerseits hatte Ryan sie auf Ivan aufmerksam gemacht. Andererseits sah sie ihn schon vor sich, wie er alles in Windeseile vorantreiben wollte. Ihr Gefühl sagte ihr, dass sie einen Gang runterschalten sollten. Nein, es war nicht nötig, dass sie »über ihren Schatten sprang«. Ryan und Brett hatten schon genug dafür gesorgt, dass sie sich selbst infrage stellte, aber sie war in ihrem Beruf nur so weit gekommen, weil sie immer auf ihre Intuition gehört hatte.

Irgendetwas passte hier nicht, und sie würde mit Jerry und Grace so lange daran arbeiten, bis sie es gefunden hatten.

28

Nachdem sie alle in ihrem Büro Platz genommen hatten, erstellte Laurie eine Liste mit den Teilnehmern, deren feste Zusage sie bereits hatten, und versah diejenigen Namen mit einem Häkchen, die für sie zu den Verdächtigen zählten.

Ivan Gray. Carter Wakeling. Anna Wakeling. Annas Mann, Peter Browning. Der Cousin, Tom Wakeling.

Laurie markierte alle fünf Namen.

»Ich dachte, der Cousin wäre von der Polizei entlastet worden«, sagte Jerry.

»Bislang ja. Tom und seine Freundin Tiffany Simon sagten beide aus, dass sie sich im ersten Stock im Amerikanischen Flügel aufgehalten und sich dort Porträts angesehen hätten. Die Polizei hat ihnen geglaubt. Man ging davon aus, dass die Frau nicht lügen würde, um Tom zu schützen, da es gerade ihr zweites Date war.«

Grace schüttelte den Kopf. »Aber das zweite Date mit einem Typen, dessen Nachname Wakeling lautet, ist doch genau das, worauf jede Frau in dieser Stadt aus ist. Für manche Frauen ist das etwas, was man auf jeden Fall schützen muss.«

»Da gebe ich dir recht«, sagte Laurie. »Deshalb habe ich Tom auch nach wie vor auf unserer Liste der Tatverdächtigen.« Nach allem, was sie wussten, hatten Tom und Tiffany fast drei Jahre zuvor jeden Kontakt abgebrochen. Es würde für sie jetzt keinen Grund mehr geben, Tom zu decken. Sie notierte den Namen der Frau – Tiffany Simon – in einer eigenen Spalte: ihrer persönlichen To-do-Liste. »Hoffentlich ist sie leichter zu finden als Mrs. Wakelings Assistentin Penny Rawling. Wie sieht es da aus?«

Jerry schüttelte den Kopf. »Ivan hat ihre Handynummer nicht mehr – immer vorausgesetzt, sie hat überhaupt noch dieselbe.«

Manchmal sehnte sich Laurie nach den alten Zeiten zurück, als man einfach im Telefonbuch nachschlagen oder, wenn es hart auf hart kam, die Auskunft anrufen konnte.

Sie fügte Penny Rawlings Namen zu dem von Tiffany hinzu und machte auch dahinter ein Häkchen. Es war nicht sehr wahrscheinlich, dass Penny zu den Verdächtigen gehörte, aber man konnte sie auch nicht unbedingt ausschließen.

Sie tippte mit dem Stift auf den Block. »Wenn wir Virginia Wakelings Kinder doch nur besser zu fassen bekämen. Bei dem kurzen Treffen war es kaum möglich, sich einen Eindruck von ihnen zu verschaffen.«

»Wenn ihr mich fragt«, sagte Grace, »dann scheint mir Anna die Chefin des Ladens zu sein.«

»Und ihr Mann folgt in der Hackordnung gleich dahinter«, sagte Jerry. »Aber dann kommt eine ganze Weile lang gar nichts, bis irgendwann ihr Bruder Carter auftaucht.«

Grace, immer zu schnellen Schlussfolgerungen bereit, erklärte, dass »Anna die sein muss, die den Befehl dazu gegeben hat«, falls die Kinder irgendwas mit dem Mord zu tun hatten. »Ich wette, sie hat den Alarm in der Kostümausstellung ausgelöst, damit hat sie für Ablenkung gesorgt, und ihr Mann ist Mrs. Wakeling hinterher. Wie viele Männer denken nicht hin und wieder daran, ihre Schwiegermutter vom Dach zu stoßen?«

»Es fällt sehr schwer, sich vorzustellen, dass jemand wirklich seine eigenen Eltern umbringen möchte«, sagte Laurie. »Und auch auf die Gefahr hin, sexistisch zu klingen, kommt es mir doch besonders schockierend vor, wenn eine Tochter die eigene Mutter umbringt.«

»Andererseits«, warf Jerry ein, »könnte ich mir auch vorstellen, dass Carter allein gehandelt hat. Wir sind uns doch wohl einig, dass er im Schatten seiner jüngeren Schwester steht. Vielleicht hat sich daraus eine gewisse Wut aufgebaut. Wenn Ivan die Wahrheit sagt, hat Virginia sich mit dem Gedanken getragen, ihr Testament zu ändern. Damit hätte sie ihre Kinder gezwungen, sich durch Arbeit für das Unternehmen den Lebensunterhalt zu verdienen. Anna ist auf jeden Fall diejenige, die bei Wakeling Development das Sagen hat. Vielleicht hatte Carter Angst, von ihr ausgebootet zu werden.«

»Oder sie haben alle zusammen gehandelt«, sagte Laurie. »Oder es war Ivan. Oder Penny. Oder Tom. In diesem Fall sind Anna und Carter unschuldige Menschen, die ihre Mutter verloren haben.« Wieder einmal hatte sie das Gefühl, dass sie im Trüben fischten. Und erneut wünschte sie sich, sie könnte mit Alex über den Fall – über wirklich alles – reden. »Egal, wie die Beziehungen der Familienmitglieder untereinander aussehen, die drei haben jedenfalls ein ganz enges Verhältnis. Sie halten zusammen. Wir brauchen jemanden von außen – einen anderen als Ivan –, der uns mehr über die Beziehung der Kinder zu ihrer Mutter sagen könnte. Daher ist es so wichtig, Penny Rawling zu finden.«

»Ich bin dran«, sagte Jerry.

»Ich weiß«, entgegnete Laurie. Jerry sollte auf keinen Fall das Gefühl haben, als würde sie ihm irgendwelche Vorwürfe machen.

»Was ist mit Tom?«, fragte Jerry. »Er ist bloß der Cousin. Vielleicht ist er bereit, uns die unschönen Dinge zu erzählen.«

»Ich glaube nicht. Zum einen müssen wir ihn als einen der Verdächtigen behandeln, zumindest so lange, bis ich mit Tiffany Simon gesprochen habe. Zum anderen habe ich mit ihm schon geredet. Er war vielleicht vor drei Jahren das schwarze

Schaf der Familie, jetzt möchte er aber sehr wohl dazugehören. Er wird nichts sagen, was seine Stellung innerhalb der Familie gefährden könnte.«

Sie sah auf ihre Liste. Was fehlte noch?

»Wenn wir jetzt in die Produktion gehen, haben wir im Grunde nur Ivans Wort gegen das der Familie«, gab Jerry zu bedenken.

Laurie zuckte mit den Schultern. »Das war von Anfang an das Problem mit diesem Fall. Ich kann mir nicht vorstellen, dass wir irgendwas Neues erfahren.«

»Na ja, Brett kann nicht behaupten, du hättest ihn nicht gewarnt«, sagte Grace.

»Ich kann die Sendung zumindest sehr opulent gestalten«, kam es überschwänglich von Jerry. »Ich sag es nur ungern, aber viele werden bloß einschalten, um die Kleider zu sehen. Seid ihr bereit für eine Vorschau?«

Grace und Laurie lehnten sich zurück, während Jerry eine Reihe von Fotos an eine große Korktafel in Lauries Büro heftete. Mit einem lauten »Ah« und »Oh« kommentierte Grace ihre Lieblingsbilder. Laurie applaudierte, als er das Foto von Jacqueline Kennedy in ihrer cremeweißen Robe an die Wand pinnte. Das Foto, das er als Huldigung an seine Großmutter mit aufnehmen wollte.

»Also, das sind bloß Stills«, erklärte er. »Aber wir werden sie mit dem Videomaterial von der Gala zusammenschneiden. Es wird sehr viel Bewegung reinkommen. Dann kontrastieren wir diese Fotos noch mit Bildern vom Tatort – nichts Gruseliges, aber das gelbe Absperrband der Polizei auf der Dachterrasse, vielleicht ein paar Blutflecken im Schnee. Die entsprechenden Fotos habe ich noch nicht ausgewählt. Das hier hat mehr Spaß gemacht«, sagte er lächelnd.

»Es sieht großartig aus«, sagte Laurie beeindruckt. Sie war als Journalistin zum Fernsehen gekommen, Jerry aber konnte auf eine Ausbildung als Grafiker und Mediendesigner zurückblicken. Seine Stärke war das Kreieren einprägsamer Bilder fürs Fernsehen.

»Ich wünschte mir bloß, wir hätten Zugriff auf einige der Kleider«, sagte Jerry. »Wenn wir nur drei von denen verwenden könnten, vielleicht irgendwo in einer kleinen Ecke des Museums, dann, weiß ich, könnte ich Wunder wirken.«

»Tut mir leid, Jerry, aber das Museum sagt, dass das unmöglich ist«, entgegnete Laurie. »Die meisten Kleider gehören nicht zu ihrer permanenten Ausstellung. Viele waren Leihgaben aus präsidialen Bibliotheken, dem Smithsonian oder anderen Museen.«

»Ich weiß. Trotzdem würde ich gern mit den Fingern schnippen und es wahr werden lassen.«

»Na, wenn du über solche Zauberkräfte verfügen würdest, dann würde ich mir eher wünschen, dass du uns diese beiden Frauen auftreibst, und das pronto«, sagte Laurie. Sie hielt ihren Block hoch. »Tiffany Simon und Penny Rawling sind vielleicht in der Lage, ganz neue Aspekte zur Geschichte beizutragen.« Sie hatte immer noch das Gefühl, dass sie nicht alle Puzzleteile zusammenhatten. »Ich weiß einfach, dass Brett uns jeden Tag zur Produktion drängen will.«

»Dafür sind keine Zauberkräfte nötig«, verkündete Grace. Sie starrte aufs Display ihres Handys. »Penny Rawling mag sich bedeckt halten, aber ich glaube, ich habe Tiffany Simon schon gefunden.«

Sie reichte Laurie und Jerry ihr Handy. Es zeigte die Website eines Unternehmens namens »Trauung on Tour«. Dessen Motto lautete: »Wenn du bereit bist, Ja zu sagen.«

Die Firma versprach, überall im Großraum New York mit allem aufzutauchen, was Braut und Bräutigam für eine Hochzeit benötigten. Unternehmerin und »Pastorin« war eine Tiffany Simon.

Laurie betrachtete Tiffanys Bild, bemerkte die künstlichen Wimpern, das starke Make-up, den tiefen Ausschnitt. Nicht unbedingt ein Äußeres, das auf einer so exklusiven Veranstaltung wie der Met-Gala Bewunderung hervorruft. Kein Wunder, dass Toms Verwandte auf seine Begleitung alles andere als erfreut reagiert hatten.

»Warum warten?«, sagte sich Laurie, nahm sich ihr Handy und wählte die auf der Website angegebene Nummer. Es meldete sich augenblicklich eine sich fast überschlagende Stimme. »Trauung on Tour, Tiffany am Apparat.«

Die Stimme passt zu ihrem Bild, dachte sich Laurie, während sie sich vorstellte und den Grund ihres Anrufs erläuterte.

Als Antwort erhielt sie mehr, als sie sich erhofft hatte. »Ich liebe Ihre Sendung«, kreischte Tiffany. »Ich kann es kaum erwarten mitzumachen. O Junge, dann erzähle ich Ihnen aber so einiges über die Wakelings. Was ist das für ein hochnäsiger Haufen.«

Vielleicht wird sie sich als wunderbare Informationsquelle herausstellen, dachte Laurie und erkundigte sich, ob es möglich wäre, sich am folgenden Tag zu treffen.

»Oh, nichts lieber als das«, antwortete Tiffany, »aber am Vormittag und frühen Nachmittag habe ich einen Termin mit einem Kunden, und bis ich alles für die Hochzeit zusammenhabe, ist es leicht fünf Uhr. Die Zeremonie findet auf dem Kai mit der *Intrepid* statt. Der Bräutigam war bei der Marine und möchte den Flugzeugträger als Hintergrund für seine Hochzeitsfotos haben. Sollen wir uns nachher treffen, so gegen sechs?«

»Das passt mir gut.«

»Wunderbar. Die Landmark Tavern an der Eleventh Avenue und Forty-Sixth. Ein hübsches altes Gebäude, das für mich ideal wäre. Die Speisekarte hat englisches Pub-Essen, wenn das für Sie okay ist.«

Ich gehe ja nicht hauptsächlich wegen des Essens dorthin, dachte sich Laurie. »Gut. Wir sehen uns morgen.«

Laurie beendete das Gespräch und sah in die erwartungsvollen Gesichter von Jerry und Grace. »Ich bin mit Tiffany Simon verabredet, und sie scheint es kaum erwarten zu können, uns so einiges über die Familie Wakeling zu verraten.«

29

Am folgenden Tag traf Laurie vor Tiffany in der Landmark Tavern ein und wählte einen Tisch mit Blick auf den Eingang. Einige Minuten später erschien auch Tiffany – Laurie erkannte sie vom Foto der Trauung-on-Tour-Website. Sie erhob sich und winkte sie heran. Tiffanys Wangen waren rosig von der Kälte, sie fröstelte noch, als sie ihren Anorak auszog und ihn sich über die Schultern legte.

»O Junge, ist das kalt heute«, sagte sie. »Ich hätte mehr Honorar verlangen sollen.«

»Ja, es ist eisig«, pflichtete Laurie bei. »Nochmals vielen Dank, dass Sie sich mit mir treffen.«

»Kein Problem. Wie ich am Telefon schon sagte, ich freue mich, das eine oder andere über die Wakelings loszuwerden.«

Laurie hatte sich bereits ein Glas Chardonnay bestellt.

»Ich brauche aber was Stärkeres«, beschied Tiffany. »Einen doppelten Chivas Regal zum Beispiel.«

»Ist Ihnen auch kaum zu verdenken.« Lächelnd nahm Laurie einen Schluck von ihrem Wein. »Bevor wir uns über die Wakelings unterhalten, habe ich ein paar Fragen an Sie. Ich bin nur neugierig: Wie sind Sie dazu gekommen, als Hochzeitsplanerin zu arbeiten?«

Tiffany kicherte. »Ein glücklicher Zufall, es hat sich einfach so ergeben. Vor zwei Jahren haben zwei gute Freunde von mir geheiratet, und ich habe für sie Himmel und Hölle in Bewegung gesetzt. Was die für Sonderwünsche hatten! Man hätte meinen können, Prinz William heiratet Kate Wie-hieß-sie-noch?

Also, habe ich mir gesagt, mach dich schlau, wie so eine Hochzeit vonstattengehen kann. Außerdem hat sich herausgestellt, dass die Stadt eine Trauung anerkennt, wenn sie von jemanden durchgeführt wird, der als Pastor ausgebildet wurde. Ich habe eine Online-Kirche aufgetan, die bereit war, mich zur Pastorin zu machen. Kaum zu glauben, was? Jedenfalls, nachdem alles vorbei war, musste ich mir eingestehen, dass die Hochzeitsplanung mir mehr Spaß gemacht hat als alles, was ich bis dahin getrieben habe. Daher dachte ich mir, was soll's, probiere es mal. Viele wollen doch einfach nur heiraten, ohne das ganze Brimborium drum herum. Dann tauche ich mit ein paar Seidenblumen auf, bringe einen halbwegs anständigen Fotografen mit und kümmere mich um den Papierkram.«

»Ohne Wenn und Aber«, sagte Laurie.

»Genau. Das war anfangs sogar das Motto meiner Website. Jetzt ist es meine Aufgabe, Leuten zu helfen, die mit der Person, die sie lieben, den glücklichsten Tag ihres Leben begehen wollen. Auch wenn es für sie das zweite oder dritte Mal ist, sofern sie nur fest daran glauben, die wahre Liebe gefunden zu haben.«

»Schön für Sie«, sagte Laurie mit einem Lachen. »Nun aber zum Grund unseres Hierseins. Ich bin Ihnen sehr dankbar, dass Sie bereit sind, mit mir über den Tod von Virginia Wakeling zu reden.«

»Ich denke, mein Name ist aufgetaucht, weil ich mit Virginias Neffen auf der Met-Gala war, oder?«, fragte Tiffany und winkte der Kellnerin für einen zweiten Scotch.

»So ist es. Alles, was Sie über ihre Freunde und Familienmitglieder zum Zeitpunkt ihres Todes wissen, kann für uns eine große Hilfe sein.«

»Na ja, ich kann Ihnen bloß was über eine Person sagen, und das ist Tom. Wir hatten uns noch nicht mal durch die Hälfte des Essens gearbeitet, als mir die ganze Angelegenheit allmählich auf den Keks ging. Seine Familie hat an einem Tisch ganz in der Nähe gesessen, die haben mir immer wieder geringschätzige Blicke zugeworfen, als wäre ich der letzte Dreck. Tom und ich waren an so einem Tisch mit Leuten, die bloß ein oder zwei Karten gekauft haben, also kannten sich kaum welche untereinander. Außerdem waren sie stinklangweilig. Es gab da ein Ehepaar irgendwo aus dem Nahen Osten mit richtig heftigem Akzent, da habe ich kaum verstanden, was sie von einem wollten. Ein anderes Paar war so um die neunzig, beide waren kurz vorm Wegdämmern. Deshalb wollte ich sie alle ein wenig aufmuntern mit Geschichten von meiner Großmutter, aber ich glaube, sie haben alle kein einziges Wort verstanden, selbst wenn ich sie anschrie.«

Laurie entgingen nicht die Tränen in Tiffanys Augen. »Ihre Großmutter lebt noch?«

»Sie hatte vor einem Jahr einen Schlaganfall, seitdem ist sie in einem Pflegeheim. Sie ist sehr vergesslich und kann sich nur noch daran erinnern, dass die Männer scharenweise hinter ihr her waren, als sie noch als Tänzerin aufgetreten ist.« Tiffany nahm einen Schluck von ihrem Scotch. »Jedenfalls haben Tom und ich irgendwann beschlossen, dass wir uns verdrücken und auf Erkundungstour gehen. Als ich gesehen habe, wie zwei Wachleute, die eigentlich die Treppe im Auge behalten sollten, abgelenkt wurden, habe ich Tom an der Hand gepackt und bin mit ihm die Treppe hinaufgerannt.«

»War das, als in der Kostümausstellung der Alarm losging?«

Die Frage verwirrte Tiffany. »Was für ein Alarm?«

»Tut mir leid, ist nicht so wichtig.« Kurz hatte Laurie vergessen, dass es sich ja um einen stillen Alarm gehandelt hatte. »Wissen Sie zufällig, was die Wachleute abgelenkt hat?«

»Einer hat dem anderen was auf seinem Handy gezeigt. Es hat so ausgesehen, als hätte er Fotos von der Veranstaltung gepostet. Wenn Sie mich fragen, verbringen die Leute viel zu viel

Zeit mit den sozialen Medien. Egal, wo sie sind, jeder glotzt nur noch auf sein Handy. Richtig?«

»Richtig«, stimmte Laurie zu. Die etwas exzentrische Frau gefiel ihr von Minute zu Minute besser.

»Wir haben uns in den ersten Stock geschlichen. Da war sonst keiner mehr. Es war richtig toll. Wir konnten überall hin. Ich kann mich noch gut erinnern – ehrlich, das war das Einzige an dem Abend, was wirklich Spaß gemacht hat –, dass wir uns die alten Porträts angesehen und die Gesichter nachgeahmt haben. Kein Einziger von denen da hat gelächelt. Dann ist mir wieder eingefallen, dass die angeblich alle so grimmig aussehen, weil sie so schlechte Zähne hatten. Als ich Tom das gesagt habe, musste er schallend lachen.«

Laurie nickte. »Ich habe mal gelesen, George Washington hat nie gelächelt, weil er sich wegen seiner Holzzähne so geschämt hat.«

Laurie verstand, warum Detective Hon zu dem Schluss gekommen war, dass Tiffany die Wahrheit sagte. Sie erzählte ihre Geschichte, als würde sie sie in diesem Moment gerade wieder erleben.

»Und wann haben Sie mitbekommen, dass seine Tante tot war?«

»Wir haben uns hinter einer Säule oben auf der Treppe versteckt und darauf gewartet, dass die Wachleute wieder auf ihr Handy starren, damit wir uns unbemerkt runterschleichen können. Aber als ich irgendwann verstohlen nach unten gesehen habe, hätte man meinen können, eine Bombe wäre in der Großen Halle eingeschlagen. Polizisten und Wachleute waren in heller Aufregung. Die Gäste waren aufgesprungen und wollten wissen, was los ist. Ich bin mir sicher, keiner hat es bemerkt, als wir uns wieder unter die Menge gemischt haben. Ich habe dann jemanden gefragt, was passiert ist, und er hat gesagt, eine Frau sei ums Leben gekommen. Natürlich hatten wir keine

Ahnung, wer es war, bis ich Anna gesehen habe. Sie stand neben einem, der wie ein Polizist ausgesehen hat, und hat hysterisch geheult, ihr Mann hat sie in den Armen gehalten. Es war schrecklich. Da habe ich gewusst, dass es um Mrs. Wakeling geht. So was spüre ich immer. Jedenfalls ist Tom zu ihnen rüber, und ich höre noch, wie Anna der Polizei erzählt, wenn ihre Mutter ermordet wurde, dann muss es Ivan Gray gewesen sein. So hat er erfahren, dass seine Tante tot ist, schlimm, nicht?« Tiffany schüttelte den Kopf. »Ich meine, schon klar, Tom war nur der Cousin, und es war ihre Mutter, die gestorben ist, aber sie haben an dem Abend mit ihm noch nicht mal geredet. Er hat mir richtig leidgetan. Er hat geweint. Es war, als hätte er überhaupt keine Familie mehr.«

Kurz musste Laurie an Alex denken. Er hatte ihr ebenfalls erzählt, er sei sich vorgekommen, als hätte er keine Familie mehr, nachdem sein Bruder und einziger Verwandter nach Washington D. C. gezogen war. »Tiffany, als Sie sich im ersten Stock aufgehalten haben, war da Tom die ganze Zeit bei Ihnen?« Sie lenkte ihre Gedanken wieder auf den eigentlichen Zweck ihres Treffens. »Er ist nicht zwischendurch auf die Toilette gegangen oder so?«

»Die Polizei hat mich damals das Gleiche gefragt. Wir waren definitiv die ganze Zeit zusammen. Brauchen Sie mich für Ihre Sendung? Ich würde wirklich liebend gern dabei sein.«

»Ich glaube nicht, aber das kann ich noch nicht abschließend sagen. Es ist spät. Wie wäre es, wenn wir was essen würden? Der Shepherd's Pie passt doch perfekt zu diesem Wetter.«

Tiffany schüttelte bedauernd den Kopf. »Nein, ich habe zu Hause einen Zwergspitz, der mir wahrscheinlich bald auf den Teppich pinkelt.«

Laurie winkte nach der Rechnung und sagte Tiffany, sie könne ruhig schon aufbrechen, falls sie es eilig habe.

»Ich lass mich doch nicht von einem Hund davon abhalten,

diesen wunderbaren Scotch zu Ende zu trinken. Da wird einem so richtig schön warm ums Herz.«

Laurie nahm einen weiteren Schluck von ihrem Wein. Sie glaubte nicht, dass Tiffany noch irgendetwas zu erzählen hatte, wollte sie jetzt aber auch nicht vor den Kopf stoßen, falls sie sie doch noch vor der Kamera brauchte.

Tiffany machte es ihr leicht. »Ich wäre wirklich gern bei Ihrer Sendung dabei, und wenn es bloß für ein paar Minuten wäre. Wenn Sie dann vielleicht noch erwähnen könnten, dass ich Hochzeitsplanerin bin, wäre das ganz toll. Außerdem möchte ich Sie fragen, wie es Tom geht.«

»Ganz gut, denke ich – soweit ich das nach unserem kurzen Treffen sagen kann. Er arbeitet jetzt für das Immobilienunternehmen, das sein Vater und sein Onkel gegründet haben. Er scheint karriereorientierter zu sein als vor drei Jahren. Außerdem er ist noch Single, falls Sie das interessiert.«

»Interessiert mich nicht. Klar, ich kenne eine Menge Frauen, die ganz aus dem Häuschen wären, wenn sie mit jemandem aus dieser Familie ein Date hätten. Aber für mich ist er definitiv nichts. Er hat keinen Pfeffer. Kein Wumms. In dieser Familie hat keiner seinen Spaß. Ehrlich gesagt, ich wollte Ivan schon warnen, dass er schleunigst Reißaus nehmen soll. Er war noch der Interessanteste von allen, wenn Sie mich fragen. Ich glaube keine Sekunde, dass er Mrs. Wakeling getötet hat. Meiner Meinung nach hat er ihr einfach nur beigebracht, das Leben zu genießen.«

»Das haben Sie alles aufgeschnappt, nachdem Sie einen Abend mit ihnen verbracht haben?«

»Ich habe ein Gespür für so was.«

Sie sagte es, als bedürfte das keiner weiteren Erklärung mehr. »Wer hat denn dann Ihrer Meinung nach Virginia Wakeling umgebracht?«, fragte Laurie.

»Ich wette, sie ist gesprungen«, antwortete Tiffany wie aus der Pistole geschossen.

»Keiner hat bislang angedeutet, dass sie depressiv oder verzweifelt gewesen wäre.«

»Darum geht es auch nicht. Ich glaube, ihr ist einfach klar geworden, dass sie nicht den Mumm hat, sich gegenüber ihren Kindern für einen so interessanten Typen wie Ivan einzusetzen. Ihre Kinder haben sie dazu getrieben.«

»Das glauben Sie wirklich?«

»Ja, definitiv. Ich habe diese Leute gerade mal zehn Minuten gesehen, aber glauben Sie mir, wenn man mit solchen nervtötenden Miesmachern geschlagen ist, würde jeder vom Dach springen.«

30

Laurie musterte Tiffany Simon. Sie war überzeugt, dass sie nicht log, um Tom Wakeling zu schützen. Überhaupt war sie von der Familie offensichtlich wenig beeindruckt und versuchte ganz bestimmt nicht, sich bei ihnen einzuschmeicheln.

Nachdem sie gezahlt hatte, dankte sie Tiffany erneut. Auf dem Weg nach draußen blieb Tiffany kurz stehen und hob den Finger, als wäre ihr gerade noch etwas eingefallen. »Haben Sie schon mit der Assistentin gesprochen?«

»Sie meinen Virginias persönliche Assistentin, Penny?«

»Genau, so hat sie geheißen. So nett und altmodisch. Also, der Name.« Ihrem Kommentar war zu entnehmen, dass sie von Penny Rawling nicht allzu viel hielt. »Ich habe gesagt, manche Frauen wären ganz aus dem Häuschen, wenn sie mit einem Wakeling ein Date haben könnten. Auf Penny jedenfalls würde das voll und ganz zutreffen.«

»Wie meinen Sie das?«

»Es ist schon so lange her, ich weiß nicht mehr, was sie genau gesagt hat, irgendwas wie: ›Tom ist zwar bloß der Cousin, trotzdem ... bist du zu beneiden.‹ Wie geschmacklos, als hätte ich den Jackpot geknackt, weil ich mit Tom ein Date hatte. Aber dann hat sie noch eins draufgesetzt und gemeint: ›Ich hab mein Augenmerk ja auf den Prinzen geworfen.‹ Na ja, vielleicht hat sie auch ›auf den Goldjungen‹ gesagt.«

»Sie meinen, sie war an Virginias Sohn, an Carter interessiert? Dem einzigen Sohn der Familie?«

»Komisch. Damals dachte ich, sie meint den Mann der

Tochter. Der war Anwalt, oder? Aber wenn ich es mir recht überlege, hat das vielleicht nur daran gelegen, weil er mir interessanter erschien. Ja, der Sohn klingt plausibler. So oder so, ich hatte jedenfalls den Eindruck, dass sie mit einem der beiden was hatte.«

Laurie musste an Ivans Aussage über Penny denken, wonach sie ständig mit irgendeinem mysteriösen Liebhaber telefonierte. Laut Ivan habe Penny sich auch für die Gala mächtig in Schale geworfen und den Eindruck erweckt, als wäre ihr unbekannter Galan anwesend.

Tiffany griff in ihre Jackentasche. »Ich sehe, Sie tragen keinen Ehering. Aber Sie stehen kurz vor einer Entscheidung. Ich spüre so was ...« Sie beendete den Satz nicht.

Erst jetzt bemerkte Laurie, dass Tiffany sie mit halb geschlossenen Augen fixiert hatte. Was war bloß los mit ihr?

Dann schlug Tiffany die Augen auf und lächelte. »Hab ich Ihnen nicht gesagt, dass ich medial veranlagt bin? Ich erzähle den Leuten irgendwas über sich selbst, und, Bingo, passiert es auch schon. Sie tragen keinen Ehering. Weil Sie kurz vor einer wichtigen Entscheidung stehen.«

Sie zog ihre Visitenkarte aus der Tasche und reichte sie Laurie. »Wenn Sie die Entscheidung treffen, die Sie meiner Meinung nach treffen sollten, rufen Sie mich an. Ich organisiere Ihnen eine fantastische Hochzeit.«

Nachdem Laurie im Taxi saß, holte sie ihren Block aus der Handtasche, strich Tiffanys Namen von der To-do-Liste sowie das Häkchen hinter Toms Namen. Dann zeichnete sie einen großen Kreis um den Namen von Penny Rawling.

Laurie war im Taxi nur sechs Blocks von ihrer Wohnung entfernt, als ihr Handy klingelte. Das Display identifizierte den Anrufer als Alexis Smith, einen Klatschreporter der *New York Post*. Laurie war zwar versucht, die Mailbox annehmen zu lassen, wollte aber auch nicht die Gelegenheit versäumen, für ihre Sendung Werbung zu machen.

»Hallo, Alexis.«

»Hallo, Laurie. Schon eine Weile her, dass wir miteinander zu tun hatten. Ich habe Ihren alten Moderator letzte Woche bei der Premiere einer Doku über Fehlurteile vor Gericht getroffen und mich erinnert, dass Sie jetzt einen neuen haben. Alex war ja ganz großartig, aber Ryan ist ein richtiger Senkrechtstarter.«

»Danke«, antwortete Laurie, wusste aber nicht recht, was sie noch sagen sollte. Warum musste ihr jeder auf die Nase binden, dass sich Alex anscheinend überall in New York herumtrieb, wo sie nicht war? »Rufen Sie wegen Ryan an?«

»Nein, wegen *Unter Verdacht*. Können Sie bestätigen, dass Ihre nächste Folge vom ungelösten Mord an Virginia Wakeling handelt?«

Wie konnte das so schnell die Runde machen? Laurie traute Ryan immer noch nicht – immerhin hatte Alexis ihn gerade erwähnt. Sie wusste aber auch, dass Alexis seinen Informanten nie preisgeben würde, so speiste sie ihn mit ihrer Standardantwort für solche Fälle ab. »Wir bemühen uns immer um neue Perspektiven auf ungelöste Altfälle und freuen uns darauf, die nächste Folge anzukündigen, sobald der Sendetermin feststeht.«

Als Laurie aus dem Taxi stieg, meinte sie die Uhr regelrecht ticken zu hören. Brett drängte sie schon jetzt, mit den Dreharbeiten zu beginnen, dazu kam nun noch der zusätzliche Druck durch die Zeitungsartikel, die sich auf ihre Recherchen stürzen würden. Trotzdem hatte sie nach wie vor das Gefühl, dass sie übereilt vorgingen. Irgendetwas Wichtiges fehlte noch. Sie musste Penny Rawling finden.

31

Penny Rawling schnappte sich den letzten freien Tisch im Starbucks auf dem Cooper Square, wo sie eine zurückgelassene aktuelle Ausgabe der *New York Post* vorfand. Bei einem Venti Mocha ging sie die Seiten durch und überflog die Schlagzeilen.

In Gedanken aber war sie ganz woanders. Seit dem Anruf ihres Exfreunds wegen dieser Fernsehsendung ging er ihr nicht mehr aus dem Kopf. Ich dachte, ich wäre über ihn hinweg, überlegte sie. Er ist seinen Weg gegangen, ich meinen, das zumindest habe ich mir einzureden versucht. Und jetzt? Jetzt sitze ich hier und träume mir irgendwas zusammen.

Er hatte ganz ungezwungen klingen wollen wegen *Unter Verdacht*, aber sie kannte ihn immer noch in- und auswendig. Er wollte nicht, dass sie teilnahm, das war ihm deutlich anzuhören gewesen. Aber wer war er, um ihr irgendetwas vorzuschreiben? Nach Virginias Tod hatte er sie fallen lassen wie eine heiße Kartoffel.

Unmittelbar nach seinem Anruf hatte sie gedacht, sie könnte die Fernsehsendung nutzen, um ihre Karriere als Immobilienmaklerin voranzutreiben. Als sie weiter darüber nachdachte, fiel ihr noch ein zweiter Punkt ein: Wenn sie teilnahm, würde sie ihn wiedersehen. Schon stellte sie sich vor, wie sie im Studio erschien. Wie er sie erkannte und wie ihm klar wurde, dass sie eigentlich schon immer die Richtige für ihn gewesen wäre.

Vielleicht würde er ja noch mal anrufen, wenn er wusste, dass sie zu Virginias Tod interviewt würde. Vielleicht würde er sie dann persönlich treffen wollen, damit er herausfinden konnte, was sie sagen wollte. Wenn er dann sah, wozu sie es gebracht hatte, würde er sich vielleicht wieder für sie interessieren. Oder?

Das einzige Problem war nur: Die Produzenten der Sendung hatten sie bislang nicht kontaktiert. Wenn sie allerdings die Initiative ergriff und sich bei ihnen meldete, würde man sie natürlich fragen, woher sie davon wusste. Aus diesem Dilemma kam sie nicht heraus, also musste sie warten. Es wird geschehen, früher oder später, sagte sie sich. Hab Vertrauen.

Sie blätterte zur nächsten Seite um, obwohl sie die Zeitungsartikel bislang kaum wahrgenommen hatte. Dann ließ sie beinahe die Tasse fallen, als sie ein Foto von Virginia Wakeling sah – ein Bild von ihr mit Ivan Gray beim Betreten des Museums. Sofort erkannte sie das Kleid, das schwarze Samtoberteil mit dem fließenden blauen Rock. Penny hatte ihr beim Schneider mit den letzten Details geholfen. Es war absolut perfekt.

Wenige Stunden nachdem dieses Foto aufgenommen wurde, war Virginia tot.

Penny setzte ihren Mocha ab und konzentrierte sich auf den dazugehörigen Text. Ein typischer Seite-Sechs-Artikel:

EIN WEITERER »PUNCH« FÜR DEN WAKELING-MORD?

Eine prominente Reality-Sendung wird vielleicht bald die höchsten Kreise der Kunst-, Immobilien- und Fitnesswelt erschüttern.

Wie Seite Sechs exklusiv erfahren hat, wird die Sendung *Unter Verdacht*, die unter Mitwirkung tatsächlicher Verdächtiger ungelöste Verbrechensfälle neu aufrollt, in der nächsten Folge möglicherweise den Mord an Virginia »Ginny« Wakeling behandeln. Wahre Kriminalfans werden sich vielleicht noch erinnern, dass Virginia Wakeling, die wohlhabende Witwe des Immobilienmoguls Robert Wakeling, nach einem Sturz von der Dachterrasse des Metropolitan

Museum of Art während der jährlichen Gala ums Leben gekommen ist. Als Hauptverdächtiger galt ihr mehr als zwanzig Jahre jüngerer Liebhaber und Personal Trainer Ivan Gray.

Nun, drei Jahre später, scheint Ivan Gray erpicht darauf zu sein, seine Unschuld zu beweisen. Ein Reporter der *Post* hat gehört, wie sich Ivan gegenüber einem Kunden in seinem angesagten Fitnessklub PUNCH damit gebrüstet hat, dass sich *Unter Verdacht* des Falls annehmen würde. Die Verantwortlichen der Sendung wollen das weder bestätigen noch dementieren. Laurie Moran, die Produzentin, teilte nur mit, »wir bemühen uns um neue Perspektiven auf ungelöste Altfälle und freuen uns darauf, die nächste Folge anzukündigen, sobald der Sendetermin feststeht«.

Weiß Ivan Gray also Bescheid, oder bindet er seinen Kunden bloß einen Bären auf? Wir auf Seite Sechs hoffen, dass seine Aussage der Wahrheit entspricht. *Unter Verdacht* jedenfalls schwimmt auf einer Erfolgswelle. Wird auch hier der wahre Täter gefunden? Bleiben Sie dran …

Penny konzentrierte sich auf den Namen Laurie Moran. Den Namen hatte auch ihr Exfreund erwähnt, als er sich bei ihr erkundigt hatte, ob sie bereits wegen Virginias Tod angerufen worden sei.

Sie holte ihr Handy heraus und googelte nach Laurie Moran. Eine Minute später notierte sie sich die Telefonnummer der Fisher Blake Studios. Jetzt hatte sie einen plausiblen Vorwand, um dort anzurufen.

32

Am Morgen nach ihrem Treffen mit Tiffany Simon hatte Laurie die *New York Post* auf ihrem Konferenztisch vor sich liegen, aufgeschlagen war die Kolumne der Seite Sechs, die sich ironischerweise mittlerweile auf Seite zwölf befand.

Zumindest hatte nicht Ryan ihren aktuellen Fall an die Zeitung durchsickern lassen. Laut dem Artikel hatte jemand Ivan während einer Trainingssitzung belauscht.

Sie hatte Ryan zu sich ins Büro gebeten, um zu entscheiden, wie sie nun vorgehen sollten.

»Ehrlich gesagt, ich sehe kein Problem«, sagte Ryan. Er lächelte sogar süffisant, als wäre er auch noch stolz auf die neueste Entwicklung. »Das ist doch kostenlose Publicity für uns. Hohe Einschaltquoten sind bares Geld für uns.«

Mit jedem Tag klang er mehr nach Brett. Ob er das Bild kannte, das unter den Studioangestellten die Mail-Runde machte? Das nämlich zeigte Brett mit der kleineren Version seiner selbst an der Hand, auf der Ryans Gesicht gesetzt war. In der Gedankenblase über Bretts Kopf stand: »Wie liebe ich doch mein Mini-Ich.« Laurie vermutete stark, dass Jerry der Schurke hinter der Photoshop-Collage war, hütete sich aber, das auch nur mit einer Silbe zu erwähnen.

»Wir sind nicht die Einzigen, die in dieser Sache recherchieren können, Ryan. Wenn sich herumspricht, dass wir daran arbeiten, könnten uns andere zuvorkommen. Anscheinend hat Ivan gegen die Teilnahmevereinbarungen verstoßen und einem Kunden von unserem Projekt erzählt.«

»Und was willst du nun dagegen tun, Laurie? Alles absagen, obwohl wir so viel Arbeit reingesteckt haben?« Er deutete auf die Dokumente und Fotos in Lauries Büro. »Ivans Teilnahmehonorar zurückhalten? Glaub mir, er braucht es nicht. Hör zu, ich rede mit ihm über den Artikel. Er hat mit einem Kunden geplaudert, aber das hat er nicht gemacht, um in die Presse zu kommen. Ich werde ihm nahelegen, dass er sich ab sofort diskreter verhalten soll.«

Unter den gegebenen Umständen konnten sie kaum was anderes tun. Alles war schon viel zu weit fortgeschritten, sie konnten jetzt keinen Rückzieher mehr machen. »Gut. Und wenn du schon mit ihm redest, kannst du ihn auch gleich noch fragen, ob er zufällig weiß, dass Penny Rawling mit jemandem in der Familie eine Liaison hatte.« Sie erzählte ihm von ihrem Gespräch mit Tiffany Simon und deren Verdacht, Penny habe jemandem in der Familie ein gewisses Interesse entgegengebracht. »Sie glaubt, Penny hätte einen heimlichen Liebhaber gehabt. Der soll auch auf der Gala anwesend gewesen sein. Wenn er zur Familie gehört hat, würde das einiges ändern.«

»Das müsste dann Carter gewesen sein, oder?«

»Wenn es nicht Annas Mann Peter war. Eine Ehe ist nicht unbedingt ein Hinderungsgrund.«

»Wie skandalös«, flüsterte Ryan verschwörerisch. »Ich werde Ivan darauf ansprechen.«

Zwei Stunden später zeigte Jerry Laurie eine vorläufige Bildsequenz, die er für die Sendung zusammengestellt hatte. Wie von ihm bereits angesprochen, bestach sie durch den Kontrast zwischen den prächtigen Fotos von der glamourösen Gala und den düsteren Bildern, die von der Gewalttat auf der Dachterrasse zeugten. Eine mit einem Tuch bedeckte Bahre. Blut im Schnee. Absperrband der Polizei vor dem Eingang zur Terrasse.

»Das ist bloß eine Diaschau. Wenn wir sie noch aufpeppen, gewinnt sie eine viel größere Dynamik, so als wäre es ein Film.«

Laurie blätterte durch den Ordner, den Detective Hon ihr zusammengestellt hatte, und vergewisserte sich, dass sie keine entscheidenden Informationen oder Bilder übersehen hatte. »Mir will der Alarm an diesem Abend nicht aus dem Kopf.« Ausgelöst wurde er durch einen Sensor, der in einem Ausstellungsraum mit sechs Kostümen untergebracht war. Laurie betrachtete die Polizeifotos von diesem Ausstellungsbereich – hier hatte sich also jemand aufgehalten. Die Kostüme schienen unberührt. »Das geschah nur wenige Minuten vor Virginias Tod. Das kann doch kein Zufall gewesen sein.«

»Die Polizei hat es bestimmt auch nicht als Zufall eingestuft. Der Alarm hat die Wachleute abgelenkt und dem Täter ermöglicht, die Treppe zur Terrasse hinaufzusteigen.«

»Und trotzdem war Ivan der Hauptverdächtige?«

Jerry hatte wie immer kein Problem, ihrem Gedankengang zu folgen. »Wenn er allein gehandelt hat, muss er den Alarm ausgelöst haben, nach oben gelaufen sein, sie umgebracht haben und wieder nach unten gekommen sein.«

»Was durchaus möglich ist«, sagte sie. »Aber wenn wir bisher über den Alarm und den Mord gesprochen haben, sind wir immer stillschweigend davon ausgegangen, dass eine Person für die Ablenkung gesorgt hat, während der Mörder nach oben gerannt ist.«

»Wenn es also Ivan war, hatte er dann jemanden, der ihm geholfen hat?«

Laurie dachte an Tiffanys Worte über Penny und deren Beziehung zu jemandem aus der Familie. Laut Tiffany soll sie ein Auge auf den »Prinzen« oder »Goldjungen« geworfen haben. Ivan wäre der zukünftige Mr. Virginia Wakeling geworden. War es möglich, dass Pennys rätselhafter Liebhaber kein anderer als Ivan war? Ivan hatte Penny als potenzielle Verdächtige gesehen, aber auch klargestellt, dass er ihnen nicht helfen konnte, sie zu finden.

Etwas weit hergeholt, aber denkbar. Laurie wollte Jerry gerade ihre Theorie darlegen, als Grace an die Tür klopfte und den Kopf hereinstreckte.

»Tut mir leid für die Störung, aber ich habe Penny Rawling am Telefon. Sie hat den Seite-Sechs-Artikel gelesen und möchte mit dir sprechen.«

33

Nachdem Penny endlich Laurie Moran in der Leitung hatte, wusste sie nicht recht, was sie ihr sagen sollte. Sie wollte ja nicht so klingen, als könnte sie es kaum erwarten, an der Sendung teilzunehmen. »Ms. Moran, ich rufe an, weil ich in der *Post* von Ihrer Sendung über den Mord an Virginia Wakeling gelesen habe.«

»Was ich allerdings nicht bestätigen kann.«

Penny wusste von einem der Teilnehmer, dass die Sendung stattfinden würde, aber natürlich konnte sie ihre Karten nicht offen auf den Tisch legen. Außerdem konnte sie sich gut vorstellen, dass die Produzentin über Telefon kaum Details preisgeben würde. Schließlich könnte sie ja auch eine Reporterin sein, die sich nur als Penny ausgab, um an weitere Informationen zu gelangen. Sie beschloss, nicht lockerzulassen.

»Gut, für den Fall, dass die Geschichte stimmt, möchte ich Ihnen Folgendes sagen: Ich war bei Virginia Wakeling und davor bei ihrem Mann Bob angestellt. Meine Mutter hat mehr als fünfzehn Jahre lang als Bobs Sekretärin gearbeitet. Ich habe sie beide sehr gemocht.«

Penny lächelte in sich hinein. Sie war überzeugt, den richtigen Ton angeschlagen zu haben. Mitfühlend, aber nicht zu persönlich. Die Information über ihre Mutter und deren Arbeit für Bob trug vielleicht dazu bei, dass die Produzentin sie nicht für eine Hochstaplerin hielt.

»Arbeiten Sie immer noch für das Unternehmen der Wakelings?«, fragte Laurie.

Die Frage kam Penny seltsam vor. Denn genau diese Frage

musste die Produzentin der Familie doch längst gestellt haben. Die Frau wollte sie also auf die Probe stellen, weil sie von ihrer Identität immer noch nicht überzeugt war.

»Nein. Ich bin zwar immer noch in der Immobilienbranche tätig, aber nicht mehr bei den Wakelings. Ich habe nach Virginias Tod woanders größere Herausforderungen gefunden.« Die lange Zeit, die Penny für Frauen gearbeitet hatte, die über eine gewisse Klasse verfügten, musste doch irgendwie abgefärbt haben. Sie klang so reif und souverän.

»Waren Sie am Abend von Mrs. Wakelings Tod bei ihr?«

Erneut eine Probe. »Natürlich war ich nicht mit ihr auf der Dachterrasse. Aber ja, ich war mit auf der Gala.«

Laurie musste schließlich davon überzeugt sein, dass sie keine durchgeknallte Irre war, die sich für jemand anderen ausgab, denn sie sagte: »Gut, wir sind immer darauf aus, alte, ungelöste Fälle unter neuen Gesichtspunkten zu betrachten, und der Wakeling-Fall ist sicherlich ein großes Rätsel. Wären Sie vielleicht bereit, sich mit mir zu treffen, damit wir über die Ereignisse an diesem Abend reden können?«

»Wenn es Ihnen weiterhilft, könnte ich das unter Umständen einrichten. Für die liebe Virginia nimmt man ja gern etwas auf sich.«

»Ich kann auch zu Ihnen nach Hause oder ins Büro kommen, wenn Ihnen das lieber ist«, bot Laurie an.

An ihrer Arbeitsstelle hatte Penny nur eine winzige Nische gleich neben der Kaffeemaschine, und das Letzte, was sie wollte, war, dass die Fernsehproduzentin ihr schäbiges Einzimmerapartment in Flatbush zu Gesicht bekam. Bevor ihr richtig bewusst wurde, was sie tat, ratterte sie schon eine ganz andere Adresse herunter, die einer Luxuswohnung in Tribeca. »Oder wissen Sie was, sparen Sie sich die Mühe, Sie müssen nicht den langen Weg nach Downtown kommen. Ich komme einfach zu Ihnen ins Büro.«

»Nein, nein, überhaupt kein Problem«, entgegnete Laurie. »Sie tun doch mir einen Gefallen, Penny. Da kann ich Ihnen doch wenigstens die Fahrt ersparen. Wann wäre es Ihnen recht? Es kommt vielleicht ein bisschen kurzfristig, aber ich hätte heute Nachmittag Zeit.«

Penny nahm das Telefon vom Ohr, blätterte durch ihren Terminkalender und meldete sich wieder.

»Tut mir leid, ich bin den ganzen Tag ausgebucht. Aber wir könnten uns morgen um 13.30 Uhr bei mir in der Wohnung treffen. Wie wäre das?«

»Morgen, halb zwei. Perfekt«, kam es von Laurie.

Sie tauschten ihre Handynummern aus, falls sich eine von ihnen verspäten sollte. Als Penny auflegte, betete sie, dass Laurie pünktlich sein würde. Der Wohnungsbesitzer würde morgen von eins bis fünf nicht zu Hause sein, und für drei Uhr war eine Kaufinteressentin zusammen mit ihrem Architekten einbestellt, um die Maße für den geplanten Umbau zu nehmen. Sie würden sich beeilen müssen.

34

Laurie hatte eben aufgelegt, als sie Ryan in ihrer Tür bemerkte. Sie winkte ihn herein.

»Was gibt es?«

»Ich komme gerade von PUNCH, ich habe mit Ivan geredet. Er hat es sich zu Herzen genommen und wird mit seinen Kunden nicht mehr über die Sendung sprechen, er wird mit überhaupt niemandem mehr darüber sprechen.«

»Danke. Hat er irgendwas über Pennys mysteriösen Liebhaber gewusst?«

Er schüttelte den Kopf. »Ihm ist nie was aufgefallen, weder zwischen Penny und Carter noch zwischen ihr und Peter. Er meinte mir dann noch mal klarmachen zu müssen, dass Tiffany eine Spinnerin mit einer ziemlich wilden Fantasie sei.«

»Sie ist vielleicht etwas exzentrisch«, erwiderte Laurie, »aber sie kann sich sehr dezidiert an Penny erinnern, die ihr gesagt hat, dass sie etwas mit einem aus der Familie hat. Es gibt für mich keinen Grund, warum sie lügen sollte.«

»Unbenommen. Auf meine Nachfrage hat er auch eingeräumt, dass das möglicherweise nicht auszuschließen sei. Seiner Meinung nach sei Carter aber der wahrscheinlichere der beiden, er hatte ständig Frauengeschichten am Laufen. Zudem habe er nie gehört, dass Peter Anna untreu gewesen wäre, allerdings würde es ihn auch nicht überraschen, dass Peter die Nase voll hatte, von – ich zitiere – ›Königin Anna ständig herumkommandiert‹ zu werden.«

»Mir ist noch ein anderer Gedanke gekommen, als du schon

fort warst«, sagte Laurie. »Was, wenn Tiffany von Ivan gesprochen hat?«

»Das ergibt doch überhaupt keinen Sinn. Ivan hat sie doch nur deswegen als Verdächtige gesehen, weil sie nach Virginias Tod nicht für ihn Partei ergriffen hat.«

»Vielleicht hat sie für ihn nicht Partei ergriffen, weil die Familie nicht erfahren sollte, dass sie hinter dem Rücken ihrer Arbeitgeberin etwas mit Ivan hatte.« Laurie dachte jetzt laut vor sich hin, wie sie es früher mit Alex gemacht hatte. »Oder sie hatte, nachdem die Tat geschehen war, Ivan in Verdacht und wollte sich von ihm distanzieren.«

»Warum hat Ivan dann unsere Aufmerksamkeit auf Penny gelenkt?«

Bei solchen Brainstorming-Sitzungen mit Alex hatte sich jeder auf die Beobachtungen des jeweils anderen eingelassen und sie fortgesponnen, sodass sie sich Schritt für Schritt der Wahrheit angenähert hatten. Mit Ryan kam es ihr aber so vor, als wäre jede Behauptung bloß ein Streitpunkt, fast so, als wollte er sich allen Ideen, die von ihr kamen, von vornherein verschließen.

»Er hat uns nicht auf Penny aufmerksam gemacht«, sagte Laurie. »Er hat sie nur als eine weitere potenzielle Verdächtige aufgeführt, und er hat uns nicht gesagt, wo wir sie finden können.«

»Apropos, ich habe gehört, du hast eben mit einer Penny telefoniert. Du hast sie gefunden?«

»Eigentlich hat sie mich gefunden. Sie hat den Seite-Sechs-Artikel gesehen.«

»Dann hat Ivan uns also doch geholfen.«

»Unbeabsichtigt, ja.«

»Du triffst dich mit ihr morgen um halb zwei?«

Laurie nahm sich vor, in Zukunft die Tür zu schließen, wenn sie telefonierte. »Ja, in ihrer Wohnung in Tribeca.«

»Toll. Da habe ich Zeit. Ich komme um eins vorbei und hole dich ab. Wir können meinen Wagen nehmen.«

35

Am Nachmittag saß Laurie allein am Konferenztisch und beschäftigte sich mit dem Ordner, den sie von Detective Johnny Hon erhalten hatte. Insbesondere betrachtete sie die Fotos der Ausstellungsräume, die man aufgenommen hatte, nachdem Virginia Wakeling hinter dem Museum tot im Schnee gefunden worden war. Die Kostümausstellung gehörte streng genommen nicht zum Tatort. Was immer zu dem tödlichen Sturz geführt hatte, war auf der Dachterrasse zu suchen.

Dennoch war in der Ausstellung »Mode der First Ladies« ein Alarm ausgelöst worden. Zufall? Möglich. Es war aber auch möglich, dass jemand damit die Wachleute ablenken wollte, während Virginias Mörder ihr die Treppe hinauffolgte.

Seltsam fand Laurie aber den Ort, wo der Alarm ausgelöst wurde. Laut den polizeilichen Ermittlungen hatte die Sicherheitsabteilung des Museums zu Protokoll gegeben, dass der Alarm in der »Galerie C« angeschlagen hatte. Auf den Fotos war Galerie C als großer Raum mit jeweils einer Kostümreihe entlang der beiden Längswände zu erkennen, zwischen denen ein breiter Gang hindurchführte. Jemand – oder etwas – musste an der Ostseite des Raums eine Lichtschranke berührt haben.

Solange Laurie nicht den eigentlichen Raum vor sich sah, fiel es ihr schwer, sich den Grundriss der Ausstellung zu vergegenwärtigen. Laut dem Vorwort des Bildbandes waren die abgebildeten Exponate in der Reihenfolge aufgeführt, in der sie auch ein Besucher der Ausstellung zu sehen bekommen hätte, wenn er sich an die vom Kurator vorgesehene Abfolge gehalten hätte. Nach dem, was Laurie dem Buch entnehmen konnte, lag Galerie C etwa in der Mitte der Ausstellung. Wenn das stimmte, hatte man von dort zum Ein- oder Ausgang der Ausstellung den jeweils weitesten Weg zurückzulegen.

Wollte man, überlegte Laurie, also einen Alarm auslösen, der nur der Ablenkung dient, würde man dazu dann den langen Weg bis zur Mitte der Ausstellung auf sich nehmen? Das kam ihr nicht recht plausibel vor.

Ihre Gedanken wurden unterbrochen, als es verhalten an der Tür klopfte. Sie sah auf. Grace stand vor ihr.

»Hallo«, sagte Laurie.

»Hast du kurz Zeit?«, fragte Grace.

»Klar. Komm rein.«

36

Grace, die sonst immer so selbstbewusst auftrat, schien zu zögern, als sie ihren üblichen Platz auf dem weißen Ledersofa ansteuerte. Sie hatte einen Spiralblock in der einen und einen Stift in der anderen Hand. Laurie ließ sich auf dem gegenüberliegenden Sessel vor dem Fenster nieder und sah erwartungsvoll zu Grace. Grace räusperte sich.

Laurie lächelte, um die seltsam verlegene Stimmung etwas zu entschärfen. »Ich wollte sowieso mit dir reden, Grace. Ich glaube auch zu wissen, worum es geht.«

»Ja?«

Laurie nickte. »Ich hoffe nur, es kommt nicht zu spät. Du willst doch nicht kündigen?«

Grace riss die Augen auf. »Natürlich nicht. Soll das ein Witz sein? Ich mag den Job hier.«

»Gott sei Dank.« Laurie seufzte erleichtert.

»Wie kannst du nur so was denken?«

Laurie schüttelte den Kopf. »Na ja, du hast so ernst ausgesehen, als du reingekommen bist. Außerdem ist mir in letzter Zeit aufgefallen, dass du dich anders kleidest – seriöser, zurückhaltender. Ich hab damals nur halb im Spaß gesagt, du würdest aussehen, als wolltest du zu einem Bewerbungsgespräch.«

»Nein. Der Gedanke hat mich noch nicht einmal gestreift.«

»Ich kann dir gar nicht sagen, wie sehr es mich freut, das zu hören. Ich weiß wirklich nicht, was ich ohne dich tun würde, Grace. Also, worüber willst du mit mir reden?«

»Du weißt noch, gestern Vormittag, als Jerry gesagt hat, er hätte für die Produktion gern die Kleider der First Ladies, die in der Ausstellung zu sehen waren?«

»Ja.«

»Na ja, er war so begierig darauf, dass ich mich mal umgetan und recherchiert habe, woher die Kleider kamen.«

»Laut dem Sicherheitschef des Metropolitan Museum gehören die Kleider nicht der ständigen Sammlung an. Die meisten stammten angeblich aus präsidialen Archiven und anderen Museen.«

»Ich weiß, aber nicht alle. Ein paar waren Leihgaben von Privatsammlungen, und um die habe ich mich gekümmert. Einer der Sammler ist ein gewisser Gerard Bennington.«

Der Name sagte Laurie nichts. »Und wer ist dieser Gerard Bennington?«

»Ein ziemliches Original, nach allem, was ich weiß. Eigentlich ein renommierter Modefotograf, der mit sämtlichen Couturiers befreundet ist. Auf der Modewoche ist er immer in der ersten Reihe zu finden. Außerdem hält er sich für einen talentierten Sänger. Vor zwei Jahren hat er für *Find a Star* vorgesungen.«

Find a Star war eine von den Fisher Blake Studios produzierte Talentshow, aus der die drei Grammy-Gewinner hervorgegangen waren, allerdings hatte die Sendung in den letzten Jahren merklich an Popularität eingebüßt. Aufgrund des umfangreichen Product-Placement verdiente das Studio damit laut Blake aber nach wie vor eine Menge Geld.

»Stellt sich also die Frage, ob er immer noch im Besitz der Kleider ist.«

»Deshalb wollte ich mit dir reden. Ich hoffe, du hast nichts dagegen, aber ich bin schon mal aktiv geworden. Ich habe mir von einer Produktionsassistentin von *Find a Star* seine Telefonnummer besorgt und ihn angerufen. Er ist noch im Besitz von zwei Kleidern, die er damals dem Museum geliehen hat – das eine ist das von Jacqueline Kennedy, das andere von Betty Ford.«

»Und ist es irgendwie möglich, dass er sie uns für die Produktion zur Verfügung stellt? Jerry wäre bestimmt begeistert.«

»Ich habe ihn schon gefragt. Bedauerlicherweise hat er auch den Seite-Sechs-Artikel gelesen. Als ich ihm sagte, dass ich wegen unserer Sendung anrufe, hat er sofort gewusst, dass es um den Wakeling-Fall geht. Er meint, wir können die Kleider so lange haben, wie wir wollen, sofern sein Name erwähnt wird und er mindestens eine Sendeminute bekommt. Er war an dem Abend auch auf der Gala, er könnte also über die Kleider reden oder über die Atmosphäre im Museum, nachdem die tote Virginia gefunden wurde.«

»Das sollte machbar sein. Ein paar Worte von einem unbeteiligten Gast, der an dem Abend anwesend war, das könnte der Sendung etwas Kolorit verleihen.«

Grace hielt ihren Stift hoch. Sie war noch nicht fertig. »Er hat noch eine Bedingung«, kam es etwas kleinlaut von ihr.

»Muss ich jetzt Angst haben?«

Grace gluckste. »Nein, aber vielleicht die Produzenten von *Find a Star*. Gerard möchte es ein zweites Mal mit der Sangeskarriere probieren.«

»Noch mal ein Vorsingen?«

Grace nickte.

Laurie war mit dem leitenden Produzenten der Sendung befreundet und überzeugt, ihn zur Kooperation bewegen zu können. »Ich rufe gleich an und gebe dir Bescheid, wenn wir die offizielle Zusage haben.«

»Willst du dann selbst Gerard kontaktieren?«

Das war nun das zweite Mal, dass Grace ihn beim Vornamen nannte. Sie konnte mit den Leuten, so viel stand fest. »Irgendwann, wenn es an der Zeit ist für die Interviews. Aber du kannst doch seine Kontaktperson sein. Du machst das alles ganz hervorragend.«

Grace lächelte. »Danke, Laurie.«

»Nein, Grace, ich habe dir zu danken. Die Kleider werden die Qualität der Sendung erheblich steigern.«

Grace wollte sich schon erheben, aber Laurie musste noch etwas loswerden. »Du weißt, wie sehr wir dich hier wertschätzen, oder, Grace?«

»Ich glaube schon.«

»Letzte Woche hast du erzählt, deine Schwester hätte dir eingeredet, dass du dich anders kleiden solltest, damit du anders wahrgenommen wirst. Ziehst du deshalb jetzt diese Sachen an? Hast du das Gefühl, man nimmt dich nicht ernst?«

Grace zuckte mit den Schultern, und Laurie bekam fast ein schlechtes Gewissen, Grace in diese peinliche Situation gebracht zu haben.

»Also«, sagte Laurie, »meinetwegen läufst du hier in rosa Tutu und Häschenpantoffeln herum, aber das ändert nichts an der Tatsache, dass man dich immer und überall ernst nehmen muss. Jeder, der auch nur ein bisschen die Augen aufmacht, muss das erkennen.«

Beschwingt verließ Grace das Büro. Laurie nahm sich vor, ihr Budget durchzugehen und Mittel freizuräumen für eine längst fällige Gehaltserhöhung.

37

Wie vorhergesehen war Jerry hellauf begeistert, als er erfuhr, dass er zwei Kleider der First Ladies für die Produktion verwenden könnte. Nachdem Laurie von den Produzenten von *Find a Star* die Bestätigung hatte, Gerard Bennington ein zweites Mal vorsingen zu lassen, übertrug sie Grace die Aufgabe, alle nötigen Einzelheiten mit Bennington zu besprechen und sich seine Unterschrift unter die notwendigen Dokumente zu sichern.

Grace durfte am Nachmittag in Lauries Büro Jerry die frohe Botschaft überbringen. Worauf Jerry sie stürmisch an sich drückte und ihr gar nicht oft genug sagen konnte, wie sehr sie ihm den Tag versüßte.

Sofort griff er zum schweren Fotoband der Ausstellung und suchte die beiden Kleider, die Gerard Bennington dem Museum damals geliehen hatte. Das Betty-Ford-Kleid war ein langes blaugrünes Etuikleid mit weiten, fließenden Organzaärmeln. Das Begleitfoto in der Ausstellung zeigte Mrs. Ford beim Tanz mit einem damals bekannten Komiker und Schauspieler während eines Staatsbanketts zu Ehren des liberischen Präsidenten.

Und dann atmete Jerry hörbar ein, als er den zweiten Beitrag von Mr. Bennington aufschlug. Es handelte sich um die cremeweiße Robe mit Chiffonoberteil und glattem Rock, dessen Foto er Laurie bereits gezeigt hatte. Er hatte das Bild als Huldigung seiner Großmutter mit aufnehmen wollen, die eine große Bewunderin der Kennedys gewesen war. Jetzt würde er mit dem tatsächlichen Kleid arbeiten können.

»Ich muss sofort mit der Museumsverwaltung telefonieren. Wenn wir nur einen kleinen Teilbereich eines Ausstellungsraums bekommen, könnten wir die Illusion eines sehr viel größeren Raums erzeugen und die Teilnehmer bitten, hindurchzugehen, so, als würden sie sich die Kostümausstellung am Abend der Gala ansehen.«

»Das klingt doch nach einem Plan«, sagte Laurie, deren Aufmerksamkeit mal wieder von Detective Johnny Hons dicken Ordner in Beschlag genommen wurde. Ihre Gedanken kreisten nach wie vor um den Alarm. Wenn er wirklich vom Täter ausgelöst worden war, hätte dieser doch ein Interesse daran haben müssen, so schnell wie möglich wieder wegzukommen, um Virginia auf die Dachterrasse folgen zu können, solange die Wachleute abgelenkt waren. Selbst wenn ein Komplize für den Alarm zuständig war, hätte er doch lieber einen Ort gleich am Ein- oder Ausgang gewählt, um schnell wieder verschwinden zu können.

Zum wiederholten Mal sah sie sich die Fotos von der Ostwand der Galerie C an, dem Bereich, in dem sich jemand aufgehalten haben musste. Eines der dort ausgestellten Kleider war die cremeweiße Robe mit dem Chiffonoberteil, die Gerard Bennington dem Museum als Leihgabe überlassen hatte. Mit einem Mal musste Laurie vor Stolz lächeln. Grace hatte regelrecht Wunder gewirkt und ihnen zwei historische Gewänder verschafft. Jerry war ganz in den Anblick der Bilder versunken. Ihre beiden Mitarbeiter waren so aufgeregt, wie Laurie sie selten erlebt hatte. Sie gingen ebenso sehr in der Sendung auf wie sie selbst.

Als ihr Blick aber von Jerrys Szenenplan zu ihrem Ordner schweifte, bemerkte sie eine Unstimmigkeit zwischen zwei der Bilder.

»Jerry, kannst du mir noch mal sagen, woher du die Fotos hast, mit denen du planst?«

»Das sind fast alles Kopien aus dem Bildband, den Charlotte dir gegeben hat.« Er ging zum Konferenztisch, zog den Band unter einem Notizblock hervor und klopfte aufs Cover. »Das ist im Moment meine Bibel.«

»Auch das Foto von Mrs. Kennedy in der weißen Robe? Das stammt auch daraus?«

»Ja.«

»Und laut Charlotte war der Bildband schon gedruckt, bevor Virginia ums Leben gekommen ist. Ist das richtig?«

»Ja, natürlich. Bei der Ausstellungseröffnung liegen die Kataloge doch im Museumsladen aus. Warum? Was ist?«

Sie drehte den Ordner zu ihm und deutete auf das Foto von der Ostwand der Galerie C. »Schau dir das mal an.«

Jerrys Blick ging zwischen dem von der Polizei aufgenommenen Bild im Ordner und dem Foto der cremeweißen Robe aus dem offiziellen Ausstellungskatalog hin und her. »Ich sehe keinen Unterschied am Kleid.«

»Am *Kleid* nicht«, erwiderte Laurie. »Aber schau, hier.« Mit der Fingerspitze zeichnete sie einen Kreis um das Handgelenk der Puppe. »Das Armband fehlt.«

Auf dem offiziellen Katalogfoto gehörten zum Kleid eine Perlenhalskette und ein silbernes Armband mit Glücksanhängern. Als die Polizei nach Virginia Wakelings Tod in der Galerie C fotografierte, fehlte das Armband.

Grace sah Jerry über die Schulter. »Wann ist es also entfernt worden?«, fragte sie.

Jerry zuckte mit den Schultern. »Im Grunde kann das zu jedem beliebigen Zeitpunkt zwischen der Arbeit am Ausstellungskatalog und dem Abend des Mordes passiert sein.«

»Ja«, bemerkte Laurie. »Aber wir wissen, dass an diesem Abend der Alarm ausgelöst wurde, jemand hat eine Lichtschranke vor diesen sechs Exponaten aktiviert. Wenn jemand es explizit aufs Armband abgesehen hatte, würde das erklären, warum der Alarm in der Mitte der Ausstellung ausgelöst wurde – immer vorausgesetzt, ich irre mich nicht, was den Grundriss anbelangt.«

»Wie könnten wir das bestätigen?«, fragte Jerry.

Sean Duncan anzurufen, den gegenwärtigen Sicherheitschef des Museums, würde nicht viel bringen. Laut dem Bericht der Sicherheitsabteilung hatte nichts gefehlt, als die Wachleute an dem Abend auf den Alarm reagierten.

»Ich weiß, wo wir anfangen können«, sagte sie. »Grace, kannst du deinen neuen Freund anrufen, Mr. Bennington, und ihn fragen, ob er Zeit hat, mit uns zu reden?«

»Schon unterwegs.«

Kurz darauf kehrte sie in Lauries Büro zurück. »Er kommt erst heute Abend von seinem Landhaus in Kent zurück, meint aber, es würde ihn freuen, wenn er sich morgen mit dir treffen könnte. Er will so gegen zehn hier sein.«

Früh genug. Und sie kannte zumindest eine weitere Person, die an dem Abend ebenfalls auf der Gala war und möglicherweise ebenfalls Zeit haben könnte.

Laurie schickte Charlotte eine Textnachricht. *Dad ist mit Timmy heute Abend bei einem Spiel der Knicks. Take-away bei mir in der Wohnung? Aber sei gewarnt: Ich muss dein Gehirn anzapfen.*

Lächelnd betrachtete sie die Pünktchen unten auf dem Display, die anzeigten, dass Charlotte eine Antwort verfasste. *Klingt perfekt, im Moment kann ich dir aber nicht versprechen, dass da auch was Nützliches rauskommt :-) 19 Uhr? Ich bringe Wein mit.*

Laurie tippte die abschließende Nachricht: *Bis dann!*

38

Laurie reichte Charlotte die Schachtel mit den Hühnchenteilen und Pilzen, ihre Freundin lehnte aber höflich ab. »Ich bringe keinen Bissen mehr runter. Kann man von zu viel Glutamat high werden? Wie hast du bloß so viel Essen bestellen können?«

»Ich wollte für eine gewisse Auswahl sorgen«, erklärte Laurie. Sie saßen an ihrem Esstisch und waren von Take-away-Behältern umgeben, die sie kaum angerührt hatten. »Timmy und ich können uns tagelang von den Resten ernähren.«

Charlotte schenkte sich vom Sauvignon Blanc nach.

»Apropos Timmy, es muss ihm doch sehr gefallen, mit seinem Großvater die Knicks zu sehen«, sagte Charlotte.

»Klar. Letztes Jahr ist er mit Alex' Jahreskarte etwas verwöhnt worden. Die Tickets heute kommen von einem Freund von Dad. Sie sind nicht so nah am Court wie auf den Plätzen von Alex, trotzdem ist es viel besser als im Fernsehen.«

Charlotte nahm einen Schluck von ihrem Wein und fragte dann leise: »Und, hast du mit Alex geredet, seitdem wir uns in der Brasserie Ruhlmann getroffen haben?«

Laurie schüttelte den Kopf.

»Ich dachte mir, vielleicht ruft er dich ja an nach seiner Nominierung zum Richter am Bundesbezirksgericht. Oder du ihn.«

»Nein, er hat nicht angerufen, und ich glaube, ich sollte ihn auch nicht anrufen, solange ich nicht mit einer ... na ja ... großen Geste aufwarten kann.«

»Einer großen Geste?« Charlotte runzelte die Stirn. »Was soll das denn sein? Willst du bei ihm in der Kanzlei auftauchen und dem zukünftigen Richter ein Ständchen vorspielen?«

»Nichts so Theatralisches. Aber etwas ... sagen wir, Entscheidendes. Wie auch immer, es ist nicht einfach.«

Zum ersten Mal seit Charlottes Ankunft herrschte Schweigen am Tisch. »Also, du hast gesagt, du möchtest mein Gehirn anzapfen«, begann schließlich Charlotte und wechselte damit das Thema.

»Ja, fangen wir an, bevor ich zu tief ins Glas geschaut habe.« Laurie erhob sich vom Tisch und holte den Ausstellungskatalog sowie den von Detective Johnny Hon zusammengestellten Dokumentenordner. »Wie gut kannst du dich an die Ausstellung ›Mode der First Ladies‹ erinnern?«

Charlotte stieß einen Seufzer aus. »Ich kann mich kaum erinnern, was ich heute zum Frühstück hatte. Die Gala ist drei Jahre her, und ich bin nur einmal kurz durch die Ausstellung gegangen. Was willst du denn wissen?«

Laurie schob die Essensbehälter weg, um Platz für den Ausstellungskatalog und den Ordner zu schaffen. Sie zeigte Charlotte die beiden Fotos der Ankleidepuppe mit Jacquelin Kennedys cremeweißer Robe.

»Das würde ich heute noch tragen«, sagte Charlotte. »Vielleicht sollte ich was in der Art für die neue Kollektion von Ladyform herausbringen.«

»Ich würde es sofort kaufen«, sagte Laurie. »Im Moment bin ich aber mehr an dem hier interessiert.« Sie wies ihre Freundin auf das fehlende Armband hin. »Ich nehme nicht an, dass du dich noch erinnern kannst, ob das Armband in der Ausstellung zu sehen war.«

»O mein Gott, nein. So was wäre mir nie aufgefallen.«

»Was ist mit dem Grundriss?« Laurie erläuterte, dass Galerie C, in der der Alarm ausgelöst wurde, in der Mitte der Ausstellung lag. »Hier sind Bilder des Raums«, sagte sie und schob ihr Hons Ordner hin.

Charlotte betrachtete die Fotos, lehnte sich zurück und schloss die Augen, als sie in ihrem Gedächtnis kramte. »Ich kann mich an den Raum erinnern. Es war der einzige, der lang und schmal war. Die meisten anderen waren quadratisch, und die Kleider waren an allen vier Seiten platziert. Ich habe die beiden Grundrisse miteinander verglichen, weil wir damals für Ladyform vier Pop-up-Läden in Planung hatten und ich sehen wollte, was sich besser eignet. Du hast recht. Der Raum befand sich ziemlich in der Mitte.«

»Um zur Gala zurückzukommen, musste man also durch mehrere andere Räume?«

»Genau.«

Laurie war immer mehr davon überzeugt, dass der Alarm mit dem fehlenden Armband in Verbindung stand. Offen war bislang noch, ob das auch etwas mit dem Mord an Virginia Wakeling zu tun hatte.

Sie dachte laut nach, während sie die Behälter in die Küche trug. »Eine Sache lässt mir keine Ruhe. Der Detective von der Mordkommission hat mir gesagt, dass der Wachmann, der an dem Abend für Virginia abgestellt war – Marco Nelson –, gefeuert wurde, weil er angeblich im Verdacht stand, teure Waren aus dem Museumsladen gestohlen zu haben.«

»Du meinst, der könnte auch das Armband geklaut haben, während irgendein anderer seinen Job auf der Gala übernommen hat?«

»Vielleicht.«

»Aber wäre er als Wachmann dann nicht in der Lage gewesen, den Sensor zu deaktivieren? Oder darüber zu treten? Oder unten durchzukriechen?«

»Das weiß ich nicht. Ich muss mich im Museum erkundigen, wie viele Wachleute die Standorte der Sensoren kennen.«

»Und was hat das alles mit dem Mord an Virginia zu tun?«

Laurie schüttelte bloß den Kopf. Charlotte verfügte nicht über die gleichen analytischen Fähigkeiten wie Alex, aber Laurie spürte, wie durch das Gespräch unterschiedliche Gedankengänge miteinander verknüpft wurden. Charlottes Fragen zwangen sie dazu, sich mit den möglichen Zusammenhängen von scheinbar unzusammenhängenden Fakten zu befassen.

»Wenn Virginia allein sein wollte, hätte sie auch in die Ausstellung gehen können. Wenn sie Marco dort beim Diebstahl diverser Gegenstände ertappt hätte, könnte er sie umgebracht haben, damit sie ihn nicht anzeigen konnte. Aber wie hat er sie dann auf die Dachterrasse geschafft?«

»Vielleicht war das der Grund für ihr Aufgewühltsein. Vielleicht hat sie ihn beim Diebstahl erwischt und wollte auf der Terrasse überlegen, wie sie in dieser Frage vorgehen sollte.«

Die Theorie erschien Laurie nicht unbedingt plausibel. Sie konnte sich nicht vorstellen, dass ein Kuratoriumsmitglied auch nur eine Sekunde zögern würde, einen Wachmann anzuzeigen, der sich eines Diebstahls schuldig machte. »Er hätte ihr irgendeine Geschichte erzählen können, um sich etwas Zeit zu verschaffen«, sagte Laurie. »Vielleicht hat er ihr auch weisgemacht, dass sich der Leiter der Sicherheitsabteilung oben aufhält oder so. Ich weiß nur, Marco Nelson war der einzige Zeuge, der gegenüber der Polizei ausgesagt hat, dass Virginia aufgewühlt gewesen sei, als habe sie sich mit jemandem gestritten. Er hat gesagt, dass Virginia allein sein wollte.«

»Aber wenn er nicht die Wahrheit gesagt hat ...«

»Das würde natürlich einiges ändern. Nur, wenn ich ihn anrufe, dürfte er einen sehr triftigen Grund haben, nicht mit mir reden zu wollen. Selbst wenn er mit dem Mord an Virginia überhaupt nichts zu tun hatte, wird es ihm nicht gefallen, wenn sein gegenwärtiger Arbeitgeber von den Gerüchten erfahren würde, dass er das Metropolitan Museum bestohlen haben soll.«

»Und wer ist sein gegenwärtiger Arbeitgeber?«

»Ein privates Sicherheitsunternehmen, es nennt sich Armstrong Group.« Laurie hatte sich nach ihrem Gespräch mit Sean Duncan im Museum Marcos LinkedIn-Profil angesehen.

»Dann rede ich mit ihm. Ladyform muss aller Voraussicht nach für die nächste Modenschau einen privaten Sicherheitsdienst anheuern. Er kommt zu mir für ein erstes Gespräch, und du kannst deine Fragen anbringen.«

»Ich weiß nicht, Charlotte. Als du mir beim letzten Mal helfen wolltest, wäre ich fast umgebracht worden.«

Nur wenige Monate zuvor, als sich Charlotte in einem von Lauries Fällen der Wahrheit zu sehr genähert hatte, waren beide mit einer Waffe bedroht worden.

»Erstens: *Du* hast nichts getan, außer dass du mir zu Hilfe gekommen bist. Zweitens: Ein Treffen bei mir im Büro scheint mir doch eine ziemlich sichere Sache zu sein.«

Laurie ließ sich das Angebot durch den Kopf gehen. Vermutlich war es die einfachste Lösung, ein persönliches Treffen mit Marco Nelson zu arrangieren. »Gut, machen wir es so.«

»Ich kümmere mich gleich morgen darum und geb dir Bescheid.«

39

Leo beobachtete von der Tribüne des Madison Square Garden, wie die Knicks den Court verließen und die Cheerleaders auf den Platz eilten. Er legte seinem Enkel die Hand auf die Schulter, während dieser enthusiastisch den Spielern zuwinkte, die nach einem harten zweiten Viertel auf dem Weg in die Kabine und die Pausenansprache waren.

Obwohl das Team keine herausragende Saison spielte, wurde es wegen der vielen Touristen in der Stadt immer schwieriger, an Karten zu kommen; dass sie das Spiel heute Abend besuchen konnten, war eine erfreuliche Überraschung. Der Stellvertretende Polizeichef hatte Leo zwei Tage zuvor angerufen und mitgeteilt, dass er zu einem unvorhergesehenen Treffen im Justizministerium nach Washington fliegen musste – aus diesem Grund hatte er Leo seine beiden Karten angeboten. Leo ging zwar nicht davon aus, dass der Terminkalender seines neunjährigen Enkels voller war als sein eigener, aber erst nachdem er die Bestätigung hatte, dass Timmy Zeit hatte, wurde die Einladung freudig angenommen.

Die Plätze waren okay, aber bei Weitem nicht so gut wie die von Alex Buckley direkt am Court. Timmy hatte sofort nach ihrer Ankunft Alex auf sich aufmerksam machen wollen, musste Leo dann aber versprechen, damit noch mindestens bis zum Ende des zweiten Viertels zu warten. Nachdem das Signal zur Pause ertönte, stand Timmy also auf Zehenspitzen und winkte Alex zu. Sie waren mindestens zwanzig Reihen hinter ihm. Als Timmy schließlich sein Winken einstellte, fürchtete Leo schon, sein Enkel könnte beleidigt sein, weil Alex ihn nicht bemerkt hatte. Stattdessen bat er Leo um sein Handy. Ungläubig sah Leo zu, mit welcher Geschwindigkeit Timmys Finger über das Display flogen. Gleich darauf drehte sich Alex um und ließ den Blick schweifen. Sein Gesicht hellte sich auf, als er sie entdeckte.

Leo sah, wie Alex sich bei seinen Gästen entschuldigte, einem älteren Paar und einer Frau, die wahrscheinlich in Lauries Alter war. Dann nahm Alex zwei Stufen auf einmal, während das Lächeln in seinem Gesicht immer breiter wurde.

Timmy rannte Alex entgegen und warf sich ihm in die Arme.

»Sind alle deine Plätze schon vergeben?«, fragte Timmy grinsend.

»Leider ja, Timmy. Meine Freunde würden es wohl etwas übelnehmen, wenn ich sie bitten würde, Platz zu tauschen.«

Er bemerkte, dass Leos Blick nach wie vor auf seine Gäste gerichtet war. »Ich habe einen Strafverteidiger und seine Frau mitgebracht, dazu noch deren Tochter. Sie ist aus Kalifornien angereist und hält sich in der Stadt auf, weil ihr Mann geschäftlich hier zu tun hat.«

Alex, war Leo überzeugt, wollte deutlich machen, dass es sich nicht um ein Date handelte.

»Du fehlst uns, Alex.« Timmy sah mit seinen großen braunen Augen zu Alex auf. »Warum bist du in letzter Zeit nicht mehr gekommen?«

Leo legte Timmy einen Arm auf die Schulter. »Du hattest vielleicht Schulferien, aber für die Erwachsenen ist in dieser Zeit eine ganze Menge zu tun. Außerdem wurde Alex vom Präsidenten der Vereinigten Staaten für das Amt eines Bundesbezirksrichters nominiert. Das ist eine der höchsten Auszeichnungen für einen Anwalt. In seinem Terminkalender ist kaum noch Platz.«

»Voll krass!«

»Danke«, sagte Alex lächelnd. »Ich glaube, genau so kann man das beschreiben.«

»Das Blöde ist jetzt wohl bloß, dass du bestimmt nicht mehr zu Moms Sendung zurückkehren wirst. Sie *hasst* nämlich Ryan Nichols.«

»Worte wie ›hassen‹ nehmen wir aber nicht in den Mund, Timmy«, ermahnte Leo ihn.

»Tut mir leid. Wenn du Richter bist, kann ich dich dann mal im Gerichtssaal besuchen und mit dem Hammer klopfen, wie man das im Fernsehen sieht.«

»Klar, Kumpel.«

»Und vielleicht kannst du ja auch zu meiner Trompetenaufführung nächste Woche kommen. Ich spiele das Solo von ›C Jam Blues‹ von Duke Ellington.«

Fragend sah Alex zu Leo. Leo spürte, dass er nichts lieber täte, als die Einladung anzunehmen, wusste aber, dass Laurie dann glauben könnte, das Treffen wäre zwischen ihnen abgesprochen worden.

»Reden wir später darüber, Timmy. Jerry, Grace und Charlotte haben alle schon ihr Kommen angekündigt, und ich weiß nicht, wie viele man mitbringen darf.«

Auf dem Weg zurück zu seinen Gästen traten Alex fast Tränen in die Augen, als er sich ins Bewusstsein rief, wie schnell Timmy erwachsen wurde.

Er hätte seine Basketball-Tickets für die gesamte Saison drangegeben, wenn er nur miterleben könnte, wie der Junge »C Jam Blues« spielte. Am liebsten hätte er die restliche Partie mit Leo und Timmy verfolgt.

Am meisten allerdings wünschte er sich, dass Laurie mit dabei wäre. Wenn er sich selbst zusammen mit diesen dreien sah, sah er immer eine Familie vor sich. Aber Laurie kam wahrscheinlich wunderbar ohne ihn zurecht. Sie hatte eine erfolgreiche Karriere, und sie hatte Freunde, die sich darauf freuten, ihrem Sohn beim Trompetenspiel zuzusehen. Ihr Leben war auch ohne ihn erfüllt. Er hatte einen schrecklichen Fehler begangen. Er hatte sie zu sehr bedrängt, und jetzt hatte er sie verloren.

40

Laurie hatte es sich mit einer Decke über dem Schoß auf dem Sofa gemütlich gemacht und las den neuesten Roman von Karin Slaughter. Als sie die Schlüssel in der Tür hörte, drehte sie sich um und sah auch schon Leo und Timmy hereinkommen. Timmy trug eine anscheinend neue Knicks-Mütze.

Sie merkte die Seite ein und tröstete sich damit, dass sie das Buch ja noch vor dem Einschlafen zu Ende lesen konnte.

»Wenn du jedes Mal mit was Neuem nach Hause kommst, wenn Grandpa dich zu einem Spiel mitnimmt, muss ich uns noch eine größere Wohnung suchen.«

»Gib nicht mir die Schuld«, sagte Leo. »Er hat sie sich von seinem Weihnachtsgeld gekauft.«

Timmy ging schnurstracks zum Kühlschrank und kam mit einem Käsestick und einem Apfel zurück. Zweifellos hatte er auch im Stadion einiges verdrückt. Ihr Sohn schoss gerade in die Höhe und hatte ständig Hunger. Er ließ sich neben ihr aufs Sofa fallen.

»Wir haben gewonnen, Mom. Ein Drei-Punkte-Wurf in der letzten Sekunde. Und wir haben Alex getroffen!«

»Ja?« Sie versuchte unbefangen zu klingen.

»Ja. Aber wir haben nicht bei ihm sitzen können, da waren schon welche. Wir haben nur in der Halbzeit mit ihm geredet.«

»Wer war denn bei ihm?« Es war ihr peinlich, wie schnell ihr die Frage herausgerutscht war.

»Ein Anwalt und seine Frau und seine Tochter«, kam es von Timmy wie aus der Pistole geschossen.

»Die Tochter war zu Besuch aus Kalifornien hier«, fügte Leo an. »Weil ihr Mann geschäftlich hier zu tun hat.«

Sie nickte. Botschaft angekommen.

»Können wir Alex nächste Woche zu meinem Vorspielen einladen?«, fragte Timmy.

»Ich hab ihm gesagt, dass wir schon fünf Gäste haben«, warf Leo schnell ein und wollte ihr einen Ausweg anbieten. »Ich war mir nicht sicher, ob wir noch einen sechsten mitbringen können.«

Laurie wusste, wie sehr sich Alex freuen würde, Timmys Fortschritte auf der Trompete miterleben zu können. Es wäre so ein bequemer Grund, ihn anzurufen. Dann würde Timmy im Mittelpunkt stehen, nicht sie beide. Aber sie wollte nicht zurück in den alten Trott, als sie sich zwar regelmäßig gesehen, sich aber nie klargemacht hatten, was sie einander wirklich bedeuteten. Noch lebhaft stand ihr Alex' Reaktion vor Augen, als sie ihm sagte, sie hätte es gern wieder so, wie es war, vor diesem fürchterlichen Streit wegen ihres letzten Falls: »Wie vorher? Und wie genau war es da? Wo standen wir da, Laurie? Was sind wir jetzt, nachdem ich nicht mehr dein Moderator bin? Ich bin der Sportkumpel deines Dads und der Spielgefährte deines Sohns. Aber was bin ich für *dich*?«

Nein, wenn sie ihn anrief, dann nicht, um ihn zu Timmys Vorspielen einzuladen. Wenn sie auf ihn zuging, musste klar sein, dass sie es ernst meinte. Sie musste bereit sein, ihm ihr Herz zu öffnen. Aber das war keine Entscheidung, die sie heute Abend treffen würde.

»Du kannst deinen ganzen Freundeskreis zu deinen Auftritten einladen, wenn du mal ein berühmter Musiker bist«, sagte sie. »Im Moment aber, glaube ich, haben wir schon genügend Gäste.«

Sie las ihren Roman im Bett zu Ende. Dann legte sie das Buch auf den Nachttisch, fasste aus Gewohnheit in die Schublade, legte ihren Ehering an und zog sich die Decke bis zum Hals.

Sie schloss die Augen und versuchte einzuschlafen, plötzlich aber sah sie Alex vor sich – an dem Abend, an dem sie sich zum letzten Mal unterhalten hatten. *Gib es zu, Laurie: Du hast mich nie bewundert, nicht so wie Greg. Du kannst dir vielleicht einreden, dass du dich von ihm lösen willst, aber das wirst du nicht tun. Nicht, solange du nicht den Richtigen findest, und dann wird es einfach passieren. Ganz mühelos. Aber das hier? Das ist nichts als Anstrengung.*

Wenn sie in der Zeit zurückgehen könnte, würde sie ihn in diesem Augenblick unterbrechen und ihm sagen, wie falsch er damit lag. Sie hatte mit Alex den Richtigen gefunden – sie wusste es. Aber er irrte sich. Es war nicht unbedingt so, dass die wahre Liebe »einfach so passieren« würde, auch wenn das bei Greg und ihr so gewesen war. Vielleicht war auch Alex' Liebe zu ihr »einfach so passiert«. Aber sie wusste, um wie viel schwerer es gelang, zum zweiten Mal einen Seelengefährten zu finden. Das dauerte seine Zeit. Und jetzt hatte sie ihn vielleicht wieder verloren.

Ihre Niedergeschlagenheit dauerte schon länger, als sie sich eingestehen mochte. Vor allem hatte sie doch an Timmy zu denken. Er hatte kaum noch Erinnerungen an seinen toten Vater. *Ich kann es doch nicht zulassen, dass er sich an einen anderen Mann gewöhnt, wenn aus dieser Beziehung nicht wirklich etwas Festes wird,* dachte sie. *Denn genau das sieht Timmy bereits in Alex.*

Also, Alex, du irrst dich, wenn du sagst, es sollte mühelos geschehen. Du hast mir kein Geschenk gemacht, als du mich hast gehen lassen. Es ist nicht mühelos, jedenfalls nicht für mich. Es erfordert Arbeit; Arbeit, die ich immer noch leiste, selbst wenn du darauf bestanden hast, mich gehen zu lassen.

Sie setzte sich auf, nahm den Ring vom Finger und legte ihn schweren Herzens in die Schatulle in der Schublade zurück.

Greg, ich habe dich so sehr geliebt, dachte sie. Ich bin so glücklich, deinen Sohn zu haben, und mit ihm werden wir beide, du und ich, immer einen Teil vom anderen haben. Aber, Greg, ich bin so einsam. So einsam seit diesem schrecklichen Tag.

Laurie schloss die Augen und spürte wieder, wie sehr sie sich gefreut hatte, als sie neben Alex in dessen Wohnung gesessen und er seinen Arm um sie gelegt hatte, während sie mit Timmy und ihrem Vater ein Spiel der Giants ansahen.

Die drei Menschen, die sie am meisten auf der Welt liebte. Bitte, Gott, lass es nicht zu spät sein.

41

Am folgenden Morgen traf pünktlich um zehn Uhr Gerard Bennington in den Fisher Blake Studios ein. Auf den Fotos, die Laurie von ihm im Internet gefunden hatte, neigte er gern zu exzentrischer, auffälliger Kleidung. So trug er auf einer Aufnahme im *New York Magazine* zum Beispiel einen Kimono zu einer rot karierten Hose. Diesen Morgen hatte er sich für einen relativ seriösen Tweedanzug mit Paisley-Krawatte entschieden. Von seinen grellen Vorlieben zeugten lediglich ein blaukanariengelbes Einstecktuch und eine dazu passende Brille mit wuchtigem blauen Rahmen. Laut Internet war er einundfünfzig Jahre alt, besaß aber die Umtriebigkeit eines Teenagers.

Ihr Gast war nicht der Einzige, der diesen Morgen eine überraschende Garderobenwahl getroffen hatte. Grace, die Mr. Bennington in Lauries Büro begleitete, hatte ein schwarzes Rollkragenkleid zu roten, knöchelhohen Stiefeln mit fünfzehn Zentimeter hohen Absätzen kombiniert. Das war wieder die gute, alte Grace.

Nachdem Grace fort war, sah sich Bennington missbilligend um. »Wo sind die Kameras?«

»Da muss ein Missverständnis vorliegen, Mr. Bennington. Unser heutiges Treffen dient lediglich dem Informationsaustausch. Je besser wir uns vorbereiten, desto effizienter sind wir, wenn wir Sie dann tatsächlich vor die Kamera stellen.«

»Ihre liebreizende Angestellte Grace hat beileibe keinen Hehl daraus gemacht. Ich dachte mir nur, es handelt sich um eine Realityshow, da sollten doch ständig die Kameras laufen.

Ich meine, was, wenn ich fantastische Gedanken von mir gebe, die Sie dann in Ihrer Sendung verwenden möchten?«

Laurie bemerkte erst jetzt, dass sich Gerard bereits für die Dreharbeiten hatte schminken lassen. »Mr. Bennington, Sie sprechen einen sehr wichtigen Punkt an. Dann schlage ich vor, begeben wir uns in eines unserer kleineren Studios. Dort können wir alles aufzeichnen und haben die Möglichkeit, das Material eventuell für die spätere Sendung zu verwenden.«

»Ausgezeichnet.« Er warf sich schon mal in Pose. »Carpe diem!, wie ich zu sagen pflege, wenn sich die Gelegenheit bietet, vor eine Kamera zu treten.«

Nachdem die einzige Kamera im Studio auf Aufnahme gestellt war, bedankte sich Laurie bei Bennington für die beiden Kleider, die er dem Museum als Leihgabe für die damalige Ausstellung überlassen hatte und die er jetzt auch ihnen zur Verfügung stellte.

»Aber nicht doch. Ich bin erfreut, wenn ich sie einer breiteren Öffentlichkeit zugänglich machen kann. Ständig werde ich gefragt, warum ich so viel Geld für meine Privatsammlung ausgebe, von den Kosten für die fachgerechte Lagerung und Konservierung ganz zu schweigen. Aber für mich ist das ein kleiner Preis, wenn einen dafür der Odem der Geschichte umweht. Kleider sind doch sämtlichen Memorabilien aus dem Bürgerkrieg vorzuziehen, sie sind doch Balsam für die Augen und um so vieles angenehmer und heiterer.«

»Wir werden während der Produktion jedenfalls sehr auf sie achtgeben«, versicherte ihm Laurie.

»Davon bin ich überzeugt. Ich muss Ihnen aber auch gestehen: Meine Anwälte haben sich natürlich vergewissert, dass Ihr Studio hoch genug versichert ist.«

Mit allen Wassern gewaschen, dachte sich Laurie. »Wir wissen Ihre Kleider sehr wohl zu schätzen«, fuhr sie fort, »dennoch muss ich Ihnen einige Fragen zu diesen Fotos stellen.« Sie hatte Abzüge der relevanten Bilder aus ihrem Büro mitgebracht und zeigte ihm nun Aufnahmen von Jackie Kennedys Robe, zum einen, wie sie im offiziellen Ausstellungskatalog abgebildet war, zum anderen die Aufnahme des Exponats, die nach dem Mord an Virginia Wakeling gemacht worden war.

»Mr. Bennington, wären Sie bitte so freundlich, die beiden Bilder miteinander zu vergleichen?«

Er betrachtete die Fotos und schüttelte schließlich den Kopf. »Ich sehe keinen Unterschied. Gibt es einen?«

Er erkannte ihn erst, als sie ihn auf das fehlende Armband aufmerksam machte.

»Mein Gott«, entfuhr es ihm. »In der Tat ein Rätsel, nicht wahr?«

»War das Armband ebenfalls eine Leihgabe von Ihnen?«

»Von mir stammte nur das Kleid, mit den Accessoires hatte ich nichts zu tun. Aber ich erinnere mich, genau solche Schmuckstücke hat Jackie sehr geschätzt. Sehr jugendlich, schlicht und zeitlos.«

So kam sie nicht weiter. Laurie versuchte es auf andere Weise. »Wissen Sie noch, wo Sie sich aufgehalten haben, als Sie vom Tod von Mrs. Wakeling erfahren haben?«

»O ja, absolut. Ich war in der Großen Halle und habe der herrlichen Imam wegen ihres ebensolchen Kleides geschmeichelt.«

Er meinte das berühmte, meist nur unter ihrem Vornamen bekannte Supermodel.

»Sie trug nämlich ein ganz fantastisches Modell, von Versace nach Martha Washington kreiert«, erklärte Bennington. »*Sooo* Avantgarde – und so unförmig und groß wie ein Kühlschrank. Das arme Ding konnte damit noch nicht einmal am Speisetisch Platz nehmen – auch wenn sie sowieso nichts gegessen hätte, aber trotzdem.«

Allmählich begann Laurie sich zu beglückwünschen, dass sie das Interview aufnahm. Wenn schon nichts Greifbares für ihren Fall heraussprang, würden zumindest Grace und Jerry fasziniert an seinen Lippen hängen, wenn sie ihnen die Aufnahme vorspielte. Daneben konnte sie sich wunderbar vorstellen, dass Gerard Benningtons Exzentrizität für die gewünschte unterhaltsame Abwechslung sorgen könnte. »Wie haben Sie gehört, dass Mrs. Wakeling zu Tode gekommen ist?«, fragte sie ihn.

»Wie hätte ich es *nicht* hören können? Ein Mann am Rand der Hysterie ist durch die Halle gerannt und hat gerufen, *eine Frau ist von der Dachterrasse gefallen!* Das war alles sehr dramatisch. Natürlich hat daraufhin die Hälfte der Anwesenden versucht, so schnell wie möglich das Museum zu verlassen, als hätten wir es mit einem Terroranschlag zu tun. Aber die Polizei hat alle zurückgehalten, bis sie sich einen Überblick verschafft und den Tatort abgesperrt hat und dergleichen.«

»Es sind dann aber doch alle befragt worden, oder?«

»Oh, beileibe nicht. Das wäre völlig unmöglich gewesen. So hat man zum Beispiel nicht mit mir gesprochen, aber ich hätte sowieso nichts zu sagen gehabt. Erst auf dem Weg nach draußen hat mir meine Freundin Sarah Jessica erzählt, dass es die arme Virginia war, die von der Dachterrasse gefallen ist.«

»Sie kannten Mrs. Wakeling persönlich?«

»Eigentlich nicht. Ich bin ihr auf der Gala im Jahr zuvor begegnet, und natürlich war sie eine bekannte Persönlichkeit, sodass ich wusste, wer sie war. Aber wir haben uns nie getroffen oder dergleichen.«

»Haben Sie mitbekommen, dass kurz vor ihrem Tod in der Galerie Alarm ausgelöst wurde?«

Er runzelte die Stirn. »Nein, das ist jetzt das erste Mal, dass ich davon höre. Meinen Sie, es hat mit dem fehlenden Armband zu tun?«

»Bislang ist es lediglich eine Theorie.«

»Aber eine ganz ergötzliche Theorie in meinen Ohren. Ich frage mich, ob es etwas mit Virginia zu tun hat.« Er rieb sich die Hände. »Ich bin schon sehr gespannt, womit Sie aufwarten werden. Natürlich, nehme ich an, werden Sie einen gestrengen Blick auf diesen Ivan werfen. Das ist doch wohl unvermeidlich.«

»Kennen Sie ihn persönlich?«

»Ich bin ihm nie begegnet.«

Bennington war anscheinend jemand, der jeden mit Vornamen ansprach, selbst völlig Fremde.

»Was für eine fantastische Geschichte, nicht wahr? *Ältere Witwe liiert mit gut gebautem Fitnesstrainer.* Man hat von Skandal geraunt. Alle meine Bekannten sagen, er war es. Ich meine, wer sollte sonst einer so kultivierten und großzügigen Dame etwas antun? Bloß – ich will ja nicht geschmacklos erscheinen – hätte er damit nicht warten sollen, bis sie verheiratet waren? Ich fürchte, er ist nicht die hellste Leuchte, Sie verstehen?«

Er schüttelte energisch den Kopf, bevor er erschreckt auffuhr. »Oh, das war ja *schrecklich*. Bitte nehmen Sie das wieder raus. Versprechen Sie es mir! Ich will keinesfalls den Eindruck erwecken, als wäre ich nicht wahrhaft entsetzt und schockiert über das, was Virginia zugestoßen ist. Nur, manchmal überkommt mich eben, einzig und allein der Unterhaltung willen, eine gewisse Spottlust.«

»Verstehe«, pflichtete Laurie ihm bei.

»Aber wenn so etwas passiert, wird einem wieder klar, dass auch die Reichen und Berühmten nur Menschen sind. Jeder hat seine Geheimnisse. Niemand ist perfekt. Habe ich recht?«

»Das habe ich im Laufe meiner Arbeit immer wieder feststellen dürfen, Mr. Bennington.«

»Nennen Sie mich doch bitte Gerard. Jedenfalls, sehen Sie sich bloß diese perfekte Familie Wakeling an – sie sind intelligent, erfolgreich, einer attraktiver als die andere. Aber selbst sie hatten an diesem Abend einen kleinen Zwist.«

Laurie horchte auf. Laut Marco Nelson, dem Wachmann, der Virginia zur Terrasse hochgehen sah, sei sie ihm aufgewühlt erschienen, so als hätte sie sich kurz zuvor mit jemandem gestritten. Sonst hatten keine Zeugen sie an dem Abend bei einer Auseinandersetzung gesehen.

»Virginia hatte einen Streit mit ihrer Familie?«, fragte Laurie.

»Nein, sie doch nicht. Ihre Söhne. Oder, na ja, einer nur ist wohl ihr Sohn, der andere eher der Schwiegersohn. Ich habe sie im Tempelraum gesehen, kurz bevor sich alle zum Dinner begeben haben. Sie standen etwas abseits. Ich konnte nicht genau verstehen, was sie sagten, aber es war nicht zu überhören, dass es sich um eine hitzige Unterhaltung gehandelt hat. Kurz darauf sah ich die Tochter, Anna, die auf dem Weg zu ihrem Tisch genau wie ich sofort bemerkte, was dort los war. Sie ging auf sie zu. Und ich – ich muss gestehen, ich bin nun mal schrecklich neugierig – schob mich ebenfalls in ihre Richtung, weil ich doch sehen wollte, ob was Interessantes passiert.«

Er hielt inne, zweifellos, um den dramatischen Effekt noch zu steigern.

»Und?«

»Ach, eine große Enttäuschung. Sie hat ihnen bloß gesagt, sie hätten sich doch schon den ganzen Tag gestritten und sollten nicht in aller Öffentlichkeit über eine so makabere Sache reden.«

»Das ist das erste Mal, dass ich davon höre.«

»Wahrscheinlich war ich der Einzige, der es beobachtet hat. Die meisten Gäste begaffen doch nur die großen Stars. Ich beobachte gern die Menschen, wenn sie sich unbeobachtet fühlen. Das ist viel interessanter.«

»Haben Sie irgendwas davon der Polizei erzählt?«

»Um Himmels willen, nein. Wenn jeder gleich zur Polizei liefe, wenn ich mich mit meinen sechs Geschwistern zanke, wären alle New Yorker Polizisten allein wegen ihrer Überstunden Millionäre.«

Laurie hatte zwar nichts Neues über das verschwundene Armband erfahren, Gerard Benningtons Aussagen aber durfte sie als durchaus interessant einstufen. Am Tatabend hatten sich also Virginia Wakelings Sohn Carter und ihr Schwiegersohn Peter Browning offenbar gestritten – um ein Thema, das, wie Bennington gehört hatte, von Anna als »makaber« bezeichnet wurde. Ging es dabei möglicherweise um die Testamentsänderung der Matriarchin?

Umso wichtiger war es jetzt, Kontakt zu dem Wachmann aufzunehmen, der an dem Abend exklusiv für Virginia abgestellt war. Nachdem sich Bennington verabschiedet hatte, schickte sie Charlotte eine Nachricht und erkundigte sich nach deren Vorschlag vom Abend zuvor: *Schon Marco Nelson erreicht?*

Wenige Minuten nachdem sie wieder in ihrem Büro war, traf die SMS ein: *Es muss eine übersinnliche Verbindung zwischen uns geben. Ich habe gerade aufgelegt. Er kommt morgen um 9 Uhr. Ich hoffe, das passt dir!*

Kaum hatte sie Charlotte den Termin bestätigt, als Ryan Nichols an ihre offen stehende Tür klopfte. »Kannst du kommen?«

Sie sah auf ihre Uhr. Es war erst halb zwölf. Sie hatten dreizehn Uhr vereinbart, um zum Treffen mit Virginias ehemaliger Assistentin Penny Rawling aufzubrechen.

»Wir sind erst in zwei Stunden verabredet.«

»Ich weiß. Aber ihre Wohnung ist nur zwei Blocks vom Locanda Verde entfernt. Ich habe reservieren lassen. Willst du mitkommen?«

Eigentlich wollte sie ablehnen und sich die Fahrt mit Ryan sparen. Aber sie mochte das Essen dort, und eine Reservierung in dem Lokal, das Robert De Niro gehörte, war fast so schwer zu ergattern wie Karten für *Hamilton*.

»Ja, klingt toll«, sagte sie und griff bereits nach ihrem Mantel.

Ob es ihr gefiel oder nicht, sie musste das Beste aus der Situation mit Ryan machen. Ganz egal, was zwischen ihr und Alex in Zukunft noch geschah, er würde nie mehr in ihre Sendung zurückkehren.

42

Als Laurie und Ryan bei der von Penny Rawling genannten Adresse eintrafen, standen sie zu ihrer großen Überraschung vor einem der neuen, modernen Wohngebäude, die in den schmalen Kopfsteinpflasterstraßen Tribecas aus dem Boden schossen. Penny war erst dreißig Jahre alt. Damit hatte sie einiges erreicht, seitdem sie drei Jahre zuvor als Virginia Wakelings persönliche Assistentin aufgehört hatte.

»Der Ausblick ist fantastisch«, sagte Laurie, nachdem sie sich alle vorgestellt hatten. Pennys Wohnung war riesig, hatte hohe Decken und eine ganze Fensterfront mit Blick auf den Hudson. Schnee säumte noch dessen Ufer auf der New-Jersey-Seite.

»Die Sonnenuntergänge auf der Terrasse sind das Beste an der Wohnung«, sagte Penny. »Bitte nehmen Sie Platz. Ryan, ich wusste nicht, dass Sie auch mit dabei sind. Ich habe Sie im Fernsehen gesehen. Das ist alles sehr aufregend.«

Laurie war es gewohnt, dass die Rollen ihrer diversen Mitarbeiter missverstanden wurden. Jeder nahm automatisch an, dass das Gesicht, das sie auf dem Bildschirm zu sehen bekamen, auch zu dem gehörte, der die gesamte Arbeit machte. Sie hatte das bei mehr als einer Gelegenheit zu ihrem Vorteil genutzt. Wegen ihres freundlichen Lächelns und ihrer zurückhaltenden Art wurde sie nämlich gern unterschätzt.

Da ihnen keine Fotos von Penny vorlagen, konnte Laurie sie nun zum ersten Mal in Augenschein nehmen. Sie hatte dunkle, fast schwarze Haare, kristallblaue Augen und eine blasse Haut –

und war damit eine ausgesprochene Schönheit. Wieder ging Laurie der rätselhafte Liebhaber durch den Kopf, den sie, so Ivans Mutmaßung, zum Zeitpunkt des Mordes gehabt hatte.

Ryan dankte Penny, dass sie sich mitten am Tag für sie Zeit nahm. »Was, sagten Sie, machen Sie gleich wieder?«, fragte er.

Laurie ging davon aus, dass sich Ryan die gleiche Frage stellte wie sie: Wie konnte sich Penny bloß diese Wohnung leisten?

»Ich arbeite in der Immobilienbranche«, kam die vage Antwort.

»Da scheinen Sie ja sehr erfolgreich zu sein«, erwiderte Ryan. »Wir wollen Sie auch nicht lange aufhalten, also kommen wir gleich auf den Punkt. Wir haben ausführlich mit Ivan Gray gesprochen und sind dabei über einige Dinge gestolpert, die für uns nicht recht zusammenzupassen scheinen. Die Polizei hatte damals den Eindruck, dass Sie Ivans Motivation für seine Beziehung zu Mrs. Wakeling sehr kritisch sahen. Ivan allerdings schwört, Sie hätten die beiden zusammen erlebt und eigentlich wissen müssen, dass die beiden wirklich ineinander verliebt gewesen waren. Was davon ist nun wahr?«

»Im Grunde beides. Glaube ich, dass Ivan einer zwanzig Jahre älteren Frau den Himmel auf Erden bereitet, wenn sie aus bescheidenen Verhältnissen gestammt hätte? Nein, das glaube ich nicht. Ich vermute, er hatte gewisse Kriterien, die eine Partnerschaft für ihn erfüllen musste, und zu denen gehörte bestimmt auch die finanzielle Absicherung. Aber ich glaube auch, dass sie sich wirklich geliebt haben.«

»Bei Ihnen klingt die Liebe wie … ein Tauschhandel«, bemerkte Ryan.

»Sehen Sie es doch so: Ich habe viele Freundinnen, die nur ein Date mit Männern wollen, die einen guten Beruf und ein festes Einkommen haben. Ist das denn was anderes? Wäre Virginia der Mann und Ivan die Frau gewesen, hätte niemand auch nur einen zweiten Gedanken an die Beziehung verschwendet.«

»Aber die Wakeling-Familie hat das nicht so gesehen«, sagte Laurie.

Penny schüttelte den Kopf. »Ihre Kinder haben alle gedacht, sie macht sich lächerlich. Ich werde nie vergessen, als Anna zu ihrer Mutter sagte: ›Daddy hat für das Geld hart gearbeitet. Er würde sich im Grab umdrehen, wenn er sehen könnte, wie du es ausgibst.‹«

Penny seufzte. »Ich war versucht, dazwischenzugehen und Anna daran zu erinnern, dass ihr ebenfalls alles nur aufgrund ihrer Geburt zugefallen ist, aber Virginia hat mich gar nicht gebraucht, um sich zu verteidigen. ›Anna‹, hat sie gesagt, ›du weißt sehr gut, wie zornig und mürrisch dein Vater zuweilen sein konnte. Jetzt kann ich endlich meinen Spaß haben und das Leben genießen. Das ist meine zweite Chance im Leben.‹ Ich dachte schon, Anna würde einfach davonstapfen, aber sie ist geblieben, und es kam zu einem Riesenstreit über die Frage, ob sie das Recht hatte, die Entscheidungen ihrer Mutter zu kritisieren. Es war, als hätten sie glatt vergessen, dass ich auch noch da war.«

Bislang hatte Penny nichts geäußert, was ihrer früheren Aussage der Polizei gegenüber direkt widersprochen hätte, allerdings schien sie ein nuancierteres Bild der Familiendynamik bei den Wakelings zu zeichnen als damals. »Haben Sie das auch der Polizei erzählt?«, fragte Laurie.

Penny sah zur Decke, als überlegte sie. »Ich weiß es nicht mehr. Wahrscheinlich nicht. Ich meine, Virginia war gerade erst gestorben. Es gab keinen Grund, die schmutzige Wäsche ihrer Familie zu waschen.«

»Es sei denn, es hätte etwas mit dem Mord zu tun«, warf Ryan ein.

»Aber das hat es doch nicht. Es war ein Streit, wie er in jeder Familie vorkommt – vielleicht hier häufiger, es gab ja auch noch das Unternehmen –, aber sie haben jedenfalls immer zusammengehalten. Allein der Gedanke, dass Anna oder Carter ihrer Mutter etwas angetan haben könnten, ist für mich unvorstellbar.«

»Aber Sie können sich vorstellen, dass *Ivan* ihr etwas angetan hat?«, fragte Laurie.

»Nein, eigentlich auch nicht. Nur, statistisch gesehen sind Ehemänner und Liebhaber eben die üblichen Verdächtigen. Außerdem hat er sich so viel Geld für sein Studio genommen.«

»Laut Ivan hat Virginia es ihm als Investition gegeben«, sagte Ryan. »Wussten Sie das nicht?«

»Nein. Mit den Finanzen hatte ich nichts zu tun, vom Einkaufen und dem Abholen der Kleidung von der Reinigung mal abgesehen.«

»Was war mit ihren Heiratsplänen?«, fragte Laurie. »Ihre Kinder sind der Meinung, sie hätte sie nie in die Tat umgesetzt.«

»Oh«, kam sofort die Antwort, »ich glaube schon, dass sie ihn geheiratet hätte. Ich tippe darauf, dass sie einfach noch ein bisschen warten wollte und hoffte, dass Anna und Carter ihn doch noch akzeptieren würden.«

Laurie sah, wie Penny mit sich rang, ob sie mit noch mehr herausrücken sollte.

»Es wäre verständlich«, drängte Laurie sie, »wenn Sie damals vor drei Jahren aus Loyalität zu Ihrer Arbeitgeberin gewisse Dinge verschwiegen hätten. Aber jetzt, nachdem der Fall immer noch ungeklärt ist, wäre es für uns sehr wichtig, alles zu erfahren.«

»Na ja, ich weiß, sie hat in Betracht gezogen, ihr Testament zu ändern«, kam es stockend von Penny.

Es war das erste Mal, dass jemand anderes außer Ivan diesen Punkt ansprach.

»Und wie kommen Sie darauf?«, schaltete sich Ryan ein.

»Ich habe in ihrem Büro zusammengeknüllte Zettel im Papierkorb gefunden. Da standen Namen von Leuten und Wohltätigkeitsorganisationen drauf, dazu jeweils eine Summe – fünfzigtausend hier, zweihunderttausend dort. Aber Ivan war immer an erster Stelle der Liste, und bei ihm gab es auch keinen festen Dollarbetrag, sondern immer eine Anteilsangabe – die Hälfte, ein Drittel, ein Viertel. Daher habe ich angenommen, dass sie heiraten würden.«

»Sie haben diese Zettel nicht zufällig aufbewahrt?«, fragte Laurie.

»Nein.«

»Was war für Virginias Familie vorgesehen?«, fragte Ryan.

Penny runzelte die Stirn. »Es sah so aus, als würde sie ihre Kinder außen vor lassen. Ich weiß noch, auf einer Version gab es zweihunderttausend für jeden, auf einer anderen nur fünfzigtausend. Das ist für die meisten viel Geld – und ich gehe davon aus, dass sie ihnen nach wie vor das Unternehmen vermacht hätte –, aber für jemanden wie Anna und Carter sind das Peanuts. Es hatte den Anschein, als wollte sie ihr Vermögen, von der Immobilienfirma mal abgesehen, vollständig spenden. Die Kinder hätten dann allein für den Fortbestand des Unternehmens sorgen müssen.«

Das stimmte mit dem überein, was Ivan behauptet hatte. »Warum haben Sie davon nicht schon früher erzählt?«, fragte Laurie.

Zum ersten Mal wandte Penny den Blick ab und sah, während sie antwortete, auf ihre Uhr. »Ich dachte, es wäre nicht so wichtig. Es war doch bloß Gekritzel, zusammengeknüllte Notizen, die in den Müll geworfen wurden – so wie ich mir Urlaubsreiseziele aufschreibe, die ich wahrscheinlich niemals zu sehen bekomme. Hätte sie sich dazu entschlossen, hätte sie einen Anwalt beauftragen und alles offiziell machen können. Außerdem wollte ich der Familie keine Scherereien bereiten – falls, Sie wissen schon, Ivan das Testament anfechten sollte oder so. Ich wollte, dass alle bekommen, was ihnen zusteht.«

Laurie vermutete, Penny hatte deshalb geschwiegen, weil die anderen nicht mitkriegen sollten, dass sie in den privaten Dingen ihrer Arbeitgeberin herumgeschnüffelt hatte. Ryan allerdings sprach eine andere Möglichkeit an.

»Und dass auch Sie das bekommen, was Ihnen zusteht?«

Laurie wünschte sich, er wäre nicht so schnell auf feindseliges Terrain übergeschwenkt. Bis jetzt hatte sich Penny als äußerst kooperativ erwiesen.

»Fünfundsiebzigtausend Dollar«, bestätigte sie. »Ich war sehr dankbar. Das habe ich in zwei Jahren als ihre Assistentin verdient.«

»Und diese kleinen Notizen, die Sie gefunden haben – hatte Virginia auch vor, Ihnen das Erbe zu entziehen?« Er ließ nicht locker.

»Das ... das weiß ich nicht mehr.«

»Trotzdem erinnern Sie sich sehr gut, was Ivan und ihre Kinder geerbt hätten.«

Laurie unterbrach ihn. Sie spürte, dass nicht mehr viel fehlte, und Penny würde sie zum Gehen auffordern. Außerdem war es aufgrund von Pennys Statur ausgeschlossen, dass sie körperlich überhaupt in der Lage gewesen wäre, Virginia vom Dach zu stoßen. Falls sie am Mord beteiligt war – was nach der jetzigen Faktenlage ein großes *falls* war –, musste sie einen Komplizen gehabt haben.

»Können Sie sich noch an Tiffany Simon erinnern?«, wechselte Laurie das Thema. »Sie war mit Virginias Neffen, mit Tom Wakeling, auf der Gala.«

»O ja«, antwortete sie, als käme die Erinnerung langsam zurück. »Virginia meinte, sie würde perfekt zu diesem Zweig der Familie passen. Virginia hatte auf Bobs Seite gestanden, als es zum Bruch mit seinem Bruder Kenneth kam, sie hatte also nichts für ihn übrig, und genausowenig für Kenneths Sohn. Sie sagte, ihr Neffe sei wie sein Vater – er wolle seinen Lohn einstreichen, ohne dafür zu arbeiten.«

»Der Neffe arbeitet jetzt für Wakeling Development. Nach allem, was ich gehört habe, schlägt er sich ganz wacker«, sagte Laurie.

Ein Ausdruck von Missgunst huschte kurz über Pennys Miene. »Vetternwirtschaft, ganz sicher. Wahrscheinlich hat er seinen Cousin und seine Cousine weichgeklopft, nachdem Bob und Virginia nicht mehr am Leben waren.«

»Seine Begleitung an dem Abend glaubt jedenfalls, dass Sie damals eine Beziehung hatten – möglicherweise mit jemandem, der ebenfalls auf der Gala anwesend war.«

Penny schüttelte den Kopf, und wieder ging ihr Blick zur Uhr.

»Vielleicht sogar mit jemandem, der Virginia nahegestanden hat«, sagte Laurie.

»Das ist lächerlich. Virginias Freunde waren dreimal so alt wie ich.«

»Ihr Sohn Carter nicht«, sagte Ryan. »Und auch nicht ihr Schwiegersohn Peter Browning.«

»Sie wollen mir unterstellen, ich hätte eine Affäre mit Annas Mann gehabt? Und ich dachte allen Ernstes, Ihnen helfen zu müssen«, kam es sarkastisch von ihr.

»Wir wollen nur gründlich sein«, erklärte Laurie. »Ivan hat auch erwähnt, dass er Sie mit einem Liebhaber hat telefonieren hören. Wenn wir diese Person kennen würden, könnten wir sicher sein, dass diese Beziehung nichts mit dem Mord an Virginia zu tun hatte. Wir wollen eben jeden Stein umdrehen.«

Penny war nun auf den Beinen und eilte zur Tür. »Ich habe einen sehr engen Terminplan, ich muss leider wieder an die Arbeit.«

Laurie versuchte es ein letztes Mal. »Ich möchte mich entschuldigen, falls wir Sie gekränkt haben sollten. Ich muss einfach nur wissen: Haben Sie Anna, Carter oder Peter – oder irgendjemand anderem – von diesen zerknüllten Notizzetteln erzählt? Wenn sie nämlich gewusst haben, dass Mrs. Wakeling ihr Testament ändern wollte ...«

Ein panischer Ausdruck legte sich kurz auf Pennys Gesicht. Mit einem Mal schien sie es noch eiliger zu haben, das Gespräch zu beenden. »Ich habe Ihnen alles gesagt, was ich weiß. Viel Glück mit Ihrer Produktion. Ich werde mit Ihnen nicht mehr reden.«

43

Auf der Rückfahrt ins Studio gingen Laurie und Ryan noch mal das Gespräch mit Penny durch.

»Ist dir aufgefallen, wie oft sie auf die Uhr gesehen hat? Sie hat jemanden erwartet, den wir nicht zu Gesicht bekommen sollten.«

Dieser Gedanke war Laurie auch schon durch den Kopf gegangen.

»Und wie kann sie sich die Wohnung leisten?«, fragte Ryan. »Mit ihrem Fünfundsiebzigtausend-Dollar-Erbe von Virginia könnte sie noch nicht mal die Anzahlung leisten. Selbst wenn die Wohnung gemietet sein sollte, würde sie mindestens sechstausend im Monat kosten. Als ich sie dann auf ihren Job angesprochen habe, kam keine vernünftige Antwort. Immobilienbranche? Als würden wir sagen, wir hätten mit den Medien zu tun. Vollkommen vage.«

Laurie versuchte sich nicht zu ärgern, dass er ihre beiden Aufgabenbereiche in einen Topf warf. »Vielleicht hat sie die Wohnung gemeinsam mit einem Freund gemietet«, schlug sie vor. »Mir ist kein Ehering aufgefallen.« Sie suchte auf ihrem Handy nach Pennys Adresse, um zu sehen, ob sie irgendwas über die Kosten der Wohnung oder den Besitzer in Erfahrung bringen konnte.

»Na, ein Teil des Rätsels scheint schon gelöst«, verkündete sie und hielt ihm ihr Handy entgegen. »Die Wohnung? Ist auf Immobilienportalen als ›reserviert‹ aufgeführt. Der angegebene Preis beläuft sich auf glatte vier Millionen.«

Ryan pfiff leise durch die Zähne. »Dann ist Penny neben Virginias Erbe an eine Menge Geld gekommen.«

»Glaube ich kaum. Ich habe hier die Immobilienanzeige vor mir. Die Maklerin heißt Hannah Perkins, aufgeführt sind Büronummer, Handynummer und E-Mail-Adresse. Falls sie darunter nicht zu erreichen ist, gibt es noch die Nummer ihrer Assistentin. Und jetzt rate mal, wie die heißt.«

Ryan sah sie überrascht an. »Penny?«

»Genau. Kein Nachname, aber die Telefonnummer stimmt überein.«

»Dann war das gar nicht ihre Wohnung? Sondern die eines Kunden. Warum will sie uns was vormachen?«

Laurie versuchte, sich in Pennys Lage zu versetzen. »Weil sie ehrgeizig ist. Sie wollte uns nicht auf die Nase binden, dass ihre gegenwärtige Stellung keinen Deut besser ist als die vor drei Jahren.«

»Deshalb guckte sie wahrscheinlich auch so säuerlich, als du ihr sagtest, dass es Tom in seinem Job bei Wakeling ganz gut geht.«

»Exakt.«

»Also, sie hat herausgefunden, dass Virginia sie aus dem Testament streichen wollte, statt ihr den Job zu geben, auf den sie einen Anspruch zu haben glaubte, und darüber ist sie so wütend geworden, dass sie etwas dagegen unternehmen musste.«

Laurie schüttelte den Kopf. »Nein, das sehe ich nicht. Fünfundsiebzigtausend Dollar sind viel, aber nicht so viel, dass man dafür jemanden unbedingt umbringen würde. Außerdem bedeutete Virginias Tod ja, dass sie danach keinen Job mehr hätte und auch den Zugang zu einer Welt verlieren würde, der sie so gern angehören wollte. Ich bezweifle, dass ihre gegenwärtige Chefin sie zur Met-Gala mitnimmt. Falls sie lügt ...«

»Sie lügt definitiv«, warf Ryan ein.

Laurie musste ihm zustimmen. »Ivan war der Meinung,

Penny hätte einen heimlichen Liebhaber. Tiffany Simon hatte völlig unabhängig davon ebenfalls das Gefühl, Penny hätte auf jemanden in der Familie ein Auge geworfen. Wenn Penny also etwas mit Carter oder Peter hatte, hätte sie denen von den zerknüllten Notizzetteln erzählen können, ohne dass ihr überhaupt bewusst war, welchen Schaden sie damit anrichten konnte. Sie hat richtig erschreckt ausgesehen, als ich diese Möglichkeit angedeutet habe. Ich glaube, ihr ist wirklich nie der Gedanke gekommen, dass die Familie etwas damit zu schaffen hat.«

»Wenn, dann hat Penny also zum Tod von Virginia beigetragen, einzig und allein, weil sie in ihrem Papierkorb herumgeschnüffelt hatte. Wenn wir bloß wüssten, was auf diesen Zetteln stand.«

»Wir wissen, was Virginia in ihrem Testament festgelegt hat«, dachte Laurie laut vor sich hin.

»Ja. Ich habe es in dem dicken Ordner gesehen, den du vom NYPD bekommen hast.«

»Was ich sagen möchte: Dieses Testament war ihres, es wurde ganz allein für sie und für ihre Zwecke verfasst, kurz nach dem Tod ihres Manns.« Laurie dachte daran, wie sie selbst mehr als ein Jahr nach Gregs Tod ihr eigenes Testament aufgesetzt hatte – eine weitere Erinnerung daran, dass er tot war. Ihrem Vater war es ebenso ergangen, als ihn sein Anwalt nach dem Tod ihrer Mutter gedrängt hatte, endlich ein neues Testament aufzusetzen.

Ryan folgte ihrem Gedankengang. »Das ursprüngliche, noch zu Lebzeiten von Robert Wakeling verfasste Testament würde widerspiegeln, was die beiden gemeinsam entschieden haben, falls einem von ihnen etwas zustoßen sollte.«

»Wir sollten dieses Testament mit dem von Virginia vergleichen. Es ist zwar etwas weit hergeholt, aber vielleicht sehen wir dann ja, ob und was sie geändert hat.«

»Das ist eine gute Idee.«

»Aber ich werde keinesfalls die Wakelings bitten, uns ein Exemplar zu überlassen«, sagte Laurie.

»Kein Problem. Wenn wir im Studio sind, setze ich mich sofort mit dem Nachlassgericht in Verbindung. Ist das Testament eröffnet worden, ist es öffentlich einsehbar.«

»Das willst du wirklich tun?« Sie hätte gedacht, dass solche niederen Tätigkeiten unter seiner Würde wären.

»Schon erledigt. Teamwork, richtig?«

Im Studio hatten sie gerade den Aufzug verlassen, als sie Brett Young in die Arme liefen. Bei sich hatte er eine Tasche, in der er unübersehbar drei Golfschläger transportierte. Laurie wusste, dass Brett nicht nur winterliche Ausflüge nach Scottsdale und auf die Bahamas unternahm, wo er an seinem Golfspiel feilte, sondern sich auch mit regelmäßigem Indoor-Training auf den Chelsea Piers fit hielt.

»Sieht ja wie eine kurze Session aus«, sagte Ryan und hielt mit der ausgestreckten Hand die Aufzugstür offen, solange sie mit dem Boss plauderten.

Laurie hatte keine Ahnung, wie Ryan nach dem, was sie zu sehen bekamen, zu dieser Aussage gelangte. Vermutlich hatte es damit zu tun, dass keiner seiner Schläger mit weichen Schutzhüllen versehen war.

»Nur Sand, Fringe und Grün«, sagte Brett.

Für Laurie hätte er auch Farsi reden können, aber sie wusste, dass Ryan – als Neffe von einem von Bretts engsten Freunden – häufig mit ihm spielte. »Falls ich im Winter nicht abgebaut habe, ist mein Handicap um einige Schläge besser«, sagte Ryan.

»Dann nichts wie los, gehen wir«, beschied Brett und scheuchte Ryan in den Aufzug.

Ryan zögerte. »Ich muss noch ein Dokument für die Sendung besorgen.«

»Das kann doch auch Laurie machen. Nicht wahr, Champ?«
Der Aufzug begann zu piepen, nachdem er so lange aufgehalten wurde, aber Brett hatte sich zwischen die Türen platziert.

Fassungslos sah sie, wie Ryan zu Brett in den Aufzug trat.

»Übrigens«, fügte Brett noch an, »wir haben unsere Sendung für den Valentinstag streichen müssen, weil Brandon und Lani morgen in *People* ihre Scheidung bekannt geben. Tja.«

Die beiden C-Promis, bekannt aus ihrer Doku-Soap, hatten vor zwei Jahren geheiratet, nachdem sich die beiden in einer der zahlreichen Partnervermittlungssendungen des Studios kennengelernt hatten. »Ich habe auf den Sendeplatz dafür deine nächste Folge gerückt. *Wenn Liebe tödlich ist* – wäre doch ein guter Aufhänger«, rief er ihr noch zu, bevor die Türen zugingen.

In ihrem Büro machte Laurie sich dann damit vertraut, wie man die Abschrift eines bereits eröffneten Testaments beantragte, beschloss dann aber, dass der »Champ« das auf keinen Fall tun würde. Sie griff zum Hörer, hinterließ Ryan eine Nachricht und erinnerte ihn an die ihm übertragene Aufgabe. Die Durchsicht des mehr als sieben Jahre alten, gemeinsamen Testaments der Wakelings war ein Schuss ins Blaue hinein. Sie würde sich nicht verzetteln, indem sie Ryans Arbeit machte, schon gar nicht jetzt, nachdem Brett eine ebenso kurzfristige wie willkürliche Deadline gesetzt hatte.

Sie hatte richtige Arbeit zu erledigen.

44

Margaret Lawson, die Käuferin der Wohnung in Tribeca, die Penny als ihre eigene ausgegeben hatte, erschien früher als vereinbart, keine fünf Minuten, nachdem Laurie und Ryan gegangen waren.

Penny, heilfroh, nicht bei ihrem Schwindel ertappt worden zu sein, wartete geduldig, bis Lawson mit ihrem Architekten die von ihr angedachten Änderungen besprochen hatte.

»Lassen Sie sich ruhig Zeit«, versicherte Penny ihr. »Wie meine Mutter immer gesagt hat, zweimal messen, aber nur einmal schneiden.«

»Bei dem Honorar, das dieser Typ verlangt, will ich sichergehen, dass er alles ordentlich erledigt«, erwiderte Lawson entschieden.

Penny spürte einen Anflug von Neid, den sie sofort wieder verdrängte. Margaret Lawson war nur fünf Jahre älter als sie, aber eine erfolgreiche Bankerin. Sie konnte es sich nicht nur leisten, die Wohnung zu kaufen, sondern auch die wunderbaren, hübschen Badezimmer nach ihren Vorstellungen umbauen zu lassen. Irgendwann, schwor sich Penny, würde sie ebenfalls so ein tolles Zuhause haben, und ein Strandhaus in East Hampton, direkt am Meer.

Als sie die *Unter Verdacht*-Produzentin angerufen hatte, war sie nicht davon ausgegangen, irgendetwas Relevantes beitragen zu können. Ihr hatte nur die Vorstellung gefallen, sich selbst im Fernsehen zu sehen, dazu auf dem Bildschirm die Unterschrift »Penny Rawling, Immobilienmaklerin, New York

City«. Sie hatte sich vorgenommen, sich charmant und wortgewandt zu geben, herzlich von der Wakeling-Familie zu erzählen, davon, was sie von ihr gelernt hatte, und das Vertrauen zu erwähnen, das Virginia ihr entgegengebracht hatte. Sie wollte sich als eine Frau präsentieren, die auf der Met-Gala anzutreffen war, jemand, dem wohlhabende Leute ein Immobilienangebot anvertrauen würden.

Und *sein* Wunsch, dass sie nicht mit der Produzentin sprach, war das sprichwörtliche Sahnehäubchen. Sie konnte es immer noch nicht fassen, dass er die Unverfrorenheit besaß, nach fast drei Jahren wieder anzurufen, und das auch nur, um ihr zu sagen, dass sie nicht mit den Leuten von dieser Fernsehsendung reden sollte. Nachdem er sie so in die Wüste geschickt hatte, war er der Letzte, der sich ihr gegenüber auch nur das Geringste herausnehmen konnte.

Aber das Gespräch mit den Produzenten war nicht so gelaufen, wie sich Penny das vorgestellt hatte. Sie hatte gedacht, es ginge bloß um ein paar Fragen zu Ivan und der Gala. Sie hatte nicht erwartet, dass sie Fragen über sie stellen würden, schon gar nicht über ihre Beziehung zu *ihm*. Vielleicht, dachte sie, hätte ich einfach die Wahrheit sagen sollen, aber das hätte das Bild zerstört, das ich dem Fernsehpublikum vermitteln möchte. Ich möchte als »Penny, die erfolgreiche Maklerin« rüberkommen, nicht als »Penny, die von dem Kerl fallen gelassen wurde, mit dem ich hinter dem Rücken meiner Chefin eine heimliche Beziehung hatte«.

Sie würde ja keinen Schaden anrichten, wenn sie die Beziehung leugnete, schließlich hatte das alles nichts mit dem Mord an der armen Virginia zu tun. Aber dann hatten sie auf Antworten gedrängt – Antworten auf Fragen über ihren Liebhaber, über die Familie und die kleinen zerknüllten Zettel aus dem Papierkorb.

Penny hatte noch Laurie Morans letzte Frage im Ohr: *Haben*

Sie Anna, Carter oder Peter – oder irgendjemand anderem – von diesen zerknüllten Notizzetteln erzählt? Wenn sie nämlich gewusst haben, dass Mrs. Wakeling ihr Testament ändern wollte ...

Als Margaret Lawson mit ihrer Renovierungsbesprechung endlich fertig war, rief Penny auf ihrem Handy seine Nummer auf, die sich immer noch in der Anruferliste der vergangenen Woche befand.

Er meldete sich nach dem zweiten Klingeln. »Ich bin überrascht, von dir zu hören. Alles in Ordnung?«

»Die Sendung hat sich bei mir gemeldet, genau wie du gesagt hast.« Es gab keinen Grund, ihm mitzuteilen, dass eigentlich sie die Sendung kontaktiert hatte.

»Ich hab dir doch gesagt, du musst mit denen nicht reden.«

»Hast du Angst, was ich ihnen erzählen könnte?«

»Natürlich nicht«, antwortete er. »Es ist nur ... niemand hat von uns beiden gewusst. Das würde alles doch nur noch komplizierter machen, meinst du nicht auch?«

Der alte Groll kehrte zurück. Natürlich hatte keiner von ihrer Beziehung gewusst. Er hatte ihr verboten, irgendjemandem davon zu erzählen, da es ihre Arbeit für Virginia, die gesamte Dynamik in der Familie komplizierter machen könnte und seine persönliche Situation doch schon kompliziert genug war. Aber die Situation war im Grunde nie wirklich kompliziert gewesen. Die Wahrheit lautete schlicht und einfach: Er hatte sich ihrer geschämt. Sie hatte sich gedacht, wenn er sie zwischen diesen tollen Leuten auf der Met-Gala sah, würde er sie vielleicht anders wahrnehmen, sie in einem anderen Licht sehen und sie vielleicht endlich als ebenbürtig akzeptieren.

Aber er hatte sie den gesamten Abend ignoriert, und dann war Virginia ums Leben gekommen, und alles war noch schlimmer geworden. Sie hatte für ihn einfach keine Rolle mehr gespielt.

»Ist das das Einzige, was du verheimlichst?«, fragte sie jetzt. »Unsere Beziehung?«

»Ich verheimliche gar nichts.«

»Ich habe dir von diesen Zetteln erzählt, die ich gefunden habe, die vom Testament.«

Es folgte ein langes Schweigen am anderen Ende der Leitung. Sie sah auf ihr Display, um sicherzugehen, dass die Verbindung nicht getrennt war.

»Ich weiß nicht, wovon du sprichst, Penny.«

Konnte das sein Ernst sein? Er stritt es tatsächlich ab? »Was? Glaubst du, ich zeichne das Gespräch auf? Mein Gott. Sag mir bitte, dass du es nicht warst. Hast du sie umgebracht, weil ich dir von diesen Notizen erzählt habe?«

»Bei allem Respekt«, antwortete er, »du klingst wie eine Geistesgestörte. Wenn du in der Sendung irgendeine aberwitzige Geschichte über irgendwelche Notizzettel erzählst, sag ich ihnen, dass Ivan dich hochkant rauswerfen wollte, weil es um deine Arbeitsmoral nicht zum Besten bestellt war. Dass du die Arbeit dazu benutzt hast, um mit mir eine Beziehung einzugehen. Dass wir nur zweimal aus waren, aber du ganz besessen warst von mir. Willst du das wirklich haben?«

»Drohst du mir?«

»Ich sage nur die Wahrheit. Ich könnte dich wegen übler Nachrede anzeigen und dich in jahrelange Prozesse verwickeln. Vielleicht solltest du dich mal nach professioneller Hilfe umsehen, Penny. Du klingst mir doch sehr, sehr labil.«

Die Leitung war tot. Penny starrte aufs Display. Gab es überhaupt jemanden, dem sie trauen konnte?

45

Am folgenden Morgen wartete Laurie mit Charlotte im Konferenzzimmer bei Ladyform auf den ehemaligen Met-Wachmann Marco Nelson, der pünktlich zum vereinbarten Termin um neun Uhr erschien. Charlotte stellte sich ihm als die Leiterin der New Yorker Ladyform-Filiale vor und ihre Freundin einfach bloß als »Laurie«. Marco war knapp eins neunzig groß und wog nach Lauries Schätzung um die hundert Kilo. Sein dunkelgrauer Anzug betonte die muskulöse Statur. Er war nicht so groß wie Ivan, verfügte aber sicherlich über die Kraft, um jemanden wie Virginia Wakeling von der Dachterrasse zu werfen.

Charlotte gab Marco zunächst einen Überblick über Ladyforms Wünsche. Sie benötigten jemanden, der ihre Server gegen Hacker und Cyberangriffe schützte, daneben aber auch Wachleute für Modenschauen und andere Events, die außerhalb der Büroräumlichkeiten stattfanden. Marco überreichte ihnen Hochglanzbroschüren zu den diversen Sicherheitsdienstleistungen, die sein Unternehmen, die Armstrong Group, bereitstellte.

»Wer ist dieser Armstrong?«, fragte Charlotte.

Marco lächelte. »Es gibt keinen Armstrong. Der Name strahlt einfach mehr Sicherheit aus als Nelson Group.«

»Dann sind Sie also der Chef der Firma?«, fragte Charlotte.

»Im Grund ja, aber wir arbeiten als Team.«

»Ich habe Ihren Namen von einem Ihrer ehemaligen Kollegen im Museum. Von Sean Duncan.«

»Sean. Großartiger Typ. Er war, als ich dort war, stellvertretender Leiter, er hat die Beförderung verdient. Sie sind befreundet?«

»Nein. Eigentlich hat auch nur Laurie mit ihm gesprochen, in einer anderen Angelegenheit, die mit dem Museum zu tun hat.«

Laurie griff die Vorlage auf. »Bei Sean klang es so, als wäre die Stellung im Museum für Sie so was wie ein Traumjob gewesen. Warum sind Sie gegangen?«

»Sie wollen eine ehrliche Antwort? Mit Ihren Modenschauen kann ich viel mehr Geld verdienen als im Museum. Selbst dann, wenn ich Ihnen einen der besten Preise anbiete, die Sie in der Branche finden werden.«

»Nicht zufällig wegen der Ermittlungen gegen Ihre Freundin, die angeblich Waren aus dem Museumsladen gestohlen hat?«

Marco stutzte, schien das aber nach wie vor für das übliche Frage-Antwort-Prozedere eines potenziellen neuen Kunden zu halten. »Hat Ihnen das jemand aus dem Museum erzählt? Das ist totaler Blödsinn, und es wäre sehr unhöflich, wenn ich Ihnen jetzt sagen würde, was mir auf der Zunge liegt. Ich habe aus einem einzigen Grund aufgehört: Ich musste mehr Geld verdienen.«

»Ihre Freundin hat nichts gestohlen?«, bohrte Laurie nach.

Nelson verzog das Gesicht, wahrscheinlich dämmerte ihm, dass seine Chancen, einen neuen Kunden an Land zu ziehen, mehr und mehr schwanden. »Leider ja. Aber davon habe ich nichts gewusst. Wenn sie es in der Zeit getan hat, in der ich Dienst hatte, dann, weil sie wahrscheinlich meinte, ich würde ein Auge zudrücken, wenn ich sie dabei erwische – was nicht der Fall war. Sie hatte ein Geheimfach in ihrer Handtasche. Vielleicht hätte ich sie gründlicher durchsuchen sollen. Aber die Vorgaben verlangten lediglich eine schnelle Sichtprüfung der persönlichen Gegenstände von Mitarbeitern. Hätte ich in der Tasche herumgewühlt und die Seiten abgetastet, hätte ich gegen unsere eigenen Vorschriften verstoßen. Keiner hätte mir etwas angelastet, wenn ich nicht mit ihr zusammen gewesen wäre. Also habe ich mich um eine neue Stelle gekümmert und mir selbst eine neue Regel verpasst: Arbeit und Privates strikt trennen.« Er gluckste.

Laurie musste zugeben, eine bessere Erklärung hätte er unter den gegebenen Umständen kaum liefern können.

»Mr. Nelson, ich arbeite gar nicht für Ladyform«, sagte sie. »Ich bin die Produzentin von *Unter Verdacht*. Grund meines Treffens mit Sean Duncan war der Mord an Virginia Wakeling.«

Er schüttelte den Kopf, als ihm der wahre Zweck für dieses Treffen klar wurde. »Es ist ziemlich unredlich, mich unter falschen Voraussetzungen hierher zu locken.«

Er wollte sich bereits erheben, aber Charlotte hielt ihn zurück. »Ich brauche wirklich jemanden, der sich um unsere Sicherheitsbelange kümmert. Außerdem bin ich beeindruckt von Ihrem Verkaufsgespräch und der Erklärung für die Ereignisse im Museum.«

Nelson setzte sich wieder.

»Eine Frau wurde getötet«, fuhr Laurie fort, »und Sie waren der Letzte, der sie lebend gesehen hat, ausgenommen der Mörder ... oder die Mörder. Es gibt einen Grund, warum ich mit Ihnen reden möchte.« Sie zog die beiden Fotos von Jacqueline Kennedys Robe aus der Tasche. »Sehen Sie, dieses Armband hat sich bei der Ausstellungseröffnung noch an der Puppe befunden, zum Zeitpunkt von Virginia Wakelings Tod aber war es verschwunden.«

Er betrachtete die Bilder eingehend. »Meine Exfreundin hat Schmuck aus dem Museumsladen gestohlen, aber nicht aus den Ausstellungsräumen. Was sie getan hat, war schlimm, aber es war kein Museumsraub.« Plötzlich verstummte er und kniff die Augen zusammen, als wäre ihm plötzlich wieder etwas eingefallen. »Der Alarm. An dem Abend ist stiller Alarm ausgelöst worden. Ich habe die Benachrichtigung von unserer Zentrale bekommen. Ich war einer der Wachleute, die sich darum gekümmert haben. Sie meinen, das hatte mit dem verschwundenen Armband zu tun?«

»Solange wir nicht wissen, was damit geschehen ist, scheint das jedenfalls möglich. Wissen Sie zufällig, ob das Armband an dem Abend vorher noch da war?«

»Ein Detail wie dieses? Nein. Ich bezweifle, ob das einer von uns bemerkt hat, ausgenommen vielleicht die Kuratorin. Cynthia Vance war für die Ausstellung zuständig.«

»Ist ihr an dem Abend aufgefallen, dass etwas gefehlt hat?«

»Nein. Denn das war das Jahr, in dem sie die Gala ausfallen lassen musste. Das erste Mal in ihrer Laufbahn, soweit ich weiß. Sie hatte Pfeiffersches Drüsenfieber und war einen ganzen Monat krank. Wir haben niemanden gesehen, als wir in die Galerie kamen, und alles schien unberührt. Wir sind davon ausgegangen, dass er von einem der Leute ausgelöst wurde, die an den Kameras gearbeitet haben.«

»Ist Cynthia Vance noch im Museum beschäftigt?«, fragte Laurie.

»Das nehme ich doch an. Sie gehört zu denen, die man mit den Füßen voran aus dem Büro tragen muss.«

Laurie nahm sich vor, Cynthia Vance so schnell wie möglich zu kontaktieren. Es war nie in Betracht gezogen worden, dass das Armband etwas mit dem Mord an Virginia zu tun hatte. Es wäre also gut, wenn zumindest diese Frage irgendwie abschließend beantwortet würde, ging ihr durch den Kopf.

»Der Polizei haben Sie gesagt, dass Virginia aufgewühlt war, als sie auf die Terrasse gegangen ist – als hätte sie kurz zuvor mit jemandem eine Auseinandersetzung gehabt. Durch einen anderen Zeugen haben wir erfahren, dass sich an dem Abend ihr Sohn und ihr Schwiegersohn im Tempelraum gestritten haben. Ist es möglich, dass sie einen von den beiden zur Rede gestellt hat?«

»Ich habe keine Ahnung, mit wem sie sich alles unterhalten hat. Es war schon damals nicht leicht, der Polizei zu erklären, warum ich den Eindruck hatte, es hätte einen Streit oder so was gegeben. Um es klarzustellen: Sie selbst hat nichts dergleichen erwähnt. Nur, dass sie allein sein und etwas frische Luft schnappen möchte. Aber ihr Blick zurück zu den Anwesenden ... na ja, da hat man schon gespürt, wie es in ihr gebrodelt hat. Ich hatte den ganz starken Eindruck, dass sie auf irgendjemanden ziemlich sauer war und eine Pause brauchte. Einmal hat sie mir erzählt, die Dachterrasse ist einer ihrer Lieblingsorte in der ganzen Stadt. Mir ist nie der Gedanke gekommen, dass sie da oben in Gefahr sein könnte. Ich hab sie noch gewarnt, dass es kühl sei. Aber sie hat gesagt, dass sie nur ein paar Minuten bleiben wolle.«

Laurie stellte einige weitere Fragen, aber es war klar, dass Marco alles, was er wusste, erzählt hatte. »Ich danke Ihnen sehr, dass Sie mit mir geredet haben«, sagte sie. »Insbesondere, wenn man bedenkt, wie wir Sie hierher gelockt haben.«

Er hob beide Hände. »Keine Ursache. In meiner Branche versteht man, dass man alles tut, um das richtige Ergebnis zu erzielen. Und ob jetzt gleich oder irgendwann später, ich hoffe doch sehr, dass Sie mich für Ihre Sicherheitsbelange in Betracht ziehen, Ms. Pierce.«

Charlotte versprach, dass sie sich bei ihm melden würde. Laurie glaubte ihr.

Bevor Marco ging, drehte er sich noch einmal um. »Alles Gute für Ihre Sendung, Laurie. Am meisten in meinem Leben bedauere ich, dass ich damals Mrs. Wakeling nicht auf die Dachterrasse begleitet habe. Manchmal wache ich mitten in der Nacht auf und sehe sie vor mir, wie sie in die Tiefe stürzt.«

46

Als Nächstes machte sich Laurie auf den Weg ins Metropolitan Museum. Nach ihrem Gespräch mit Marco Nelson hatte sie Sean Duncan angerufen, den Sicherheitschef. Nachdem er anfangs noch bemüht gewesen war, auf Marco nichts kommen zu lassen, bestätigte er schließlich, dass Marcos Freundin mittels eines Geheimfachs in ihrer Handtasche Waren aus dem Museumsshop gestohlen hatte. Das Museum hatte keinerlei Indizien für eine Beteiligung Marcos. Laut Duncan wäre der Vorfall von der Sicherheitsabteilung, hätte er damals schon das Sagen gehabt, anders behandelt worden, der vorherige Leiter aber gab Marco lediglich zu verstehen, dass er sich nach einem anderen Job umsehen sollte, was dieser sowieso vorgehabt hatte.

Ebenfalls bestätigte Duncan, dass die Kuratorin der damaligen Ausstellung, Cynthia Vance, nach wie vor am Met tätig war, er bot sogar an, den Kontakt umgehend herzustellen. Als Laurie am Telefon den Grund ihres Kommens erklärte, schlug Cynthia vor, sich sofort zu treffen.

Nun saß Laurie in dem für Mitglieder reservierten Speisesaal des Museums, genoss eine Tasse Kaffee und einen beneidenswerten Ausblick auf den Central Park. Cynthia Vance sah sie lächelnd an. Sie war wahrscheinlich Anfang sechzig, hatte kastanienbraune Locken, ein rundes Gesicht und eine strassbesetzte Brille, die sie im Haar stecken hatte. Ihr Lächeln war herzlich, sie strahlte unbändige Energie aus. »Das Armband«, verkündete sie und presste die Hände zusammen, »wie war ich wütend, dass es uns abhandengekommen war.«

»Wann ist es Ihnen aufgefallen?«

»Erst nach der Ausstellung, und ich mache dafür immer noch das Pfeiffersche Drüsenfieber verantwortlich. Ich war vier Wochen außer Gefecht – mehr als einen Monat, um genau zu sein. Ich meine, so ein Drüsenfieber ist für jeden schrecklich, noch dazu in meinem Alter, und der Zeitpunkt hätte nicht schlimmer sein können. Gott sei Dank waren die Planungen für die Ausstellung abgeschlossen, die Arbeit war fast getan. Anfangs dachte ich, ich hätte eine starke Erkältung, ich wollte die Zähne zusammenbeißen, aber zwei Tage vor der Eröffnung wachte ich morgens auf und hatte das Gefühl, als wäre ein Lastwagen über mich hinweggewalzt. Nachdem der Arzt Pfeiffersches Drüsenfieber diagnostiziert hatte, bekam ich vom Museumsdirektor den strikten Befehl, zu Hause zu bleiben. Sie konnten es sich nicht leisten, dass die Kuratorin Hunderte Gäste ansteckt. Die restlichen Arbeiten musste ich per Skype beaufsichtigen. Meine armen Mitarbeiter – ich ließ sie mit iPads durch die Ausstellungsräume laufen und jeden Quadratzentimeter filmen, damit ich noch das letzte Detail kontrollieren konnte. Es war die einzige Gala, die ich verpasst habe, und bis jetzt habe ich keinen Anlass gefunden, mein fantastisches Kleid zu tragen – es war von Mamie Eisenhower inspiriert, können Sie sich das vorstellen? Sehr retro.«

»Ihnen ist nicht aufgefallen, dass das Armband fehlte, als Sie wieder gesund waren?«

»Richtig, das Armband«, sagte sie und konzentrierte sich wieder auf das eigentliche Thema. »Als ich zurückkam, waren Wochen vergangen, seitdem ich meine eigene Ausstellung gesehen hatte. Jedes Exponat für sich allein war großartig, ich war so stolz auf unsere Arbeit, mit der wir sehr anschaulich zeigten, wie sehr sich die Rolle der amerikanischen First Lady im Lauf der Zeit verändert hatte. Aber, ehrlich gesagt, ich musste einiges nachholen und konnte mich nicht so eingehend um die Details kümmern, wie ich es sicherlich getan hätte, wenn mir nicht die Krankheit dazwischengekommen wäre. Nach dem Abbau der Ausstellung erstellte ich eine Inventurliste aller Stücke, die an die Leihgeber zurückgingen. Aber um nichts in der Welt konnte ich dieses Armband finden.«

»Es hört sich an, als wäre es eine ernste Sache gewesen.«

»Ich habe sie sicherlich ernst genommen, ja. Aber, Laurie, wir haben Hunderttausende Objekte in diesem Museum, manche sind extrem klein – eine Pfeilspitze, eine Gewehrkugel, ein kleines Armband mit Glücksanhängern zum Beispiel. Diese Dinge werden ausgebessert, bewegt, an andere Museen ausgeliehen und gelegentlich auch verlegt. Ich war untröstlich, aber zum Glück war die Mitarbeiterin des Kennedy-Nachlasses sehr verständnisvoll. Die Perlenkette, die sie uns ebenfalls für die Ausstellung geliehen hatten, war echt, das Armband mit den Anhängern aber nur einfacher Modeschmuck – mir gefiel die Idee, eine klassische Halskette mit solch billigem Tand zusammenzubringen, den Jackie so gern getragen hat. Es war brillant, wie sie teuerste und billigste Mode kombiniert hat. Also, ich denke, wenn schon etwas verloren geht – der Albtraum jeder Kuratorin –, dann hätte es sehr viel schlimmer sein können.«

»Sie sind nicht die Aufzeichnungen der Überwachungskameras durchgegangen, um festzustellen, wann es abhandengekommen ist?«

»Wir speichern die Aufnahmen nur für eine Woche. Bis ich gemerkt habe, dass es fehlt, war die Ausstellung schon länger als eine Woche beendet. Aber erst als Sie angerufen haben, ist mir der Gedanke gekommen, dass das Armband gestohlen worden sein könnte.«

»Mir ist dieser Alarm am Galaabend nie aus dem Kopf gegangen.«

»Was ich erst verstanden habe, nachdem Sie es mir erklärt haben. Aber, glauben Sie mir, dieses Armband war der am wenigsten wertvolle Gegenstand in der ganzen Ausstellung und genau von der Art, dass er leicht beim Abbau verloren gehen kann. Ich verdiene mir nicht den Lebensunterhalt mit dem Lösen von Rätseln, aber ich würde mir deswegen keine schlaflosen Nächte machen.«

Sie hatte recht. Wenn jemand das Risiko auf sich nahm, etwas aus einem der größten Museen des Landes zu stehlen, würde er doch etwas Wertvolleres nehmen als ein einfaches Armband, das sich im Grunde kaum von dem Flitterkram unterschied, den man in jeder Shoppingmall kaufen konnte. Laurie konnte Marco Nelson und das Armband von der Liste ihrer Theorien streichen.

Sie lehnte das Angebot des Kellners nach einem weiteren Kaffee ab und bat um die Rechnung, aber Cynthia bestand darauf, sie zu übernehmen. »Nach allem, was Virginia für uns im Lauf der Jahre geleistet hat, ist das das Mindeste, was ich tun kann, um den Mord an ihr aufzuklären. Ich hatte gehofft, eines ihrer Kinder würde ihren Platz im Kuratorium einnehmen, aber ich denke, Anna ist zu sehr mit dem Familienunternehmen beschäftigt, da bleibt für die philanthropische Neigung ihrer Mutter keine Zeit.«

»Sie erwähnen nur Anna?«, sagte Laurie.

Das Lächeln der Kuratorin wurde noch breiter, in ihren Augen blitzte es. »Haben Sie den Sohn, Carter, mal kennengelernt?«

Laurie nickte. »Die gesamte Familie kooperiert mit unserer Sendung.«

»Ich kenne Sie erst seit wenigen Minuten, aber ich vermute, Ihrer Beobachtungsgabe ist nicht entgangen, wie die Verhältnisse in der Familie liegen.«

»Anna scheint mir die Getriebene. Sie ist von Natur aus eine Führungspersönlichkeit. Ihr Mann Peter ist ihr wohl ein sehr kompetenter Partner.«

Cynthia nickte wissend. Was das für Virginias Sohn Carter hieß, war klar.

»Ist Carter noch unverheiratet?«, fragte Cynthia. »Virginia hat nämlich immer gehofft, er würde die richtige Frau finden und zur Ruhe kommen. Er sollte noch rechtzeitig für Kinder sorgen, damit sie mit ihren Cousins aufwachsen können. Ihre eigenen Kinder hatten ja keine sehr enge Beziehung zu ihrem Cousin wegen des Streits zwischen Bob und seinem Bruder.«

»Carter ist nicht verheiratet«, bestätigte Laurie. »Mir war nicht bewusst, dass Sie ein so enges Verhältnis zu Virginia hatten, um solche Gespräche zu führen.«

»Wir haben uns nie außerhalb des Museums getroffen, aber sie war oft hier und hat sich wirklich für die Arbeit interessiert, nicht nur für die Feste wie andere Geldgeber. Sie hat ihre Familie geliebt und die ganze Zeit von ihr gesprochen.«

»Hat sie auch von Ivan gesprochen?«

»Ja, und dabei hat sie vor Glück gestrahlt. Es ist nur schwer vorstellbar, dass ihr irgendjemand Böses wollte, aber ich hoffe wirklich, dass es nicht Ivan war. Ich glaube, sie hat ihn zutiefst geliebt. Wenn man sich vorstellt, dass sie in der letzten Sekunde ihres Lebens erkennen muss, was er tut ...« Sie legte die Hand aufs Herz.

»Wir beschäftigen uns mit allen Möglichkeiten.«

»Viel Glück dabei, und richten Sie den Wakelings bitte meine Grüße aus. Auch Penny, falls sie noch da sein sollte. Ich habe immer gehofft, sie wäre die Richtige für Carter.«

Die unerwartete Erwähnung von Virginias Assistentin überraschte Laurie. »Warum sagen Sie das?«

»Penny war oft hier, mir ist es immer so vorgekommen, als würde sie zur Familie gehören.«

»Aber waren sie und Carter denn aneinander interessiert?«

Cynthia runzelte die Stirn. »Das hoffe ich doch sehr, wenn man bedenkt, wie oft ich sie beim Schmusen ertappt habe.«

»Wann war das?«

»Das war – o Gott, ich habe mich schon leicht kränklich gefühlt, also vielleicht eine Woche vor der Gala. Virginia war für eine Sonderführung hier, die für Kuratoriumsmitglieder und wichtige Förderer gegeben wurde. Penny war bei ihr, und Virginia wollte sich nachher mit ihrer Familie treffen. Ich bin raus, um eine Zigarette zu rauchen – eine schreckliche Angewohnheit, ich weiß, dazu war ich auch noch krank –, und als Carter eingetroffen ist, hat sich Penny einen Kuss von ihm abgeholt, während Virginia noch auf der Toilette war. Wenn ich so darüber nachdenke – das war das letzte Mal, dass ich einen von ihnen gesehen habe.«

Zum ersten Mal, seitdem Ryan in ihrem Büro aufgetaucht war und von Ivan Gray gesprochen hatte, glaubte sie etwas Neues erfahren zu haben, was den gesamten Fall von Grund auf verändern könnte.

Draußen rief sie sofort Jerry an: »Erstelle einen Produktionsplan. Ich glaube, wir sind so weit, um mit dem Drehen beginnen zu können.«

47

Laurie kam sich wie eine Trainerin in der Kabine vor. Mit einem Marker in der Hand stand sie vor dem Whiteboard in ihrem Büro, während Ryan, Jerry und Grace um den Konferenztisch versammelt waren.

»Wie immer wollen wir alles unvoreingenommen betrachten, aber wir haben zwei Hauptverdächtige: Ivan Gray und Carter Wakeling.« Sie zeichnete einen Kreis um beide Namen, die auf dem Board angeschrieben standen. Jerry hatte in den vergangenen fünf Tagen phänomenale Arbeit geleistet, zusammen hatten sie einen kompletten Produktionsplan ausgearbeitet. Bei diesem Teammeeting wurden die letzten Details besprochen und sichergestellt, dass Ryan für die Befragungen vorbereitet war.

»Die Indizien gegen Ivan sind im Grunde die gleichen, wegen derer auch schon die Polizei ihn als Verdächtigen eingestuft hat.« Ryans in Harvard ausgebildeter Juristenverstand kam zum Vorschein, als er flink die einzelnen Punkte aufführte: der Altersunterschied zwischen ihm und Virginia, das finanzielle Motiv als Grund für die Beziehung, und, am wichtigsten, Virginias mutmaßliche Unkenntnis, dass etwa eine halbe Million Dollar von ihren Konten in sein Studio geflossen waren. Ryan hatte diese Fakten zwar parat, sein desinteressierter Ton aber gab zu verstehen, dass er die Indizien gegen seinen Personal Trainer nicht allzu ernst nahm. Laurie beschloss, diesen Gedanken vorerst für sich zu behalten.

»Unsere neuen Informationen betreffen Carter«, fuhr sie

fort. Grace machte sich eifrig Notizen wie eine Schülerin in der ersten Reihe. »Damit die Theorie an Plausibilität gewinnt, müssten wir drei Punkte bestätigen können. Ivan hat stets behauptet, dass Virginia ihr Testament ändern und den Erbanteil ihrer Kinder drastisch reduzieren wollte. Dieser Punkt wird mittlerweile durch Virginias Assistentin Penny unterstützt.«

»Hätten wir dieses Interview doch bloß aufgezeichnet«, sagte Jerry.

»Ich denke, Penny wird alles bestätigen, wenn Ryan hoffentlich Carter das Geständnis abringt, dass die beiden eine Affäre hatten«, sagte Laurie. »Das dürfte das Geheimnis sein, das Penny bewahren möchte. Wird es gelüftet, könnte sie versucht sein, ihre Seite der Geschichte zu erzählen. Carter und Pennys Beziehung ist also unser zweiter neuer Punkt. Der dritte Punkt geht auf Gerard Bennington zurück: Carter und sein Schwager Peter wurden dabei beobachtet, wie sie auf der Gala, kurz vor dem Mord, eine Auseinandersetzung hatten.«

Als Ryan nun diese drei Punkte verknüpfte, klang er wie ein Staatsanwalt mit einer schlüssigen Beweiskette. »Virginia wollte ihr Testament ändern. Penny hat das herausgefunden und es Virginias Sohn Carter erzählt, der mit einem Mal damit rechnen musste, Millionen zu verlieren. Carter hat daraufhin Peter, der nicht nur sein Schwager war, sondern auch Virginias Rechtsbeistand, dazu aufgefordert, Einzelheiten herauszurücken, aber der hat sich quergestellt. Eins, zwei, drei. Er war fest entschlossen, seine Mutter davon abzuhalten, ihr Testament zu ändern, auch wenn das bedeuten würde, sie umzubringen.«

Was beim dritten Schritt geschah, war nach wie vor reine Spekulation. Hatte Peter bestätigt, dass das Testament geändert werden sollte? Hatte er sich geweigert einzugreifen?

»Was ist mit dem ursprünglichen Testament vor Robert Wakelings Tod?«, fragte Laurie. »Haben wir es schon vom Nachlassgericht?« Obwohl sie sich nicht so viel davon versprach, wollte Laurie es dennoch mit Virginias Testament vergleichen.

»Es sollte morgen vorliegen«, antwortete Ryan. »Ich habe mich darum gekümmert.«

Sie hatte allerdings das Gefühl, dass sich Ryan nicht darum gekümmert hatte, sondern erst jetzt wieder daran erinnert wurde.

»Und wollen wir wirklich Anna und Peter gemeinsam befragen?«, sagte sie. Es war ihre Entscheidung gewesen, an der sie jetzt aber so ihre Zweifel hatte.

Zu ihrer Überraschung fand sie bei Ryan, der ursprünglich dagegen gestimmt hatte, Unterstützung. »Ich habe darüber nachgedacht, ich glaube, du hast recht, wir sollten es so machen.«

»Soll ich ein Aufnahmegerät holen?«, scherzte Jerry. »Ich glaube, es ist das erste Mal, dass wir so etwas hören.«

Ryan lächelte, aber es war ihm anzusehen, dass ihn der Kommentar wurmte. »Mr. Bennington hat sich sehr eindeutig geäußert: Das Gespräch zwischen Carter und Peter war so heftig, dass Anna dazwischengehen und ihnen sagen musste, leiser zu sein. Zudem sind alle hier der Meinung, dass Anna und Peter unverrückbar zusammenstehen. Wenn wir sie einzeln befragen, wird keiner der beiden von der höchstwahrscheinlich vorbereiteten Aussage abweichen. Aber sind sie zusammen, besteht immerhin die Möglichkeit, dass sie uns Neues verraten, wenn wir sie mit unserem Kenntnisstand überrumpeln.«

»Jerry, wir können morgen mit dem Drehen beginnen?«

Sie hatten bloß für einen Tag Zugang zum Museum. Ihr Plan sah vor, Ivan, Gerard Bennington und Marco Nelson dort zu interviewen, dazu wollten sie Aufnahmen von der Dachterrasse machen. Marco hatte seine Teilnahme zugesagt, nachdem Laurie ihm versichert hatte, dass keine Notwendigkeit bestehe, die Umstände seiner Kündigung auszubreiten.

»Aber sicher«, antwortete Jerry. »Ich habe mit der Kuratorin Cynthia Vance zusammengearbeitet, einer ganz wunderbaren Frau. Eine kleine Ecke eines Ausstellungsraums wird diese Woche neu gestrichen. Dort können wir Gerards Kleider aufbauen und sie in die Aufnahmen von der Ausstellung vor der offiziellen Eröffnung einbetten. Mit ein bisschen Nachbearbeitung wird es aussehen wie eine Originalaufnahme.«

»Wunderbar«, sagte Laurie.

Beim Aufbruch bot Grace an, ihre Notizen abzutippen und dem gesamten Team zur Verfügung zu stellen. Laurie dankte ihr und bat Ryan, noch kurz zu bleiben. Grace schloss hinter sich die Tür. Wie immer wusste sie, was Laurie durch den Kopf ging.

»Ich weiß, du hältst Ivan für unschuldig«, begann Laurie.

»Weil er es ist. Ich habe mit dem Typen einige Zeit verbracht. Er ist kein Mörder.«

»Gut, aber unser Ziel ist es, objektiv zu bleiben.«

»Wenn ich mich recht erinnere, ging es in unserem letzten Fall um eine Frau, die in enger Beziehung zu einer deiner besten Freundinnen stand.«

In ihrer letzten Folge hatten sie die Beweislage gegen Casey in Zweifel gezogen, einer jungen Frau, die bereits wegen Mordes an ihrem Verlobten verurteilt worden war. Casey hatte von der Sendung gewusst, da ihre Cousine für Charlotte gearbeitet hatte.

»Ja«, sagte Laurie, »aber ich habe ihr – und allen anderen – von Anfang an deutlich gemacht, dass ich allen Spuren, die sich auftun, nachgehen werde. Wir haben Casey einem knallharten Kreuzverhör unterzogen, wenn du dich erinnern magst.«

»Das fasse ich jetzt als Kompliment auf.«

»Bist du bereit, das Gleiche mit Ivan Gray zu tun? Es wird dem Publikum nicht verborgen bleiben, wenn du deinen Boxtrainer mit Samthandschuhen anfasst.« Laurie hatte Jahre darauf hingearbeitet, um sich den Ruf einer Produzentin zu erwerben, die als glaubwürdig galt und journalistische Grundsätze beachtete, trotz des »Realityshow«-Labels, das ihrer Sendung anhaftete.

»Ich werde meinen Job tun, Laurie. Denn weißt du was? Wenn sich nämlich herausstellen sollte, dass Carter Wakeling schuldig ist, dann sollen alle wissen, dass wir zu allen fair waren.«

Sie nickte. »Dann sind wir uns ja einig.« Das, fügte sie still für sich hinzu, hoffe ich zumindest.

Sie war noch nicht lange allein in ihrem Büro, als ihr Blick auf das Telefon auf ihrem Schreibtisch fiel. Sie wollte Alex anrufen.

Sie rief sich ihren Schwur ins Gedächtnis, nicht wieder mit dem anzufangen, was ihn im November von ihr weggetrieben hatte. Da hatte er sie gedrängt, eine simple Frage zu beantworten: *Was bin ich für dich?*

Sie starrte auf das Telefon. Warum wollte sie so unbedingt mit ihm reden? Es ging ja nicht um den Fall. Tatsächlich war die heutige Teambesprechung vermutlich die längste gewesen, in der sie kein einziges Mal an ihn gedacht hatte. Es ging auch nicht um irgendein Sportereignis mit Leo oder Timmy. Auch nicht darum, sich über Brett oder Ryan zu beklagen.

Wenn ich anrufe, was würde ich ihm dann sagen?

Und dann wurde ihr klar, dass das Thema ihres Gesprächs völlig egal war. Sie könnten sich über Politik unterhalten, über Musik, Fernsehen, den Schnee oder die Farbe ihres heutigen Pullovers. Sie wollte nur seine Stimme hören. Sie wollte ihn sehen. Sie würde sich sogar darauf einlassen, lediglich mit ihm zu telefonieren. Er fehlte ihr, aus keinem anderen Grund als dem, dass er eine große Rolle in ihrem Leben gespielt hatte und jetzt nicht mehr da war.

Sie war bereit.

Sie griff zum Hörer und wählte seine Handynummer, die sie auswendig wusste. Mit jedem Klingeln rutschte ihr das Herz ein wenig weiter nach unten. Sie sah ihn vor sich, wie er aufs Display starrte und darauf wartete, dass der Anrufbeantworter ansprang.

Sie sprechen mit Alex Buckley. Bitte hinterlassen Sie eine Nachricht.

Der Hörer war schon auf halbem Weg zu seiner Basis, als sie beschloss, dass sie genug gewartet hatte. Sie hatte genug davon, in diesem Teil ihres Lebens immer nur auf die Pausentaste zu drücken.

»Alex, oder soll ich sagen, ›Euer Ehren‹, hier ist Laurie. Ruf doch zurück, wenn es dir möglich ist.«

Sie legte auf und betrachtete die gerahmte Fotografie von Greg, Timmy und ihr auf dem Schreibtisch. Ich habe so glücklich ausgesehen, dachte sie. So glücklich möchte ich wieder sein. Greg, du würdest es für mich wollen. Du würdest diesen Mann mögen. Er ist gut und anständig, und er liebt mich, jedenfalls hat er es getan.

Bitte, lass es nicht zu spät sein.

48

Jerry hatte nicht übertrieben mit seiner Aussage, er habe mit dem Museum ein Konzept erarbeitet, um aus einer kleinen Ecke eines Raums die Illusion einer umfangreichen Ausstellung über die »Mode der First Ladies« zu erzeugen. Auf dem Set waren lediglich vor einem grünen Hintergrund zwei Ankleidepuppen mit den zur Verfügung gestellten Kleidern aufgebaut, davor standen zwei Stühle für Ryan und Ivan. Aber wenn Laurie die Szene auf dem Bildschirm neben dem Kameramann betrachtete, wurde aus der Wand dahinter ein Teil der ursprünglichen Ausstellung. »Kamerazauberei«, hatte Jerry es genannt.

Statt der Trainingskleidung, in der sie Ivan so oft gesehen hatte, trug er einen gut geschnittenen dunkelgrauen Anzug und eine konservative gestreifte Krawatte. Zum ersten Mal konnte sie sich vorstellen, dass eine kultivierte Frau wie Virginia ihn attraktiv finden konnte.

Ryan hatte mit Ivan bereits die Grundzüge seiner Beziehung zu Virginia erörtert und darüber gesprochen, wie sie sich bei einer Vernissage kennengelernt hatten. Nach einigen gemeinsamen Essen begannen sie sich regelmäßig zu sehen. Als sie ihm zum Geburtstag einen Porsche schenkte, waren sie erst seit sieben Monaten zusammen. Am Jahrestag ihres ersten Treffens suchten sie den Verlobungsring aus. »Ich habe uns als verlobt betrachtet«, sagte er. »Sie war nur noch nicht bereit, es öffentlich zu verkünden.«

»Was ist aus dem Ring geworden?«, fragte Ryan.

Die Frage erstaunte Laurie. Daran hatte sie keinen Gedanken verschwendet. Die Frage zeigte, dass Ryan es, wie versprochen, seinem Boxtrainer nicht zu einfach machen wollte.

»Etwa einen Monat nach Virginias Tod habe ich ihn zum Juwelier zurückgebracht. Wenn ich die Schatulle in der Schublade sah, musste ich immer nur daran denken, was ich verloren hatte.«

»Der Juwelier hat Ihnen den Preis erstattet?«

»Ja, auf meine Kreditkarte. Man war dort sehr verständnisvoll.«

»Aber zu der Zeit, als Sie den Ring erworben haben, hat da nicht Virginia alle Rechnungen per Kreditkarte bezahlt?«

Ivan rutschte auf seinem Stuhl hin und her. »Ja, ich weiß, wie das aussieht. Aber, ehrlich, ich konnte den Ring nicht mehr behalten, und ich habe gewusst, dass die Familie ihn auch nicht wollte. Ihretwegen hat sie den Ring doch nicht getragen. Außerdem haben sie zu dem Zeitpunkt doch schon allen, die es hören wollten, erzählt, dass ich der Mörder sei. Ich habe mir vorgestellt, Virginia würde es wollen, dass ich den Ring zurückgebe und das Geld in mein Studio stecke.«

»Zu der halben Million Dollar, die sie Ihnen sowieso schon vorfinanziert hatte«, sagte Ryan.

Ivan war anzusehen, dass er mit einem freundlicheren Interview gerechnet hatte. »Wie ich schon sagte, sie hat an mich geglaubt. Es hat sich ja auch herausgestellt, dass sie richtig gelegen hat. Mittlerweile hätte ich ihren Einsatz sechsfach zurückzahlen können.«

»Virginia war nicht die erste ältere wohlhabende Frau, mit der Sie eine Beziehung eingingen.« Es war keine Frage. »Sie haben viele Ihrer Beziehungen aus Ihrem Kundenkreis kennengelernt.«

»Es hat ein paar andere gegeben, aber das war alles nichts Ernstes. Nicht so wie mit Virginia.«

»Wie würden Sie die Stimmung in der Wakeling-Familie am Abend der Gala beschreiben?«

»Freundlich.« Er wählte seine Worte mit Bedacht. »Höflich, vielleicht ein wenig aufgesetzt. Sie haben ihrer Mutter nicht unverblümt ins Gesicht gesagt, dass sie mich nicht für die angemessene Begleitung bei einer so hochrangigen Veranstaltung hielten. Ironischerweise habe ich aber kaum einen Abend erlebt, an dem sich Virginia mit mir und ihrer Familie so wohlgefühlt hat. Ich habe ehrlich gedacht, das Eis würde tauen. Aber dann war sie tot.«

»Was hat dazu beigetragen, dass die Atmosphäre weniger frostig war als sonst?«

»Ich sage es ja nur ungern, aber die Familie hatte an dem Abend andere Dinge, über die sie sich furchtbar aufregen konnte. Tom, der Cousin, hatte eine Einladung zur Gala ergattert.« Ivan erläuterte Toms Stellung innerhalb der Familie und sprach vom bösen Blut zwischen Robert Wakeling und dessen Bruder, ein Zwist, der über deren Tod hinaus fortbestand. »Virginia und ihre Kinder haben mehrmals gesagt, ohne seinen Nachnamen wäre Tom nie an eine Einladung gelangt. Er hat auch nicht bei uns gesessen, ist aber ein paarmal vorbeigekommen, ganz offensichtlich wollte er sich in die Familie einfügen. Außerdem hatte er eine völlig verrückte Freundin mitgebracht. Sie war schon ziemlich beschwipst und hat sich in ziemlicher Lautstärke über ihre Großmutter ausgelassen, eine ehemalige Kabaretttänzerin, die eine leidenschaftliche Affäre mit einem Politiker hatte und in der Ausstellung ein eigenes Kleid verdient gehabt hätte. Ginny sagte, das wäre das Unterhaltsamste gewesen, was sie von diesem Familienzweig in fünfunddreißig Jahren zu hören bekommen habe.« Versonnen lächelte er. »Die Familie hat sich an diesem Abend so sehr auf Toms Kosten amüsiert, dass ich dagegen in ihren Augen harmlos war.«

»Aber Sie blieben nicht harmlos, oder?«

»Ich weiß nicht, was Sie damit sagen wollen.«

»Virginia Wakeling war eins dreiundsechzig groß und wog fünfundfünfzig Kilo. Sie könnten ihr Gewicht leicht auf Kopfhöhe stemmen, oder?«

»Natürlich, aber das heißt doch nichts. Die meisten Männer und viele der Frauen, die ich trainiere, wären in der Lage, eine so kleine Frau wie Virginia hochzuhieven. Offensichtlich gibt es jemanden, der das getan hat. Denn ich hätte ihr niemals auch nur ein Haar krümmen können.«

Ryan kam auf das Thema Geld zurück, legte eine detaillierte Auflistung von Ivans Ausgaben in den Monaten vor Virginias Tod vor und verglich diese mit seinem Einkommen. Die Schlussfolgerung war klar: Er hatte zum allergrößten Teil vom Geld seiner wohlhabenden Freundin gelebt.

»Virginia hat ihren Kindern erzählt, sie hätte Ihnen nur ausgeholfen und Ihnen gelegentlich Geld gegeben. Dennoch hat sie Ihnen ungefähr fünfhunderttausend Dollar überwiesen, damit Sie Ihr Studio eröffnen konnten. Gibt es irgendwelche Verträge, die bezeugen, dass die Zahlungen einvernehmlich stattgefunden haben?«

Er schüttelte den Kopf. »Es wurde nichts schriftlich fixiert. Wenn wir geheiratet hätten, wäre es sowieso irrelevant geworden. Wir wollten alles in den Ehevertrag mit aufnehmen, den ich liebend gern unterschrieben hätte, das dürfen Sie mir glauben.«

»Damit«, sagte Ryan, »können Sie also nicht belegen, dass Virginia Ihnen die fraglichen Summen aus freien Stücken überlassen hat?«

»Nein. Es gibt aber auch keinen Beleg, dass ich das Geld gestohlen hätte. Nach wie vor gilt die Unschuldsvermutung. Hören Sie, habe ich persönlich davon profitiert, dass Virginia so reich und mir gegenüber so großzügig war? Natürlich. Aber nachdem ich mich in sie verliebt habe, hätte sie alles verlieren können, ich hätte sie trotzdem heiraten wollen. Ich habe heute etwas mitgebracht, und wenn Sie nichts dagegen haben, lese ich es vor.«

»Nur zu«, sagte Ryan. Er sah zu Laurie. Sie nickte. Geschnitten wurde später immer.

»*Du hast mir einmal gesagt, Bob sei dein Seelenverwandter gewesen. Damals habe ich das so aufgefasst, dass ich von dir nichts Ernstes oder Dauerhaftes erwarten sollte. Aber dann hast du mir gesagt, ich sei deine zweite Chance, glücklich zu sein, und ich wusste, du hast mir dein Herz geöffnet, und daher möchte ich für immer mit dir zusammen sein und jeden Atemzug mit dir teilen, der dir und mir gegeben ist.* Mit diesen Worten habe ich um ihre Hand angehalten, weil ich wusste, dass sie mit mir kein neues Leben anfängt. Ich bin nur einem Leben beigetreten, das schon lang und sehr erfüllt gewesen war, bevor ich aufgetaucht bin.«

Laurie musste an Alex denken und hatte einen Kloß im Hals. Bei Greg hatte ich auch immer das Gefühl, er wäre mein Seelengefährte, ging ihr durch den Kopf. Ihr Leben mit Greg würde immer ein Teil von ihr sein, aber vielleicht wäre es möglich, dass auch sie eine zweite Chance erhielt.

49

Alles an dem Tag verlief wie am Schnürchen. Selbst in dem vom Museum vorgegebenen engen Zeitrahmen schafften sie es, an der Stelle zu drehen, wo Virginia mutmaßlich von der Dachterrasse gestoßen worden war, dazu kamen die Befragungen von Gerard Bennington und Marco Nelson. Laurie war überzeugt, dass Gerards Bericht vom Streit zwischen Carter und Peter sowie Marcos Beschreibung der angespannten Virginia, die danach das Bedürfnis geäußert hatte, allein zu sein, zu den dramaturgisch spannendsten Szenen der Sendung gehören würden.

Als sie einpackten, hatte sie mehrere Stunden lang keinen Blick mehr auf ihr Handy geworfen. Gut, Timmy konnte bei einem Notfall jederzeit ihren Vater anrufen, trotzdem wollte sie sich vergewissern, dass alles in Ordnung war.

Sie überflog die Liste der eingegangenen Anrufe. Nichts von Timmy oder Leo. Ihr Blick ging sofort zu Alex' Namen in der Liste. Ihre Hand zitterte, als sie sich seine Nachricht vorspielen ließ.

Laurie, wie schön, von dir zu hören. Es tut mir leid wegen der Verzögerung. Ich war gestern den ganzen Tag im Kapitol und habe mich mit den Senatoren getroffen, die bei der Anhörung dabei sind, dann gab es ein Essen mit Mitarbeitern des Weißen Hauses, die mich auf die Anhörung vorbereiten. Als ich damit fertig war, war es zu spät, um zurückzurufen, und jetzt, na ja, jetzt plappere ich eben so vor mich hin. Es folgte eine lange Pause. *Ich bin sehr froh, von dir zu hören. Ruf mich an, wenn du Zeit hast.*

Sie wollte schon das Handy in die Tasche zurückstecken, als ihr klar wurde, dass sie keine Sekunde länger warten wollte. Sie fand eine ruhige Ecke auf der Dachterrasse, weit genug entfernt vom Kameramann und dem Beleuchter, die ihre Ausrüstung zusammenpackten, und wählte Alex' Nummer.

Er meldete sich nach einem halben Klingeln. »Laurie«, sagte er und klang glücklich, vielleicht auch ein wenig nervös.

»Wie läuft die Washingtoner Charmeoffensive?«

»Miserabel. Ich komme mir vor wie in einem Schönheitswettbewerb für Anwälte, ich werde von Büro zu Büro geschleift, wo ich mit einem Dauerlächeln meine sorgfältig einstudierten Antworten abliefere. Dann ist eine halbe Stunde Pause, und ich bin versucht, einfach davonzulaufen, wenn mal niemand hinsieht. Ich kann es kaum erwarten, morgen wieder in mein normales Leben zurückzukehren.«

»Dann kommst du heute Abend zurück?«

»Mit der ersten Maschine morgen früh.«

»Hast du morgen Abend schon was vor?«

»Ich habe keine Pläne. Geht es um Timmys Vorspielen? Er hat davon gesprochen, als wir uns im Madison Square Garden getroffen haben.«

»Nein, das ist am Donnerstag.«

»Die Knicks haben morgen ein Auswärtsspiel, sonst hätte ich euch alle dazu eingeladen. Ich weiß doch, wie viel Spaß das Leo und Timmy macht.«

»Nein. Kein Sport. Kein Vorspielen. Ich würde gern mit dir zum Essen gehen, nur wir beide – wenn dir der Sinn danach steht.«

Beinahe meinte sie, ihn am anderen Ende der Leitung lächeln zu hören, und ihr Herz machte einen Satz.

»Das ist die beste Einladung, die ich seit Langem bekommen habe, Laurie.«

50

Als Laurie am nächsten Morgen im Studio erschien, stieß Grace zur Begrüßung einen bewundernden Pfiff aus. »Na, sieh mal einer an, Queen Moran. Willst du heute neben Ryan vor die Kamera?«

Laurie wusste, dass sie eine attraktive Frau war, allerdings war sie nicht der Typ, der übermäßig Make-up auftrug oder sich lang mit Hairstyling abgab.

Heute hatte sie jedoch etwas mehr Mühe aufgewendet als sonst und sich nicht nur die Haare gewaschen und ein wenig Mascara aufgetragen.

Außerdem wusste sie, dass das leuchtend gelbe Wickelkleid perfekt zu ihr passte und die Sprenkel in ihren haselnussbraunen Augen hervorragend betonten.

»Sagen wir mal, ich habe noch Pläne nach der Arbeit«, erwiderte Laurie.

Grace presste die Hände zusammen und applaudierte mit den Fingerspitzen. »Oh, ist es der, den ich mir denke? Er reimt sich nicht zufällig auf Malex Duckley?«

»Es würde ihm gar nicht gefallen, wenn er das hören würde.«

»Er liebt mich. Nicht so sehr wie dich, aber ...«

»Schon gut. Genug geklatscht für heute. Auch wenn du dich freust wie eine Schneekönigin.«

»Schnee? Ich? Nein, danke. Schnee und ich passen überhaupt nicht zusammen. Gott sei Dank ist der Matsch endlich wieder fort.«

»Wo steckt Jerry?«, fragte Laurie und spähte in sein leeres Büro.

»Er ist schon rauf nach Greenwich, um sich zu vergewissern, dass die Ausrüstung an Ort und Stelle ist.« Heute interviewten sie Anna Wakeling und ihren Mann Peter Browning im Haus der Familie in Greenwich, Connecticut.

Umso besser für mich, dachte sich Laurie. Je früher wir dort fertig sind, desto früher kann ich in die Stadt zurück und mit Alex zum Essen.

Der Fahrer hielt endlich am Scheitelpunkt der langen u-förmigen Anfahrt. Laurie und Ryan stiegen aus und standen vor einem Gebäude, das nur als Herrenhaus beschrieben werden konnte. Das Familienhaus der Wakelings war ein wunderbares georgianisches, von sorgsam gestutzten Efeu überwuchertes Gebäude. Die Gärten des Anwesens ließen eher an Versailles denken.

»Welch bescheidene Hütte«, flüsterte Ryan.

Anna Wakeling kam an die Tür, wurde aber von etwas abgelenkt, das sich im Hausinneren abspielte. »Passen Sie bitte auf die Böden auf.« Mit leicht verärgerter Miene begrüßte sie Laurie. »Kommen Sie rein. Mir war nicht klar, dass es so viele Kameras sind. Wir hätten es doch lieber im Büro machen sollen.«

»Die Zuschauer bekommen einen besseren Eindruck von Ihrer Mutter, wenn sie sehen, wo sie gewohnt hat«, sagte Laurie. »Je mehr Zuschauer wir haben, desto größer ist die Chance, dass neue Informationen über den Mord an Ihre Mutter ans Licht kommen.«

»Und desto besser sind die Einschaltquoten«, kam die schnippische Replik. »Tut mir leid, ich bin nur gereizt. Aber ich beruhige mich schon wieder. Ich bin selbst Geschäftsfrau.«

»Haben Sie und Peter noch irgendwelche Fragen, bevor wir loslegen?«, fragte Ryan.

»Keine«, erwiderte sie entschieden. »Fragen Sie uns, was Sie wollen, Mr. Nichols. Mein Mann und ich werden Ihnen Rede und Antwort stehen.«

51

Sie filmten das Interview im hell ausgeleuchteten Wohnzimmer, das im französischen Landhausstil eingerichtet war. Peter und Anna saßen Händchen haltend auf einem Zweiersofa. »Das war das Lieblingszimmer meiner Mutter in diesem Haus«, sagte Anna. »Sie hat oft stundenlang mit einem Buch hier gesessen, während mein Vater im Arbeitszimmer beschäftigt war.«

Ryan führte den Großteil des Interviews in einem lockeren, zwanglosen Ton, der es Anna und Peter erlaubte, ihren Groll gegen den jungen Liebhaber ihrer Mutter loszuwerden. Sie stellten ihn als ungebildet und unkultiviert dar, als jemand, der es kaum erwarten konnte, ihre Mutter allein des Geldes wegen zu heiraten. Laurie hatte sich Sorgen gemacht, Ryan wäre so fest von Ivans Unschuld überzeugt, dass es sich auf den Umgang mit den anderen Teilnehmern auswirken könnte, aber er kam als sehr fair rüber – als jemand, der sogar Verständnis für ihre Vorbehalte gegenüber Ivan hatte.

»Peter, Ivan hat uns gesagt, er und Ihre Schwiegermutter hätten über einen Ehevertrag gesprochen. Hat das nicht zumindest einige Ihrer Bedenken zerstreut?«

»Ich war nicht nur Virginias Schwiegersohn, sondern auch ihr juristischer Berater, aus diesem Grund kann ich nicht darüber reden, was Virginia mir anvertraut hat.«

»Aber Ivan war nicht Ihr Mandant. Stimmt es denn nicht, dass er sich explizit an Sie als Virginias Anwalt gewandt und deutlich gemacht hat, dass er alles unterzeichnen würde, um die Familie über seine Absichten zu beruhigen?«

Anna mischte sich ein. »Es ging ja nicht nur um den Ehevertrag, der sowieso nur im Fall einer Scheidung wirksam geworden wäre. Wir alle waren besorgt, dass er Mutters Geld ausgibt, obwohl sie noch gar nicht verheiratet waren. Sie hat ihm einen Sportwagen gekauft, als sie ihn noch gar nicht richtig kannte! Das war ungehörig. Als ihr Mann hätte er dann auf noch viel größere Summen Zugriff gehabt.«

»Sie meinen also, Ihre Mutter wollte ihn wirklich heiraten?«

»Nein, das hätte sie niemals getan. Außerdem, welche Rolle spielt das jetzt noch?«

»Meines Wissens glauben Sie, Ivan habe Ihre Mutter getötet, weil sie herausgefunden hat, dass er sie bestiehlt, was sie zur Anzeige bringen wollte. Wenn sie aber wirklich die Absicht hatte, ihn zu heiraten, dann wäre es doch sehr plausibel und verständlich, dass sie in diesem Fall auch die Anfangsfinanzierung für sein Studio leistete?«

»Ich weigere mich zu glauben, dass sie etwas so Unbedachtes getan hätte«, blaffte Anna.

»Warum sagen Sie, es wäre ›unbedacht‹ gewesen? Ivans Geschäft läuft gut. Es ist mittlerweile eines der beliebtesten Fitnessstudios in Manhattan.«

»Das hat sie damals doch nicht wissen können.«

»Vielleicht doch, wenn sie in Ivan etwas sah, was Ihnen und Peter verborgen blieb. Meinen Sie nicht, dass sie an ihn und seine Fähigkeiten geglaubt hat?«

Anna und Peter antworteten darauf nicht, die Schlussfolgerungen aber waren klar. Wenn Virginia Ivan die Geldsummen freiwillig gegeben hatte, gab es keinerlei Motiv, warum er ihr etwas hätte antun sollen.

Ryan kam auf einen anderen Aspekt zu sprechen. »Stimmt es, dass sich Ihre Familie in den Wochen vor der Gala große Sorgen um die finanzielle Situation Ihrer Mutter gemacht hat?«

»Ich weiß nicht, ob man das als *große Sorgen* bezeichnen kann, aber, wie gesagt, wir waren der Meinung, dass sie zu freigebig war mit diesem Mann.«

»Am Tag vor ihrem Tod sagten Sie tatsächlich: ›Daddy hat für dieses Geld hart gearbeitet. Er würde sich im Grab umdrehen, wenn er sehen könnte, wie du es ausgibst.‹« Ryan las von seinen Notizen ab. Sowohl Anna als auch Penny hatten diesen Ausspruch zitiert.

»Das war ein hässlicher Kommentar von mir«, gestand Anna. »Aber er war nicht ganz unberechtigt.«

»Sie haben mir auch gesagt, Sie waren froh, nach diesem schrecklichen Streit noch einen letzten gemeinsamen, friedlichen Tag erlebt zu haben.«

Sie nickte traurig.

»Aber dieser Tag verlief für Ihre Familie nicht ganz so friedlich, oder?«

Anna und Peter tauschten einen verwirrten Blick aus.

»War es nicht so, Peter, dass Sie sich auf der Gala vor dem Dinner mit Ihrem Schwager Carter gestritten haben?«

Peter blinzelte, und Laurie bemerkte, dass er die Hand seiner Frau leicht drückte.

»Anna«, fuhr Ryan fort, »der Streit war sogar so laut, dass Sie Peter und Ihren Bruder gebeten haben, etwas leiser zu sein. Sie sagten, sie hätten sich an diesem Tag schon genug gestritten und sollten in aller Öffentlichkeit nicht über eine so ›makabere Sache‹ reden. Wir haben Zeugen für dieses Gespräch. Es fand im Tempelraum statt, falls das Ihrem Gedächtnis auf die Sprünge helfen sollte.«

Anna rutschte auf ihrem Stuhl herum, schlug ein Bein über das andere und löste es wieder.

»Die ›makabere Sache‹ war das Testament Ihrer Mutter, nicht wahr?«, bohrte Ryan weiter. »Sie hatte vor, es umzuschreiben, und die Familie war darüber besorgt.«

»Das ist nicht wahr«, antwortete Anna schließlich. »Unsere Mutter war sehr großzügig, sowohl zu ihrer Familie als auch zu den von ihr unterstützten Wohltätigkeitsorganisationen. Nichts hätte das geändert.«

»Aber genau darum ging es doch bei dieser Auseinandersetzung zwischen Peter und Carter, oder?«

Wieder sahen Anna und Peter sich an, und Laurie fragte sich schon, ob es nicht doch ein Fehler war, sie zusammen zu befragen. Falls Anna jetzt aufstand, würde Peter ihr folgen, und das Interview wäre zu Ende.

Ryan drängte weiter. »Carter wandte sich an Peter und erkundigte sich nach dem Testament. Carter wusste, dass sie es ändern wollte. Peter als Virginias Anwalt gab allerdings nichts preis. War nicht das der Grund des Streits?«

Ryan wagte sich damit auf neues Terrain vor, stellte Spekulationen an über den Anlass des Streits, aber Laurie spürte, dass ihre Theorie richtig war. Sie sah die Besorgnis in Peters Gesicht. Er wollte mehr sagen.

»Er hat *nichts* gewusst«, kam es schließlich von Peter. »Er hat mich dauernd gefragt, ob Virginia mit mir über die Änderungen gesprochen hat. Ich habe das ganze Thema für geschmacklos und egoistisch gehalten, deshalb habe ich immer versucht, es zu vermeiden. Aber er hat nicht lockergelassen, deswegen ist Anna dazwischengegangen.«

»Wussten Sie, dass Carter zu der Zeit eine Beziehung zur Assistentin Ihrer Mutter hatte, zu Penny Rawling?«

Ihre überraschten Mienen gaben zu verstehen, dass sie davon nichts geahnt hatten.

»Penny hat die zerknüllten Zettel gelesen, die Ihre Mutter in den Büropapierkorb geworfen hat«, sagte Ryan. Anna schüttelte missbilligend den Kopf. »Auf manchen dieser Zettel hat sie Änderungen ihres Testaments notiert. Aus vielen ging hervor, dass sie Ihnen und Ihrem Bruder ihre Anteile am Unternehmen vermachen wollte, nahezu alle anderen Vermögenswerte aber sollten an Wohltätigkeitsorganisationen fallen.«

Anna klappte der Mund auf.

»Penny hat Carter davon erzählt. *Deshalb* hat er Peter bedrängt.«

Wieder sahen sie sich an, aber diesmal lag etwas anderes in ihren Blicken. Diesmal waren sie nicht mehr nur besorgt wegen Ryans Ton. Etwas, von dem sie immer angenommen hatten, sie wüssten darüber Bescheid, sahen sie jetzt plötzlich in einem ganz anderen Licht. Und mit einem Mal hatten sie Angst.

»Ich habe ihn nur für paranoid gehalten«, sagte Anna leise. Ryan wartete. »Mom hat mit ihm geredet, vielleicht einen Monat vor ihrem Tod. Sie hat sich aufgeregt, weil er meinte, er hätte ›Anrechte‹.« Zum ersten Mal seit Beginn der Sitzung ließ Anna die Hand ihres Mannes los und betonte das letzte Wort, indem sie Anführungszeichen in die Luft malte. »Sie hat doch mitbekommen, wie sehr ich mich für das Unternehmen engagiert habe. Mutter hat zu Carter gesagt: ›Gäbe es nicht das Geld der Familie, wärst du keinen Deut besser als dein Cousin Tom.‹ Vergessen Sie bitte nicht, Tom leistet ganz ausgezeichnete Arbeit für das Unternehmen, aber glauben Sie mir, damals war dieser Vergleich alles andere als schmeichelhaft. Damals hat Tom ständig den Job gewechselt, er hatte verrückte Freundinnen, verprasste sein Geld beim Glücksspiel – das ist jetzt alles vorbei. Als Carter daher Peter auf Moms Testament ansprach, habe ich ihm gesagt, er sei paranoid. Ich dachte, Mom wollte, dass Carter endlich erwachsen würde. Ich wollte nicht glauben, dass er ...«

Sie hielt inne und ergriff wieder Peters Hand.

»Dass er was?«, fragte Ryan. »Was, glauben Sie, hat Ihr Bruder getan?«

»Ich muss es ihnen sagen«, flüsterte sie. Sie wartete, bis

Peter nickte. Die Machtverhältnisse in der Ehe, dachte Laurie, waren wohl ausgeglichener, als es auf den ersten Blick schien.

»Der Streit, den ich mit Mom am Tag vor ihrem Tod hatte? Der war wegen Carter. Weil er sie auf das Testament angesprochen und ihr an den Kopf geworfen hatte, dass sie es ändern und uns ausschließen wollte. Da musste ich an das viele Geld denken, das sie für Ivan ausgab, also sagte ich ihr, dass ich dem nicht zustimmen könne. Sie gab klar zu verstehen, dass sie eine erwachsene Frau sei, die tun und lassen könne, was sie wolle. Aber Carter wollte es nicht dabei belassen. Sobald er uns auf der Gala sah, wollte er wissen, ob ich von unserer Mutter die Zusicherung hatte, dass sie das Geld innerhalb der Familie belassen würde. Dann hat er Peter damit bedrängt und ihn aufgefordert, ihr klarzumachen, wie dumm es sei, das Familienvermögen so zu verschleudern. Da bin ich zu ihnen und habe ihnen gesagt, sie sollen es sein lassen – wir befänden uns schließlich in der Öffentlichkeit.«

»Und was hat Ihr Bruder darauf geantwortet?«, fragte Ryan.

»Dass wir ...«

Peter unterbrach sie, und Laurie war schon überzeugt, dass er als Anwalt das Gespräch an diesem Punkt abbrechen würde. Stattdessen beendete er für Anna den Satz.

»... dass wir sie daran hindern müssen. Dass wir sie daran hindern müssen, das Testament zu ändern, *egal wie.*«

Anna blinzelte einige Male, dann traten ihr Tränen in die Augen. Peter legte den Arm um sie und signalisierte dem Kameramann, Schluss zu machen.

52

Laurie kehrte nach den Dreharbeiten in die Stadt zurück und traf gut zehn Minuten vor dem vereinbarten Zeitpunkt im Union Square Café ein. Sie wollte Alex keinesfalls warten lassen.

Sie saß an der Bar in der Nähe des Eingangs, als sie ihn aus dem Fond seines schwarzen Mercedes steigen sah, ohne darauf zu warten, dass Ramon ihm die Tür öffnete. Auf dem Bürgersteig strich er das Jackett glatt, musterte in der Fensterscheibe seine Haare, dann trat er ein.

War es möglich, dass er in den vergangenen zweieinhalb Monaten noch attraktiver geworden war? Ja, es war möglich, definitiv.

Sie hatte sich auf ein irgendwie peinliches Wiedersehen vorbereitet, doch sobald sie sich begrüßt, kurz umarmt und einen Kuss ausgetauscht hatten, war es, als hätten sie sich erst gestern zum letzten Mal gesehen. Nein, besser noch – es war, als hätten sie sich beide unausgesprochen darauf geeinigt, dass alle Hindernisse, die ihnen vielleicht einmal im Weg gestanden hatten, ein für alle Mal weggeräumt waren.

Der Kellner hatte ihren Tisch hergerichtet, im hinteren Bereich, fern von den Fenstern, wie Laurie gebeten hatte. Aufgrund der Verfahren, die Alex für prominente Mandanten geführt hatte, war er schon eine Person des öffentlichen Lebens gewesen, bevor sie ihn kennengelernt hatte. Seine Mitarbeit bei den ersten drei *Unter Verdacht*-Folgen hatte ihn noch bekannter gemacht. Nachdem er nun zum Richter am Bundesbezirksgericht nominiert war, wollte sie nicht, dass ihr Essen durch Fremde gestört wurde, die ihn um Autogramme oder gar um Selfies baten.

»Also, erzähl mir von Washington«, sagte sie, als sie Platz genommen hatten.

»Werde ich. Ich werde dir alles erzählen – so viel, dass du nie mehr auch nur ein Wort zum Justizausschuss des Senats hören willst. Aber zuvor möchte ich das Neueste von dir erfahren. Und bitte sag mir nicht, dass ich meinen Namen von der Kandidatenliste zurückziehen muss, weil du einen Strafverteidiger brauchst, da du Mr. Nichols langsam vergiftet hast.«

Bei der letzten Begegnung zwischen ihr und Alex hatte Ryan ihre Arbeit systematisch hintertrieben, weshalb sie ihn unerträglich gefunden hatte. Laurie lächelte. »Sagen wir es mal so: Er ist immer noch Bretts Musterschüler, man kann die Größe seines Egos unmöglich unterschätzen, aber wenigstens ist er nicht dumm.«

»Wow, das nenne ich einen Fortschritt«, erwiderte Alex trocken. Seine Augen leuchteten, als er sie anlächelte.

»Doch, es wird. Langsam. Er ist immer noch der schlimmste Moderator, den wir jemals hatten, aber ich denke, wir finden zusammen.« Der einzige andere Moderator von *Unter Verdacht*, dachte Laurie, war Alex gewesen, und keiner wird es je mit ihm aufnehmen können.

Wir reden, als hätte es die letzten zwei Monate nie gegeben, dachte Laurie glücklich. O Gott, wie hat er mir gefehlt.

»Ich nehme das Kompliment an.« Er überflog die Speisekarte. »Alles sieht köstlich aus. Warst du seit der Neueröffnung schon mal hier?«

Danny Meyers ursprüngliches Restaurant war nach wie vor Lauries Lieblingslokal, aber nachdem es hier an neuer Stelle wiedereröffnet wurde, hatte sie sich bislang nicht zu einem Besuch durchringen können. Jetzt wurde ihr klar, dass sie für diese Gelegenheit auf Alex gewartet hatte. »Nein, es ist das erste Mal. Und bei dir?«

»Dito.« Er legte die Speisekarte zur Seite. »Ich habe immer gehofft, mit dir hier essen zu gehen.«

»Na, jetzt sind wir ja da.«

Ihre Amuse-Gueules waren abgeräumt, als Laurie schließlich darauf bestand, vom Auswahlverfahren des Justizausschusses zu hören.

»Politiker leben in einer völlig anderen Welt. Hier habe ich meine Karriere als Strafverteidiger und hätte nichts dagegen gehabt, die Kanzlei so lange zu führen, wie meine Mandanten mich haben wollen. Nachdem ich jetzt aber in die Kandidatenauswahl gekommen bin, sieht jede Seite in mir jemanden, der es vielleicht einmal zum Richter am Obersten Gerichtshof bringt. Also wollen sie herausfinden, ob ich eher als juristischer Realist einzustufen bin oder die Gesetzestexte eher streng auslege. Ich hingegen sage ihnen, dass ich einfach nur ein Jurist bin, der seine Gesetze kennt und sie auf die jeweiligen Tatsachen anwendet, so wie es der Richter an einem Gericht nun mal tun sollte. Dabei komme ich mir aber vor wie ein Football in einer Giants-Eagle-Partie.«

»Aber läuft es gut? Einen besseren Kandidaten kann ich mir doch nicht vorstellen.«

»Oh, *die* schon, glaub mir. Das Weiße Haus versichert mir aber, dass es keine Probleme sieht. Außerdem, um dich auch in anderer Hinsicht auf den neuesten Stand zu bringen, hat Ramon beschlossen, sich nur noch vegan zu ernähren. Das hat er im Fernsehen gesehen. Er meint, er hätte über Weihnachten zu viel zugelegt. Ein Wunder, dass er noch nicht versucht hat, mich auch dazu zu bekehren.«

»Vielleicht sollte er Yoga machen, zu dem er dich letztes Jahr gedrängt hat.« Laurie musste lachen, wenn sie daran zurückdachte. Nachdem bei Alex ein leicht erhöhter Blutdruck diagnostiziert worden war, hatte Ramon so getan, als wären bei Alex gravierende Herzprobleme festgestellt worden.

»Lach nicht«, sagte Alex, obwohl er selbst schmunzeln musste. »Er hat auf der Fahrt hierher im Wagen besänftigende Meditationsmusik laufen lassen, weil er sich Sorgen macht, der Trip nach Washington sei zu stressig für mich gewesen.«

»Wie nett. Er mag dich eben. Als würdest du zur Familie gehören.«

»Geht mir genauso. Apropos, ich muss einige Formulare ausfüllen, unter anderem soll ich alle Personen angeben, die eine wichtige Rolle in meinem Leben spielen, auch wenn sie nicht zur Familie gehören. Mein einziger leiblicher Familienangehöriger ist Andrew, klar, und es stellt sich für mich auch nicht die Frage, dass Ramon mit aufgeführt wird.«

Sein Blick machte ihr deutlich, dass es noch jemanden gab, der ebenfalls auf diese Liste gehörte, aber dann erschien der Kellner mit ihren Vorspeisen, und Alex kam auf einen sich anbahnenden Skandal im Bürgermeisteramt zu sprechen. Im Lauf des Abends sprachen sie dann über alles Mögliche – neue Restaurants, die sie ausprobiert hatten, Bücher, die sie lasen, die schlimmsten Dates in ihrer Jugend. Erst als der Kellner erneut fragte, ob sie noch etwas wollten, fiel Laurie auf, dass sie die letzten Gäste im Restaurant waren. Sie sah auf die Uhr. Sie waren seit fast vier Stunden hier, aber diese vier Stunden waren wie im Flug vergangen.

Alex verlangte nach der Rechnung. Der Kellner wirkte erleichtert, doch als er sie brachte, kam Laurie Alex zuvor. »Ich habe dich eingeladen, schon vergessen?«

»Gut«, sagte Alex. »Das heißt dann aber, dass das nächste Mal ich zahle.«

»Ich freu mich schon darauf.«

»Ist dir morgen zu früh?«

»Es kann gar nicht früh genug sein.« Sie hörte kaum noch auf zu lächeln.

Sie nahm sein Angebot an, sich von ihm nach Hause bringen zu lassen, wo Leo auf Timmy aufpasste. Ramon freute sich sehr, sie zu sehen, und musste einige Male die Entspannungs-CD leiser stellen, um von ihr das Neueste über sie und Timmy zu hören. Als sie fast vor Lauries Apartmentgebäude waren, nahm Alex sie in den Arm. Der gesamte Abend war »mühelos« verlaufen, um Alex' Wort zu benutzen. Sie betrachtete ihre Beziehung nicht mehr als ein Projekt, das es voranzutreiben galt. Darüber hinaus hatte sie sich nicht alle paar Minuten gefragt, wohin das alles führen würde.

Alex hatte sie zu einer Entscheidung gedrängt und sie gefragt, was er ihr bedeute. Jetzt endlich hatte sie die Antwort. Er war nicht einfach nur ein Kollege oder ein Freund, ein Kumpel ihres Vaters oder ein Spielgefährte für Timmy. Er war nicht einmal nur ein Liebhaber.

Ausgerechnet Ivan Gray hatte ihr geholfen, sich darüber klar zu werden, als er seinen Heiratsantrag an Virginia vorgelesen hatte: *Dann hast du mir gesagt, ich sei deine zweite Chance, glücklich zu sein, und ich wusste, du hast mir dein Herz geöffnet, und daher möchte ich für immer mit dir zusammen sein und jeden Atemzug mit dir teilen, der dir und mir gegeben ist.*

Alex war das nächste Kapitel in ihrem Leben. Sie war überzeugt, dass Greg es so gewollt hätte. Und auch sie hatte keinen Zweifel mehr, was sie wollte und brauchte.

53

Peter Browning schlug die Augen auf und wusste kurz nicht, wo er sich befand. Erst dann erinnerte er sich, dass er und Anna nach den Dreharbeiten kurzerhand beschlossen hatten, die Nacht im Haus in Greenwich zu verbringen. Marie kümmerte sich um die Kinder in der Stadt. Anna würde die Ungestörtheit im Haus ihrer Eltern guttun, hier konnten sie in aller Ruhe über das gestrige Interview für *Unter Verdacht* nachdenken.

Im Licht der Uhr auf dem Nachttisch erkannte er jetzt, dass seine Frau ebenfalls mit offenen Augen dalag. Sie starrte an die Decke. Die Uhr zeigte 4.32.

Er drehte sich zu ihr und nahm sie in den Arm.

»Tut mir leid«, flüsterte sie. »Hab ich dich mit meinem Herumgewälze geweckt?«

»Nein«, sagte er, obwohl er überzeugt war, ihretwegen wach geworden zu sein.

Manchmal glaubte er wirklich, es gäbe so etwas wie eine telepathische Verbindung zwischen ihnen. Sogar im Schlaf wusste er, wenn seine Frau unruhig und ängstlich war. »Wie lange liegst du schon wach?«

»Seit Stunden. Ich hatte wieder diesen schrecklichen Traum.« Er wusste, wovon sie sprach. Sie hatte ihn unzählige Mal seit Virginias Tod geträumt, trotzdem erzählte sie ihn erneut. »Ich hab sie oben auf der Dachterrasse gesehen, in ihrem wunderschönen Kleid. Sie sah hinüber zur Skyline der Central Park South, und es hat geschneit. Dann hat sie sich umgedreht, einen

Blick über die Schulter geworfen und ›Ivan?‹ gesagt, genau so, wie ich es immer vor mir gesehen habe. Aber diesmal hat nicht Ivan hinter ihr gestanden.«

Sie wischte sich eine Träne aus dem Gesicht, Peter zog sie näher zu sich heran. »Schhhh, es war doch nur ein Traum.« Er zwang sie nicht, auch noch das Ende des Traums zu erzählen. Sie hatten vergangenen Abend noch lange über ihre Sorgen wegen ihres Bruders Carter gesprochen.

»Was, wenn es nicht bloß ein Traum ist? Ich habe die ganze Szene gesehen. Er ist ihr nach oben gefolgt, er hat ihr Vorhaltungen wegen des Testaments gemacht. Du hast es selbst erlebt, wie unnachgiebig er war. Er wollte nicht von dem Thema lassen, nicht einmal auf der Gala. Und in meinem Traum ist sie ihm genau so entschieden entgegengetreten wie mir am Tag zuvor, als ich das Thema zur Sprache gebracht habe. Aber während ich es darauf beruhen ließ, hat Carter immer weiter und weiter gebohrt, bis sie ihm sagte, dass er keinerlei Anrecht auf das Geld habe. Carter aber ... ist völlig durchgedreht. In meinem Traum hat er am Sims gestanden, hat zu ihr hinuntergesehen, dann ist er auf die Knie gefallen und hat geschluchzt.«

»Aber das hat nur in deiner Fantasie stattgefunden, Anna. Du hast es nicht wirklich gesehen.«

»Aber ich kann es mir jetzt vorstellen. Soll ich ihn vor seinem Interview für die Sendung anrufen?«

Carters Befragung sollte am Nachmittag im Büro von Wakeling Development aufgezeichnet werden.

»Dein Bruder soll sich einmal selbst um sich kümmern«, sagte Peter. »Vor drei Jahren hat deine Mutter ihm gesagt, er soll endlich erwachsen werden, aber er hat sich keinen Deut geändert. Schau dir Tom an, wie hat er sich in dieser Zeit weiterentwickelt. Carter hingegen benimmt sich immer noch wie ein kleiner Junge.«

»Du hast recht«, sagte Anna und klang sehr entschlossen. »Wenn er wirklich mit dem Mord an unserer Mutter zu tun hat, kommt diese Sendung dem vielleicht auf den Grund. Wenigstens wissen wir dann endlich, was wirklich geschehen ist.«

54

Laurie sah auf ihre Uhr. Es war Viertel nach zwölf, und der Konferenzraum bei Wakeling Development war zugestellt mit Scheinwerfern und Kameras. Alle warteten auf die Ankunft des Starzeugen.

Ryan erhob sich, als die Tür aufging, aber es war nur Jerry, der von seiner Suche nach Carter Wakeling zurückkam.

»Irgendeine Spur von ihm?«, fragte Laurie.

Sie hatten am Vormittag Szenen aus der Umgebung in Long Island City aufgenommen, das Viertel, das Robert Wakeling, einer der erfolgreichsten Stadtentwickler von New York City, erschlossen hatte. Vor gut zwei Stunden waren sie in der Unternehmenszentrale eingetroffen, um alles für das Interview vorzubereiten, das hier in diesem Raum mit seinem grandiosen Ausblick auf Manhattan und den East River stattfinden sollte. Carters Sekretärin Emma hatte sie in den Konferenzraum geführt, bislang aber hatte sich keiner aus der Wakeling-Familie blicken lassen. Mittlerweile war Carter für das wahrscheinlich wichtigste Interview der gesamten Produktion zehn Minuten zu spät dran. Er hätte schon vor zwanzig Minuten für die Maske erscheinen sollen.

Jerry schüttelte den Kopf. »Aber vielleicht habe ich in Emma eine neue Freundin gefunden. Sie sagt, Carter sei bei unserer Ankunft noch hier gewesen und gleich darauf nach Manhattan aufgebrochen, um seine Schwester und Peter zu suchen. Anna und Peter haben anscheinend frühmorgens angerufen und sämtliche Termine für den Tag abgesagt. Als Carter sie angerufen hat, sind sie nicht ans Telefon gegangen.«

Laurie war nicht sonderlich überrascht, dass Jerry über diese Informationen verfügte. Er schaffte es regelmäßig, dass völlig Fremde ihm alles Mögliche erzählten.

»Er hat also den weiten Weg zu ihrer Wohnung auf sich genommen, nur um mit ihnen zu reden?«, fragte Laurie. »Das kommt mir ungewöhnlich vor.«

»Das hat sich Emma auch gedacht«, antwortete Jerry. »Anscheinend hat sie ihm versichern wollen, dass die jeweiligen Sekretärinnen nur wenige Stunden zuvor noch mit Anna und Peter gesprochen haben. Aber sie meint, sie habe Carter selten so besorgt gesehen.«

»Besorgt um *sich selbst*«, warf Ryan ein, der sich auf dem Bürostuhl herumdrehte und beide Füße auf der Kante des Konferenztisches abstützte. »Wahrscheinlich will er wissen, was Anna und Peter gestern bei ihrem Interview in Greenwich erzählt haben.«

Laurie gab ihm recht. Anna hatte ihre Angst kaum verbergen können, als ihr klar wurde, dass ihr Bruder einen mehr als triftigen Grund gehabt hatte, zu glauben, ihre Mutter würde ihr Erbe um ein Vielfaches zusammenstreichen. »Nachdem Anna erfahren hat, was Carter durch Penny Rawling mitgeteilt wurde, konnte sie die Möglichkeit nicht mehr ausschließen, dass ihr älterer Bruder ihre Mutter umgebracht hat. Wenn ich raten müsste, würde ich sagen, Anna und Peter haben ihre Geschäftstermine abgesagt, damit sie Carter vor seinem Interviewtermin nicht mehr begegnen müssen.«

Sie zwangen ihn also dazu, vor der Kamera für sich selbst einzustehen.

Laurie überlegte kurz, dann wandte sie sich an den Ersten Kameramann. »Nick, kannst du mit der Kamera da hinten eine Einstellung auf die Tür vornehmen?« Sie deutete zur Kamera am hinteren Ende des Raums. »Die sollte doch fast den gesamten Raum erfassen, oder?«

Er warf einen Blick auf den Bildschirm und streckte den Daumen nach oben.

»Gut. Sobald Carter auftaucht, fangen wir an zu drehen. Es könnte sehr interessant werden.«

55

Es war fast ein Uhr. Nick beschwerte sich bereits, dass ihm der Magen knurre, als die Tür zum Konferenzraum endlich aufging. Carter Wakeling wirkte nervös und fahrig und strich sich die zerzausten blonden Haare aus dem Gesicht.

»Tut mir leid, ich bin auf der Brücke im Verkehr stecken geblieben. Ich fürchte, wir müssen einen neuen Termin finden, Ms. Moran.«

Laurie schlug die Hände zusammen und brachte überschwänglich ihr Mitgefühl zum Ausdruck. »Der Mittagsverkehr ist immer am schlimmsten. Zum Glück können wir das Interview ganz schnell hinter uns bringen, Carter. Fangen Sie und Ryan doch schon mal an, dann sehen wir ja, ob wir das Ganze in ein paar Minuten durchziehen können, damit wir Sie nicht länger von Ihrer Arbeit abhalten.«

»Das wird leider nicht gehen. Peter und Anna sind heute nicht im Büro, da bleibt alles an mir hängen.«

Laurie sah zu Jerry, der fast unmerklich den Kopf schüttelte. Vermutlich war er mittlerweile so dicke mit Emma, der Sekretärin, dass er ganz gut einschätzen konnte, ob Carter wirklich unerlässlich für den Bürobetrieb war.

»Meine gesamte Mannschaft wartet seit drei Stunden auf Sie, Carter. Bitte, nehmen Sie Platz, dann können wir Sie von der Liste der Zeugen streichen, die wir vor die Kamera bringen wollen. Wir müssen uns auch gar nicht mit der Maske aufhalten, die digitale Nachbearbeitung vollbringt heutzutage wahre Wunder.« Sie lächelte ihn ermutigend an.

»Es geht nicht um mein Aussehen«, entgegnete er. »Ich kann heute einfach nicht. Wie gesagt, wir müssen einen neuen Termin vereinbaren.«

So schnell aber ließ sich Laurie nicht abwimmeln. »Vielleicht könnte Ihr Cousin Tom kurz für Sie im Büro einspringen?«

»Das ware völlig unangemessen. Er gehört doch nicht zur Unternehmensleitung.«

So langsam stieg Carter die Zornesröte ins Gesicht. Laurie fühlte sich an die seltenen Wutanfälle Timmys erinnert, als er noch klein gewesen war.

»Wir haben einen sehr engen Produktionsplan. Ich kann Ihnen nicht garantieren, dass wir für eine spätere Befragung noch Zeit finden werden.«

»Nichts für ungut, aber das ist Ihr Problem, nicht meins.«

»Außer dass wir den Fall Ihrer Mutter zum Thema gemacht haben, weil wir hoffen, damit ihren Mörder zu finden. Man sollte meinen, Sie wären daran interessiert, etwas dazu beizutragen.«

»Ich weiß bereits, wer meine Mutter umgebracht hat – Ivan Gray.«

Nick justierte etwas an seiner Kamera, wie Laurie bemerkte. Der gesamte Auftritt wurde gefilmt, und die von Carter unterzeichnete Teilnahmeerklärung würde es ihnen erlauben, das Material in der Sendung zu verwenden.

Sie räusperte sich, warf einen scharfen Blick zu Ryan, der immer noch am Kopfende des Tisches saß, mittlerweile aber zumindest die Füße vom Tisch genommen hatte. Er brauchte etwas, bis er ihren Hinweis verstand, aber dann erhob er sich.

»Wir wissen, Penny Rawling hat Ihnen von der Absicht Ihrer Mutter erzählt, das Testament zu ändern«, sagte Ryan.

Carter öffnete den Mund, sagte aber nichts.

»Sie hatten eine Beziehung mit der Assistentin Ihrer Mutter«, fuhr Ryan fort. »Sie wollten nicht, dass die Familie davon erfuhr, allerdings waren Sie verzweifelt bemüht, Anna und Peter auf Ihre Seite zu ziehen und sie zu überreden, Ihre Mutter von ihren Plänen abzubringen.«

»Haben Peter und Anna Ihnen das erzählt?«, fragte Carter. »Und Penny? Was haben sie noch über mich gesagt?«

Er kochte vor Wut, aber jetzt stand ihm auch die Angst ins Gesicht geschrieben. Laurie vermutete, dass er sich die ganze Zeit verzweifelt fragte, was die anderen noch über ihn erzählt hatten. Laurie konnte nur mutmaßen, in welchem Gemütszustand er sich drei Jahre zuvor befunden hatte, als seine Mutter ihm nahegelegt hatte, endlich »erwachsen« zu werden, und das, nachdem er kurz zuvor durch Penny von den Testamentsplänen seiner Mutter erfahren hatte. Ob er Virginia damals genauso angebrüllt hatte?

Ryan setzte nach und ging zwei Schritte auf Carter zu. Laurie hoffte nur, dass er nicht der Kamera im Weg stand. »Sie haben sich lautstark mit Peter gestritten, kurz vor dem Galadinner. Sie haben Peter und Anna gesagt, sie sollen Ihre Mutter von der Testamentsänderung abbringen – *egal wie.*«

»Das Geld hat ihr genauso wenig gehört wie uns«, blaffte Carter. »Mein Vater hat sein Herzblut ins Unternehmen gesteckt. Er wollte, dass der Name Wakeling in einem Atemzug mit dem der Rockefellers und Vanderbilts genannt wird. Das war unser Erbe. Aber sie war dabei, es zu verschleudern. Natürlich war ich der Meinung, dass wir sie aufhalten müssen. Es war verdammt dämlich, was sie vorhatte.«

Er atmete schwer. Im gesamten Raum herrschte Stille. Plötzlich fiel Carters Blick auf Nick hinter der Kamera.

»Ist dieses Ding etwa an?« Er deutete auf die Kamera. »Schalten Sie sie aus! Sofort!«

Mit ausgestreckten Armen ging er auf Nick zu. Laurie versuchte ihn aufzuhalten, aber er war zu schnell. Ryan, der zwischen Carter und Nick stand, stellte sich ihm in den Weg.

Carter holte mit der rechten Faust aus und verpasste Ryan einen heftigen Schlag gegen den Kiefer. Fast im gleichen Moment traf Ryan Carter mit einem Aufwärtshaken am Kinn. Carter wurde der Kopf nach hinten gerissen, er verlor das Gleichgewicht und taumelte zurück zum Konferenztisch, wo Ryan ihm die Arme auf den Rücken bog.

»Beruhigen Sie sich, Mann«, rief Ryan. »Die Aufnahme bekommen Sie nicht, Sie machen hier doch alles nur noch schlimmer.«

Die Spannung wich aus Carters Körper, er schien sich in die Situation zu fügen. Langsam lockerte Ryan seinen Griff, hielt die Hände noch schützend vor sich, bis Carter rückwärts zur Tür ging und sich das Kinn rieb.

»Sie sind ja *krank*, wenn Sie meinen, ich hätte meiner Mutter irgendwas angetan!«, schrie er. Dann fuchtelte er mit dem Finger in ihre Richtung. »Sie werden von unseren Anwälten hören. Ivan Gray ist der Mörder. Sind Sie zu dumm, um das endlich zu kapieren?«

Er drehte sich um und knallte hinter sich die Tür zu.

Sobald er fort war, eilten Laurie und Jerry zu Ryan.

»Alles in Ordnung?«, fragte Laurie.

»Ja«, sagte er und ließ den Kiefer kreisen, um sich zu vergewissern, dass er nichts Ernsthaftes abgekriegt hatte. »Ich habe den verdammten Schlag nicht kommen sehen, aber danach hab ich ihm ziemlich eingeschenkt, was?«

»Ja, keine Frage«, erwiderte Laurie. So oft sie sich auch vorgestellt hatte, ihm selbst mal eine zu verpassen, so froh war sie jetzt, dass er nicht verletzt worden war.

Das Team baute in Rekordzeit ab und verließ schleunigst das Gebäude.

Als Nick und die anderen in ihren Kastenwagen stiegen, lief Ryan zu ihnen hinüber. »Ihr habt doch alles aufgenommen, oder?«, fragte er sie. »Erst Carter, wie er mich angeschrien hat, dann unseren kleinen Schlagabtausch? Das wird die dramatischste Szene der Sendung.«

Nick streckte wortlos den Daumen hoch und schloss die Wagentür.

»Hervorragend«, sagte Ryan mehr zu sich selbst, als er in den SUV stieg, der ihn mit Laurie und Jerry ins Studio zurückbringen würde. »Das Publikum wird hin und weg sein.«

»Sein Ego jedenfalls hat nichts abgekriegt«, flüsterte Jerry zu Laurie, als er neben ihr Platz nahm.

56

Laurie trat vom Whiteboard zurück und bewunderte ihre Aufzeichnungen. Sie und Jerry hatten die letzten beiden Stunden fieberhaft daran gearbeitet.

»Das ist Rekordzeit«, verkündete sie. »Kann es wirklich sein?«

»Ja.« Jerry erhob sich vom Konferenztisch und streckte die rechte Hand aus, damit Laurie ihn abklatschen konnte. »Wir sind mit den Dreharbeiten fertig.«

Sie hatten das Storyboard für die gesamte Sendung, Szene für Szene. Laurie war überzeugt, einen weiteren Volltreffer gelandet zu haben. Der Glanz, den das wichtigste Fest des Metropolitan Museum ausstrahlte, die Publicity des Falls würden unweigerlich dafür sorgen. Daneben hatten sie neue Indizien zu Virginia und deren Absicht, das Erbe ihrer Kinder massiv zu beschneiden, sowie zu Carters Reaktion auf ihre Pläne. Trotzdem war Laurie nicht ganz zufrieden und überlegte, wie sie an den Fall noch herangehen könnten.

Es war unrealistisch, jedes Mal zu erwarten, dass man den jeweiligen Fall aufklären konnte, dennoch stellte sich bei ihr eine gewisse Enttäuschung ein. Wenn sie an diesem Punkt aufhörten, würde Ivan Gray weiterhin mit dem Verdacht leben müssen, der Mörder zu sein. Das würde nun aber auch noch auf Carter Wakeling zutreffen. Selbst Anna und Peter waren bis zu einem bestimmten Grad betroffen, weil sie nie über Carters Besorgnis wegen des Testaments gesprochen hatten. Sie hatten nicht unbedingt wissentlich einen Mörder geschützt, aber den Ruf der Familie über die polizeilichen Ermittlungen gestellt.

»Ich mach mich mal daran, das alles grob zusammenzuschneiden«, sagte Jerry. »Nach der Arbeit wird gefeiert?«

»Können wir das auf nächste Woche verschieben? Heute Abend bin ich schon verabredet.« Sie traf sich erneut mit Alex. Bei dem Gedanken musste sie lächeln. Davor aber war noch ein Telefonat zu erledigen.

Ihr Vater meldete sich nach dem zweiten Klingeln.

»Hey, Dad. Hast du Zeit, damit ich dich mit einer Frage zu meiner Arbeit belästigen kann?«

»Immer doch.«

Laurie, Timmy und Leo teilten ihren Standort auf ihren jeweiligen Handys. So hatte sie sich vor dem Anruf bereits vergewissert, dass Leo Timmy von der Schule abgeholt hatte und in der Wohnung war. Er freute sich, zum zweiten Mal hintereinander auf seinen Enkel aufpassen zu dürfen, umso mehr, als er erfuhr, dass Laurie sich erneut mit Alex traf.

»Die guten Nachrichten: Das Interview ist Carter Wakeling heute ziemlich an die Nieren gegangen. Erst ist er eine Stunde zu spät gekommen, dann wollte er sich einfach so aus der Affäre ziehen. Als wir ihn damit konfrontiert haben, dass wir von seiner Beziehung zu Penny und den Testamentsplänen seiner Mutter wussten, ist er völlig ausgeflippt und auf Ryan losgegangen. Er hatte sich überhaupt nicht mehr im Griff und hat Ryan einen Kinnhaken verpasst.«

»Laurie, in dieser Verfassung hätte er auch leicht auf dich losgehen können.«

»Das ist mir bewusst. Er hätte mich oder andere angreifen können. Heute habe ich eine Seite an ihm kennengelernt, die einem Angst einjagt. Er wollte wissen, was Anna, Peter und Penny uns erzählt haben.«

»Meine Hauptsorge gilt natürlich dir«, sagte Leo. »Aber ich stimme dir zu, die anderen sind möglicherweise ebenfalls in Gefahr.«

»Dad, ich weiß nicht, was ich machen soll. Einerseits möchte ich nicht verraten, wie weit wir mit unseren Ermittlungen gekommen sind, bis die Sendung ausgestrahlt wird. Andererseits könnte ich es mir nie verzeihen, wenn jemand zu Schaden kommt, weil ich nicht vor den möglichen Gefahren gewarnt habe.«

»Mach dir eines bewusst: Deine Sendung wird hervorragende Einschaltquoten haben, wenn irgendwas Schlimmes passiert, weil du mit deinen Erkenntnissen hinterm Berg gehalten hast. Aber die Polizei wird mit dir dann nie mehr kooperieren.«

Das musste er ihr nicht zweimal sagen. Laurie wusste sehr wohl, wie sehr Leos Ruf bei den Ermittlungsbehörden ihr geholfen hatte, ein gutes Verhältnis zur Polizei aufzubauen. Im Gegenzug teilte sie den Behörden freigebiger ihre Erkenntnisse mit, als das vielleicht andere Journalisten taten.

»Darf ich dir einen Vorschlag machen?«, fragte Leo. »Was, wenn ich Johnny Hon anrufe und ihm erzähle, was du herausgefunden hast? Er kann die neuen Informationen im Kontext der Gesamtermittlungen beurteilen und dann entscheiden, wie er weiter vorgehen will. Er macht mir doch den Eindruck, als könnte man ihm vertrauen.«

»Klingt gut, Dad. Sag mir Bescheid, was dabei herauskommt. Danke.«

»Freut mich, wenn ich dir helfen kann. Ich verlange dafür von dir nur, dass du es dir heute Abend gut gehen lässt.«

Sie beendete das Gespräch. Seine Bitte würde ganz leicht zu erfüllen sein.

Danach hatte sie endlich Zeit, einen Blick auf die Briefpost zu werfen, die sich seit dem Morgen in ihrer Ablage angesammelt hatte. Sie fand einen an sie adressierten braunen Umschlag vom Nachlassgericht vor. Mit dem Brieföffner schlitzte sie ihn auf, während sie zur Tür ging und Grace bat, nachzusehen, ob Ryan Zeit habe. Schließlich hatte er Robert Wakelings Testament angefordert, damit sie es mit dem von Virginia vergleichen konnten. Seine juristische Expertise wäre bei der Durchsicht sicherlich von Vorteil.

Grace schüttelte den Kopf. »Ich hab ihn in den Aufzug steigen sehen, als ich am Kopierer stand. Ich würde glatt vermuten, er kann es kaum erwarten, Ivan von seinem unerwarteten Boxkampf mit Carter Wakeling zu erzählen.«

Laurie rollte mit den Augen. Ryan hatte sich vor der Kamera bislang den Anschein von Objektivität gegeben, trotzdem beunruhigte sie sein enges Verhältnis zu Ivan, wenn die Kameras nicht liefen.

57

Laurie kehrte zum Konferenztisch in ihrem Büro zurück und zog die Dokumente aus dem Umschlag. Wie erwartet handelte es sich um das gemeinsame Testament von Robert und Virginia Wakeling, das nach Roberts Tod ans Nachlassgericht gegangen war.

Sie öffnete den Ordner, den sie von Johnny Hon bekommen hatte, und entnahm ihm Virginias Testament, wie es bei ihrem Tod vorgelegen hatte. Sie war bereits vertraut mit Virginias Vermögenswerten, dazu wusste sie, wie das Vermögen nach Roberts Tod aufgeteilt worden war: Die Hälfte der Unternehmensanteile war damals an Virginia gefallen, jeweils ein Viertel an die beiden Kinder, der Rest des Vermögens war wiederum Virginia übertragen worden.

Der zweite Teil des gemeinsamen Testaments weckte nun Lauries Interesse. Denn hier war aufgeführt, was im unwahrscheinlichen Fall geschehen sollte, wenn Robert und Virginia zur selben Zeit starben.

Laurie hatte sich einen Notizblock bereitgelegt, um sich eventuelle Abweichungen zwischen Virginias Testament und den Sonderklauseln beim gemeinsamen Tod der Eheleute zu notieren. Die Ähnlichkeiten allerdings stachen ins Auge, was Laurie nicht überraschte. Als sie und Greg kurz nach Timmys Geburt ein Testament aufsetzten, waren die Bedingungen ganz einfach: Starb einer von ihnen, würde der andere alles erben; sollten sie beide gleichzeitig sterben, war die Situation etwas komplexer, in diesem Fall mussten Leo und einige Freunde der

Familie bedacht werden, die sich um Timmy kümmern würden. Als Laurie dann unerwartet zur Witwe wurde, nahm ihr Anwalt dieses »Reserve-Testament« – ihre Vorgaben, falls sie und Greg zusammen starben – und verwendete es als Vorlage für ihr eigenes Testament.

Beim Testamentsvergleich sah Laurie, dass Virginia genauso vorgegangen war. Virginias Testament basierte auf denselben Verfügungen, die im gemeinsamen Testament für den Fall eines zeitgleichen Todes erlassen worden waren.

Erst bei der zweiten Durchsicht der einzelnen Punkte fiel ihr ein signifikanter Unterschied auf. Im gemeinsamen Testament hätte Roberts Neffe Tom beim gleichzeitigen Tod der Erblasser 250 000 Dollar in bar erhalten. Da Robert vor Virginia starb, kam dieser Punkt nicht zum Tragen. Im Unterschied zu allen anderen Punkten, die Virginia aus dem gemeinsamen Testament mehr oder weniger gleichlautend übernommen hatte, gab es hier eine Veränderung: Im Fall ihres Todes war Toms Erbanteil jetzt von 250 000 Dollar auf 50 000 Dollar zusammengestrichen worden.

Laurie verzeichnete beide Beträge in ihrem Notizblock und überlegte, was diese Änderung zu bedeuten hatte. Angesichts der Tatsache, dass sich sämtliche Vermögenswerte Virginias auf 200 Millionen Dollar plus die Hälfte des Unternehmens beliefen, machte die fragliche Summe nur einen verschwindend kleinen Prozentsatz aus. Andererseits würden die meisten Menschen den Betrag durchaus bedeutend finden, und die achtzigprozentige Reduzierung dürfte für den Neffen eine einschneidende Veränderung gewesen sein. Es war der einzige Eingriff, den sie vorgenommen hatte. Offensichtlich musste es dafür einen Grund gegeben haben.

Laurie schloss die Augen und versuchte sich vorzustellen, wie es wäre, wenn man so viel Geld hatte. Als sie sie wieder aufschlug, war sie fest davon überzeugt, dass es für Virginia nur einen Grund gegeben haben konnte, das Erbe ihres Neffen – und nur seines – so zu reduzieren: Sie traute ihm nicht im Umgang mit Geld. Erneut dachte sie an das, was Anna von den Auseinandersetzungen Virginias mit ihren Kindern erzählt hatte. Zu Carter hatte Virginia angeblich gesagt, er solle erwachsen werden, er engagiere sich zu wenig für das Unternehmen und sei nur an seinem Vergnügen interessiert. Ihr genauer Wortlaut, so Anna, habe gelautet: »Gäbe es nicht das Geld der Familie, wärst du keinen Deut besser als dein Cousin Tom.«

Laurie hatte Tom als Verdächtigen ausgeschlossen, nachdem Tiffany sein Alibi bestätigt hatte. Jetzt allerdings wollte sie absolut sichergehen, dass sie nichts übersehen hatte, bevor die Endfassung der Sendung festgelegt würde.

Sie ging an ihren Schreibtisch, nahm den Hörer zur Hand und wählte Anna Wakelings Handynummer. Anna klang angespannt. »Was ist passiert? Bitte sagen Sie mir nicht, dass es mein Bruder war.«

»Es ist nicht unbedingt gut gelaufen«, antwortete Laurie. »Er hat kein Geständnis abgelegt, sich aber sehr suspekt verhalten.«

»Weiß er, was Peter und ich Ihnen gesagt haben?«

»Ja. Tut mir leid, Anna, das gehört zu unserer Arbeitsweise. Haben Sie Angst vor Ihrem Bruder?«

»Nein. Jedenfalls glaube ich das nicht. Es war schon schlimm genug, dass wir mit dem Tod unser Mutter leben mussten, ohne Definitives zu wissen. Ich habe mir immer eingeredet, es wäre nur eine Frage der Zeit, bis die Polizei genügend Anhaltspunkte hat, um gegen Ivan vorzugehen. Jetzt weiß ich nicht mehr, was ich glauben soll.«

Jeder Trost, den Laurie anzubieten hatte, würde hohl klingen. »Ich kann Ihnen nur eines sagen: Wir tun alles, um die Wahrheit herauszufinden. Darf ich Ihnen bei der Gelegenheit noch eine Frage zu Tom stellen?« Sie erklärte, was sie über Toms geringe

Erbschaft herausgefunden hatte. »Zu Lebzeiten Ihres Vaters hätte Tom eine Viertelmillion Dollar erben sollen.«

»Mein Vater hatte sich mit seinem Bruder überworfen, aber er mochte Tom. Ich glaube, er gab seinem Bruder die Schuld, dass sich Tom in jungen Jahren so ziellos herumgetrieben hat. Meine Mutter hatte da weniger Verständnis. Sie sah nur, dass Tom immer die Hand aufhielt, wenn er zu uns kam. Ich kann nicht behaupten, es hätte mich überrascht, wenn sie Daddys Plan geändert hätte. Gut, fünfzigtausend Dollar, das war für ihn damals viel Geld, wenn man bedenkt, wo er vor drei Jahren stand. Trotzdem hatten Carter und ich ein schlechtes Gewissen. Deshalb haben wir uns auch entschlossen, ihm eine Stelle im Unternehmen anzubieten, als er uns darum gebeten hat. Wir alle können uns ändern.«

Wo er vor drei Jahren stand. Anna hatte bereits erwähnt, dass Tom keine feste Anstellung hatte und ein Spieler war. »Nach den Fragen, die wir zu Carter aufgeworfen haben, frage ich Sie nur ungern, Anna, aber können Sie sich vorstellen, dass Tom der Täter war?«

»Nein. Aber gestern hätte ich das auch noch über Carter gesagt. Soweit ich mich erinnere, haben sich Tom und seine Freundin in der Porträtsammlung herumgetrieben. Die Frau war etwas überspannt, aber es gibt für mich keinen Grund, warum sie seinetwegen die Polizei belügen sollte. Haben Sie mit ihr geredet?«

»Ja«, antwortete Laurie. »Sie hat bestätigt, dass sie die ganze Zeit mit Tom zusammen war.«

»Gut, dann muss ich wenigstens ihn nicht verdächtigen«, sagte Anna traurig, der die Sorge um ihren Bruder aber deutlich anzuhören war. »Bitte versprechen Sie mir, geben Sie mir sofort Bescheid, wenn Sie etwas über Carter herausfinden – ob so oder so.«

»Mache ich«, versprach Laurie.

58

Detective Johnny Hon legte auf und dachte über das nach, was Leo Farley ihm soeben erzählt hatte. Anna Wakeling und ihr Mann Peter hatten bei ihrer Befragung durch die Polizei zu keiner Zeit ausgesagt, dass Carter nur wenige Stunden vor dem Tod seiner Mutter diese bedrängt habe, auf eine geplante Testamentsänderung zu verzichten. Es war überhaupt das erste Mal, dass jemand außer Ivan Gray das erwähnte.

Hätte er diesen Hinweis unter anderen Umständen erhalten, hätte er die sofortige Befragung aller relevanten Zeugen angeordnet. Aber Leo Farley hatte ihm nahegelegt, zunächst Laurie ihre Arbeit fortführen zu lassen. Da sie nicht für offizielle Ermittlungsbehörden tätig war, musste sie sich nicht an die gesetzlichen Bestimmungen halten – musste potenzielle Verdächtige nicht über ihre Rechte belehren und konnte eventuelle Zeugen dazu überreden, Dinge zu erzählen, die sie der Polizei nie offenbaren würden.

Hon musste zugeben, dass Laurie nach nur zwei Wochen in dem Fall, der fast drei Jahre lang auf Eis gelegen hatte, ein Durchbruch gelungen war.

Andererseits machte sich Hon Sorgen um Carters Verfassung. Jemand, der labil genug war, um den Moderator einer Fernsehsendung vor laufender Kamera tätlich anzugreifen, könnte vielleicht gegenüber anderen ihn belastenden Zeugen auf Vergeltung – oder Schlimmeres – aus sein.

Er trommelte mit den Fingern auf die Schreibtischplatte, während er über sein weiteres Vorgehen nachdachte. Laut Leo hielt sich Carter im Büro von Wakeling Development auf. Er googelte die Adresse in Long Island City und packte sich seinen über die Stuhllehne geworfenen Mantel. Wenn Carter sein Büro verließ, würde er sich an ihn dranhängen und ihn – für alle Fälle – im Auge behalten.

59

Mommy, ich bin sehr froh, dass du und Daddy wieder zu Hause seid.« Vanessa warf sich aufs Sofa neben Anna. Zum insgesamt dritten Mal sagte ihr ihre Tochter nun, wie sehr sie in der vergangenen Nacht, die sie und ihr Mann auf dem Familienanwesen in Connecticut verbracht hatten, ihre Eltern vermisst hatte. Ihren großen Bruder Robbie ließ ihre Abwesenheit mittlerweile völlig kalt. Als er von der Schule nach Hause kam, verzog er sich sofort auf sein Zimmer zu seinen Videospielen.

»Du hast mir auch gefehlt, Liebes.« Anna umarmte ihre Tochter. Sofort lief Vanessa wieder in die Küche, wo sie Kara beim Aufräumen der Lebensmittel half. Anna wünschte sich, ihre Eltern hätten noch miterleben können, was für freundliche und glückliche Enkelkinder sie hatten.

Sie sah auf ihre Uhr. Es war fünf. Tom, ihr Cousin, war sicherlich noch am Schreibtisch. Er war immer der Erste, der kam, und der Letzte, der ging.

Nach dem zweiten Klingeln nahm er ab. »Und, habt ihr beide euren ›freien Tag‹ genossen?«, fragte er.

Bei ihrem Anruf am Morgen hatte sie ihn gebeten, die Vor-Ort-Besichtigung eines Projekts in Astoria für sie zu übernehmen. Sie und Peter, hatte sie als Erklärung angeführt, bräuchten einen Tag für sich, außerdem hatten sie Carter nicht über den Weg laufen wollen. Jetzt, da sie wieder in der Stadt war, kam ihr ihre Besorgnis wegen Carter wie ein kurzzeitiger Anfall von Irrsinn vor. Ivan Gray, wer sonst, hatte ihre Mutter auf dem

Gewissen. Davon war sie überzeugt, sie würde sich von einer Fernsehsendung doch nichts anderes einreden lassen.

»Ich würde es nicht unbedingt ›genießen‹ nennen. Die *Unter Verdacht*-Leute waren heute zum Interview mit Carter im Büro. Ich bin froh, dass wir ihnen nicht begegnen mussten.«

»Carter scheint ziemlich mitgenommen gewesen zu sein«, sagte Tom. »Ich hab ihn darauf angesprochen, aber er ist nur wortlos in sein Büro gestürmt. Sie müssen ihm wohl ziemlich zugesetzt haben.«

Anna war zu erschöpft, um zu beschreiben, welche emotionale Achterbahnfahrt sie seit Laurie Morans erstem Anruf durchmachte. »Wahrscheinlich ist er wütend auf mich und die Entscheidung, dass es für den Ruf der Familie besser ist, mit der Sendung zu kooperieren. Aber sie sind zudringlicher, als ich mir vorgestellt habe. Sie lassen wirklich keinen Stein auf dem anderen. Sie haben mich sogar auf die etwas schräge Frau angesprochen, die du zur Gala mitgebracht hast.«

»Tiffany?«

»Genau. Sogar über dich haben sie Fragen gestellt.«

»Seltsam. Die Produzentin hat mit mir nur einmal kurz im Büro gesprochen, seitdem habe ich von ihr nichts mehr gehört.«

»Wenn wir das bloß alle sagen könnten. Gut, ich rufe nur an, um zu fragen, ob es irgendein Problem bei der Besichtigung gegeben hat.«

»Überhaupt nicht.«

»Danke, Tom. Wirklich, manchmal weiß ich nicht, was ich ohne dich machen würde.« In Wahrheit, dachte sie, kümmerte sich Tom mehr um Wakeling Development als ihr eigener Bruder, aber diesen Gedanken verdrängte sie schnell wieder. Sie schämte sich immer noch, auch nur in Erwägung gezogen zu haben, dass Carter irgendetwas mit dem Mord an ihrer Mutter zu tun haben könnte.

»Kein Problem, Anna. Du musst dir keine Sorgen machen.«

60

Penny erkannte die Nummer – nach fast drei Jahren Funkstille war das nun das zweite Mal, dass er anrief.

»Hallo?«, meldete sie sich so unbeschwert wie möglich.

»Hallo, Penny. Hier ist Carter Wakeling.« Er klang ruhig, fast vorsichtig.

Penny strich den blauen Blazer glatt, den sie über ihrem Kleid trug. Sie konnte sich nicht erinnern, dass Carter sie jemals so förmlich angesprochen hatte.

»Warum rufst du an?«, fragte sie und versuchte kühl zu klingen.

»Hast du mit den Leuten von *Unter Verdacht* gesprochen?«

Sie war versucht, es abzustreiten, nahm aber an, dass er während der Dreharbeiten sowieso alles erfahren würde.

Sie wählte ihre Worte sorgfältig. »Wir haben nur kurz geplaudert. Sie wollten ein paar Sätze von der *ehemaligen Assistentin* deiner Mutter hören.« In ihre Betonung legte sie so viel Sarkasmus wie möglich.

»Ich weiß, du hast von den Notizen meiner Mutter und ihrem Testament erzählt.«

Was hörte sie da in seiner Stimme? Wut? Auf sie?

»Ja. Es gab keinen Grund, nicht davon zu erzählen«, antwortete Penny. Oder doch?

Es folgte ein langes Schweigen, bevor er sagte: »Penny, wir müssen uns sehen. Wo bist du? Ich hole dich ab.«

Penny wollte auf jeden Fall hören, was Carter zu sagen hatte, aber sie wollte keinesfalls allein zu ihm ins Auto steigen.

»Machen wir es so. Treffen wir uns in einer Stunde auf eine Tasse Kaffee im Le Grainne Café in Chelsea, in der Ninth Avenue.«

Carter stimmte sofort zu. Erst nachdem er aufgelegt hatte, wurde Penny klar, dass noch etwas in Carters Stimme mitgeschwungen hatte, so, als hätte er an sich halten müssen, um nicht die Beherrschung zu verlieren. Warum? War er es etwa gewesen, der seiner Mutter auf die Dachterrasse gefolgt war?

61

Laurie saß an ihrem Schreibtisch, als eine Textnachricht von ihrem Vater eintraf: *Ich habe Hon angerufen und ihm Bescheid gegeben. Ich glaube, er weiß es zu schätzen, dass er auf dem Laufenden gehalten wird. Im Moment scheint er erst mal abzuwarten. Ich drücke dir die Daumen.*

Sie tippte ein schnelles *Danke* und verschickte es. Dad hat so viel für meine Sendung getan, dass er es verdient hätte, namentlich im Abspann genannt zu werden, dachte sie. Auch wenn er, wie er immer sagt, mit Brett Young absolut nichts zu schaffen haben möchte.

Sie richtete ihre Aufmerksamkeit wieder auf den Computerbildschirm und sah sich Tom Wakelings drei Jahre alte Facebook-Posts an. Nur Stunden vor der Ermordung seiner Tante hatte er ein Selfie von sich auf dem roten Teppich des Museums gepostet. *Hänge in meinem Smoking mit anderen Stars ab*, lautete die Bildunterschrift.

Der Umstand, dass sich Virginia über den Willen ihres Manns hinweggesetzt und dessen Neffen wesentlich weniger vererbt hatte, ließ Laurie nach wie vor keine Ruhe. Virginia hatte angeblich mit dem Gedanken gespielt, ihren gesamten Besitz, das Unternehmen ausgenommen, unterschiedlichen Wohltätigkeitsorganisationen zu vermachen, der Entscheidung aber, *nur* Toms Erbe zu kürzen, schien etwas völlig anderes zugrunde zu liegen. Hier ging es nicht um moralische oder philanthropische Überlegungen. Hier mussten persönliche Gründe ausschlaggebend gewesen sein, die einzig und allein mit ihrem Neffen zu tun hatten.

Je mehr Laurie durch die sozialen Medien über den »alten Tom« erfuhr, desto besser konnte sie Virginias Unwillen verstehen, ihm größere Geldsummen anzuvertrauen. Allein aufgrund der Facebook-Einträge konnte sich Laurie zusammenreimen, dass Tom mindestens zweimal im Monat Casinos in Atlantic City und in Connecticut aufsuchte. Sie erinnerte sich, dass auch Anna etwas in der Richtung erwähnt hatte. Möglicherweise hatte er also Spielschulden. Die 50 000 Dollar, die er von seiner Tante erbte, waren nicht viel verglichen mit dem Vermögen der Wakelings, aber vielleicht genug, um aus den Schulden zu kommen. Seine Cousine und sein Cousin waren, nachdem sie die alleinige Führung im Unternehmen übernommen hatten, bereit gewesen, ihm eine Stelle anzubieten, in die er anscheinend hervorragend hineingewachsen war.

Das Klingeln des Handys lenkte sie ab. Alex' Name leuchtete auf dem Display.

»Hallo, Euer Ehren, ich freue mich schon sehr auf unser Abendessen.«

»Ich auch. Deshalb rufe ich an. Wir haben für neunzehn Uhr eine Reservierung im Marea, wenn das für dich akzeptabel ist.«

Nachdem Laurie für das gestrige Essen zuständig gewesen war, hatte Alex darauf bestanden, für heute alles zu arrangieren. »Mehr als akzeptabel.« Es war das Restaurant, in dem sie zum ersten Mal allein essen gewesen waren.

»Soll ich dich abholen?«

»Ich weiß noch nicht, wo ich sein werde. Falls noch Zeit ist, würde ich vorher gern nach Hause, um Timmy zu sehen, vielleicht breche ich aber auch gleich von hier auf.« Es war bereits 17 Uhr. »Ich habe mich an den alten Postings eines Zeugen in den sozialen Medien festgebissen. Irgendwas stört mich, und ich kann einfach nicht loslassen.«

»Na, so was aber auch«, sagte er mit einem Lachen. »Soll ich das Essen auf später verschieben?«

»Nein. Aber vielleicht sollten wir uns gleich im Lokal treffen.« Das Gespräch würde Alex wieder einmal daran erinnern, dass eine Beziehung zu ihr als einer Frau, die Karriere und Sohn unter einen Hut bringen musste, nun mal etwas komplizierter war.

»Klingt gut«, sagte er.

»Kann es kaum erwarten.«

Nach dem Telefonat wandte sie sich wieder Tom Wakeling zu. Erneut ermahnte sie sich, es bleiben zu lassen. Tiffany hatte zweifelsfrei bestätigt, dass Tom den gesamten Abend bei ihr gewesen war. Tiffany mochte vielleicht etwas exzentrisch sein, was ja auch Anna bemerkt hatte, dennoch gab es für sie keinen ersichtlichen Grund, zugunsten eines Mannes zu lügen, mit dem sie vor drei Jahren zweimal aus gewesen war.

Und dann fiel es Laurie wie Schuppen von den Augen. Die Erklärung für den ausgelösten Alarm hatte die ganze Zeit direkt vor ihr gelegen. Wie oft hatten Ivan und die Wakelings von Tiffanys wilden Geschichten während der Gala gesprochen? Sie hatte von ihrer Großmutter, der Kabaretttänzerin erzählt, die angeblich eine Affäre mit Präsident Kennedy gehabt hatte und nach Tiffanys Ansicht ein eigenes Kleid in dieser Modeausstellung der First Ladies verdient gehabt hätte.

Hatte Tiffany einen Grund, für Tom zu lügen, ohne dass das unbedingt mit ihm zu tun hatte? Wenn sie diejenige gewesen war, die das Armband gestohlen und den Alarm ausgelöst hatte, schützte sie mit ihrer Lüge in erster Linie doch sich selbst. Tom hatte dann für die Mordzeit möglicherweise gar kein Alibi. Das war zumindest denkbar.

Aber wie bringe ich Tiffany dazu, das zuzugeben?, fragte sich Laurie.

Sie hatte eine Idee. Sie rief die Nummer an, die ihr Tiffany als ihre Privatnummer gegeben hatte. Tiffany meldete sich beim zweiten Klingeln.

»Tiffany, hier ist Laurie Moran von *Unter Verdacht*. Ich wollte Ihnen nur noch mal für Ihre Beteiligung danken und Ihnen mitteilen, dass wir die Sendung am Valentinstag ausstrahlen. Als Anerkennung und Zeichen unserer Wertschätzung möchte ich Ihnen ein Paket mit kleinen Aufmerksamkeiten zukommen lassen. Wenn Sie uns also Ihre Adresse nennen könnten, schicken wir es Ihnen zu.«

Ihre mobile Hochzeitsagentur vermittelte den Eindruck, als würde sie von zu Hause aus arbeiten.

Tiffany nannte ihr eine Adresse in Queens. Laurie sah sie sofort auf Google Maps nach. »Es ist nichts Großartiges«, setzte Laurie ihren Small Talk fort, während sie sich über Street View die Adresse auf dem Bildschirm ansah. »Nur einige Souvenirs von unseren Sendungen.«

»Das ist trotzdem sehr nett von Ihnen.«

Laurie hatte ein Backsteingebäude im Neu-Tudorstil vor sich, ein Einfamilienhaus. »Wir schicken es umgehend raus«, sagte sie. »Ich glaube, ich kenne die Gegend. Forest Hills? Ein wunderbares Viertel.«

»Es ist eigentlich das Haus meiner Großmutter Molly, da hat sie mich großgezogen. Ich bin zurückgekommen, als sie Hilfe brauchte, aber jetzt ist sie im betreuten Wohnen. Trotzdem, es fühlt sich an wie mein Zuhause.«

Laurie dankte ihr nochmals für ihre Hilfe. Ihr nächster Anruf galt Charlotte.

»Hallo, was für ein Zufall, ich wollte dich gerade anrufen«, begrüßte Charlotte sie. »Lust und Zeit auf einen Drink nach der Arbeit? Ich brenne darauf, zu erfahren, wie dein Date mit Alex gelaufen ist.«

»Perfekt. Wir treffen uns heute gleich wieder, mit deinem Drink muss ich dich also vertrösten.«

Das wurde in letzter Zeit zur Gewohnheit.

»Schade, aber ich freue mich für dich. Du hast dir nichts

anmerken lassen wollen, trotzdem hat man dir angesehen, wie sehr er dir gefehlt hat.«

»Ich habe zwar keine Zeit für einen Drink, möchte dir aber, falls möglich, zwei Stunden deiner Zeit rauben. Du müsstest mir noch mal einen Gefallen für die Sendung tun.«

»Bei deinem letzten Rekrutierungsversuch habe ich letztlich ja auch profitiert. Marco Nelson ist jetzt angeheuert und für die Sicherheit unserer Frühjahrsschau zuständig.«

»Da bin ich froh. Ich hatte schon ein schlechtes Gewissen, als wir ihn in dein Büro bestellt haben.«

»Dafür gibt es keinen Grund. Du hast ihm einen Gefallen getan.«

»Ehrlich gesagt, Charlotte, bei dieser Sache sind mehr als nur ein paar Notlügen nötig. Ich möchte dich bitten, dass du dich für jemand anderen ausgibst. Die Zeugin ist nicht gefährlich, sondern eher von der schlichteren Sorte. Aber ich kann verstehen, wenn du sagst, dass du auf so was keine Lust hast.«

»Mach dich nicht lächerlich. Es klingt aufregend. Ich helfe dir gern. Wo treffen wir uns?«

»Ich nehme ein Taxi, wir treffen uns in zehn Minuten vor deinem Büro.«

»Wow, so schnell. Aber ich kann es einrichten.«

»Tut mir leid für die Eile, nur, die fragliche Person ist im Moment definitiv zu Hause, wir müssen uns also sputen.«

Laurie legte auf und hoffte, noch rechtzeitig die Wahrheit über Tiffany herauszufinden, bevor ihre Verabredung mit Alex anstand.

62

Alex starrte auf das unausgefüllte Formular, das er mittlerweile seit fast zwei Wochen mit sich herumtrug. Ein Mitarbeiter vom Justizausschuss des Senats hatte am Morgen angerufen und ihn darauf hingewiesen, dass seine Nominierung ausgesetzt würde, wenn man nicht umgehend mit der notwendigen Überprüfung der persönlichen Verhältnisse des Bewerbers beginnen könne. Alex hatte zugesagt, das Dokument am folgenden Morgen einzureichen.

Jeder Abschnitt war ausgefüllt, bis auf eine Frage: »Biografische Informationen zu allen Personen, die eine vergleichbare Rolle einnehmen wie der unter den Punkten (a) und (b) aufgeführte Personenkreis, ohne Berücksichtigung von rechtlichen Verwandtschaftsverhältnissen (wie Geschlechtspartner, zeitweilige Mitbewohner, finanziell abhängige Personen [adoptiert oder nicht-adoptiert] etc.).«

Alex drehte sich auf seinem Schreibtischstuhl, bewegte die Maus, um den Computer aufzuwecken, und öffnete das Dokument.

Er gab drei Personen ein: Laurie Moran, Timothy Moran und Leo Farley. Die Geburtsdaten von Laurie und Timmy kannte er auswendig, Leos Daten sah er online nach. Nach Wochen des Schweigens war er mit Laurie nur einmal beim Essen gewesen, aber wenn er jetzt diese Frage beantworten musste, dann setzte er auf eine Zukunft mit der Frau, die er liebte.

63

Johnny Hon saß hinter dem Steuer seines Dienstwagens. Der Impala stand auf der anderen Straßenseite gegenüber der Zentrale von Wakeling Development. Er hatte die Nummernschilder der Wagen auf den reservierten Parkplätzen überprüfen lassen. Der schwarze Range Rover mit dem personalisierten Kennzeichen »WAKE2« gehörte Carter Wakeling.

Er sah auf die Uhr. Drei Minuten nach fünf. Virginia Wakelings Sohn war ihm während der ursprünglichen Ermittlungen nicht unbedingt als jemand aufgefallen, der in der Arbeit seine alleinige Erfüllung fand. Wenn er raten müsste, würde er sagen, dass Carter keine Minute länger als nötig blieb.

Und wirklich, zwei Minuten später marschierte er auf seinen Wagen zu und ließ den Motor an. In den letzten drei Jahren, in denen Hon ihn nicht mehr gesehen hatte, war er etwas fülliger geworden, sah für sein Alter aber immer noch sehr jugendlich aus. Jugendlich und angespannt.

Als Carter losfuhr, folgte Hon ihm und achtete darauf, immer einen halben Block Abstand zu halten.

64

Laurie nannte dem Taxifahrer Charlottes Büroadresse und rief gleich darauf Sean Duncan an.

Zu ihrer Erleichterung ging er sofort dran. »Ich habe schon befürchtet, Sie würden um fünf Schluss machen.«

»Das passiert nie, leider.«

»Ich habe eine Frage an Sie. Zwei Gäste der Met-Gala haben damals ausgesagt, dass sie sich zur Tatzeit in die Ausstellungsräume mit den amerikanischen Porträts im ersten Stock geschlichen haben.«

»Das ist durchaus möglich. Den Gästen fällt es nicht immer leicht, sich während der Gala an die Vorschriften zu halten. Sie würden nicht glauben, wie viele Stars es für vollkommen normal halten, einfach eine Zigarette – oder anderes – zu rauchen.«

Laurie hatte Tiffanys Worte im Ohr, als sie von ihrem Ausflug mit Tom in den ersten Stock erzählte: *Jedenfalls haben wir uns in den ersten Stock geschlichen. Da war sonst keiner mehr. Es war richtig toll. Wir konnten überall hin.*

»Sie selbst haben gesagt, die meisten Kameras seien ausgeschaltet gewesen, weil an dem Abend die Videoüberwachungsanlage in den abgesperrten Bereichen des Museums gewartet wurde.«

»Das ist richtig.«

»Von den Personen, die sich laut eigener Aussage im ersten Stock aufgehalten haben, hat jemand gesagt, sie hätten überall hin gekonnt; es sei sonst niemand mehr da gewesen. Ist das möglich?«

»Das erscheint mir nun eher unwahrscheinlich. Wir hatten dort oben Leute, die an den Kameras gearbeitet haben. Nicht unbedingt viele. Ich kann mir also vorstellen, dass sich jemand unbemerkt nach oben schleichen konnte, aber um weiter unentdeckt zu bleiben, hätte er schon einigen Aufwand betreiben müssen.«

»Das widerspricht der Aussage meiner Zeugin. Sie hat eindeutig behauptet, sie seien völlig allein durch die Ausstellungsräume gestreift.«

»Nein. Wenn sie sich auf dem gesamten Stockwerk herumgetrieben hätten, wären sie auf jeden Fall mehreren Handwerkern begegnet.«

»Verstanden.«

»Klingt ja so, als kämen Sie voran.«

»Das hoffe ich doch.« Sie dankte ihm erneut, bevor sie das Gespräch beendete.

Die ganze Zeit war sie überzeugt gewesen, dass der Alarm irgendwie mit dem Mord zu tun haben musste. Die Polizei war der Meinung, der Alarm sei ausgelöst worden, um für Ablenkung zu sorgen, sodass der Täter Virginia auf die Dachterrasse folgen konnte. Allerdings hatte Laurie nie verstanden, warum er dazu eine Stelle wählte, die mitten im Ausstellungsraum lag, wo man nur umständlich wieder wegkam.

Jetzt wurde ihr allmählich klar, was sich an diesem Abend möglicherweise abgespielt hatte.

Die impulsive Tiffany schien von der Puppe mit Jackie Kennedys Robe das Armband gestohlen zu haben. Als die Polizei eintraf – nicht wegen des Diebstahls, sondern wegen des Mordes an Virginia –, wurden die Gäste gefragt, wo sie sich zur Tatzeit aufgehalten hatten. Tiffany musste Tom den Diebstahl gestanden und ihn gebeten haben, sie zu decken, indem er sagte, sie hätten sich die gesamte Zeit zusammen in der Porträtsammlung herumgetrieben. Damit gaben sie zwar zu, sich nicht an die Vorschriften gehalten zu haben, aber dieser mindere Verstoß schützte sie davor, wegen des gestohlenen Armbands belangt zu werden.

Und Tom, vermutete Laurie, war nur allzu gern zu dieser Lüge bereit gewesen, um eine ihm kaum bekannte Frau zu schützen, wenngleich aus einem ganz anderen Motiv.

Das Taxi hielt an. Charlotte stieg zu ihr ein. Gegen die Kälte trug sie einen marineblauen Wickelmantel.

»Also, wie ist der Plan?«, fragte sie.

Laurie erläuterte ihr alles während der Fahrt nach Queens.

65

Tiffany Simon ging die Checkliste für die Hochzeitszeremonie durch, die für den folgenden Abend auf einer Feuerwache in Brooklyn geplant war, wo der Bräutigam als Feuerwehrmann arbeitete. Die beiden Ehepartner hießen Luke und Laura, was Tiffany an die geliebten »Geschichten« ihrer Großmutter erinnerte. Denn Großmutter Molly hatte immer gesagt, keine Seifenoper-Liebesgeschichte würde jemals die von Luke und Laura aus *General Hospital* in den 1980ern übertreffen.

Sie hatte gerade das Skript für die Zeremonie zusammengestellt, als es an der Tür klingelte. Sie spähte durch den Spion. Draußen stand eine Frau, wahrscheinlich Ende dreißig, in einem eleganten marineblauen Mantel.

»Hallo?«, rief sie durch die geschlossene Tür.

»Ich suche eine Molly. Mein Name ist Jane Martin. Ich bin Rechercheurin im Auftrag eines Buchverlags.«

Tiffany öffnete die Tür. »Molly ist meine Großmutter. Das ist ihr Haus, aber sie ist mittlerweile in einem Heim für betreutes Wohnen.«

»Kann ich trotzdem reinkommen? Ich bin dabei, einige Fakten zu überprüfen, für ein Buch, das wir herausgeben. Es fällt uns nämlich schwer, einige Behauptungen des Autors zu überprüfen. Es geht dabei um Ihre Großmutter.«

Tiffany bedeutete der Frau einzutreten.

»Wow, das ist ja unglaublich«, entfuhr es Charlotte alias Jane Martin, als sie sich ehrfürchtig umsah – so erging es den meisten, wenn sie das Wohnzimmer betraten.

»Alles Erinnerungsstücke an das fantastische Leben meiner Großmutter«, sagte Tiffany stolz.

Die Wände waren voll mit Fotos, die Großmutter Molly bei ihren Kabarettauftritten und in Gesellschaft von Berühmtheiten zeigten. Mindestens ein Dutzend ihrer Lieblingskostüme waren ausgestellt, dazu die Miniaturversionen dieser Kleider, getragen von Puppen, die auf Stühlen und Beistelltischen platziert waren.

»Was wäre sie aufgeregt, wenn sie wüsste, dass eine Verlagsmitarbeiterin sie besuchen kommt.«

»Ich würde Ihnen ja gern sagen, dass es in dem Buch nur um Ihre Großmutter geht, aber bei dem Projekt handelt es sich um eine Präsidentenbiografie. Der Autor hat eine Reihe von bislang nicht veröffentlichen Fakten über verschiedene Präsidenten zusammengetragen. Sie können sich wohl vorstellen, dass es nicht immer einfach ist, diese längst vergangenen Sachverhalte nachzuprüfen.«

»Ich helfe Ihnen gern, wenn ich kann. Geht es um die Affären, die sie mit Präsidenten hatte?«

»Ach, dann wissen Sie davon?«

»Meine Großmutter war eine so schöne Frau, dass ihr die Männer scharenweise zu Füßen lagen, sogar drei Präsidenten waren in sie verliebt.«

»Drei? Dann muss sie ja umwerfend gewesen sein.«

»Ja, das war sie.«

Charlotte hoffte, ihre nächste Frage würde ganz ungezwungen klingen. »Hatte sie denn einen Favoriten?«

»Jack Kennedy natürlich. Sie können sich schon vorstellen, warum. Er war ebenfalls umwerfend. Bei einer Benefizvorstellung im Kabarett kam einer der Gastgeber auf sie zu und sagte ihr, er wolle sie mit dem Präsidenten bekannt machen. So kam eins zum anderen, und meine Großmutter und der Präsident begannen eine Liaison. Natürlich wusste sie, dass es nichts

Dauerhaftes war, aber zu ihrem Geburtstag schenkte er ihr ein hübsches Armband mit Glücksanhängern. ›Du bist mein Glücksbringer‹, hat er ihr gesagt. Können Sie sich vorstellen, wie sie sich gefühlt hat?

Nun, wir wissen leider alle, was passiert ist. Großmutter ist nie darüber hinweggekommen, und dann, Jahre später, ist jemand in ihre Garderobe eingebrochen und hat einen Teil ihres Schmucks gestohlen, unter anderem dieses Armband. Dabei war es ihr Ein und Alles, weil es sie immer an ihn erinnerte. Der Verlust hat ihr schier das Herz gebrochen.«

»Sie muss damals noch sehr jung gewesen sein«, sagte Charlotte.

»Ja, das war sie. Außerdem war sie so schön, dass ein arabischer Prinz ihr einen Heiratsantrag gemacht hat, genau wie der Herzog von Wellington. Und das nach drei Präsidenten.«

Die Großmutter musste wirklich ziemlich umtriebig gewesen sein, dachte sich Charlotte. »Wann hat Ihre Großmutter geheiratet?«

»Oh, nicht bevor sie vierzig war. Leider hat mein Großvater nicht viel getaugt. Großmutter hat meine Mutter allein großgezogen, und dann sind meine Mutter und mein Vater bei einem Autounfall ums Leben gekommen, und sie hat auch noch mich großgezogen. Ich habe ihr unheimlich gern zugehört, wenn sie mir Geschichten aus ihrem wunderbaren, aufregenden Leben erzählt hat. Jetzt ist sie in einem Heim, und ich weiß, sie wird nicht mehr lange leben. Ich wünsche ihr nur eines – dass sie so glücklich ist wie möglich.«

»Eine wundervolle Einstellung, Tiffany«, sagte Charlotte.

»Durch sie habe ich mir vorgenommen, jeden Tag in meinem Leben so zu leben, als wäre es der letzte. Großmutters Geschichten werden also in Ihrem Buch vorkommen?«

Charlotte hatte ein schlechtes Gewissen, als sie antwortete: »Ich sammle nur die Geschichten und gebe sie an den Autor weiter. Tut mir leid, wenn ich das nicht richtig klargemacht habe.«

»Ist vielleicht auch ganz gut, wenn sie nicht veröffentlicht werden«, seufzte Tiffany. »Die Aufregung wäre vielleicht zu viel für sie.«

»Also, erzählen Sie mir doch mehr über dieses Armband von Präsident Kennedy.«

66

Carter wartete schon, als Penny in dem zum Treffpunkt bestimmten französischen Bistro eintraf. Anders als früher, als er sich immer für einen Tisch ganz hinten im Lokal entschieden hatte, um von Freunden oder Familienmitgliedern nicht gesehen zu werden, hatte er jetzt an einem Tisch vorn an der Fensterfront Platz genommen.

Als er sie erblickte, sprang er auf und umarmte sie überschwänglich. »Penny, du hast ja keine Ahnung, wie sehr du mir gefehlt hast.«

All die Wut und Kränkung, die sich in den vergangenen Jahren bei Penny angestaut hatten, brachen wieder über sie herein. Der Kellner kam an ihren Tisch, und sie bestellte sich schwarzen Kaffee.

»Carter, was soll das?«, entgegnete sie kühl, als der Kellner außer Hörweite war. »Was für eine Unverfrorenheit, mir zu sagen, ich hätte dir gefehlt! Vor drei Jahren hast du mich aus heiterem Himmel fallen lassen, du hast nie zurückgerufen. Ich war dir nicht gut genug, dachtest, ich würde nicht in die Wakeling-Familie passen. Es war dir völlig egal, wie sehr du mich gekränkt hast. Ich hatte verdammt viel Zeit zum Nachdenken, und Tatsache ist, ich hätte dich in den Wind schießen sollen. Ivan hat mir immer gesagt, ich würde meine Arbeit vernachlässigen. Da hatte er recht. Wie oft bin ich zu spät zur Arbeit gekommen und zu früh wieder gegangen, weil ich mich mit dir treffen wollte? Fast immer warst du der Grund dafür.«

»Penny, es tut mir leid.«

»Es kann dir gar nicht leid genug tun. Aber nur für den Fall, dass dir dieser Gedanke noch nicht gekommen sein sollte: Im Nachhinein betrachtet, hast du mir einen großen Gefallen getan. Du bist faul. Du beschwerst dich, weil du eifersüchtig auf deine Schwester bist. Sie hat immer hart gearbeitet. Im Gegensatz zu dir.«

Carter schüttelte den Kopf.

»Tu es nicht ab. Ich bin noch nicht fertig. Ich hänge mich in meinen Job rein, und ich werde Erfolg haben. Nur ein Letztes noch: Ich bin zu dem Schluss gekommen, dass du und deine Familie nicht gut genug für mich seid. Wie gefällt dir das zur Abwechslung?«

Es folgte eine lange Pause. Dann sagte Carter, leise und abgehackt: »Und jetzt hörst du mir zu.«

Penny kämpfte mit den Tränen, sie griff nach einer Papierserviette, damit ihre Mascara nicht verschmierte. »Du hast mir nichts zu sagen.« Sie schob den Stuhl zurück und wollte sich schon erheben. Mit einem Mal aber beugte sich Carter vor und packte sie an beiden Handgelenken. Sie wand sich, aber er zwang sie, wieder Platz zu nehmen.

»Als Erstes: Du hast recht. Mein Leben lang habe ich mich in meinem Selbstmitleid gesuhlt. Anfangs hat mein Vater mich zu Meetings und Projektbesprechungen mitgenommen. Aber es hat mich alles gelangweilt. Ich bin mitgegangen, weil ich musste. Es hat mir nicht gefallen, dass andere mein ganzes Leben bereits verplant hatten. Ich habe mich nicht angestrengt, weil ich nicht interessiert war an der Arbeit. Erst jetzt, als ich mich bei dem Interview für diese Fernsehsendung zum Idioten gemacht habe, bin ich in mich gegangen und war ehrlich zu mir selbst. Alles, was du gesagt hast, ist wahr. Und ich werde mich ändern. Ich bin einundvierzig Jahre alt, und ich werde keine Minute mehr verschwenden. Zum ersten Mal werde ich mich anstrengen, weil ich es so will. Vor allem aber gibt es da noch etwas, was ich will und was ich brauche.

Du hast mir wirklich gefehlt, jede Minute, an jedem Tag in diesen drei Jahren. Ich liebe dich, Penny. Ich weiß, ich verdiene es nicht, aber bitte, gib mir die Chance, mit dir noch mal von vorn anzufangen.«

Penny wusste, ihr Gesichtsausdruck würde ihm die Antwort verraten.

»Carter, ich hab ein kleines Problem«, sagte sie.

»Welches?«

»Ich kann meinen Kaffee nicht trinken, wenn du mir beide Handgelenke festhältst.«

Sie brachen beide in Gelächter aus.

67

Laurie wartete an der Straßenecke in Queens, solange Charlotte mit Tiffany sprach. Es dauerte keine zwanzig Minuten, bis Charlotte wieder auftauchte, aber es fühlte sich wie Stunden an.

»Wie ist es gelaufen?«, fragte Laurie. »Hat sie vom Armband erzählt?«

»Immer mit der Ruhe«, antwortete Charlotte. »Als Erstes: Dieses Haus ist wie eine Reise in eine Fantasiewelt. Du bekommst Kostüme zu sehen, die die Großmutter im Kabarett getragen hat, und Puppen mit ihren Kleidern.«

»Hast du alles aufgezeichnet?«

Charlotte spielte ihr den Anfang der Aufnahme vor. Die Stimmen waren glasklar zu hören. Sie tippte auf ihrem Handy herum. »Ich schick dir die Aufnahme per Mail, jetzt gleich.«

»Du bist großartig. Was hat sie über das Armband erzählt?«

»Ihre Großmutter, die Kabaretttänzerin, hat in ihrer ganz eigenen Welt gelebt. Sie hat Tiffany aufgezogen, und die erzählt jetzt ihre Geschichten. Die meisten, wenn nicht alle, sind offensichtlich erfunden. Laut Tiffany soll die Großmutter Affären mit drei Präsidenten, einem arabischen Prinzen, dem Herzog von Wellington und weiß Gott noch gehabt haben.«

»Hat sie von John F. Kennedy erzählt?«

»Oh, der war ihr der Liebste, und hier kommt jetzt das Armband ins Spiel. Laut Tiffany hat er der Großmutter ein Armband mit Glücksanhängern geschenkt, genau so eines wie das, das im Metropolitan Museum ausgestellt war. Angeblich hat er zu ihrer Großmutter gesagt, sie sei seine Glücksbringerin. Laut Tiffany war das Armband ein Symbol von JFKs Liebe. Leider wurde es ihr zusammen mit anderem Schmuck aus der Garderobe gestohlen, und der Verlust brach der Großmutter das Herz. Mittlerweile ist sie in einem Altenheim, sie soll sehr krank sein, aber sie spricht wohl immer noch von diesem Armband.«

»Das erklärt alles. Warum Tiffany das Armband aus der Ausstellung gestohlen hat, warum sie es ihrer Großmutter schenken wollte. Als ihr dann klar wurde, dass sie ein Alibi braucht, hat sie Tom Wakeling gebeten, für sie einzustehen. Das ist das fehlende Puzzleteil – das, das mir keine Ruhe gelassen hat. Ich werde sofort bei ihr vorbeischauen, vielleicht kann ich sie dazu bringen, die Wahrheit zu sagen.«

»Vielleicht sollte ich mitkommen.«

»Nein. Es ist besser, wenn ich allein mit ihr rede. Ich habe dich schon lange genug beansprucht.«

Laurie winkte ein vorbeifahrendes Taxi heran, wartete, bis Charlotte eingestiegen war, und ging dann zu Tiffanys Haus.

Tiffany war offensichtlich überrascht, als Laurie vor ihrer Tür stand. »Überbringen Sie mir Ihr Dankeschönpräsent? Das hätten Sie aber nicht persönlich tun müssen.«

»Nein, es geht leider um etwas anderes, Tiffany. Darf ich reinkommen?«

68

Charlotte hatte nicht übertrieben, dachte sich Laurie, als sie von Tiffany ins Haus gebeten wurde. Alles war mit Erinnerungsstücken vollgestopft.

»Ich muss mich bei Ihnen entschuldigen«, begann Laurie. »Die Frau, die Sie eben besucht hat, arbeitet gar nicht für einen Verlag. Sie hat sich nur als Rechercheurin ausgegeben.«

Tiffany schnappte empört nach Luft. »Das ist ...«

Laurie hob die Hand. »Es tut mir leid. Ich habe meine Gründe, die kann ich Ihnen auch erklären, aber später, denn die Sache ist dringend. Ich weiß, Sie haben bei der Gala den Alarm in der Kostümausstellung ausgelöst. Am wenigsten interessiert mich dabei das Armband. Denn ich will einen Mörder finden.«

»Woher wissen Sie ...«

»Dafür ist jetzt keine Zeit, Tiffany, und mir wäre es wirklich lieber, wenn ich das alles anders handhaben könnte. Sie dachten, Tom würde Ihnen einen Gefallen tun, als er Sie gedeckt hat, gleichzeitig haben aber auch Sie *ihm* ein Alibi verschafft. Ich glaube nämlich, dass er Virginia Wakeling umgebracht hat.«

Tiffany wurde kreidebleich. »Aber das kann nicht sein.«

»Ich weiß, es ist schwer zu glauben.«

»Bei dem Armband ... mir war klar, dass es nicht besonders wertvoll ist.« Tiffany hatte jetzt Tränen in den Augen. »Aber als ich es gesehen habe, wusste ich, wie begeistert Großmutter sein würde.«

»Verstehe. Aber jetzt haben Sie die Möglichkeit, alles wiedergutzumachen«, sagte Laurie. »Wollen Sie bestätigen – gegenüber der Polizei und vor der Kamera –, dass Sie gar nicht mit Tom Wakeling im ersten Stock gewesen sind?«

»Dann wird man mich verhaften. Ich weiß es.«

»Man wird Sie nicht verhaften. Ich kenne den leitenden Beamten der Mordkommission. Ich bin mir sicher, dass man Ihnen Straffreiheit zusichert, wenn Sie aussagen. Erzählen Sie mir also genau, was geschehen ist.«

»Ich bin in Panik geraten, als ich den Trubel gehört und gewusst habe, dass etwas passiert ist«, begann Tiffany nervös. »Also bin ich zurück zur Gesellschaft, ohne dass man mich erwischt hatte. Aber dann ist die Polizei gekommen und hat Fragen gestellt. Da hatte ich Angst.

Ich habe Tom gestanden, was ich getan habe, und er hat mir angeboten, mir ein Alibi zu geben. Wir haben uns nach dem Dinner *wirklich* in die Porträtsammlung geschlichen und uns über die Bilder lustig gemacht. Als wir Leute kommen hörten, haben wir uns versteckt ... das waren irgendwelche Handwerker. Tom hat vorgeschlagen, dass wir wieder runtergehen, damit uns niemand entdeckt, und auf dem Weg dorthin habe ich das Armband genommen.

Ich war ihm so dankbar, als er sagte, wir seien die ganze Zeit zusammen gewesen. Mir wäre niemals auch nur der Gedanke gekommen, dass er dafür ein anderes Motiv gehabt hätte. Mein Gott! Sie meinen wirklich, Tom hat die arme Frau umgebracht?«

»Durch Sie, Tiffany, sind wir der Wahrheit ein großes Stück näher gekommen. Ich werde alles mit der Polizei klären und Sie morgen mit einem Kamerateam besuchen. Bis dahin sperren Sie die Tür zu, und rufen Sie auf jeden Fall die Polizei, wenn Tom mit Ihnen Kontakt aufnehmen will.«

Die Angst stand Tiffany ins Gesicht geschrieben.

»Ich meine, nur für den Fall«, beruhigte Laurie sie. »Er hat keine Ahnung, dass ich ihn verdächtige.«

Erneut bedankte sich Laurie ganz herzlich bei Tiffany. Sie wartete, bis der Riegel hinter der Tür vorgeschoben wurde, bevor sie sich auf den Weg machte.

69

Johnny Hon saß nach wie vor hinter dem Steuer. Er war Carter Wakeling nach Manhattan gefolgt, über den FDR Drive nach Süden und dann durch die City nach Chelsea. Er sah, wie Carter in der 21st Street, zwischen der Eighth und Ninth Avenue, den Wagen abstellte und um die Ecke in ein Café ging.

Keine Minute später betrat eine Frau das Lokal. Hon beobachtete sie aus dem Auto heraus mit dem Fernglas und erkannte sie als Penny Rawling. Eine schlanke Frau mit klassischem Profil. Wegen ihrer hellen Haut, den strahlend blauen Augen und tiefschwarzen Haaren hatte einer der Detectives ihr den Spitznamen Schneewittchen verpasst.

Als er sie an Carter Wakelings Tisch Platz nehmen sah, schob er das Polizeischild hinter die Windschutzscheibe, folgte ihr ins Café und setzte sich in eine entfernte Ecke, wo er sie im Blick hatte. Er hatte die beiden drei Jahre zuvor befragt und wollte keinesfalls erkannt werden.

Von Leo wusste er, dass Penny zu jenen Zeugen gehörte, die mit neuen Informationen aufwarten konnten und Carter möglicherweise mit dem Mord an seiner Mutter in Zusammenhang brachten. Angeblich habe sie vor drei Jahren Carter erzählt, dass seine Mutter seinen Erbanteil gravierend verringern wolle.

Plötzlich aber richtete Penny den Blick zu Boden, als würde sie weinen, zog schließlich Papierservietten aus dem Spender auf dem Tisch und tupfte sich die Augen. Kurz darauf beugte sich Carter vor und packte sie an beiden Handgelenken.

Hon konnte nicht genau sagen, was zwischen den beiden vor sich ging, aber er war jetzt höchst besorgt. Es sah ganz danach aus, als würde Carter sie bedrohen oder unter Druck setzen. Penny war darüber zumindest so erschreckt, dass sie in aller Öffentlichkeit in Tränen ausbrach. Wer wusste, was noch passieren würde, falls sie sich nicht beruhigte oder Carter in Panik geriet.

Aber dann lachten die beiden plötzlich. Carter ließ ihre Handgelenke los, und es war zu sehen, dass Penny wieder völlig entspannt war – trotz allem, was zwischen ihnen vorgegangen war.

Johnny Hon winkte nach der Rechnung und kehrte zu seinem Wagen zurück. Seine Intuition sagte ihm, dass Carter Wakeling kein Mörder war, aber er hatte auch schon Mörder gesehen, die so unschuldig wie Chorknaben aussahen. Er würde ihn nicht aus den Augen lassen. Wenn er mit Rawling in seinen Wagen oder in ein Taxi stieg, würde er sich an sie dranhängen, keine Frage.

70

Laurie verließ Tiffanys Haus, drückte auf Senden und sah auf die Uhrzeit.

Das von Charlotte aufgezeichnete Gespräch mit Tiffany war auf dem Weg zu Jerry. Sie versuchte ihn anzurufen. Es war 18.45 Uhr. Oft harrte er noch viel später im Büro aus, heute jedoch hatte er es wohl kaum erwarten können, die Fertigstellung des Storyboards zu feiern. Sie hörte es zum vierten Mal klingeln und sah Jerry und Grace schon bei Cocktails im Tanner Smith's, dem Lokal, dessen Ambiente einer Flüsterkneipe zur Prohibitionszeit nachempfunden war und in dem sie sich gern einfanden, wenn Laurie nicht dabei war.

Sie wartete auf die vertraute Ansage und hinterließ nach dem Ton eine Nachricht: »Ruf mich so schnell wie möglich zurück. Ich weiß, wer Virginia umgebracht hat. Wir müssen uns gleich morgen früh treffen und alles Weitere besprechen. Einer Zeugin muss Straffreiheit zugesichert werden, und Ryan muss mindestens noch eine Person interviewen. Also ruf mich an.«

Als sie das Gespräch beendete, war es 18.48 Uhr. In zwölf Minuten sollte sie Alex in der Central Park South treffen. Die Fahrt nach Queens hatte eine Dreiviertelstunde gedauert, die Rückfahrt sollte in weniger zu schaffen sein, dennoch käme sie auf der Brücke nur im Schneckentempo voran.

Die U-Bahn, beschloss sie, wäre die schnellste Option. Der F-Train hielt nicht weit von ihrem Treffpunkt entfernt, trotzdem würde sie zu spät kommen. Aber er würde dafür Verständnis haben, das wusste sie. Am vergangenen Abend hatten sie sich sehr wohl miteinander gefühlt, als wären sie vollkommen auf einer Wellenlänge. Diesmal begegneten sie sich ohne jede Zurückhaltung.

Sie rief auf ihrem Handy Alex' Telefonnummer auf und wollte ihm eine Nachricht schicken. Sie hatte noch nicht mit dem Tippen begonnen, als sie hinter sich Schritte hörte.

71

Tom Wakeling war gerade aus seinem Wagen gestiegen, als er eine ihm unbekannte Frau das Haus verlassen sah, wo er drei Jahre zuvor Tiffany zu ihren beiden Dates abgeholt hatte. Die Fremde trug einen marineblauen Wickelmantel und ging zur Ecke. Dann beschleunigte sich sein Puls, als er sah, dass dort Laurie Moran auf sie wartete.

Die beiden unterhielten sich kurz, bevor die Frau im Mantel in ein Taxi stieg und davonfuhr. Laurie ging allein zu Tiffanys Haus. Er wartete fünf Minuten, ohne zu wissen, was er jetzt tun sollte.

Er hatte sich einen Plan zurechtgelegt, nachdem er von Anna erfahren hatte, dass die TV-Leute Fragen zu Tiffany gestellt hatten. In seiner Tasche hatte er ein Päckchen mit Schmerzmittel, Tiffanys Tod sollte aussehen, als wäre sie an einer Überdosis gestorben. Außerdem hatte er eine Waffe dabei und würde sich nicht scheuen, sie einzusetzen, falls er sie zwingen musste, die Tabletten zu schlucken. Eine so überdrehte Frau wie sie würde die Polizei schlicht als weiteres Opfer der landesweiten Opiatsucht einstufen. Alles lief im Moment so großartig in seinem Leben, da konnte und wollte er nicht das Risiko eingehen, dass Tiffany ihre Aussage widerrief. Ihre Geschichte, nach der sie gemeinsam durch den ersten Stock gestreift waren, hatte ihn nach dem furchtbaren Aufenthalt auf der Dachterrasse vor weiteren Ermittlungen geschützt.

Er stand, verborgen hinter einer großen Kiefer, auf dem Bürgersteig vor dem Nachbarhaus und tat so, als würde er telefonieren. Tiffanys Eingangstür behielt er im Blick. So sah er, als sich Laurie von Tiffany verabschiedete und direkt an ihm vorbeiging. Er fürchtete schon, sie würde ihn bemerken, aber sie war zu sehr mit ihrem Handy beschäftigt.

Er war so nah, dass er sie klar und deutlich hörte. »Ruf mich so schnell wie möglich zurück. Ich weiß, wer Virginia umgebracht hat. Wir müssen uns gleich morgen früh treffen und alles Weitere besprechen. Einer Zeugin muss Straffreiheit zugesichert werden, und Ryan muss mindestens noch eine Person interviewen. Also ruf mich an.«

Tom verfluchte sich im Stillen. Bis heute hatte seine Glückssträhne angehalten. Nach dem Vorfall auf der Museumsterrasse war damals plötzlich Tiffany aufgetaucht und hatte ihm gestanden, irgendein Armband geklaut zu haben. Kein sehr wertvolles Schmuckstück, wie sie schwor, aber ihr Geständnis hatte bei ihm nur den Eindruck bestärkt, dass sie völlig irre war. Gleichzeitig aber konnte er sein Glück kaum fassen, denn mit einem Mal hatte er ein Alibi für die Tatzeit. Seine Tante hinterließ ihm lediglich lausige 50 000 Dollar, aber die reichten, um seine Spielschulden zu bezahlen. Und anders als Onkel Bob oder Tante Virginia gaben ihm seine Cousine und sein Cousin die Chance, sich im Unternehmen zu bewähren. An diesem fürchterlichen Abend hatte er seinem Leben eine neue Wendung gegeben.

Jetzt allerdings schien ihn sein Glück zu verlassen. Wäre er nur ein wenig früher gekommen, hätte sein Plan noch funktionieren können. Dafür war es jetzt zu spät. Offensichtlich war Tiffany dazu überredet worden, ihre Aussage zu ändern, und die Leute von *Unter Verdacht* würden ihn jetzt penibel unter die Lupe nehmen. Laut Anna waren sie unerbittlich.

Er würde geschnappt werden – es sei denn, ihm fiel etwas ein, um sowohl Tiffany als auch Laurie Moran endgültig zum Schweigen zu bringen.

Leise näherte er sich Laurie von hinten und zog die Glock aus dem Hosenbund. Sie schien ihn nicht zu hören, erst als er direkt hinter ihr stand, drehte sie sich um. Da hatte er die Waffe bereits auf sie gerichtet.

»Halten Sie den Mund und tun Sie, was ich Ihnen sage«, flüsterte er und drückte ihr die in seinem Mantel verborgene Pistole gegen die Hüfte. »Wir machen jetzt einen kleinen Spaziergang.«

Er bemerkte nicht, dass Laurie das Handy aus der Hand glitt, als er sie zurück zu Tiffanys Haus dirigierte.

72

Vergeblich suchte Laurie nach einer Möglichkeit zur Flucht. Tom hatte sich an ihrem Arm untergehakt und führte sie zu Tiffanys Haus zurück. Mit der anderen Hand drückte er ihr eine Pistole in die Seite.

Ein Passant kam ihnen entgegen, die einzige Person, die weit und breit zu sehen war, aber sein Blick war einzig auf sein Handy gerichtet. Toms Griff verstärkte sich. Am liebsten hätte sie um Hilfe gerufen, wusste aber, dass sie dann beide sterben würden. Also versuchte sie dem anderen einen flehentlichen Blick zuzuwerfen, aber er war zu sehr von seinem Handy abgelenkt.

Ihre Hoffnung schwand, als der Passant sich weiter entfernte.

Wie erwartet steuerte Tom Tiffanys Eingangstür an.

»Anklopfen«, befahl er.

Sie hatte noch im Ohr, wie Tiffany den Riegel vorgeschoben hatte, außerdem hatte sie ihr geraten, die Polizei zu verständigen, falls Tom mit ihr Kontakt aufnehmen wollte. Solange Tiffany nicht die Tür öffnete, wäre sie vermutlich in Sicherheit.

Herausfordernd starrte sie Tom an.

»Machen Sie schon«, zischte er.

Und dann sah sie ihren Vater vor sich, der Timmy erklärte, dass er auch seine Mutter verloren habe. Ihr Sohn wäre eine Waise. Aber wenn sie das Haus betrat, würde Tom nicht nur sie, sondern auch Tiffany töten. Zumindest Tiffany würde also nichts geschehen, solange Laurie vor der Tür blieb.

Sie rührte sich nicht. Hoffentlich würde Timmy erfahren, dass sie, als sie sterben musste, an ihn gedacht hatte und einer Frau das Leben retten wollte.

Tom starrte sie finster an, klopfte schließlich selbst an und trat zur Seite, damit er durch den Spion nicht zu sehen war. Laurie hörte näher kommende Schritte. »Tiffany, nein«, rief sie. »Machen Sie nicht ...«

Aber es war schon zu spät. Die Tür ging auf, und Tom stieß Laurie ins Haus und richtete die Waffe auf sie beide.

73

Ich kann Ihnen wirklich nichts zu trinken bringen, solange Sie warten?«

Alex sah auf seine Uhr. Er war schon seit einer Viertelstunde im Marea, weil er früher erschienen war. Es war erst 19.05 Uhr.

Nach dem wunderbaren Abend am Tag zuvor war er überzeugt, dass Laurie bald hier sein musste.

»Doch. Ich nehme einen Bombay Sapphire Martini mit Oliven, bitte.«

In der Zwischenzeit konnte er ja solange auf dem Handy seine Mails abrufen.

74

Tom Wakeling ging in Tiffanys Wohnzimmer unruhig auf und ab und deutete immer wieder auf die ausgestellten Erinnerungsstücke. Jedes Mal, wenn er mit seiner Pistole fuchtelte, zuckte Laurie zusammen.

»Wie viel ist dieses Diadem wert? Was ist das für ein Autogramm von Frank Sinatra?«

Tiffany riss die Augen auf. Sie zitterte vor Angst. »Ich habe keine Ahnung«, sagte sie. »Für meine Großmutter waren das alles sehr kostbare Dinge, aber ich glaube nicht, dass sie sehr wertvoll sind.«

»Was ist mit diesem Armband, das du aus dem Museum gestohlen hast? Es muss doch ein Vermögen wert sein.«

»Ist es nicht, wirklich nicht!« Tiffany schluchzte. »Ich hab dir die Wahrheit gesagt, damals an dem Abend. Es ist billiger Tand. Ich hab es meiner Großmutter geschenkt.«

»Hast du Geld hier? Oder richtigen Schmuck?«

»In meiner Brieftasche sind zweihundert Dollar. Mein Schmuck ist in der Ankleide oben. Aber das ist alles nur Modeschmuck.«

Laurie versuchte gefasst zu bleiben, insgeheim hatte sie aber wohl mehr Angst als Tiffany. Denn sie wusste, was Tiffany anscheinend nicht wusste. Er hatte es nicht auf Geld und Schmuck abgesehen. Er war bei Wakeling Development auf dem Weg nach oben. Seine Pläne hatten nichts mit diesem Nippeskram zu tun. Wahrscheinlich wollte er es so aussehen lassen wie einen Einbruch, der aus dem Ruder gelaufen war.

Als hätte jemand auf der Suche nach Wertsachen die Wohnung durchwühlt, sich ein paar Dinge geschnappt und dabei die beiden Frauen getötet.

»Ihr Plan wird nicht funktionieren«, sagte Laurie.

»Halten Sie den Mund!«, herrschte er sie an.

»Hören Sie zu. Es war noch eine andere Frau hier«, fuhr Laurie ungerührt fort. »Sie hat alles aufgezeichnet, was Tiffany über das Armband und ihren Aufenthaltsort während der Tatzeit gesagt hat. Die Polizei wird erfahren, dass Tiffanys Aussage gelogen war – sie war nicht bei Ihnen, als Sie mit Virginia auf der Dachterrasse waren. Wenn Sie uns etwas antun, wird die Polizei zwei und zwei zusammenzählen.«

»Die große Frau im blauen Mantel?«

»Ja.«

»Wer ist sie?«

»Jane Martin«, antwortete Laurie – der Name, den Charlotte für ihr Täuschungsmanöver verwendet hatte. »Sie arbeitet bei mir im Studio. Sie hat Tiffany vorgemacht, sie würde für einen Verlag arbeiten, und ihr Fragen zu ihrer Großmutter gestellt.«

Laurie verschwieg, dass sie ebenfalls eine Kopie der Aufzeichnung in ihrer Mail hatte. Tom hatte anscheinend nicht bemerkt, dass sie draußen auf dem Bürgersteig ihr Handy hatte fallen lassen. Sie konnte nur hoffen, dass jemand es fand und die darauf gespeicherte Festnetznummer anrief, um es zurückzugeben. Ihr Vater würde dann wissen, dass irgendetwas nicht stimmte, und die Polizei zur Handyfundstelle schicken. Natürlich war es auch möglich, dass niemand es fand oder der Finder es nicht zurückgab. Sie verscheuchte den Gedanken. Sie durfte die Hoffnung nicht aufgeben.

»Ich hab sie wegfahren sehen«, sagte Tom. »Ich hätte sie aufhalten sollen. Rufen Sie sie an«, befahl er und gab ihr das Schnurlostelefon, das auf dem Tisch lag. »Lassen Sie sich was einfallen, sie soll mit dieser Aufnahme zurückkommen. Aber wenn Sie ihr irgendwie zu verstehen geben, dass hier was nicht stimmt, bring ich Sie beide sofort um.«

Mit zitternder Hand nahm Laurie das Telefon entgegen. Schnell ließ sie den Blick über alles schweifen, was von ihrem Standort aus sichtbar war. Ein weiteres Telefon war nirgends zu entdecken.

Sie hatte vielleicht nur diese einzige Möglichkeit, sich und Tiffany zu retten.

75

Sie wollen nicht vielleicht etwas Brot oder ein Amuse-Gueule?«

Alex glaubte einen Anflug von Mitleid in der Stimme des Kellners herauszuhören.

Wieder warf er einen Blick auf die Uhr. 19.40 Uhr. »Nein, danke.«

Er erhob sich von seinem Tisch und ging zum Eingang, um Laurie anzurufen. Es klingelte viermal, dann sprang der Anrufbeantworter an. »Wollte nur mal nachfragen, ob du unterwegs bist. Gib mir Bescheid, ob ich Ramon schicken soll, damit er dich abholt.«

Laurie hatte ihm erzählt, dass es bei ihr eng werden könnte, wenn sie noch nach Hause fuhr, um Timmy zu sehen, aber er hatte noch nie erlebt, dass sie sich vierzig Minuten verspätete, noch dazu, ohne ihn anzurufen oder eine Nachricht zu schicken.

Kurz darauf, er saß wieder an seinem Tisch, sah er erneut nach, ob mittlerweile eine SMS eingetroffen war. Nichts.

Wenn sie nicht hier war und ihn auch nicht kontaktiert hatte, stimmte etwas nicht.

Nun machte er sich nicht mehr die Mühe, zum Telefonieren den Tisch zu verlassen. Es war zu dringend.

Leo meldete sich sofort. »Alex, solltest du nicht mit meiner Tochter bei einem exquisiten Abendessen sitzen?«

»Ist sie nach der Arbeit noch nach Hause gekommen, um Timmy zu sehen?«, fragte Alex.

»Nein, Laurie wollte direkt zu dir ins Lokal.«

»Sie ist nicht da. Es muss etwas vorgefallen sein.«

76

Leo stellte Alex auf Halten und rief die App »Meine Freunde suchen« auf. Laurie hatte ihm gezeigt, was er tun musste, um jederzeit den Aufenthaltsort von Timmy – oder zumindest von dessen Handy – festzustellen.

Eine Karte erschien auf seinem Display, das die Position der befreundeten Handys anzeige.

Ein Kreis auf der Karte lag auf Lauries Wohnung und gab an, dass Timmy zu Hause war. Mit Unbehagen entdeckte er den zweiten Kreis am rechten Rand des Displays. Mit den Fingern zoomte er in die Karte. Laut dem Ortungsprogramm hielt sich Laurie in Queens auf.

Er versuchte ruhig zu bleiben, als er Alex' Anruf wieder aufnahm. »Ich hab sie mit dem Handy lokalisiert. Fällt dir irgendein Grund ein, warum sie sich in Queens herumtreibt?«

»In Queens? Nein. Sie hat gesagt, sie habe noch etwas zu erledigen – irgendetwas mit einer Zeugin, das ihr nicht aus dem Kopf will. Sie wollte, wenn noch Zeit blieb, nach Hause, um Timmy zu sehen, aber sie hat nichts davon erzählt, dass sie Manhattan verlassen wollte.«

Ein Piepton unterbrach ihr Gespräch. Leo sah aufs Display. Er kannte die Nummer nicht, meldete sich aber sofort. Er wollte keinesfalls den Anruf verpassen, es konnte schließlich Laurie sein.

Er erkannte ihre Stimme sofort. Ihm entfuhr ein Seufzer der Erleichterung, genauso schnell aber kehrte seine Panik zurück. »Hallo, Jane, hier ist Laurie Moran.«

»Laurie? Wo bist du? Was ist los?«

»Tut mir leid, wenn ich dich noch störe – ich weiß, du wolltest schon nach Hause. Aber ich bin hier bei Tiffany, und sie möchte noch mal ihre Aussage durchgehen.«

Sofort war Leo klar, dass seine Tochter unter fremder Anweisung sprach. Er wusste aber auch, dass seine Tochter einfallsreich war und wohlüberlegt agierte. Sie würde eine Möglichkeit finden, um ihm die notwendigen Informationen zu übermitteln.

»Versuche den Namen deines Boss zu erwähnen, wenn du dich in unmittelbarer Gefahr befindest.«

»Du weißt, wie sehr uns Brett mit der Deadline im Nacken sitzt. Von Charlotte will ich gar nicht reden. Du wirst es nicht glauben, was sie über die Sendung zu sagen hat. Kannst du die Aufzeichnung also noch mal vorbeibringen, damit wir mit Tiffany alles Satz für Satz durchgehen können? Sie möchte sich vergewissern, dass sie nichts Missverständliches zu ihrem Date mit Tom gesagt hat.«

»Verstanden«, antwortete Leo, dem vor Angst ein Schauer überlief.

»Die Adresse hast du noch, oder?« Sie gab noch mal langsam und deutlich die Adresse durch, die genau zu dem Kreis auf der Karte passte, an dem ihr Handy lokalisiert worden war.

»Wir sind so schnell wie möglich da«, sagte Leo.

»Dann bis gleich.«

Leo schaltete zu Alex zurück. »Sie steckt in Schwierigkeiten. Sie redet, als würde jemand sie dazu zwingen. Ich weiß, wo sie ist. Wir müssen los.«

»Wo? Ich nehme meinen Wagen.«

Leo wusste, dass er nur seine Zeit verschwenden würde, wenn er ihn davon abzuhalten versuchte. Also gab er Alex die Adresse und nötigte ihm das Versprechen ab, sich ohne ihn nicht dem Haus zu nähern.

Leos nächster Anruf galt Lauries Freundin Charlotte Pierce, deren Nummer er in Lauries Kontakten auf ihrem iPad fand. Laurie hatte sicher nicht ohne Grund ihren Namen geäußert.

»Hallo, Laurie«, meldete sich jemand. Sie musste die Nummer erkannt haben.

»Hallo, Charlotte, hier ist Leo, Lauries Vater.« Er teilte ihr in aller Kürze von Lauries Anruf mit. »Was wissen Sie darüber?«

»Ich habe die Aufzeichnung der Aussage ihrer Zeugin, einer Tiffany Simon. Sie hat wegen eines gestohlenen Armbands gelogen. Laurie ist überzeugt, dass damit das Alibi von Tom Wakeling in sich zusammenfällt.«

Eben hatte Laurie von Tiffany aus angerufen und »Jane« gebeten, erneut mit der Aufzeichnung vorbeizukommen. Dafür konnte es nur eine Erklärung geben: Tom Wakeling war im Haus und wollte die Aufnahme vernichten.

Wakeling würde nach der Polizei Ausschau halten. Wenn Leo die Polizei verständigte, wusste er, was geschehen würde. Die Lage würde zu einer Geiselnahme eskalieren. Das SWAT-Team würde versuchen, einen finalen Rettungsschuss durch eines der Fenster anzubringen. Trotzdem wären Laurie und diese Tiffany in schrecklicher Gefahr.

Er hatte einen anderen Plan. »Charlotte, tut mir leid, dass ich Sie damit belästigen muss. Aber Sie sind die einzige Person, der er die Tür aufmachen wird, ohne dass es sofort zu einer Konfrontation kommt.«

»Für Laurie mache ich alles.«

»Ich lasse Sie von einem Streifenwagen abholen. Wo sind Sie?«

»Im P. J. Clarke's im Lincoln Center.«

»Der Fahrer des Streifenwagens wird Sie in die Nähe des Hauses bringen. Wir treffen uns dort.«

77

Leo sah durch den Flur zu Timmys Zimmer und war froh, dass die Tür geschlossen war. Der Junge sollte nicht hören, was sein Großvater am Telefon zu sagen hatte.

Er rief einen seiner Freunde an, einen Captain bei der Polizei, und bekam schnell einen Streifenwagen zugesagt, der ihn vor Lauries Apartmentgebäude abholen sollte.

Dann ging er in Timmys Zimmer, wo der Junge beim Videospielen saß, statt seine Hausaufgaben zu machen.

»Ich schwöre, ich wollte bloß ein paar Minuten spielen«, kam die lahme Ausrede.

Leo versuchte so ruhig wie möglich zu klingen. »Ich hab gerade einen Anruf von der Anti-Terroreinheit bekommen, ich muss kurz zu einem Meeting. Kann ich mich darauf verlassen, dass du hier bleibst, solange ich fort bin?«

»Kein Problem, Grandpa.«

»Es wird nicht lange dauern.« Leo wusste, dass Timmy allein zurechtkam und nichts passieren würde. Schließlich gab es unten noch einen Portier im Gebäude.

Er wollte die Tür schließen, als Timmy ihn ansah. »Es ist doch alles in Ordnung, oder?«, fragte er und blickte ihn dabei so unschuldig an, obwohl er doch schon so vieles gesehen und erlebt hatte.

»Alles ist gut. Mach deine Hausaufgaben, okay?« Er verabscheute es, seinen Enkel anzulügen, aber ihm blieb keine andere Wahl.

Er hatte einen Plan. Hoffentlich funktioniert er, dachte er, während er nach draußen auf den Bürgersteig eilte. Ein Streifenwagen kam bereits mit gellender Sirene auf ihn zugerast.

Im Wagen rief er im Büro des Polizeichefs an und wurde umgehend durchgestellt. Knapp erklärte er, worum es ging. Sofort wurde ein Streifenwagen bereitgestellt, der Charlotte abholte. Mehrere Einsatzwagen ohne Sirene und Blinklicht wurden zu Tiffanys Adresse geschickt, wo sie um die Ecke parkten. Von dort aus würden sie das Viertel abriegeln.

»Wenn Wakeling mitkriegt, dass wir ihn ins Visier nehmen«, warnte Leo, »könnte das meiner Tochter das Leben kosten.«

78

Wie von Laurie vermutet, inszenierte Tom alles im Hausinneren so, als wäre ein Einbrecher auf frischer Tat überrascht worden. Tiffany kauerte weinend auf dem Sofa, während Tom Lampen umwarf, Bilder von den Wänden riss und kleinere Erinnerungsstücke in eine Einkaufstüte stopfte, die er in der Küche gefunden hatte.

»Sieh mich nicht so an!«, blaffte er Tiffany an. »Du machst mich nervös. Und wenn ich nervös bin, passieren üble Dinge.«

Laurie sah, dass er in Panik geriet und sie am Ende noch erschoss, bevor ihnen jemand zu Hilfe eilen konnte. Sie musste ihn beruhigen und die Situation entschärfen. Sie war überzeugt, dass ihr Vater verstanden hatte, in welcher Lage sie sich befand, und sich überlegen würde, wie er sie und Tiffany retten konnte. Aber sie musste dafür sorgen, dass auch genügend Zeit blieb, damit sein Plan umgesetzt werden konnte.

Statt auf Tom loszugehen, wandte Laurie den Blick ab. Zum Glück war er beim Telefonat mit ihrem Vater nicht misstrauisch geworden. Ihr riskantes Spiel würde ihnen hoffentlich das Leben retten.

Tom hatte nun aufgehört, im Haus zu wüten. Die Bühne schien zu seiner Zufriedenheit bereitet. Er wartete nur noch auf die Ankunft von Charlotte mit der Aufzeichnung von Tiffanys Aussage. Sobald diese vernichtet war, würde er die Frauen erschießen und verschwinden.

»Ihre Tante hat sich in Ihnen getäuscht«, begann Laurie, als sie glaubte, sie könnte ihn zum Reden bringen. »Als Ihnen Ihr

Cousin und Ihre Cousine die Chance gaben, sind Sie im Unternehmen schnell aufgestiegen. Anna hat mir gesagt, sie wüsste nicht, was sie ohne Sie machen würde.«

»Genau das habe ich meiner Tante an diesem Abend auch klarmachen wollen«, sagte Tom, der nun zunehmend aufgewühlter wirkte. »Sie hätte mir eine Chance im Unternehmen einräumen sollen. Ich habe mitbekommen, wie sie in den Aufzug gestiegen ist, der erst auf der Dachterrasse angehalten hat. Du warst zu dem Zeitpunkt verschwunden.« Er deutete mit der Waffe auf Tiffany. »Der Wachmann an der Treppe war ebenfalls nicht zu sehen. Also bin ich über die Treppe nach oben. Tante Virginia war allein auf der Dachterrasse. Ich wollte nur, dass sie mir zuhört. Ich hatte schon nach dem Dinner versucht, mit ihr zu reden, aber sie hat mich bloß fortgeschickt. Ich hab mir gedacht, wenn wir allein sind, ohne die anderen, würde sie mich ausreden lassen. Ich wollte doch lediglich eine Anstellung im Unternehmen, ich wollte gar nicht den Anteil meines Vaters – obwohl ich durchaus der Meinung war, dass ich einen Anspruch darauf hätte. Ich dachte, sie wäre bereit, die Fehler wiedergutzumachen, wozu sich Onkel Bob nie hatte durchringen können. Die Hälfte des Unternehmens hätte eigentlich meinem Vater gehört.«

»Carter hat mir erzählt, wie grausam sie sein konnte«, stachelte Laurie ihn weiter an. »Sie hat ihm gesagt, dass er endlich erwachsen werden soll und ohne den Namen der Familie ein Nichts wäre.«

»Das ist noch gar nichts. Meine Tante hat mich wie den letzten Dreck behandelt. Sie war noch kaltherziger als Onkel Bob. Auf der Dachterrasse hat sie mich einen Spieler genannt, der sein Leben nicht im Griff hat. Sie hat gesagt, ich wäre nie zur Gala eingeladen worden, hätte Onkel Bob nicht dafür gesorgt, dass der Name Wakeling so geschätzt würde.«

»Wie schrecklich«, sagte Laurie.

»Wissen Sie, was ihre letzten Worte waren? ›Tom, du bist noch nutzloser als dein Vater.‹«

»Und dann haben Sie sie über die Brüstung gestoßen?«

»Nein. Sie wollte gehen, und ich hab sie festgehalten. Sie sollte sehen, dass ich auch ein Mensch bin mit Träumen und Plänen. Sie hat sich von mir losgerissen und ist nach hinten gefallen. Sie war ja so klein. Es war ein Unfall.«

Möglicherweise hatte Tom diese Version der Ereignisse im Lauf der Jahre wirklich selbst geglaubt, aber damit hatte er sich nur selbst belogen. Laurie hatte die Brüstung gesehen. Sie versuchte sich Virginias Angst vorzustellen, als er sie hochgehoben und über das Geländer geschoben hatte.

Laurie fuhr zusammen, als es an der Tür klopfte.

Tom richtete die Pistole von Tiffany auf sie. »Machen Sie auf.«

79

Als Leo eintraf, stand bereits ein ungekennzeichneter Kastenwagen der Polizei einige Grundstücke von Tiffanys Haus entfernt. Die mit Ferngläsern ausgestatteten Beamten teilten Leo mit, dass die Jalousien in den Fenstern fest geschlossen waren. Das hieß, vermutlich konnte Wakeling nicht sehen, was vor dem Haus vonstattenging – allerdings sahen auch sie nicht, was sich drinnen abspielte. Leo erklärte den Polizisten daraufhin, was er vorhatte. Da sie kaum eine andere Möglichkeit hatten, stimmten sie seinem Plan zu.

Zwei Beamte postierten sich an der Hintertür. Charlotte ging zur Eingangstür, flankiert von zwei Polizisten rechts und Leo und einem weiteren Polizisten links. Sie trug eine kugelsichere Weste unter ihrem blauen Mantel.

Leo hatte Charlotte eingebläut: Ihre Rolle bestand lediglich darin, anzuklopfen und anschließend sofort zum Ende des Blocks zu laufen, wo Alex und weitere Polizisten warteten.

Charlotte klopfte an.

Leos Herz machte einen Satz, als er von drinnen Laurie hörte. »Danke fürs Kommen, Jane. Es wird auch nicht lange dauern. Es gibt ja nicht viel zu tun von meiner Seite aus, wenn ich's recht sehe.« Das rief sie durch die Tür, während Leo schon hörte, wie der Riegel zurückgeschoben wurde.

Es gibt ja nicht viel zu tun von meiner Seite aus, wenn ich's recht sehe. Das klang sehr ungewöhnlich aus Lauries Mund. Leo kannte seine Tochter. Sie versuchte wichtige Informationen zu übermitteln.

Es gibt ja nicht viel zu tun von meiner Seite aus, wenn ich's recht sehe.

Von meiner Seite aus. Wenn ich's recht sehe. Von meiner Seite. Rechts. Sagte sie ihnen damit, dass die Bedrohung rechts von ihr war? Die Türangeln waren jedenfalls links von ihr.

Er gab den anderen Polizisten zu verstehen, dass sie sich auf die von ihrer Position aus gesehen linke Türseite konzentrieren sollten, die sie am besten ins Visier nehmen konnten.

Und dann ging alles ganz schnell.

Sobald die Tür geöffnet wurde, zog einer der Polizisten Charlotte zur Seite, und sie begann zu laufen. Leo trat die Tür ganz auf und warf sich nach links, weg vom Türrahmen. Laurie duckte sich und sprang nach draußen, Schüsse gingen über ihren Kopf hinweg, während Leo sie zur Seite riss. Tiffany kreischte und warf sich auf den Boden.

Fast gleichzeitig fielen weitere Schüsse. Die Ermittlungen ergaben später, dass von der Polizei acht Schüsse abgegeben wurden – jeweils vier von den beiden an den gegenüberliegenden Türseiten postierten Beamten. Zwei weitere Schüsse wurden aus Wakelings Waffe in Lauries Richtung abgefeuert.

Die Aussagen der beiden Polizisten stimmten nahezu überein. Tom Wakeling hatte rechts von Laurie gestanden, als sie die Tür öffnete. Nachdem sie nach draußen gestürzt war, hatte er sich in die offene Tür gestellt und auf Laurie gezielt.

Es war ihnen keine andere Wahl geblieben. Tom Wakeling war tot, ihre Schüsse aber hatten Laurie das Leben gerettet.

80

Hinter Charlotte hallten die Schüsse wider, während sie zum Streifenwagen rannte und dort nach Luft ringend zusammenbrach. »O mein Gott«, stöhnte sie.

Ein verzweifelter Alex empfing sie. »Was ist mit Laurie? Ist sie in Sicherheit?«

Ohne auf eine Antwort zu warten, spurtete er los. Zwei Polizisten versuchten ihn noch aufzuhalten.

»Ich bin mit Leo Farley hier!«, rief er ihnen entgegen.

Die Polizisten ließen ihn durch.

Er hörte jemanden Tiffanys Namen rufen, kurz darauf taumelte die schluchzende Tiffany ins Freie und wurde von einem Polizisten in Empfang genommen.

Aber wo war Laurie?

Unbeschreibliche Erleichterung überkam ihn, als er Laurie neben ihrem Vater entdeckte. Eine NYPD-Jacke war über ihre Schultern gebreitet.

Sie war am Leben. Und sie war unverletzt.

»Laurie, Laurie!«, rief er.

Sie drehte sich zu ihm um. Als er sie in die Arme schloss, fühlte es sich an, als wären sie ganz allein, und als er sie endlich wieder losließ, standen ihnen beiden Tränen in den Augen.

»Woher hast du gewusst, dass du kommen sollst?«, flüsterte sie.

»Das sag ich dir später. Mein Gott, ich liebe dich so sehr.«

Sie hielten sich fest und rückten nur zur Seite, um Platz zu schaffen für die eintreffenden Streifen- und Krankenwagen.

Leo kam zu ihnen herüber. »Ihr beide schaut jetzt, dass ihr von hier verschwindet. Das reicht. Ein Wagen wird Charlotte nach Hause bringen. Die Polizei wird dich befragen wollen, aber bis dahin wird es noch Stunden dauern.«

Lauries Blick wanderte zwischen Alex und ihrem Vater hin und her. »Meinst du wirklich, dass wir gehen können?«

»Wer weiß denn besser als dein alter Vater, wie solche Ermittlungen ablaufen? Ja. Verschwindet schon. Ich werde dafür sorgen, dass die betreffenden Stellen erfahren, wo sie euch erreichen können.« Er klopfte ihr sanft auf den Rücken und schob sie in Richtung von Alex' Wagen.

»Eigentlich wollten wir uns ja im Restaurant treffen«, sagte Alex zu Leo. »Unser Tisch wartet noch auf uns.« Und an Laurie gerichtet: »Fühlst du dich dem noch gewachsen?«

»Absolut.«

81

Ich kann es nicht fassen, dass wir hier sind, nach allem, was geschehen ist«, murmelte Laurie.

»Ich auch nicht«, stimmte ihr Alex zu, als sie das Marea betraten und an dem für sie reservierten Tisch Platz nahmen. Laurie war immer noch kreidebleich, nur langsam wich das Entsetzen aus ihrem Gesicht.

Sofort kam der Kellner. »Die Tortellini sind doch dein Lieblingsessen«, schlug Alex vor. »Soll ich sie für dich bestellen? Dazu ein Glas Chardonnay?«

Sie nickte. In ihrem Kopf sirrten noch die Schüsse, die an ihr vorbeigestrichen waren, als Leo sie zur Seite gerissen hatte.

»Ich hatte so große Angst, dass Tiffany getötet würde«, sagte sie. »Ich hätte mir die Schuld gegeben.«

Ein Klingelton kündigte den Eingang einer Textnachricht an. Zögernd sah sie zu Alex. »Schon okay«, sagte er. »Schau ruhig nach.«

Die Nachricht stammte von Leo. Sie las sie laut vor: »*Tiffany ist laut Untersuchung durch die Sanitäter wohlauf. Eine Nachbarin hat sie für die Nacht bei sich aufgenommen. Ich bin im Moment auf dem Rückweg in deine Wohnung und habe gerade mit Timmy gesprochen. Dem geht es gut. GENIESSE DAS ESSEN und lass dich nicht mehr durch den Eingang von irgendwelchen Nachrichten stören.*«

Sie mussten beide lachen.

Das, wurde Laurie nun bewusst, war endlich das so sehnlich

gewünschte besondere Essen. »Ich hab dich heute Abend lange warten lassen.«

»Lange genug, um tausend Tode auszustehen, nachdem ich von Leo erfahren habe, dass etwas nicht stimmt.«

»Er hat Tom Wakeling daran gehindert, mich und Tiffany umzubringen.« Allmählich legte sich ihre Anspannung. »Es ist noch mal gut gegangen. Wir wissen, dass Tom Wakeling seine Tante Virginia getötet hat. Wahrscheinlich stehe ich immer noch unter Schock, aber im Moment möchte ich das alles vergessen. Du und ich, wir haben uns beide auf dieses Essen gefreut.«

»Es war für einen besonderen Anlass bestimmt.« Alex zog eine kleine Samtschatulle aus der Tasche und öffnete sie. Darin lag ein Verlobungsring, ein wunderschöner Solitär mit zwei kleineren Diamanten zu beiden Seiten. Alex glitt von seinem Stuhl und ging zum Amüsement der anderen Gäste vor Laurie auf die Knie.

»Laurie«, sagte er leise, aber mit fester Stimme. »Ich habe dich von der ersten Minute an geliebt. Und ich werde dich jeden Tag in meinem Leben lieben und wertschätzen. Willst du mich heiraten?«

Lauries Lächeln war Antwort genug. Er griff nach ihrer Hand und schob ihr den Ring an den Finger.

Donnernder Applaus erscholl im Restaurant.

Minuten später erschien ein strahlender Kellner mit einer Flasche Champagner.

Als sie miteinander anstießen, wussten sie, dass sie damit das gemeinsame Leben begannen, nach dem sie sich beide so sehr gesehnt hatten.

Danksagung

Wieder einmal hatte ich das Vergnügen, mit meiner Mitautorin Alafair Burke zusammenzuarbeiten. Zwei verwandte Seelen und ein Verbrechensfall, den es aufzuklären gilt.

Marysue Rucci, Cheflektorin bei Simon & Schuster, war erneut unsere Mentorin auf dieser Reise. Tausend Dank für die Ermutigungen und klugen Ratschläge.

Nach wie vor und unerschütterlich steht meine Heimmannschaft auf dem Platz. Zu nennen sind mein großartiger Ehemann John Conheeney, meine Kinder und meine rechte Hand und Assistentin Nadine Petry. Sie alle machen es viel vergnüglicher, die Worte zu Papier zu bringen.

Schließlich sind da noch Sie, meine lieben Leserinnen und Leser. Wie immer habe ich beim Schreiben auch an Sie gedacht. Ich hoffe sehr, Sie haben mit diesem Buch eine gute Zeit verbracht.

Gruß und Segen,
Mary

Lust auf mehr von Mary Higgins Clark?
Dann lesen Sie weiter in:

LESEPROBE

MARY HIGGINS CLARK
SO SCHWEIGE DENN STILL

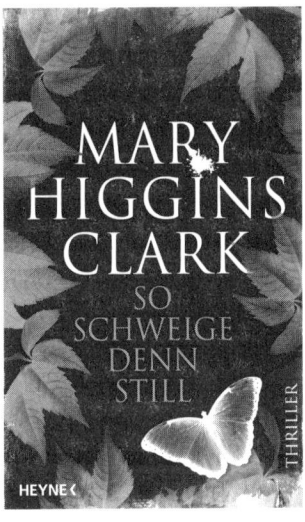

ISBN 978-3-453-27270-5

Auch als E-Book: ISBN 978-3-641-26764-3
Überall, wo es Bücher gibt

HEYNE ‹

ZUM BUCH

Die Investigativjournalistin Gina Kane erhält eine verstörende Nachricht: Eine Person namens C. Ryan enthüllt, dass sie als Angestellte eines großen Nachrichtensenders »schreckliche Erfahrungen« gemacht habe. Und sie sei nicht die einzige. Aber jeder Versuch Ginas, mit C. Ryan Kontakt aufzunehmen, scheitert. Nach endlosen Recherchen entdeckt Gina den tragischen Hintergrund: C. Ryan ist tot. Erst vor Kurzem starb sie bei einem Jet-Ski-Unfall. Doch die Hintergründe ihres Todes sind sehr merkwürdig. Also forscht Gina mit Nachdruck weiter – und stößt auf eine entsetzliche Spur.

1

Ginas Wohnung lag an der Ecke 82nd Street und West End Avenue. Ihre Eltern hatten sie ihr überlassen, als sie in Rente gegangen und nach Florida gezogen waren. Die Wohnung war geräumig, verfügte über drei Zimmer sowie über eine ganz anständige Küche und rief den Neid ihrer Freunde hervor, von denen sich viele in winzige Einzimmerapartments zwängen mussten.

Sie stellte ihre Taschen im Schlafzimmer ab und sah auf die Uhr. 23.30 Uhr in New York, 20.30 Uhr in Kalifornien. Ein guter Zeitpunkt, um Ted anzurufen. Er meldete sich nach dem ersten Klingeln.

»Na, fremde Frau«, begrüßte er sie mit tiefer, liebevoller Stimme, die Gina mit einem warmen Gefühl erfüllte. »Ich kann dir gar nicht sagen, wie sehr du mir gefehlt hast.«

»Du hast mir auch gefehlt.«

»Es bringt mich noch um, dass ich eine ganze Woche in L. A. festsitze.«

Sie plauderten einige Minuten, bevor er das Gespräch beendete: »Ich weiß, du bist gerade erst nach Hause gekommen, wahrscheinlich bist du erschöpft. Bei mir stehen morgen unzählige Konferenzen an. Ich ruf dich an, wenn es hier etwas ruhiger geworden ist.«

»Gut«, sagte sie.

»Ich liebe dich.«

»Ich dich auch.«

Erst als sie auflegte, wurde ihr so richtig klar, dass Teds

unerwartete Reise nach Kalifornien auch ein Segen war. Natürlich hätte sie ihn wirklich gern gesehen, aber sie war auch erleichtert, dass sie nun nicht das Gespräch führen musste, zu dem sie noch nicht bereit war.

Als Gina am nächsten Morgen um halb sechs aus der Dusche trat, war sie überrascht, wie gut sie sich fühlte. Sie hatte fast acht Stunden im Flugzeug geschlafen und weitere vier nach ihrer Ankunft zu Hause. Sie spürte nichts vom gefürchteten Jetlag, unter dem viele nach einer langen Flugreise litten.

Sie konnte es kaum erwarten, wieder zur Arbeit zu kommen. Sofort nach ihrem Journalistik-Abschluss am Boston College hatte sie eine Stelle als Redaktionsassistentin bei einer kleinen Zeitung auf Long Island ergattert. Aufgrund von Etatkürzungen waren viele der langjährigen Mitarbeiter entlassen worden, weshalb sie bereits ein Jahr später große Artikel und Features verfasste.

Ihre Beiträge über Wirtschaft und Finanzen hatten den Herausgeber von *Your Money* auf sie aufmerksam gemacht. Begeistert war sie daraufhin zu dem unkonventionellen neuen Blatt gewechselt und hatte jede Minute der sieben Jahre genossen, die sie dort gearbeitet hatte. Aber auch hier hatten das nachlassende Interesse an den Printmedien, der Rückgang der Werbeeinnahmen ihre Spuren hinterlassen. Seit drei Jahren war *Your Money* nun schon eingestellt, und seitdem war sie als freie Journalistin tätig.

Zum einen gefiel ihr die Freiheit, jene Themen verfolgen zu können, die sie interessierten, zum anderen vermisste sie aber auch den regelmäßigen Lohneingang und die Krankenversicherung, in deren Genuss sie als Festangestellte gekommen war. Klar konnte sie sich aussuchen, worüber sie schreiben wollte, letztlich musste ihr jemand die Story aber auch abkaufen.

Der *Empire Review* hatte sie damals gerettet. Während eines

Besuchs bei ihren Eltern in Florida hatten Freunde von ihnen entsetzt erzählt, dass ihr achtzehnjähriger Enkel an seinem College bei einem Initiationsritual der Studentenverbindung mit Brandeisen traktiert worden war. Dabei waren ihm auf der Oberschenkelrückseite griechische Buchstaben eingebrannt worden.

Beschwerden bei der Universitätsverwaltung verhallten ungehört. Wichtige Geldgeber unter den Ehemaligen drohten damit, Spenden zurückzuhalten, sollte gegen die »Greek Life«-Verbindung rigoros durchgegriffen werden.

Der *Empire Review* hatte sich sofort bereit erklärt, die Geschichte zu veröffentlichen. Man gab ihr einen üppigen Vorschuss und ein großzügiges Reise- und Spesenkonto. Der Artikel, als er im *ER* erschien, war eine Sensation. Die landesweiten Abendnachrichten griffen das Thema auf, sogar *60 Minutes* brachte einen Beitrag darüber.

Der Erfolg der Story machte sie als investigative Journalistin bekannt. Sie wurde überflutet mit »Tipps« von Möchtegern-Whistleblowern und allen möglichen Leuten, die behaupteten, Kenntnisse über einen gewaltigen Skandal zu haben. Manchmal hatte das tatsächlich zu Artikeln geführt, die veröffentlicht wurden. Es kam nur darauf an, zwischen den lohnenswerten Spuren und den Spinnern, den unzufriedenen Ex-Angestellten und Verschwörungstheoretikern zu unterscheiden.

Gina sah auf ihre Uhr. Am nächsten Tag stand ein Treffen mit dem Chefredakteur der Zeitschrift, Charles Maynard, an, der solche Gespräche üblicherweise mit dem Satz begann: »Also, Gina, worüber wollen wir denn als Nächstes schreiben?« Sie hatte also noch gut vierundzwanzig Stunden Zeit, um sich eine gute Antwort zu überlegen.

Sie zog sich schnell an, entschied sich für Jeans und einen warmen Rollkragenpullover. Nach dem Make-up betrachtete sie sich im Ganzkörperspiegel. Sie glich sehr ihrer Mutter, wie sie sie von frühen Aufnahmen kannte, als sie Ballkönigin an der Michigan State University gewesen war. Weit auseinanderstehende Augen, eher grün als haselnussbraun, dazu ein klassisches Profil. Kastanienbraune, schulterlange Haare, die sie noch größer aussehen ließen als ihre ein Meter siebzig.

Kurz darauf steckte sie einen tiefgefrorenen Bagel in den Toaster und machte sich Kaffee. Als alles fertig war, ging sie mit dem Teller und der Tasse zum Tisch am Wohnzimmerfenster, wo die Morgensonne zu sehen war, die sich gerade über den Horizont erhob. Zu keiner anderen Tageszeit war ihr der Tod ihrer Mutter so präsent wie jetzt, zu keiner anderen Tageszeit hatte sie so sehr das Gefühl, dass die Zeit zu schnell dahinraste.

Sie ließ sich am Tisch nieder – ihrem Lieblingsarbeitsplatz – und klappte den Laptop auf. Ungelesene Mails erschienen auf dem Bildschirm.

Ihr erster Blick galt den Nachrichten, die neu eingetroffen waren, seitdem sie sie im Flugzeug gecheckt hatte. Nichts dringendes. Noch wichtiger aber: nichts von CRyan.

Danach überflog sie die Mails der vergangenen Woche, in der sie sich in einer der wenigen noch vorhandenen Weltgegenden aufgehalten hatte, wo es kein WLAN gab.

- Die Mitteilung einer Frau aus Atlanta, die angeblich Beweise hatte, denen zufolge der recycelte Gummi auf Schulspielplätzen die Kinder krank machte.
- Eine Einladung, im nächsten Monat vor der ASJA, der American Society of Journalists and Authors, einen Vortrag zu halten.
- Eine Mail von jemandem, der im Besitz eines nach der Autopsie verloren gegangenen Knochenfragments von Präsident Kennedys Schädel sein wollte.

Obwohl sie sie mittlerweile wahrscheinlich auswendig kannte, ging sie zur Mail zurück, die sie am Tag ihrer Abreise nach Nepal erhalten hatte.

Hallo, Gina, ich glaube nicht, dass wir miteinander zu tun hatten, als wir am Boston College waren. Wir waren einige Jahre auseinander. Gleich nach dem Uni-Abschluss habe ich bei REL News angefangen. Dort hatte ich mit einem der obersten Vorgesetzten ein schreckliches Erlebnis. (Ich war nicht die Einzige.) Jetzt fürchtet man, ich könnte alles ausplaudern. Deshalb hat man mir eine Vertraulichkeitsvereinbarung angeboten. Mehr möchte ich dazu in der Mail nicht schreiben. Können wir uns irgendwo treffen?

Sie hatte sich zu erinnern versucht, warum der Name CRyan ihr bekannt vorkam. Hatte es eine Courtney Ryan an der Uni gegeben?

Gina las die Mail ein weiteres Mal und überlegte, ob sie irgendwas übersehen hatte. Das Medienunternehmen REL News gehörte zu den Lieblingen der Wall Street. Die Zentrale lag an der Ecke 55th Street und Avenue of the Americas, der Sixth Avenue, wie die meisten New Yorker sie immer noch nannten. In einem Zeitraum von zwanzig Jahren hatte es sich von einer kleinen Gruppe von Kabel-TV-Sendern zu einem nationalen Medienkonzern entwickelt. Ihre Einschaltquoten hatten CNN überholt und näherten sich dem Marktführer Fox. Das inoffizielle Motto lautete: »REaL News – nicht die der anderen Sorte.«

Als Erstes war ihr natürlich sexuelle Belästigung in den Sinn gekommen. Moment mal, hatte sie sich gebremst. Du weißt doch gar nicht, ob »CRyan« überhaupt eine Frau ist. Du bist Journalistin. Urteile nicht vorschnell. Halt dich an die Fakten. Es gab nur eine Möglichkeit, das herauszufinden.

Sie las sich noch einmal die Antwort durch, die sie verschickt hatte.

Hallo, Mr./Mrs. Ryan, ich bin sehr daran interessiert, mit Ihnen über das »schreckliche Erlebnis« zu reden, wie Sie es genannt haben. Ich werde in nächster Zeit außer Landes sein und auch keinen Mailzugang haben, bin aber ab dem 13. Oktober wieder hier. Wie Sie wahrscheinlich wissen, wohne und arbeite ich in New York City. Wo sind Sie? Es würde mich sehr freuen, von Ihnen zu hören. Mit den besten Grüßen, Gina.

Es fiel ihr schwer, sich zu konzentrieren, während sie durch die Mails scrollte. Sie hatte gehofft, mehr als nur das zu haben, wenn sie in das bevorstehende Treffen bei der Zeitschrift ging.

Vielleicht hatte sie ja eine Nachricht hinterlassen. Die Akkuladung ihres Handys hatte beim Boarding nur noch einen Balken angezeigt, bei der Landung in New York war das Gerät längst tot gewesen. In der Mail an CRyan hatte sie ihre Nummer angegeben.

Gina ging in ihr Schlafzimmer, nahm das Handy vom Ladegerät und kehrte in die Küche zurück. Sie weckte das Gerät auf. Sofort sah sie mehrere Nachrichten, aber nichts von einer unbekannten Nummer.

Die erste stammte von ihrer besten Freundin Lisa. »Hallo, meine Liebe. Ich kann es kaum erwarten, von deiner Reise zu hören. Ich hoffe, unser Essenstermin heute Abend steht noch. Wir müssen unbedingt in einen Laden im Village, ins Bird's Nest. Ich hab nämlich einen tollen neuen Fall. Ein Ausrutscher, sozusagen. Meine Mandantin ist auf Eiswürfeln ausgerutscht, die der Barkeeper beim Martini-Mixen fallen gelassen hat, dabei hat sich die Ärmste einen dreifachen Beinbruch zugezogen. Ich möchte das Lokal auskundschaften.«

Gina musste schmunzeln. Ein Abendessen mit Lisa war immer ein großer Spaß.

Die anderen Nachrichten waren Werbeanrufe, die sie sofort löschte.

2

Gina fuhr mit der U-Bahn die vier Stationen zur 14th Street, von dort ging sie drei Blocks weit zum Fisk Building, wo die zweite bis einschließlich sechste Etage von der Zeitschrift angemietet waren.

»Guten Morgen«, wurde sie vom Securitymitarbeiter begrüßt, als sie durch den Scanner ging. Vermehrte Drohschreiben hatten dazu geführt, dass die Zeitschrift ihr Sicherheitskonzept überdacht hatte: »Sämtliche Mitarbeiter und Besucher haben sich ausnahmslos einer Sicherheitskontrolle zu unterziehen.«

Gina trat in den Aufzug und drückte auf die 6, die Etage, die der Geschäftsführung und der Redaktion vorbehalten war. Kaum hatte sie den Aufzug verlassen, als sie eine freundliche Stimme hörte. »Hallo, Gina. Na, wieder im Lande?« Jane Patwell, langjährige Assistentin der Geschäftsleitung, streckte ihr die Hand hin. Sie war fünfzig Jahre alt, leicht untersetzt und haderte permanent mit ihrer Konfektionsgröße. »Mr. Maynard empfängt Sie in seinem Büro.« Sie senkte die Stimme zu einem verschwörerischen Flüstern: »Er hat einen gut aussehenden Kerl bei sich. Ich weiß aber nicht, wer das ist.«

Jane konnte es nicht lassen, immer wollte sie Leute miteinander verkuppeln. Trotzdem wunderte sich Gina immer wieder, dass Jane auch für sie jemanden finden wollte. Vielleicht, war sie schon versucht zu sagen, ist es ja ein Serienkiller. Dann aber lächelte sie nur und folgte ihr wortlos zu einem großen Eckbüro, wo Charlie Maynard residierte, der langjährige Chefredakteur und Herausgeber des Blatts.

Charlie war nicht an seinem Schreibtisch, sondern saß – mit einem Handy am Ohr – an seinem Lieblingsplatz, dem Konferenztisch am Fenster. Er war an die eins fünfundsiebzig groß, hatte einen ordentlichen Wanst und ein weiches Gesicht. Die allmählich grau werdenden Haare waren seitlich über den Schädel gekämmt, die Lesebrille war auf die Stirn geschoben. Gina hatte einmal mitbekommen, wie ein Kollege Charlie gefragt hatte, was er mache, um fit zu bleiben. In Anspielung auf ein George-Burns-Zitat hatte er geantwortet: »Ich halte mir zugute, auf die Beerdigung meiner Freunde zu gehen, die gejoggt haben.«

Er winkte Gina zu und bedeutete ihr, sich auf dem Stuhl ihm gegenüber niederzulassen. Neben ihm saß schon der gut aussehende Typ, von dem Jane gesprochen hatte.

Der Neue erhob sich und streckte ihr die Hand entgegen. »Geoffrey Whitehurst«, stellte er sich mit britischem Akzent vor. Er war über eins achtzig groß, hatte ebenmäßige Gesichtszüge, dunkelbraune Augen und ebensolche Haare. Alles an ihm, Miene, durchtrainierte Statur, zeugten von Selbstvertrauen und Autorität.

»Gina Kane«, sagte sie, hatte aber das Gefühl, als würde er ihren Namen bereits kennen. Er dürfte Mitte bis Ende dreißig sein, dachte sie und nahm auf dem Stuhl Platz, den er ihr zurechtschob.

Charlie beendete das Telefonat. »Charlie«, sagte sie, »es tut mir furchtbar leid, dass ich Ihren Geburtstag verpasst habe.«

»Machen Sie sich nichts draus, Gina. Siebzig ist das neue Fünfzig. Wir haben alle unseren Spaß gehabt. Geoffrey haben Sie ja schon kennengelernt. Ich möchte Sie aufklären, warum er hier ist.«

»Gina«, unterbrach Geoffrey, »eins vorweg: Sie sollen wissen, dass ich ein großer Fan Ihrer Arbeit bin.«

»Danke«, antwortete Gina und fragte sich, was als Nächstes kommen würde. Was dann folgte, war ein Schock.

»Nach fünfundvierzig Jahren im Zeitschriftengewerbe habe ich beschlossen, es gut sein zu lassen. Meine Frau will, dass wir mehr Zeit mit den Enkelkindern an der Westküste verbringen, und ich stimme ihr voll und ganz zu. Geoff wird meinen Posten übernehmen und von jetzt an mit Ihnen zusammenarbeiten. Die Übergabe wird offiziell erst nächste Woche bekannt gegeben, ich wäre Ihnen daher dankbar, wenn Sie bis dahin Stillschweigen bewahren.«

Er schwieg kurz, um Gina Zeit zu geben, das alles zu verdauen, dann fuhr er fort. »Wir können von Glück reden, dass wir Geoff von der Time Warner Group loseisen konnten. Bislang hat er meistens in London gearbeitet.«

»Herzlichen Glückwunsch Ihnen beiden, Charlie und Geoffrey«, sagte Gina wie fremdgesteuert. Ihr einziger Trost war, dass Geoffrey ihre Arbeit anscheinend wertzuschätzen wusste.

»Bitte nennen Sie mich Geoff«, sagte er.

»Gina«, fuhr Charlie fort, »Ihre investigativen Recherchen erstrecken sich meistens über einen Zeitraum von mehreren Monaten. Deshalb habe ich Geoff heute dazugeladen, damit er von Anfang an dabei sein kann.« Er räusperte sich. »Also, worüber wollen wir als Nächstes schreiben?«

»Ich hab einige Ideen«, sagte Gina und zog ihr kleines Notizbuch aus der Handtasche. »Ich würde gern Ihre Meinung dazu hören.« Das war an sie beide gerichtet. »Ich habe mehrere Mails mit der ehemaligen Referentin eines New Yorker Senators ausgetauscht. Sowohl die Referentin als auch der Senator sind mittlerweile im Ruhestand. Die Referentin behauptet, Beweise zu haben, wonach gegen Barzahlungen und andere Gefälligkeiten Ausschreibungen und Auftragsvergaben manipuliert wurden. Es gibt nur ein Problem. Die Referentin will vorab fünfundzwanzigtausend Dollar, bevor sie offiziell mit den Fakten herausrückt.«

Geoff hakte als Erster nach. »Meiner Erfahrung nach sind jene, die sich ihr Wissen bezahlen lassen, im Allgemeinen wenig vertrauenswürdig. Sie schmücken ihre Storys aus und übertreiben alles, weil sie auf Geld und öffentliche Aufmerksamkeit aus sind.«

Charlie lachte. »Ich denke, selbst die größten Fans der Korruption in Albany finden das Thema mittlerweile langweilig. Außerdem stimme ich zu – es ist selten empfehlenswert, seine Informanten zu bezahlen.«

Charlie deutete auf Ginas Notizbuch. »Was haben Sie noch?«

»Okay«, sagte Gina und blätterte eine Seite weiter. »Ich bin von jemandem kontaktiert worden, der lange in der Zulassungsstelle von Yale gearbeitet hat. Angeblich sollen sich die Ivy-League-Universitäten abgesprochen haben, wie viel sie ihren einzelnen Bewerbern an Studienbeihilfen gewähren.«

»Warum soll das ein Problem sein?«, fragte Geoff.

»Weil das einer Preisabsprache sehr nahe kommt. Verlierer sind die Studierenden. Man könnte das mit den Absprachen unter den Unternehmen im Silicon Valley vergleichen, die sich darauf einigen, Mitarbeiter der Konkurrenz nicht abzuwerben. Die Unternehmen profitieren davon, weil sie keine höheren Löhne zahlen müssen, um ihre Topleute zu halten. Aber die Angestellten hätten mehr verdient, wenn sie ihre Arbeitskraft gegen Höchstgebot hätten verkaufen können.«

»Es gibt acht Privatuniversitäten, stimmt das?«, fragte Geoff.

»Ja«, antwortete Charlie. »Im Durchschnitt sind bei ihnen zusammen etwa sechstausend Studierende zum Grundstudium eingeschrieben. Es betrifft also achtundvierzigtausend von insgesamt zwanzig Millionen Collegestudierenden des Landes. Ich weiß nicht, ob eine Handvoll Ivy-League-Studierende, die bei ihren Beihilfen betrogen wurde, für unsere Leser von Belang ist. Wenn Sie mich fragen, verschwenden die an diesen überteuerten Unis sowieso ihr Geld.«

Charlie war in Philadelphia aufgewachsen, hatte die Pennsylvania State University besucht und sich in seiner Loyalität gegenüber staatlichen Bildungseinrichtungen nie erschüttern lassen.

Na, wunderbar, dachte sich Gina, du hinterlässt ja einen tollen Eindruck beim neuen Boss. Sie blätterte um und versuchte etwas enthusiastischer zu klingen. »Die nächste Sache steht noch ganz am Anfang.« Sie erzählte von der Mail über das »schreckliche Erlebnis« bei REL News, die bei ihr eingegangen war, und ihrer Antwortmail darauf.

»Es ist also zehn Tage her, dass Sie geantwortet haben, und seitdem kam keine Reaktion darauf?«, fragte Charlie.

»Ja. Elf, wenn man den heutigen Tag mit dazurechnet.«

»Diese CRyan, die Ihnen die Mail geschickt hat – haben Sie irgendwas über sie herausfinden können? Kann man ihr glauben?«, wollte Geoff wissen.

»Ich nehme wie Sie an, dass es sich bei CRyan um eine Frau handelt, aber sicher wissen wir das nicht. Natürlich hab ich mir als Erstes gedacht, es würde sich um eine MeToo-Sache handeln. Aber ich weiß nicht mehr als das, was in der Mail steht. Mein Gefühl sagt mir allerdings, es könnte sich lohnen, die Sache weiter zu verfolgen.«

Geoff sah zu Charlie. »Was meinen Sie?«

»Mich würde sehr interessieren, was CRyan zu sagen hat«, antwortete Charlie. »Es dürfte allerdings einfacher sein, sie dazu zu bringen, ihre Geschichte preiszugeben, bevor sie sich auf diese Vertraulichkeitsvereinbarung einlässt.«

»Okay, Gina, machen Sie sich an die Arbeit«, bestätigte Geoff. »Treffen Sie sich mit ihr – ich bin mir ziemlich sicher, dass wir es mit einer Frau zu tun haben. Ich möchte hören, welchen Eindruck Sie von ihr haben.«

Auf dem Weg zum Aufzug murmelte Gina leise vor sich hin: »Hoffentlich stellt sich CRyan nicht als eine Verrückte heraus.«

REISEN, LESEN, GEWINNEN

Für unterwegs immer das richtige Buch!

GROSSES GEWINNSPIEL

mit attraktiven Buchpaketen

Machen Sie mit! Im Internet unter
www.reisenlesengewinnen.de

Direkt zum
Gewinnspiel

REISEN, LESEN, GEWINNEN

Teilnahmeschluss ist der 15. März 2021
Viel Glück wünscht Ihnen Ihr Wilhelm Heyne Verlag

HEYNE